一夜长大的爱情

公渡河 著

新星出版社 NEW STAR PRESS

图书在版编目（CIP）数据

一夜长大的爱情 / 公渡河著. —北京：新星出版社，2012.1

ISBN 978-7-5133-0421-4

Ⅰ. ①一… Ⅱ. ①公… Ⅲ. ①长篇小说–中国–当代 Ⅳ. ①I247.5

中国版本图书馆CIP数据核字（2011）第209328号

一夜长大的爱情

公渡河 著

责任编辑：许 璇

责任印制：韦 舰

装帧设计：李 冰

出版发行：新星出版社

出 版 人：谢 刚

社 址：北京市西城区车公庄大街丙3号楼 100044

网 址：www.newstarpress.com

电 话：010–88310888

传 真：010–65270449

法律顾问：北京市大成律师事务所

读者服务：010–88310800 service@newstarpress.com

邮购地址：北京市西城区车公庄大街丙3号楼 100044

印 刷：北京佳顺印刷有限公司

开 本：660×1083 1/16

印 张：20.5

字 数：220千字

版 次：2012年1月第一版 2012年1月第一次印刷

书 号：ISBN 978-7-5133-0421-4

定 价：32.00元

上　部

第一章

在我的家乡，没有很深的文化积淀，没有秦砖汉瓦，没有商彝周樽，有的只是一本破败的族谱和一抔可以从指缝流淌的河沙。

我生于七三年，当然不是一八七三年。那个年份，马克思和恩格斯出席了纪念巴黎公社两周年大会；凡高还没有彻底疯狂，他住在伦敦，忙于园艺。他给弟弟提奥写信称赞自己的住处，说自己已经在小花园里播下了满园的罂粟和豌豆；弗洛伊德刚刚进入维也纳大学学医，离他写出《梦的解析》还需要十七年的努力。一八七三年的中国，慈禧太后还在垂帘听政，一面听着大臣的奏报一面有些心不在焉；"维新派"梁启超口含天宪出生，尚在襁褓。一八七三年三月十四日的《申报》信誓旦旦地说：一女子用字纸拭秽，扔入便桶，雷击致命。总的看起来，中国的一八七三年还比较黑暗，远不如一九七三年那样阳光灿烂。

我出生的那年，中国共产党第十次全国代表大会在北京召开，大会声讨了林彪反党集团的反革命罪行，揭发了林彪"语录不离手，万岁不离口，当面说好话，背后下毒手"的反革命两面派本质。毛泽东在受到林彪折戟沉沙事件的强烈刺激后，终于想起了邓小平"人才难得"，决定重新起用他来治理国家；毛泽东还对军事部署进行了调整，八大军区司令员对调，毛泽东建议在座的政治局委员们唱《三大纪律八项注意》，于是，在座的政治局委员便一起唱了起来；工人毛泽东思想宣传队或贫下中农毛泽东思想宣传队进驻

3

学校机关，开展"批林批孔"运动，把批判孔子作为批林的一个重要方面；省委召开的知识青年上山下乡工作会议结束，会议通过了《关于知识青年上山下乡若干问题的试行规定》和《关于动员城镇知识青年上山下乡的计划安排》；市革委会发出《关于发放民用布票、絮棉票、纺织品券和购货券的通知》，凡在本市有正式户口的，每人发给布票四市尺，絮棉票一市斤，纺织品券二市尺，一张购货券。

一九七三年的外国，八岁的迈克·戴尔寄出一封充满想象力的申请高中毕业文凭的信函，这为他今后成为"戴尔电脑"的老板写下了传奇的一笔；猫王普莱斯利离了婚；华盛顿大学哲学系的学生一代功夫皇帝李小龙逝世于香港伊丽莎白医院，给世人留下无数遗憾和解不开的谜团；新一代高选择性口服避孕药光荣上市，解除了很多女人的惴惴不安；金大中被绑架险些碎尸沉海；村上春树还没有出名，还是文学青年，他喜欢听人讲陌生的地方，近乎病态地喜欢。那些人简直像往枯井里扔石子一样，向村上说各种各样的事，后来，村上发现：这些说故事的人并不存在；库珀发明第一只移动电话，那部手机重达一斤半，长二十五厘米，宽四厘米，厚八厘米，实在更像一块板儿砖；英国内阁和议会高官卷入了嫖妓性丑闻，其中一名国防部次长被人偷拍裸照。他和两名妓女一边鬼混，一边吸食着后来被称为"麻秆"的香烟；波尔布特正在向着成为"佛国血魔"的道路上越走越远，他开始了集体化运动，"工商业改造"、"三反五反"、"反右运动"等"过渡时期"的政策基本没用，唯一的手段就是发出指令和 AK47 冲锋枪。

没有人胆敢反抗，"红色血魔"波尔布特说：党有着像菠萝那么多的眼睛。

星相大师说：我这个那年出生的肖牛之人，子星丙丁火逢丑年遇死墓之地，并且受到大运流年壬癸水有力之克；流年太岁丑土，胎元辰土刑冲母亲儿女宫戌土，子星被年运克损严重，子宫被刑冲破坏，加之受孕之年与胎元纳音木土相克，天干地支水火不容，基本上相当于风水世界爆发了一场核战——按照他的说法，我没有胎死母腹之中就已经是祖宗显灵，所以当我后来见识了自己虚有其名，见财化水，事业与贵人都是过眼云烟，虽东奔西跑却无济于事，桃花运不盛，运气也平平之后，我并没有捶胸顿足，倒也随遇而安。

我之所以先交代这些，意思就是：世界正乱得离谱，我在那个时间降临人世，明显是添乱来了。但是，只要小命不玩完，那一切都还好办。

我出生三年之后，毛主席去世了，据母亲回忆，我曾参加了悼念仪式。市中心广场上，搭起了巨大的灵棚，万马齐喑九州同悲风云为之突变，救护车打着闪灯在一边待命，因为时不时就有对毛主席感情深厚的人因为过度悲伤体力不支哭得昏倒下去。我那时候只有三岁，或许曾经被掐着大腿哭了他老人家两声也未可知。但我肯定一点：在一个孩子哭泣的时候，哭声是嘹亮的，没有任何负担的，只是为了哭而哭，晶莹的眼泪直接从眼睛里迸出来，不会像成年人，心里像打倒了五味瓶，哭得那样委曲，那样哀伤。

家乡是在一条叫做"滹沱河"的河边。这条河的名字很古老，原来叫做"虖池河"，在《周礼》中就有过记载。

我的家族似乎没有什么值得夸耀的过去，一点都不富裕，甚至可以说是窘迫。用诗人北峰的话来说：我的贫穷是代代相传。

我们不是当地的土著，而是明洪武年间，从山西洪洞迁至这里的移民。

这种移民行为并非像候鸟一样自发自愿，而是有组织的流放。他们怀着深深的挫折感，在官吏的押运下离开故乡，饱受颠沛流离之苦。

朱皇帝大手一挥，流民就像草芥，被撒在这块土地上安身立命。所以，这个村子在地图上看起来很突兀，看起来很孤独，就像是随随便便缝在大地上的一块补丁。由此可见，在我的血液中，有着流民与贱民的基因。

既然是流民，所以，在我的家乡，没有很深的文化积淀，没有秦砖汉瓦，没有商彝周樽，有的只是一本破败的族谱和一抔可以从指缝流淌的河沙。

还好，滹沱河水滋养了这个村庄，也为他们提供了拉纤的营生。

这些年轻或是年老的纤夫，赤身露体绷直纤绳，性器官不是青筋暴跳就是垂头丧气，身上却是一样的大汗淋漓。

他们知道，驶出这个水势相对平缓的地区，大船会接着往前走，驶入漕河驶向大清河子牙河驶向天津卫，把他们远远抛在身后。那是很遥远的地方，已经超出了他们想象的距离。这是一个被纤绳牢牢拴住了屁股的穷村，能够吃上饭已经让他们感天谢地。

人们专门为这条河修了关帝庙和河神庙，据说很灵验：当洪水泛滥，河水开始上涨的时候，在这两个庙的庇护下，整个村子都会缓慢上升。

当红色革命到来的时候，神像彻底被扔进了臭水沟，沤成了烂泥，永世不得翻身。关帝庙河神庙都改换门庭，成了生产队的仓库，放满了牲畜的饲料。

我对这条河开始有记忆的时候，河水已经很浅了，因为上游修了一座水库。水库修了之后，这条河的下游水就很小，村子的确涨了起来，码头也变得高高在上。再后来，河水彻底断流，只留下一个高高的被河水洗出来的青砖码头，在暮气沉沉的严冬里苦苦支撑。

记忆中的渡船也没有了，你甚至找不到一丝渡船曾经存在过的痕迹。

当河水没有的时候，渡船到哪儿去了？这个问题没有答案。

那些曾经强健欢乐的纤夫已经衰老，被半身不遂和各种疑难杂症附身，变得僵硬。他们在阳光下坐着，麻木地吸收着光和热，像落叶一样萧瑟，没有了光合作用。几十年的时间，他们变得老态龙钟。

上小学时，一个同学在已经成为沙地的故河道玩耍时，发现了一把青铜匕首。匕首的刀柄是一个闭着双眼的人头，看起来非常古拙，刻花非常清晰，几乎没有生锈。

这个发现让我对这条河的历史刮目相看。

我一直疑心这就是"刻舟求剑"时用过的那一把，遗失在记忆之河。

小孩儿要听大人的话，人们总是这么说。

《山海经》里面说：东海之外，大荒之中，有山名曰大言，日月所出。有波谷山者，有大人之国，有大人之市，名曰大人之堂。有一大人蹲其上，张其两耳。这些话的意思是说：在东海之外，有座大话山，是太阳和月亮升起的地方。大话山里有山谷，就是大人国。大人国里有座城市，城市里有个纪念堂，有一个大人的牌位，他蹲在供桌上，张开两只大耳朵，像随时注意人的祈祷。这大概就是大人的日常工作。

《山海经》还说：大人国的周围，还有一些稀奇古怪的地方和传说。大人国附近有小人国，叫做"靖人国"；还有君子国，那里的人衣冠整洁，佩带宝剑；有司幽国，国君司幽生了两个孩子，思土和思女，思土，不妻；思女，不夫，却靠神灵的庇佑而传子接孙，估计是兄妹之间的乱伦；大荒之中有青丘国，青丘国有一种狐狸，长有九条尾巴；大荒中有一群百姓，人称"柔仆民"，这群人是嬴土国的国民；大荒山中有一种神，身形似兽，面孔似人，名叫"犁䶱"之尸，从名字看来他是负责播种灵魂的；大荒之中有座山，山中有一种树，名叫扶木，树干高三百里，树叶像芥菜；大荒山上有个山谷，名叫温源，又叫汤谷，这里是太阳升起的地方。一颗太阳返回，另一颗太阳马上升起，这些太阳都是由三足的乌鸦驮着的；大荒山中有一种鸟，全身羽毛五彩斑斓，总是成群结队翩翩起舞，皇帝与这种吉祥的鸟是朋友，因此他把开在下界的祭坛交与这种鸟主管；大荒山的东北角有座山，名叫凶犁土丘，应龙就住在这座山上。当初应龙在这里杀死了蚩尤与夸父，所以再也无法回到上界，因此无法行云降雨，而使下界多年大旱。不过，每当大旱出现，人们便扮成应龙的样子求雨，居然也能应验，得降大雨。东海中有座山，名叫流波山，此山入海七千里，山上有兽，形体似牛，全身灰色，没有长角，只长了一只脚。它每次出现都会有狂风暴雨。它的身上闪耀着太阳和月亮的光芒，它的吼声像雷声一样，这种兽叫做夔。后来黄帝得到这种兽，用它的皮制成鼓，并用雷兽的骨做鼓槌。敲击时，声震五百里，威服天下。

从这些表述来看，《山海经》已经足可以传世了。

后来，看汪曾祺老先生写的一个作品，里面有一个谜语：一个男人跨开两腿站立，让小孩猜一个字。

小孩很聪明，说是大字。

大人笑了笑，说错了，这是一个太字，因为大字下面没有这一点。

可见，大人也是阴性的，就像妈妈一样。

那时的世界，还是红彤彤一片，东方红公园、东方红影院、东方红小学、东方红幼儿园、东方红商场、东方红公社、东方红理发店、东方红废品收购站、东方红拖拉机、东方红毛巾。我们盖的被子，被面绣满了手拿钢枪、踮着脚尖跳舞的"红色娘子军"。有的大红被面没有图案，全是字，写的是"在大风大浪中前进"。用的镜子，上面印的是"天生一个仙人洞，无限风光在险峰"的"海岛女民兵"。那个镜子用了很长时间，质量不太好，水银掉了不少，露出一块一块的黑斑。柜子上有"毛主席语录"，写的是"下定决心，排除万难，去争取最后的胜利"。每家还有数本红彤彤塑料皮的《毛泽东选集》，条案上还摆着毛泽东的白瓷塑像。我总是喜欢去摸他的头，一绺一绺的头发摸在手上，有一种很特别的手感。

村里还有十几个下乡的知青。他们留给我的印象是青春明媚的。现在想想，他们那时不过十几二十岁，正是自己的黄金时代。

后来，知青们离开乡村，重新返回城市。他们几乎都被安排了工作，有的进入棉纺厂成为挡车工，有的进入街道小厂焊元器件，有的进入办公室成为干部，不管工作好坏，至少大家都有口饭吃。

他们变成了城里人。虽然他们还会回来看望我们，但感觉已经不同，他们变得矜持。

七八十年代，每个人的幸福感都很相似，并没有什么不同。人们的快乐朴素而单纯。没有落寞没有颓废没有疲惫，没人告诉大家活着有多难，只是告诉人们曙光在前。

不过二十多年时间，那种平和的心境竟如镜花水月，不再复现，现在想想，不禁有些遗憾。我并非怀念那个时代，而是怀念那个年代人与人的情感。

小时候，"药面儿"喝过不少。

"药面儿"非常的苦。"药面儿"一旦和口腔黏膜接触，就会发生可怕的化学反应，各种杂乱的味觉会直接冲过来，让人猝不及防。这种感觉是一场噩梦，现在想起来，我还会反胃。

要喝下满满一勺的这种"药面儿"不啻是一种酷刑，通常我会挣扎得很激烈。最后的结果一定是："药面儿"还是会被灌下去，吐掉也无济于事，只不过意味着一切重新来过。

妈妈给我灌下很多水，试图冲淡"药面儿"的味道。现在看起来，这种努力是徒劳的。

对于幸福的记忆我们总是很容易淡忘，但对于痛苦的经历我们总是耿耿于怀。只要你被灌过一次"药面儿"，那种印象就会永远沉淀下来，渗透到记忆的最深处，也变成"药面儿"了。

父亲似乎算得上"老三届"，和村里的知青关系很融洽。我们居住的老宅就像一个知青俱乐部，每天都有很多人来来往往。

后来，父亲死了，我也离开那所老宅。

这个不幸的人，他来到这个世界上只是来充当我的引路人。

在我能自己站立起来，面对这个前途未卜的世界的时候，他离去，像是完成了某种使命。

朋友秦天的父亲是个医生，在去世之前，他对着川流不息的探视人群说：请安静，我需要休息。他能够表达自己的愤怒和不平的心情，而我的父亲呢？

他向谁去表达他对命运的愤怒呢？

在去世之前，他是怎么想的，想对我说什么呢？一切无从得知。

因为我那时只有八岁。

母亲带着哥哥和我到医院去探望他，现在想想，也就是诀别了。

父亲得的是肝病，住在传染病区。那要走过一个倾斜的长廊。长廊没有台阶，只有一条一条的三角形的棱，我的鞋底可以感觉到。

虽然是白天，这条走廊里也是昏暗的，点着昏黄的灯。树叶的影子从菱形的气窗里透进来，看起来很冷清。那是一条很长的路，我们走了很长时间。

妈妈边走边哭。她一边走，一边不停地往上给我拉口罩，我却很不懂事，不停地把口罩往下拉，因为很憋气。

我只记得，那里到处都是来苏水的味道。

来医院的前一天晚上，奶奶带我一起在家里的神案前烧香，为父亲祈福。香火燃得很好，居然冒出了火苗。奶奶说，你爸爸一定会好，看这香火多么旺盛。她把香小心翼翼地插进盛满香灰的香炉，在火苗映衬下，我看见奶奶的眼睛熠熠地闪着泪光。

父亲最后见我的时候，我戴着厚厚的口罩。

他躺在病床上，躺在一堆白色中间，他没有试图拉我的手，摸我的头，他只是那么哀伤地望着我，平静地面对着自己的死亡。然后，他把头转过去，让我们出去了。

父亲的身边似乎还站着几个人，但我不知道他们是谁。

在那个孩子的心中，死亡仿佛可以触摸，是白色的。

下午三时，父亲去世。

那天晚上子夜时分，父亲的遗体被运回了家中。

我和哥哥在睡梦中被叫醒，穿上衣服，跌跌撞撞地走到胡同口。

我看见父亲的尸体从车上被抬下来。他全身被白布包裹着，只能看见轮廓。父亲被抬上竹床，向家里走。

一个长辈说：孩子，喊你爸爸回家。走到拐弯的地方，我和哥哥哭着说，爸爸，回家了。进门的时候，我和哥哥哭着说，爸爸，回家了。

父亲在黄泉路上已经迷失，需要亲人的引领，才能回到家中。

那种父子之间咫尺天涯的感觉，现在还经常会折磨我。

每次想起父亲，我都会喝很多酒，让酒精彻底泡软我的神经，让它没有缺失感和牵牵连连的痛。

我现在知道，生命远比想象的要轻。

一个活人变成死人，会减轻二十一克的重量。有人说这二十一克是人咽气时排出的空气，我更愿意相信这二十一克的重量是灵魂。当这二十一克挥发在空气中，就再也没有什么东西可以吸附生命。

直到今天，父亲的死都带给我一种极度不真实的感觉。不真实的光线，不真实的人物，不真实的情景。

有一段时间，我对这条走廊是否真实存在怀有疑问。我想那也许是我做的一个梦，一切只是梦境而已。

长大之后，凭着记忆，我曾经到父亲辞世的那家医院去了一趟。我找到了那条走廊，还是那么倾斜，还是那么晦暗。在长廊尽头，挂着一个铁锁，那是传染病区。

这是一个生死轮回的通道。在长廊的下面，就是太平间。

这个走廊之所以是倾斜的，没有台阶，是为了运送尸体的方便。

那些三角形的棱也是存在的，是为了减速，也是为了震荡死者的灵魂，让他们尽快出窍。

我想，父亲的头也曾不停地被坚硬的尸床所撞击。

记忆与现实重合了。

我又成为那个八岁的男孩，只想哭。

在父亲去世之后的很长一段时间里，死亡在我的世界里出没。

它是一种感觉，是一个寒战，是一种气息，是孤寂的庭院里等着妈妈下班而天色正在暗淡下来的恐惧。

我很怕进入父亲养病时曾经住过的那间卧室，因为，我总觉得他还没有离去，我可以听到他的叹息。

我坐在院里的槐树下，期待着父亲再次推开院门。冥冥之中，一个声音对我说，你是没有父亲的人了。

在我的概念中，故乡就是父亲尸骨埋葬的地方，灵魂的憩园。

父亲孤零零地躺在故乡的土地上，连墓碑都没有。他在等待一个家庭的团聚。父亲的身旁将是他的妻子我的母亲。他的左手和右手将会接纳哥哥和我，在某一天。

父亲去世之后，我们和母亲相依为命。印象中，父亲的丧葬费用了很长时间才还清。

父亲生前有七个把兄弟，号称"八毛兄弟"，父亲在世的时候，经常和他们一起饮酒。他们都不是什么漂亮人物，但都是很有义气的人，每次见到他们，他们都是红光满面。

父亲去世后，他们很少再来我家，但是，对家里的困难，他们从来都是有求必应。多亏他们的帮衬，我对人性才不那么悲观。

母亲是一个很坚强的人，背负了太多的苦难。

我对母亲写得很少，并不是我不爱她，因为那是没有距离的无法过滤的一种沉重，化不开的浓。

有一天，我下了楼又折回去，取一样忘了的东西。刚到门口，门开了，母亲站在里面，问我是不是忘了什么东西。我很诧异，我说我刚到门口，您怎么就知道我回来了？母亲笑了笑，她说没什么，每次你走的时候，我都在阳台上看着你。

我忽然想哭。

这就是我的母亲。这些年我离开她，四处漂泊，居无定所，在情感的沙漠里独自跋涉。我是一个为了爱而出走的人，只是为了不让母亲看到我孤独的背影。

村里关帝庙有个东西很特别，就是香炉。

初见之下，你无论如何看不出来它是个香炉，因为它根本就是一块圆滚滚的石头上磨出一个平面，刨了一个长方形的坑，盛装灰烬。后来，香炉里面满是积存下来的雨水，恶臭。

爷爷说，这个香炉你在全世界找不出第二个。

它是青色的，溜光水滑，像铁不是铁，像石不是石。

爷爷说，它是陨石，数百年前从天而降。

这种说法我从来没有怀疑过，因为这是爷爷的爷爷的爷爷传下来的。

就像任何一张纸都不可能对折九次一样，谎言不会这样长寿。

关帝面前摆这么个香炉，其实是象征着祖先的功德坚硬如石坦荡如砥。

这个香炉还被开发出一个妙用：磨刀。

用这个香炉磨出的刀非常之快，比一般的磨刀石都好用。即使是在上面用刀刃蹭几下，刀立刻就会变得寒光闪闪无比锋利。

有人说，用这个香炉上磨出的刀去杀生，不会留下罪过。

人们传说，用这个香炉磨过的刀，拿去杀猪宰羊，它们都是不叫的。

据我观察，这些传说有夸张之嫌。

每到过年杀猪时，我从没见过它们中的任何一头保持镇定任人宰割，做"沉默的大多数"，而是一头比一头叫得难听。

它们真正安静下来只有是被割断喉咙之后。

屠夫将尖利的铁锥桎进猪的后腿，撕开一个小口，然后就用嘴贴在猪脚上，开始猛力地向猪的身体吹气。空气会存留在猪皮之下，为的是容易煺毛。

屠夫身强体壮，胸口长着护心毛，肺活量惊人。在他的大力鼓吹之下，猪变得大腹便便，脸上笑眯眯的，像是一个醉鬼。再往下面，就是开肠破肚，掏出猪的内脏。

这个过程会让人产生生理上的恶心。一般到这时，我们是不看的，会踢着用猪的膀胱吹成的气球一散而尽。再看到猪先生，它已经被剖成了两扇，冒着热乎气，搭在架子车上，被拉回家里去。猪下水被装在大盆里，上面还方方正正地摆着猪头，倍极哀荣。一路上，血水会从架子车上滴下来，很快就凝成冰。

老了之后，爷爷成了一个像梭罗一样的老头，离群索居。他从家里搬出去，在远离村庄的地方，住在一个破败的机房里，自己开垦了一片地，种了一些作物。

他喜欢看电视，喜欢听京剧。我和他一起看《城南旧事》，他听到其中一首叫做"小麻雀"的歌，兴奋得几乎哭了。那是他小时候唱的歌，看来，这也是他哀伤的童年为数不多的幸福记忆之一。

在爷爷七十多岁左右的时候，他的脾气变得非常之坏——因为他的两个儿子死去了——其中一个是我的父亲。两个儿子的去世给了爷爷很大的打击，他的步子一下变得蹒跚起来，成了一个真正的老人。他一定是认为这个家族受到了某种诅咒。这使他更加孤独更加烦躁，患上了心脏病。

奶奶过世之后一年，爷爷在一个冬天的夜里，因为心脏病突发而去。没有人知道他临终的痛苦，没有人知道他想说什么或是说过什么。因为在他死的时候，没有人在他的身旁。

一个儿孙满堂的人竟然就这样孤苦地死去，在我的家乡是一件很羞辱的事情，尤其是光着身子，在他的尸体僵硬之后才被换上衣服，是家乡最大的忌讳。这种不孝甚至会成为这个家族全体的耻辱。

爷爷留下的遗像是倔强的、愤怒的，在他照下这张像的时候，他就已经想到这张照片将来的用途。想必他对这种别有用心的提议不是很愉快，所以照相的时候，他连胡子都没有刮。

他的遗像让我内疚，并且注定这种负罪感会一生难以磨灭。

这种感觉常让你在半夜里醒来，点上一支烟，坐上很长时间。

奶奶略通医术，能给消化不良的幼儿诊病，拿很细的银针，在他们柔软的小手上轻轻扎一下，挤出米粒大小的几滴乌黑的血。她把这种医术称为"割脾"。在我看来，这似乎并非医术，更像某种巫术。我虽然不能明确这是不是医术，但据说疗效还不错。每次扎针，那些孩子总是哭得撕心裂肺，常常使年轻的妈妈也心痛得泪眼婆娑。

奶奶虽然懂医术，懂一些人体经络，但这不影响她烧香拜佛。她经常去逛庙会，和许多老太太一起去到"白条寺"烧香。我一直搞不清这个"白条寺"在什么地方，"白条寺"在佛经里是做何解释，但我想，"白条寺"一定是个很大的寺庙，因为奶奶他们去的时候，是乘着一辆大马车去的。都是善男信女，所以车费只是象征性地收几毛钱。每次烧香回来，奶奶必定要称赞"白条寺"的"饸饹"不错。我也一直不知道"饸饹"是个什么东西，后来才知道是一种荞麦面条，是在"饸饹床子"上挤出来的，并不是什么难得的食物。

奶奶总说做人要懂得"惜福"，要懂得知足，一点点的小幸福，就可以让他们快活。

爷爷的名字叫澄清，奶奶叫荷姐，一个沉静，一个袅娜，都和这条叫做"滹沱河"的老河有渊源。如果不是他们的孙子在这里记下他们的名字的话，他们会随着这条河的断流被彻底湮没，就像我从来不知道太爷爷的名字一样。

忘却总是比死亡更早来临。

在绿树像烟一样浓的小村庄，每个人都在唱着挽歌。

那时候，正是中国社会主义的一个重要转折阶段。对于出现的种种变化，上面认为有很多话需要向老百姓解释清楚。"重要的问题是教育群众"，毛主席曾经这样说。虽然他老人家那时已经作古，但影响依旧。我虽然只是赶上了大革命的一个尾部，但这已经让我印象深刻。那时的人们迷恋上了开会。人们拿着自家的凳子，坐在大队部的院子里，一边掏耳朵，一边听报告。开会的日子总是阳光灿烂的，午后的阳光懒洋洋地照在老百姓的身上，晒得人直犯困。大队干部坐在主席台后面，凑近喇叭，一本正经地使用当地土语，念着报纸和新华社评论员文章。大家坐在那里，像旱地拔葱一样吃力地提高着自己的革命觉悟。我可以经常眯上一会，而别人就没有这个待遇。为了防止自己睡着，有的人偷偷搓毛线，有的人偷偷聊天，还有人掏着耳朵。

一种灰色的情绪在人群中间传递，像是孙悟空撒下了一把瞌睡虫。人们似乎都没有为未来发愁，他们似乎认为那是领导应该关心的事情，和他们没有关系。他们不知道自己在做什么，也不知道自己能做什么。那是革命允许的颓废，你可以什么也不做，只要老老实实待着，你就会和别人过得差不多。

老电影就是老是在演的电影。

除了看老电影之外，村子里几乎没什么娱乐。

那些老电影久演不衰历久弥新，作为一个神奇的文化现象，值得大书特书。

每次正式放电影之前，都会放映名叫《祖国新貌》的加片：不是反映哪里又建了一座水电站女人在采棉花男人在垒猪圈，就是反映新中国伟大成就一年炼了多少钢织了多少布养了多少猪；不是反映中国和西哈努克亲王和黑人兄弟友好交往的，就是赞美祖国大好河山的，没有寺庙没有佛像没有古代文人墨客没有书院，只有美丽的自然景色和变了调的音乐。当然也有体育影片。我最喜欢看溜冰的影片，就是一个人在冰上，正滑、倒滑、腾空，很顺畅。她忽然站住，双手抱住头，开始在原地打转，飞快地旋转，像一个陀螺，无比疯狂，脚下冰花四溅。

直到今天我还对这种东西印象深刻。如果我在溜冰场看到真人这样做，我想我会拍巴掌的。

很多男人都喜欢看这样的镜头，看女人挺起的阴阜，猜想它的形状。

他们紧紧盯着她的大腿根部，充满不可言表的下流想法。

我看得最多的电影是《地雷战》、《地道战》和《南征北战》，除此之外，还有一部《苦菜花》。每次听《苦菜花》的主题歌，听到"苦菜花开"那个高亢凄厉的声音，我都能起一身鸡皮疙瘩。

除了看电影，我还会自得其乐。没有人和我玩的时候，我就玩放大镜。

我蹲在炽热的阳光下，用放大镜烧蚂蚁、烧纸片、烧杨树的叶子。杨树的叶子表面有一层蜡质，看起来很肥厚，烧过之后，叶片上就会出现圆洞，变得千疮百孔，露出里面的筋脉。后来我看顾城的传记，发现他也很喜欢用放大镜烧东西，居然能用放大镜把铜碗烧出一个洞——他比我厉害。

除了放大镜，我还攒了不少私货，有漂亮的子弹壳，手枪和步枪的都有。有一把长刀，还有一杆枪管很长的燧发式的老猎枪。我猜想这些东西都是太平天国时代用过的，统统锈迹斑斑，上面都是麻坑。那些弹壳是我跟着其他小朋友一起到靶场捡的，至于刀和火枪，我记不得是如何得到的，就像我记不清是如何失去的一样。

我上小学了，学的第一课是六个字：你办事，我放心。

我唱着东方红、太阳升、毛主席、天安门、接班人、先锋队、生产队、小红花、小松树、献石油、干四化慢慢长大。每当国际儿童节和国庆节，我们都会参加歌咏比赛。我们都穿着蓝裤子、白衬衣，扎着红领巾，涂着红脸蛋，唱歌的时候竭尽全力，能把小脸憋得通红。每当儿童节，还会举行加入少先队的宣誓仪式，如果你没能第一批加入少先队，你还会偷偷地哭。学校订阅了《中国少年报》，你经常会看到资本主义国家和伟大中国的对照图解，一边是一个瘦小枯干饥寒交迫的黑人儿童躲在帝国主义大厦投下的阴影即资本主义角落里咬着被角痛哭流涕，一边是扎着红领巾的少先队员沐浴在社会主义阳光下风华正茂斗志昂扬意气风发。敌人一天天烂下去，我们一天天好起来。那时候，我们都认为，地球上除了中国莺歌燕舞歌舞升平之外，其他人都生活在资本主义的剥削之中，到处都是猪八戒即使烧红了猪蹄也踏不过去的火焰山。

上小学的时候，班主任叫老米。老米其实不姓米，姓李，但所有人就是喊他老米，因为他是南方人，从来不吃面食，只吃大米。老米是个异乡人，这从他的习惯就可以看出一些端倪，他固执地坚持着自己的习惯，虽然和这里的人都有些格格不入。这里的人六十多岁的时候，儿女满堂，自己也差不多已经像泥人一样开始浑身僵硬。只要累了，他们就随处坐下，身上总是有着太多的泥土和草棍，而李老师和他们不同。他六十多岁的时候还有女朋友，六十多岁还保持着衣着光鲜。

我们当面喊他李老师，背后都偷偷喊他老米。没有人胆敢公开挑战他的权威。老米得罪不起，得罪了是要挨打的，我们都知道。米老师是师爷辈的人物，很多家长都是他的学生，从来不敢护短，更不敢说这是体罚学生，在他们的心里，学生不听话，挨揍很正常。孩子挨了打，还要叫声好，说声活该。

老米向来以教学严厉和卓有成效在乡间著称。老米可能读过卢梭的《忏悔录》，知道对儿童臀部的惩罚乃是被动性残酷行为即"受虐狂"的色情根源之一。为了防止我们变成英国诺顿公学性心理不正常的学生，走上性变态的道路，他从来不会打我们的臀部，只会打手——用棍子打手板。

老师打学生的手板不但需要坚硬的心，也需要坚硬的棍子。

那时候，有一种很奇怪的现象，每当发现一根很好的棍子，我们都会兴冲冲地把它带到学校，送给老米。这种做法最浅层的意思就是巴结老师，但心理深层的原因也许远非如此简单。刚开始的时候，老米接过这些棍子的时候还会点头笑一笑，后来好像就让我们随便放进讲台。讲台下面斜靠着很多棍子，老米的戒尺早已经被造反的学生当做"四旧"烧掉了，只好用竹竿或白蜡杆当教鞭。这些东西平常是当做教具来使用的，一旦有人没完成作业或是犯了什么事，教具立刻变成刑具。白蜡杆密度大，很重，打在手上响声不大，但是最狠，能疼到心里去。我们就把白蜡杆挑出去，只留下竹竿。竹竿虽然抡起来也是呼呼作响，但杀伤力比白蜡杆差多了，打在手上只会疼几个小时，不会受内伤。

老米很少留作业，所有的作业都是在课堂上完成。他坐在讲台后面，我们谁完成了题目，就上去给他看，他当面批改。这种方法效率奇高，我们写起作业来非常有热情，都想尽快写完，在老师面前表现表现。一开始都是好学生写得快，写完了老米就批改，偶尔犯个小错，老米并不追究。萝卜快了不洗泥，等到后来，差学生也写完了，让老米一看，错误百出。老米被气得火冒三丈，立刻拎出棍子，一边指出作业中的错误，一边来上几棍，加深他们的印象。犯几个错挨几棍，永远不会错。老米打起学生来就像过堂一样，男生女生统统都不放过，从不法外施恩。开打之前，老米照例要用棍子在木制讲台上很响地敲一下，调动一下我们全身的肌肉。打手板的时候，手不许躲，更不许哭，如果犯了这两样，惩罚就会加倍。老米蔑视那些脆弱的人，但女生总是要哭一下儿的，老米只好权当没看见。

有一个同学叫做大勇的，是个留级生，功课应该稍微好一点，但他挨打的次数比班里任何一个学生都多。每一次他都会被加罚，因为他不是躲就是哭。小学毕业后，他没有上初中，在家里务农，后来喝农药自杀了。他的自杀不能说是打手板害的，但打手板肯定在他的心里留下了创伤。

还好，我挨打的次数还没有到难以忍受的程度，但那也够让人荡气回肠。印象中只有一个叫高玛丽的好像没挨过打，她是插班生，只在班里待了几天。她的妈妈是个很美丽的女人，据说也是老米的学生，后来当了初中教师。高玛丽看到我们挨打的时候，把头伏在课桌上，根本不敢看。几天之后，就转学了，想来是受不了这种强烈刺激。直到今天我还对她有很深刻的印象，因为她很干净，名字也够洋气。她的方格本是当做范本给我们传阅过的，那些汉字写得方正圆润，把方格都填满了，实在是漂亮。转学之后，她再没回来过。

初中时，居然发现高玛丽和我在同一个学校。高玛丽已经出落得非常漂亮，留着清纯而淫荡的"日本头"，总是穿着颇具有视觉杀伤力的牛仔裤和白色T恤衫，胸前已经鼓鼓囊囊。在那段时间，高玛丽是每个男生的意淫对象。但是，高玛丽是不和我们好的，她和一个高中生混在一起，那个高中生已经退学，每天来接她下课。我们看到她肥硕的屁股轻盈一翘，跳上男生的车座，不知道去什么地方风流快活。高玛丽成了小流氓的"婆子"，让我无比痛心。

唉，扯远了，接着说老米。

老米在当地没亲戚，很少有人来看望老米，除了一个学生。那个学生在很远的地方工作，每年都会回来，到老米这里坐一坐。那个很远的地方应该是新疆，因为他每次来，都会给老米带来葡萄干，通常是两个小纸包。如果我们在他的宿舍练大字，老米就会分一些给我们。那时候，葡萄干是很珍贵的，只能吃到几粒，滋味也很好，所以至今还记得。

老米是孤独的。每次上完晚自习，我去给他送作业，都会看到这样的景象：他在昏黄的电灯下，摊开一本书，戴着老花镜，静静地读着。印象中，老米好像没结过婚，也没有人照料他的生活。他只有一个女朋友，很老的一个女人，经常在放学之后来找他，在一起抽烟。那个女人已经寡居多年，非常的瘦，烟瘾很大。她夹着烟抽起来的时候，总让我想起一种蹲在树枝上的黑色的鸟。女人去世之后，老米还给她写过挽联，不过被她的儿子烧了。

人情薄如纸，秀才人情纸半张，这话是不错的。

老米的毛笔字很好，经常被村里找去，写公告和选举章程。他的字我还留了一些当做字帖来用，那些字是写在一种很强韧的淡黄色的纸上的，本来是夹在《辞海》里的，可惜后来连书一起都丢了。

老米没穿过中山装或是其他款式的衣服，总是中式的上装。那种衣服像老式的长衫，但只有上半身，圆领，纽扣是布做的，在侧面系。布料是棉的，青色或是深蓝色，很薄，但是很挺，每一件新旧程度都差不多。他还有两件褐色的棉袄，也是这种款式，但是绸面的。他一年四季穿得都很精神，即使在冬天，他穿的衣服也绝不臃肿。

老米总是自己做饭，自己炒菜。他还有个擀面杖，却是不用的，靠在门后面，当做顶门杠和武器使用。我见他用这个擀面杖打过一个别班的学生，那孩子偷了同学的铅笔盒。后来，这个孩子离家出走，要去少林寺学功夫，结果半路被父母追了回来。他暴躁的父亲把他打了一顿，所以他第二天上学的时候，是被母亲背过来的。我们围着看这位传说中的英雄，他伏在母亲的背上，像一只垂头丧气的蛤蟆。

老米教我们的时候大概已经六十多岁了，但身体很好。他有一个绝技，就是可以弯下腰来抱住树，然后一发力，身体就会垂直于树干，好像一面迎风招展的旗。只有在他心情很好的时候才会给我们来这么一下，所以并不常见。

老米教了我们两年的时间，才换了另一个班主任——立群先生。立群先生也很严厉，但从来不体罚学生，更没有打过我们手板。

我上初中之前，破旧的学校拆了，老米也退休了。他当了半辈子的私塾先生，又当了民办教师，退休的时候也没转正。据说老米回了他的家乡颐养天年，我们再也没见过。我不知道老米晚年过得怎么样。有时候还是很想念他，因为和他在一起的时候，好像是生活在另一个时代的人。之所以没喊李老师而喊他老米，还是觉得这样很亲。

小学时代，作业成为噩梦。

因为贪玩的缘故，我经常完不成作业。

我总是有很多的事情要干，不是和小朋友一起弹玻璃球，就是抽陀螺滚铁环；不是去看小炉匠流着热汗崩出一锅又一锅惊天动地的爆米花，就是走家串户去看连环画。要知道，这些事情，都远比写作业要有趣得多。

通常要到第二天早上，我才会想起来作业还没写。

我比较习惯在被窝里赶作业，尽管常常写得很绝望。一般情况下，作业是写不完的。这有点像西西弗斯神话，作业就是巨石，石头不停落下来，你要不停地把它推上去，实在是无可奈何。幸好只活一辈子，如果再当一次小学生，我想我会崩溃的。虽然现在不用交作业了，但我经常还有这种惶恐的感觉，有时候做梦还会梦到。

我曾经和一个搞心理咨询的朋友谈起过这件事，他说我也许是性生活有问题。我认为，交作业和交配实在是两码事，除了都有一个交字，几乎谈不上任何关联。不过，他有一点说对了。我记得收我作业的总是一个很乖巧的小女生，她站在我身边，也不说话，只是冲我伸出手，希望我老老实实给点儿什么。她一脸的无辜一脸的公事公办，好像是我的老婆。

还有一件事我也要交代。我写作业很不认真，总是把"毛主席"写成"毛主度"，怎么也改不掉。老师总是说，如果要搁在文化大革命，我都够枪毙八回了。估计现在的孩子们很少会像我这么笨，因为他们已经很少写这个三个字了。

人生识字忧患始，鲁迅先生说。

小学的时候，我就很喜欢看书，尤其是科幻题材的。

在科幻小说、连环画、反特故事和反特电影的大肆渲染下，世界充满险恶，到处都是阶级敌人，反动派像霉菌一样带着仇恨到处滋生。

美丽的女特务、浮肿的尸体、隐形书写的纸条、穿着黑色雨衣的人、神秘的房间、恐怖的变脸人、被撬开的保险柜、失窃的图纸、钢笔形状的无声手枪、带有毒刺的雨伞、能够拍照的微型相机、装有窃听装置和微型马达的苍蝇、不停抽烟陷入沉思的干警、脑海浮现出可疑人物的可疑表现、白色警服、冒着青烟散发出火药气息的枪口，这些画面你在任何一本科幻小说里都能发现。敌特用的全是高科技，像苍蝇无处不在防不胜防。在漆黑的雨夜，敌特从海里偷渡上岸，他们像黑色的鱼，穿着橡胶防水服、手持利刃，还杀害了几个勇敢的边防战士。他们换上中山装戴上眼镜大摇大摆地混入革命队伍冒充知识分子，不是妄图盗窃重要军事情报破坏军事工程就是阴谋杀害英明领导人。

敌人的活动不止停留在虚构上，他们还往大陆放高空气球，经常有消息报道从台湾海峡飘过来的气球被击落，据说有反动传单、钞票和手枪，不过我一次都没见过。有时候我就冲着天空发呆，想发现一个敌特的气球，但总是失望。

我们那时候谨小慎微，因为危险总是无处不在。为了防止被人看做是坏人，我们不敢在夜里偷听敌台，连报纸都敬若神明。报纸不可以贴窗户、不可以随便踩、不可以随便撕，因为那上边可能有领袖像，原则问题搞错了是要倒霉的。

除了喜欢看书之外，我还喜欢金鱼。我一直希望有一条红色的金鱼，毕竟红色是人们公认的最尊贵最庄严最中国的颜色。

一个小朋友看我很可怜，就很大方地送了两条金鱼给我，只不过是黑色的。

他说你可以在鱼缸外壁贴上红纸，这样透过的光线就会呈红色。金鱼是一种适应性很强的东西，迫于环境的压力为了不引人注目，它们就会改变自己的颜色。这样经过不长的时间，你的黑金鱼就会变成红金鱼。

我说你这种办法可靠吗？他说是《中国少年报》上登的。

这好像增强了我的信心。《中国少年报》鼎鼎大名，对这张报纸我从来深信不疑。我雷厉风行找来写春联的红纸如法炮制，在红纸的映衬下，我发现金鱼真的好像在逐渐变红，先是头上有了红点，然后红的范围逐渐扩大，第三天，我觉得金鱼的身子好像也变红了。但我还是有怀疑精神的，我把它们倒出来进行验证，结果发现：金鱼还是黑色，一点儿没变。唯一的变化是：在我的折腾下，它们鼓起腮帮子喘着粗气，好像非常累。

不久，两条金鱼都死了，还是黑的。

那人告诉我：时间还不够长，金鱼还没有适应。按照报上的说法，怎么也得过上三五个月才会发生变化。他说你是太殷勤，反而好心办坏事。

我无话可说。

把人关到一间只有红光的屋子里他会变成红色吗？不会的，把一个人关在只有红光的房间里，十有八九他会疯了。

我很气愤，觉得自己被愚弄了却无计可施。现在谁再让我去犯傻，估计我会不同意，因为我觉得自己已经有了初步的思考能力，已经长大成人。如果有人和我说这件事，我会说按照流行的说法一切皆有可能，鱼能变色也没什么新鲜的，可黑色的金鱼也是好的嘛，好好的你让它变什么色呀你这个傻逼。

我知道有些鱼之所以是红色是因为它就是红色。但有一些鱼的确是后天变红的。但不是被红纸映红的，而是让它生活在红色的水里。

它喝进去的是红色，吐出来的是红色，尿出来的也是红色。它整个被红色浸染，最后成为红色的鱼。但你必须要确保：红色的染料是无毒的，鱼要变成红色的前提是不被毒死。但是，如果你让这种鱼生活在黑色的水里，它会变成黑色。

鱼从来不会对人表示忠诚，只对环境。什么样的水就会养出什么样的鱼。

> 面对阳光，
>
> 你闭上眼睛，
>
> 你会看到一片红雾，
>
> 无以言表的温暖，
>
> 却是无法穿透的朦胧。

我小时候的朋友都和我是一个村子里的人。

这个村子几乎都是农民，在公家单位上班的人不太多。你可以轻易地把那些公家人从一群人里面认出来，尤其是在过年的时候。一般的农民会穿着臃肿的棉衣棉裤，而他们则穿着厚重的黑色或是褐色的呢子大衣，戴着鸭舌帽，口袋里装着只有过节时才会抽的好烟。这些烟的烟盒是白纸包的，据说是烟厂特供，只有有关系的人才搞得到。他们的家里通常都收拾得很整齐，有的还有沙发。他们的孩子也比农人的孩子穿戴要讲究一些，很多人还有自己的房间，尤其是女孩儿，估计是怕她们听到父母做爱的声音。

一些朋友的家很整洁，而另一些朋友的家则完全不同。我有个朋友叫老偏儿，是他爹在五十多岁的时候才把他弄出来的，费了不少力气，因此很爱护。他之所以叫老偏儿，就因为他的脑袋像个瓢，可能是因为小时候睡姿不好给闹的。老偏儿一家住在低矮的房子里，窗户很小，糊着窗户纸，所以光线不好。屋里养着怕冷的小动物，有时候是几只鸡，有时候是一只羊，地上摆着它们吃的东西，所以气味复杂。

老偏儿的爹给果园看果树，只在夏天和秋天上班。老偏儿说每次他爹从果园回来，都会从裤裆里给他掏出很多苹果。因为他穿的是老式的免裆裤，把下面裤口扎紧，就是很好的口袋。老偏儿的爹抽的是旱烟，用烟袋锅，烟叶揉碎，装在一个尼龙袋子，抖一抖会漏出呛人的烟末。他的眼睛不好，所以抽烟的时候是眯着的，总是很陶醉的样子。老偏儿的娘总是在忙碌，不是给鸡剁白菜，就是在炉子上熬粥。她的脸上有很多皱纹，可能是洗脸比较少的缘故，总是有煤灰的痕迹。老偏儿家的房子在村子里首屈一指，是茅草的屋顶，很少漏雨，看样子至少得住了一百年。土墙里面居然还有夹墙，也就是暗道，可能是战乱时用来躲避强盗的。强盗没来，黄鼠狼来了，老偏儿他们家的夹墙中住进了一只黄鼠狼。黄鼠狼又叫"黄大仙"，看得打不得，据说它最厉害的本事就是在月圆之夜拜月，然后幻化为清丽女子，专门干口交的勾当，吸男人的阳精。

黄鼠狼极机敏，遇到敌人时，会放出极臭的屁来。老偏儿经常拿苹果喂它，也许是不想闻它的屁味儿。我见到过被做成标本的黄鼠狼，身体细长，像是一个长柄的黄色毛刷子，已经放不出屁来了。

老偏儿家的门锁也有一百年左右的历史，仿佛长命锁，是扁平的。这把锁像个老妓女，用任何一个铁片都能捅开，但老偏儿家还是坚持用钥匙才能开。这个锁只有一把长长的钥匙，通常由老偏儿的爹保管。老偏儿放学回家，如果家里没人，他宁可在院子里玩上半天，也不敢随便把门捅开。他曾经这么干过一回，却差点儿被他爹打断了腿，老偏儿的爹说：这样干的话，会招来强盗。

前几年我回去的时候，这个房子已经被拆了，既然没有片瓦，当然也就片瓦无存。老偏儿和他的媳妇住在一间宽敞的屋子里，据说他爹在他结婚之前就故去了。

妈妈一直对我成为一个"体面人"抱有幻想。

有个走街串巷算卦的，妈妈请他为我卜一卦。那个人装模作样地搬着我的脑袋左转右转，看了半天，最后咬牙切齿地说道：这个孩子有官运，以后能当个公安局长。

妈妈听了这句话，眉开眼笑地给了那个人两块钱。

在那个时代，公安局长可是个很不错的差事。我父亲曾经有个朋友称作老何的，虽然只是派出所的所长，却也早已经是一方名人，连村长见了他都得客客气气。如果我能成为公安局长，那自然是件皆大欢喜的事。不过，截止到今天，我还没有看到任何我能成为公安局长的迹象与可能，实在让人失望。

顺便说一句，那时的警察穿的是白色警服，戴着红领章，似乎比后来的警服都要醒目得多。

我家后院住着一个武学大师。

武学大师有六十多岁，夏天的时候，总是赤膊的，下面穿一条棉布的灯笼裤，扎着四指宽的牛皮板带，板带上面，是被一层皮粘在一起的肋骨和乳头，再往上，是灰白稀疏的胡子。

大师大部分的时间都是在竹椅上躺着，身边放着一把破茶壶。也许是怕有人偷师学艺，一看到有人看热闹，大师就从来不教徒弟武功。很少有人能看到大师练上一招半式。

我经常和小朋友匍匐在房顶，希望像杨露禅那样，偷学几招。我们都趴在房顶上的树影里，所以才能侥幸看到一些皮毛。

武学大师有三个徒弟，个个都是光头，泛着咸鸭蛋壳一样的青色。

三个徒弟，一个是木匠，一个是屠户，一个是卖青菜的，都有自己的营生，所以并不是每天来。每次来，他们都会给老师带些礼物。有时候是时令青菜，有时候是一挂猪大肠，有时候是两瓶简装的白酒，有时候他们给师傅带只活鸭子。

我从来没见过他们给老师带过活鸡。好像武学大师特别喜欢吃鸭子，对鸭子情有独钟。那些徒弟习拳练武的时候，老婆子就会眉开眼笑地给鸭子煺毛。像老偏儿的娘一样，老婆子也不是特别喜欢洗脸，脸上的皱纹里同样满是煤灰。

需要注意的是：鸭子是活着的时候被拔个干干净净的。鸭子事先被灌了几口白酒，为了拔得干净。也许他们认为：鸭子和人一样，喝了酒也喜欢赤膊上阵。

当老婆子给鸭子煺毛的时候，武学大师就指点徒弟武功，耳提面命。然后徒弟们就一字排开，分别拿着铁锁和石锁，卖力地练起来。

他们练得倒是很实在，不一会儿就浑身冒起了热气。和武学大师一样，他们也是上身赤裸。不同的是，他们都是生意人，没有整天在日头底下晒着，并不经常务农，所以他们的身体白皙得多。

热身完了之后，他们就会分别打一套拳给师傅看。那些拳可不是花圈绣腿，实在是虎虎生风，能把老太婆刚薅下来的鸭毛扇得团团飞舞，半天落不到地上。

我们这些孩子看得目瞪口呆。

武学大师拿着一根竹杖，不停地在他们身上敲敲打打，纠正他们的动作。

拳打完之后，徒弟们开始做饭，下面的去下面、炒菜的去炒菜、烙饼的去烙饼，就剩武学大师一个人在那里躺着。

功夫练到多精深看不出来，鸭子倒是吃了不少，枣树底下攒了不少的鸭毛。江湖中人，讲究"散财"之道。"江湖一把伞，许吃不许攒"，看来他们深得其中三昧。

武学大师的儿子却是不练武功的——他练嘴皮子。

他是个说书人，身体单薄。八十年代，他是这个村子里唯一穿纺绸大褂、黑绸裤子并且头戴礼帽的人。

夏夜乘凉的时候，在众人的撺掇下，他就会免费来上一段评书。

我听过他说书，从他的嘴里，我知道了英雄大八义小八义，也知道了李元霸和程咬金。我知道了三国名将赵子龙就在离我们这里不远的一个县城出生。据他说，曹雪芹也和我们是老乡。他还说，如果曹雪芹一直生活在这里，老老实实结婚生子，他断不会穷死饿死在北京。

这个家庭亦耕亦读亦文亦武，是小村子里难得的风景，能够历经文化革命而没有被摧毁，实在可喜可贺。

武学大师千古之后，他的徒弟就很少来。那些铁锁放在院子里，渐渐生锈了。那个石锁，被老婆子堵在猪圈的破洞里了。据说凡高的画作也曾经盖在鸡窝上为母鸡遮风避雨，看来，自古圣贤皆寂寞，这话是不错的。

第二章

　　这个世界是阴性的，是被以关怀的名义笼罩着的，一个巨大的澡堂子。你必须一面洗刷自己的污垢，一面小心翼翼地防止自己滑倒。任何敢于仰视赤裸真相的行为都会被视为一种冒犯，万恶不赦，你不是居心叵测就是恶棍流氓，或者不齿于人类的狗屎堆。一人吐口唾沫，也会把你淹死，他们这样说。

　　我的性意识形成得很早，那来自我童年的记忆，虽然那个场景并不是那么阳光灿烂。

　　那时，我只有几岁，还是天使没有变成魔鬼的年纪，和一群女人洗澡。在散发着硫磺气味的浴室，在暧昧的气氛里，仰视着许多女人的身体，和她们一起洗澡。那个过程没有丝毫的美感可言，我最初的体验是恐惧。水泥地面上，满是肥皂水和陈年的泥垢，很滑，我必须小心翼翼地站着，不让自己跌倒。

　　我在一群臃肿的、瘦削的，有着黑色或是灰色毛发的女人里穿行，面对着女人的身体，像穿过热带丛林。不停地有水猛地冲下来，溅在我的身上。我不停地把脸上的水抹去，这不是一种享受而是一种折磨。

　　这个孩子不会把见到的说出去吧，一个老女人忧心忡忡地说。

　　没有人回答她。

　　我记得那次还有个小女孩和我站在一起。也许她和我一样恐惧，陷入了同样的问题——她不知道自己的性别，也不知道这些长得奇形怪状的女人正在干什么。她后来大声地哭起来，好像是眼睛被肥皂水蜇疼了。许多年之后想起来这件事的时候，我已经不能确认她是谁了。

还好，这种经历，在我的记忆中，只有这一次，以后再也没有出现过。

也许不止我一个人有这种经历，那个时代，我们经常可以看到妈妈带着小男孩到女人的浴室洗澡。我从没看见过父亲带着小女孩在男浴室里洗澡。这里面的原因耐人寻味。最简单的原因是，那样做是绝对不可思议的，带有某种猥亵的味道。由此可见，在妈妈看来，男孩是无足轻重的，男孩是无需注意他的性别的。

那时候，孩子是永远的孩子，妈妈是永远的妈妈。慈父是妈妈、严师是妈妈、领导是妈妈、单位是妈妈、工厂是妈妈、组织是妈妈、党是妈妈。你是永远的孩子，妈妈的孩子、领导的孩子、单位的孩子、工厂的孩子、组织的孩子、党的孩子，永远不可能长大、永远不可能不犯错误、永远都会被训斥、永远都会被打屁股。

这个世界是阴性的，是被以关怀的名义笼罩着的，一个巨大的澡堂子。你必须一面洗刷自己的污垢，一面小心翼翼地防止自己滑倒。任何敢于仰视赤裸真相的行为都会被视为一种冒犯，万恶不赦，你不是居心叵测就是恶棍流氓，或者不齿于人类的狗屎堆。一人吐口唾沫，也会把你淹死，他们这样说。

你只能，在那些灰白而僵硬的身体中穿行，装出一副不谙世事的样子。

长大之后，我试图用弗洛伊德或是福柯的理论来分析我当时的心理，但很难得出什么结论。因为，若是根据他们的学说，有过这种惨痛经历之后，在女性意识的压榨之下，我现在应该是个性无能或者性错乱，或至少是个性极度压抑的人，但其实这是根本不成立的。事实上，我爱女人，我还会和她一起洗澡。因为我再也无需仰视，她的所有秘密，在床上，已经一览无余。

也许是受洗澡这件事的影响，我的性心理发育比较超前。早在上小学的时候，就爱上了同班的一个小女孩。她长得胖嘟嘟的，很好看。每天下学之后，我都会和她在一起写作业，是在离学校不远，一个尚未完工的房子里。房子有些潮湿，但很凉爽。我确乎抚摸过她的身体，和她发生过绵软的身体接触。那似乎是小男孩和小女孩玩的一种游戏，我们没有告诉过任何人。

不过这件事似乎也没有持续多长时间，因为她后来留级了，也不知道是不是这件事情闹的。其实，小孩子也是懂得性这件事的，只是他们不说。因为没有适合他们的表达。对他们来说，那件事特别美好，比成年人认为的干净得多，纯洁得多。

小学高年级的时候，一些大孩子开始开一些比较色情的玩笑。他们大多是留级生，在他们眼里，我们还是毛孩子，而他们已经发育得像大人一样。

我很快就有了感性认识，理解了这种发育的奇妙。

有一次，我和一个小女孩打闹。我们闹得很过分，结果，我的手推到了——几乎可以说是抓住了她的乳房。我完全不是故意的，说实话，我当时也根本没有那样的勇气。

她的乳房非常软，我的手一旦触上，就像被电击了一样。那个女孩猝不及防。她瞪了我一眼，看周围没有别人看见，就跑开了。

她长得很美丽，圆圆胖胖的，总是穿着一件柔软的碎花衣服。对她的年龄来说，她的乳房显然发育过头了。

我的青春期就在那一天到来，撞了我一个头昏眼花。我后来一直想重复那个动作，但她没给我任何机会。她不再和我打闹，每次看到我，她就会低下头，抿着嘴走开。

整个假期，我是在春心萌动之中度过的。我每天在街上游荡，期望碰到那个女孩，但总是失望。

过完了那个暑假，我开始到邻近的中学上初中。

金银天生不是货币，但货币天然就是金银。政治老师总喜欢说这句话。他患有很严重的牛皮癣。没有人敢向他请教问题，我们觉得这种病很可怕，唯恐被他传染。还好，没有人得上牛皮癣，我们命大福大。

后来又换了一个政治老师，是个年轻女人，戴着变色眼镜，据说原来是体育老师。

没过几个月，政治老师又换成了一个干瘦的老太太，是省女子手球队的老队员，据说受到过周总理的接见。再后来，临到中考的时候，又换了一个岁数很大的老师。也许是常年缺氧，他的面孔总是青紫色，像是循环不畅的痔疮。

政治课也许是最容易教的课，谁都可以客串，所以老师也是干什么的都有，长得也是奇形怪状。

小时候，一些不负责任或是过于负责任的家长会笑着告诉我们：小孩子是从胳肢窝里生出来的。小孩子是很聪明的，他们并不相信，因为没有在大人的胳肢窝下面看到这样一个足够大的口子。但他们总是假装相信这种无稽之谈，好像这是孩子应该做的，应该被欺骗。但从此之后，我们对胳肢窝就倾注了过多的关注。上初中的时候，还没有流行褪毛术，女人的体毛还完整地保留着。所有的男生都会注意到，女人胳肢窝里的毛，形状是不一样的。女生的腋毛还没有发育完全，很多是黑中带黄柔软卷曲，但女老师的腋毛却是黑亮而笔直。女生的腋毛不是你想看就可以看的，很多时候被很好地保护，秘不示人，据说有的女生是在胳肢窝里各夹了一个鸡蛋，为的是改变自己随便亮出腋毛的坏习惯。我们只好关注女老师，当然是年轻的女老师。夏天，当穿着无袖连衣裙的她们在黑板上写字的时候，我相信每个男生都注意到了女老师的腋毛。那些黑亮而笔直的腋毛总是引起我们由衷的赞叹。

腋毛不是想忘就可以忘的。你可能已经忘了女化学老师教你的化学方程式，但你很难忘掉她抬起胳膊，那一眼的风情。我们深刻理解了搔首弄姿的含义，当女人的胳膊抬起来摆弄自己的头发或身体的时候，她的至少一个隐秘通道处于打开的状态，散发出某种气息，引起人的性幻想。

我同时相信，男教师的腋毛对女生也是有同样杀伤力的。

我们把腋毛问题看在眼里想在心中，大家无心听讲但是心照不宣。

有时候一些坏男生聚在一起，会讨论女生的乳房和女老师的腋毛。一个同学说，腋毛和阴毛的存在是为了降低摩擦系数，变滑动摩擦为滚动摩擦。我们的头脑便看到两个白乎乎的肉体，在窸窸窣窣地揉搓着那些毛发。毕业的时候，大多数人的青春期平稳度过，只有说这句话的同学进了工读学校。大多数人的欲望被抑制得很深沉，干净利落，一群平庸者中只出了几个流氓，这是教育史上的奇迹。

刚刚是我的初中同学，个子和我差不多，因为小时候生过重病，所以很瘦弱。我总担心他还没有彻底好，会突然死掉。我看过他吃过的药盒子，堆满了一个小房间，散发出残余的药味。刚刚是一个很讲究卫生的人，总是在口袋里放着手绢，只有等到鼻涕快要掉下来的时候他才用手绢擦一下。就因为用手绢，他总是受到别的男生的嘲笑。他同时还受到女生的嘲笑，因为那个手绢真的很脏。

刚刚看起来总是很忧郁，一方面因为他的身体不太健康，另一方面是因为他养了几只羊，沾染上了它们的习气。那些羊总是沉默，像患有抑郁症、瘦骨嶙峋的文弱书生。

刚刚同学有段时间神情恍惚，因为他在兽医站看到了一个和母羊交配的人。

刚刚同学告诉我，那天他牵着羊去给羊看感冒，看到两个人正站在一只母羊的边上打赌，边上有几个揣着手流着清澈透明的鼻涕的看热闹的人。一个人对另一个人说，如果他把母羊干了，就给他十块钱。那个人是个老光棍，很爽快，二话不说，脱掉裤子就站到了母羊的后面。母羊好像有点惊慌，甚至还带点羞涩。它只是想和公羊这么干，和人交配，它似乎还没有心理准备。它想挣扎，前面的人就抓住了它的头，把它夹在自己的裤裆里。一开始母羊还挣扎了几下，后来就不挣扎了，好像感觉还不错呢！那个人站在母羊身后干了几下，然后就抽了出来。刚刚同学很吃惊那个人生殖器的巨大，他随随便便擦了一下，就把它塞回了裤子。

刚刚同学说，这只母羊以后每次见到这个老光棍，都会冲他"咩咩"叫起来，像是和他打招呼。

放学回家，刚刚同学绕了很远，带我们去兽医站，看那个老光棍，那个会操山羊的人。刚刚同学给我指了一下，我却没有把他认出来。那里坐着好几个人，个顶个看起来都是深谙此道的高手。老光棍看到我们在看他，就冲我们笑了笑。他举起两只手，一只手两个手指圈起来，另一只手的一个手指在里面出出进进，比画了一个下流手势。旁边的人都笑起来。我们没有看到那幕精彩的场景，因为没有人和老光棍打赌。我想老光棍其实很想经常跳到母羊背上给它再来那么一下子，如果有人给他十块钱的话。如果没有人给他十块钱，他是不会做这件事的，虽然他很渴望。他不想被人称作"一个会操山羊的人"，这会给他带来某种耻辱。当然，如果实在忍不住的话，私下里他还是可以这样做的。

　　回家的路上，刚刚同学说：他这样做的话，很快就会死掉的。我们都还很小，不能确定一个人和羊搞过一次或数次之后会不会很快死掉，但刚刚同学说这句话的语气让我印象深刻，有一种悲天悯人的情怀。

　　刚刚同学家里也有几只羊，那些羊发育都很正常，在刚刚同学的指挥下，我给它们中的一个挤过奶。羊的乳房像是装满了温水的袋子，摸起来很舒服。如果刚刚同学想和它们搞的话，估计这几只羊也不会反对，因为都是他喂大的，反对的话实在说不通。但我们还很纯洁，自觉维护着伦理纲常。

　　忧郁的刚刚同学后来考上了大学，分配到了一家化工厂。那家化工厂污染很严重，经常会发生苯泄漏。苯是一种有害物质，会让人丧失生育能力和罹患白血病。但刚刚同学还是在那里干，因为他说：找个稳定的工作实在不容易。他后来有了儿子，长得很像他。他的妻子很胖，应该是一张很舒服的床。我一直想问刚刚同学那个和母羊做爱的老光棍究竟有没有死掉，但还是忍住了。现在问这种问题，好像已经过了年纪。

　　初中时期，不用认真对付的考试只有两门课：《生理卫生》和《三防教育》。学过的人都知道，《生理卫生》这门课，最关键的"生殖"章节是不讲的，让学生自己看书，认真体会。其实也没什么内容，不过是两幅男女生殖器官的剖面图。不过，就是这两张图，让老师臊得无地自容。

自学这个章节的时候，老师还在黑板上写出问题：如何防止青少年手淫、遗精？

这道题的答案是：内裤太紧了不行、不树立远大理想不行、睡得太早不行、床太软不行、接触不良读物不行、胡思乱想不行。虽然我知道这个题目的答案，但我还是照样跑马，并且比以前还要频繁。

和《生理卫生》不同，《三防教育》课的实战性非常强，似乎明天就会有个原子弹从天而降。

三防教育老师是一个复员军人，手里有数枚烟幕弹，估计是文革武斗时剩下的。当了老师之后，他把这个东西当成了教具，来教我们如何防止原子弹可能对我们造成的伤害。他给我们拿来了一溜儿挂图，分步骤介绍动作要领。他告诉我们，当听到核武器发出的巨大爆破声之后，应该背向爆炸方向，原地卧倒、双臂护头、不许看爆炸闪光，要尽可能保护头部，尽可能地利用建筑物的角落和厚实的土墙。

我当时就想：如果我们双手抱头就能躲过原子弹，这原子弹是不是有点儿太面？

讲解完了动作要领，老师要做示范。为了我们的安全，老师让我们站在二楼，看他在操场比画。说实话，直到今天我都觉得这个老师的敬业精神实在可嘉。照我看，都有点犯傻的嫌疑。

他把那个烟幕弹像原子弹一样扔出去。我们才知道：原子弹似乎和手榴弹一样，也是要拉弦的。

我们班的全体学生挤在栏杆边上，看着老师在地下摸爬滚打，不断地重复着规避原子弹的动作。地下很脏，我当时的印象是：这个老师很像一条正在挣扎的涸辙之鱼。

烟幕弹燃烧的时间很长，老师在操场上不停地趴下站起，重复着动作要领，脸上的汗水滚成了泥。别的班的学生也不上课了，都跑出来看操场上发生了什么事情。有人望着操场上冒出的黑烟兴奋地喊道：我们学校发现石油了！

那段时间，这个老师成了学校最受欢迎的人。所有的班都想让老师扔一颗烟幕弹，然后在地上不停地打滚。不过，等这个老师把所有的烟幕弹都扔完了之后，他重新成为我们公开取笑的对象。

我注意到，他设计的原子弹爆炸的方位始终是在西方。这就是说，袭击会从西方开始，这就是他的判断。

对性这件事恍然大悟是在我上中学之后，那是因为我看到了弗洛伊德的著作——《梦的解析》。

在那时，弗洛伊德的书是被当做淫秽的东西看的，通常会和许多充满淫秽描写的法制杂志放在隐秘的角落。

说出来你都不信，那本书是我在放羊的叔叔那里发现的。这个情节如果给一个外国人看到，肯定会大吃一惊：一个抱着羊鞭子的人居然在看弗洛伊德，实在不可思议。但这确实是真的。那时候，找到一本口味纯正的色情书还真不是件很容易的事，只好拿弗洛伊德对付了！

弗洛伊德用的那些诸如"阳具"、"戳入"、"肉欲"、"勃起"、"马鞭"、"军刀"、"棍子"、"自慰"、"遗精"等词语和有关的案例叙述，看得我春情荡漾。我不能说是看懂了，我只是对这些词语的组合印象深刻，这些只言片语的描述让我心惊肉跳，曾经让我像个湿乎乎的套子。

记得弗洛伊德用过一个词——libido，有人翻译成"力比多"，我直到今天也没有弄清这个词英文的确切含义，但汉语的意思我是弄清楚了！每次看到这个词，我都会看到一对狗男女在床上撕扯成一团，不是西风压倒东风，也不是东风压倒西风。这场力比多大战的最后结果，一定是力气大的那个占了上风。

我的起点足够高，一部弗洛伊德的《梦的解析》给我开了荤。

那时候，这是一个很奇怪的现象，人们都是拿名著开练，从字里行间发现色情。我有一种感觉：那个时候看弗洛伊德的人，似乎比现在多得多！

我没有看过真正的黄色小说。虽然那时《曼娜回忆录》和《少女之心》这样的手抄本已经开始在学生里传阅，但并不是谁想看就可以看到的。好孩子是不可能看到这些东西的，只有流氓和流氓的小兄弟才有机会。我有个同学叫绍文，在其兄长的庇护下，已经是一个货真价实的小流氓。在他看了《曼娜回忆录》之后，他就敢在课堂上摸同桌女生的大腿及以上部位了。

那年夏天，我正好初中毕业。

整个初中，我和其他的男同学一样，穿的几乎全是涤卡军装，绿色的大裆裤，白色或红色塑料底儿的板儿鞋，整天背着绿色军用挎包。有的同学已经开始在危险的边缘游荡，他们是所谓的"斧头帮"成员，军用挎包里会装着一柄一尺多长一拃多宽磨得很锋利的小斧头。他们管早恋叫"拍婆子"，管性交叫"打兔儿"或是"崩锅儿"，看到别人脸色发白就说是刚"打过手枪"。他们总是和社会上的闲散人员一起，像一群乌鸦蹲在学校门口，对那些招摇的女生吹着口哨。他们打起架来手特别狠，连老师都不敢轻易招惹他们。

毕业晚会那天，一个叫"大猪"的同学把从化学实验室偷来的两卷镁条从二楼垂下来然后点着。一种奇异的光笼罩了黑夜。据说照明弹就是以镁为主要成分的。镁条燃烧，冷冷的光不停地翻腾上升，烟雾蒙蒙，凄美的画面。我坐在花坛边上看着，我的身边是关芳。

我现在已经忘记我和关芳是怎么好起来的了。我只记得，我曾经注意了她很长时间。关芳的身体发育得很好，虽然只是初中，却已经像个小妇人，凹凸有致。每当坐在板凳上，她总是把身体挺得很直，但她的双腿却和别的女生不一样，从来不会紧紧并在一起正襟危坐，而是分开的，踏在凳子两侧的横梁上。从我的角度看过去，她的臀部突出，腰身细长，带有一种特殊的美感和淫荡的意味。

一开始，我们严格恪守着早恋唯美主义的防线，彼此仅限于拉手和拥抱，连接吻都是禁区。但事情开始起变化，那一天，放学之后，当教室里只剩下我们两个人的时候，我把她挤压在教室的门后面，强烈地吻了她。然后，我对她说：让我摸摸你的奶子。她似乎被吓坏了，她一直以为那个东西是叫乳房的，她认为自己的那个东西和已经下垂的老女人的奶子完全是两种东西。她很气愤，也许是认为我这种说法大煞风景，把所有的美感破坏殆尽。

关芳很生气，后果很严重。我只好认错，看到形势有所缓和之后，我说让我抚摸你的乳房，她总算是同意了。我拉开她的羽绒服，解开她衬衣上的纽扣，摸到了她的乳房。那是我第一次想赞美的东西。它丰满而温暖，像水一样柔软地颤动，散发出一种很香的味道，似乎再也没有什么比她的乳房更温馨。我热爱温暖而柔软的半球形乳房。

关芳靠在门后面，我把她的衬衫纽扣全部解开，把她的胸衣拉上去，她浑身颤抖，任凭我的亲吻和抚摸。我们的身体紧紧贴在一起，像吸附在岩石上的海底生物。

那还是冬天，外面正在下雪，很大的雪。天慢慢地暗下来。我们就那么一起缠绵着，直到门房的摇铃声一次又一次传来。

那个夏天是段百无聊赖的日子，整天就是等着分数下来，看自己会上哪所学校。一切好像结束了，又好像期待重新开始。

关芳那段时间也很无聊，所以常常会过来找我玩。我们有时候谈谈过去展望一下未来，有时候就做成年人的游戏。一切都无师自通。

乳房对我的诱惑力已经不是很大，大家都需要动点儿真格的，来点儿真东西。我完全不能控制自己，和关芳在一塌糊涂中开始做那件事。我在拼命进攻，她在拼命抵抗。防御越顽强进攻越猛烈，进攻越猛烈防御越顽强。这是一种成年人玩的游戏，我们心照不宣，欲擒故纵。忽然，她挺直了身子，好像突然被剧痛袭击。我也像一个暖瓶爆裂，滚烫的液体流出来。我在破坏中心满意足地战栗，她面色通红，然后，开始哭泣。

你知道，只要是正常的女人，第一次做完这件事总是会哭的。原因很难说清楚。

当时的情形是：我们俩都浑身酸软，一动不动。关芳还是爬起来去了一次厕所，出来之后，她说她在自己的下体摸到了血，鲜红的血，虽然不是很多。但除此之外，她没有任何不适的感觉。

她像一个在不经意中丢失了心爱玩具的小女孩，茫然地看着天花板，失魂落魄。她不知道自己坚守了如此长时间的忠贞不渝看起来却是如此不堪一击功亏一篑。

我劝慰着她，说也许一切都并没有发生。并不是我在推卸责任，我只是始终不能确认：我究竟进入她的身体没有？你知道，对这件事，你总也判断不准，因为阴茎是没有任何思考力和判断力的。谁能证明一切到底有没有发生，我有没有插进去呢？是我还是她？没有人。

她是处女，我是处男。我们没有性经验。关芳肯定是流血了，我知道，这样的情节是编不出来的。但无论是我还是关芳，我们都稀里糊涂。即使被伤害，也还是被狂躁麻醉着，不觉得痛。

关芳后来告诉我，她是提心吊胆地过了一个月的时间。她知道：男人和女人做这件事会遭到什么样的惩罚。她的哥哥刚刚结婚三个月就已经纸里包不住火，她每天看着嫂子的大肚子心事重重。到了月底，她终于开始痛经。像以前的每一次一样，她面色苍白，手脚冰凉，冷汗直流。她很高兴，含着泪微笑。

那个暑假，她很少来家里找我，不给我提供作案机会。

我们在电影院里约会。那是一个恐怖片，凶手是一个残忍的人，他正在把被害者的一只不停挣扎的手放在工作台上，让电钻旋进他的手心。关芳正视着银幕，把我放到她腿上的手拿下来，面无表情。

妈妈让我去买肉。那时候是社会主义市场经济的初级阶段，已经有私人鲜肉卖了。但我们还是到肉店去买，因为单位发了肉票。这种所谓的肉票并不是江湖黑话所说的绑来的人质，它是一大张纸，盖满了一个个印章，代表一头头被计划经济绑来并屠宰的猪和一坨坨摆在柜台上的冻肉。冻猪肉比市场上的鲜肉要便宜几毛钱，并且没有注水。它们被从冰柜里拿出来，剔去骨头，切成长条状，摆在柜台上。那些冻肉泛着一层白色的油，好像得了重状肌无力，看起来死气沉沉。

我叫上关芳和我一起去。

买肉回来，我和关芳骑着车有说有笑。我们经过一家门庭冷落的国营商场、一个有无数女孩正在橱窗微笑的照相馆、一个有小流氓正在校门口抽烟的中学，然后来到了一座桥上。我们停了下来，因为这里看起来似乎还有点风景。但很快我们就发现这是一个错误，桥下面的水是黑色的，停滞不动，散发出恶臭。我们只好转过脸来，一边聊着，一边看桥上的行人。但忽然她不说话了。

一支送葬的队伍正在经过。队伍最前面的人捧着遗像，死者都是很年轻的人。没有花圈和哀乐，只有黑纱和白花。时间好像静止了，我们默默看着，看这支队伍从桥上流过去。

"送葬的行列，无鼓声也无音乐，在我的灵魂里缓缓进行。"几年之后，我读到波德莱尔的这句诗的时候，胸膛似乎被穿透了。

有人正在死去，而有人还在买便宜了几毛钱的冻肉，那一刻，我感到自己很荒谬。

关芳觉得很害怕，自己先回家去了。我站在那里一直看，直到看不见队伍的背影。

那天晚上吃的饺子，不过味道好像不是特别好。电视里的新闻也不是特别好，说是非洲有两个部族正在仇杀：甲部族是一群矮子，他们仇恨高个子的乙部族，乙部族则仇恨甲部族明亮的黑眼睛。但这只是借口，仇杀的真实原因是他们彼此都想争夺对方的土地。甲部族声称要把乙部族所有男人的双腿打断，乙部族声称要把所有甲部族男人的眼珠子抠出来，这件事并非说说而已，他们真动手。电视里出人意料地播出了很多残酷场面，有很多像木柴一样被码起来的尸体，有的尸体被焚烧过又被开肠破肚上面爬满苍蝇，高个子成了矮个子因为很多人的双腿被打断只能拄上拐杖，矮个子脸上缠满绷带因为他们瞎了眼睛。一个装满人类眼珠子的水桶被拿出来作为战利品大肆炫耀，士兵手中拿着枪站在坦克上宣誓效忠声嘶力竭耀武扬威，不管矮个子还是高个子都宣称自己拥有民族与正义与武器，画面让人恐怖，到处鲜血淋漓。

好在这事情远在天边，不致影响正常中国老百姓的生活。这件事也不是我们能关心得了的，因为太多的事情像一个巨大的黑幕挡在我们面前。

我和关芳的事很有意思。

我们是classmate，这个词拆开的话，就是class和mate两个词，class不用说，mate则和mating是一个词根，含有"交配"的意思，所以classmate翻译出来就是"同学之交"。我敢说，发明这个词的人，当初也许就有这种不健康的期待，包藏着幸灾乐祸的念头。

关芳后来结婚了，和她大学的同班同学，又是名副其实的classmate。

她结婚之前，我已经正式参加工作。

她后来和那个男人结婚，随即就后悔。

她又来找过我几次，但我们只是像一对狗男女那样畏首畏尾偷偷摸摸。看来，她没有做好足够的思想准备，让自己在结婚一个多月的时候就把自己变成一个人尽可夫的坏女人与人通奸。她甚至不像少女时代那样奔放，想做什么就做什么，她总是哭哭啼啼，恨自己一念之差木已成舟。

我对她很快丧失了兴趣，因为那时我还可以获得别的爱情滋补，还有别的女朋友，还没有在一棵树上吊死，有乱搞的自由。

我们两个都有点儿烦了。两个人在一起，什么也不能做，相反还心事重重自责内疚痛苦惆怅，于是她后来再也没有找过我。后来她就生了小孩儿。生完孩子后她胖了不少，奶子和屁股都不可和以前同日而语，已经彻底变成了一个丰满的小妇人。

我曾经看见她骑着电动单车穿梭于菜市场之中，不断地和人讨价还价，好像已经乐天知命。

关芳曾经送给我一条马海毛的围巾，不过后来不知所终。我到现在都搞不清马海毛是什么动物的毛，只记得那条围巾是天蓝色的，毛很长，围起来很暖和。

她是我永远的洛丽塔，我想我永远记得她十几岁时的芳香和羞涩表情。

我和关芳倒在床上乱忙一气的时候，有人在看着我们，是海英。

他是我的小学和初中同学，很好的朋友。

海英的爷爷是个老秀才，有一个白铜的水烟袋，据说是皇帝御赐的。好像那时候村子里有这么个说法：只要中了秀才，皇帝就会给个水烟袋什么的。这种说法从何而来不得而知，但整个村子只有这一个白铜水烟袋却是不争的事实。我们曾经有个很不好的想法，就是把海英爷爷的水烟袋偷拿过来，美美地抽上一顿，然后再把它给卖了。海英的爷爷好像隐隐地感觉到了我们的险恶，所以他把白铜烟袋看护得很紧。他是一个很有力气的老人，吹掉水烟袋燃过的烟头，就像射出一颗子弹，能准确击中正趴在饭桌的白米粒上乱搞的苍蝇，所以我们的计划一直没有得以实施。

我和海英一起成长，一起培养相同的爱好。我们先是迷上了集邮，满世界寻找毛主席诗词、祖国山河一片红和梅兰芳的小型张。后来又迷上了收藏古币，我们抢女生的毽子，把毽子扯开，在里面寻找圆形方孔钱。我们希望能够获得一枚刻着"康熙通宝"字样的"罗汉钱"，据说那种古钱用黄金铸造，非常珍贵存世稀少。再到后来，我们兴趣转移，开始争论广告上说的"丹碧思卫生棉条"究竟要不要塞进女人的阴道。那时候的电视整天播放五条广告，分别是"偷袭吧偷袭吧新时代的东芝"、"艳舞艳舞一曲歌来一片情"、"雀巢咖啡，味道好极了"、"戴博士伦，舒服极了"和"丹碧思卫生棉条"，装备这种棉条的女人可以游泳，似乎是它最大的卖点。

但我记得有个同学曾经说过：处女不能用棉条。要是哪个女生这么干，她的处女膜就会提前受伤。

那时我们都住在平房，海英的家离我家很近，所以他有时候就会在房顶上突然出现，向着我微笑。他总是喜欢在房顶上跳来跳去如履平地，像一只用尾巴掌握平衡的猫。在我睡觉的时候，他会偷偷溜下房顶，摸进我的屋，然后对我大叫一声。

我们之间没有隐私的概念，因为我们是好朋友。但只要我和关芳在一起，情况就会不一样，我会做贼心虚，把门锁上。

海英进不了屋。他趴在窗户上，透过窗帘的缝隙，看着我们两个，好像觉得很有趣。

我说海英你不要看了，你觉得这样有劲吗？

海英还是趴在窗户上看着，不管不顾。

因为是同一学校同一年级的，关芳也认识海英，这让她非常害臊。她慌乱地用毛巾被把自己彻底裹起来，像是一具木乃伊。

后来海英就不知去向。

晚上他又来找我。他顽固地问：你是不是和她睡觉了，今天中午？

我说没有。

他顽固地说：你肯定是把她扒光了，要不然她为什么要裹着毛巾被？

我说她只是觉得冷。

他说你肯定和她干那事儿了，对不对？

我说我没有。

他坚持说你肯定和她干了，我看得出来，她那时什么都没穿。如果我早来一会儿，我就什么都会看到的。他这么说着，像是有点后悔。

我真的没和她干，你要知道，这么干是会怀孕的，我说。

"怀孕"这个词击中了他，就像一块石子击中树干，发出了一声钝响。他好像相信了我没有性交这件事。你知道这件事情就好，如果你和她干了的话，她就会怀孕的。他慢悠悠地说。

他的话像一枚跳弹，反过来击中了我，让我也信以为真。

我开始惴惴不安，好像关芳真的已经怀上了我的孩子。这个念头折磨了我很长时间。我真的认为那个东西就像生命力极强的柳树枝，只要随便插进地里，就有发芽的可能。

存在就是被感知。

这个世界上有很多事，不是怕你做不到，而是怕你想不到。你一旦想到，噩梦就开始了。我那时候认为，性交这件事就是撒种子，只要你撒下种子，剩下的事你就不能控制了。这样做的后果就是：种子会在土地里埋下来，会在它自认为适宜的时候开始生长，不以人的意志为转移。现在想想，那种想法实在是折磨人，因为你不知道什么时候关芳的肚子就会突然膨胀起来，膨胀到透明，而里面有一个黑亮的像蝌蚪一样黏滑的东西在其中游动。

这种奇怪的想法直到很久之后才慢慢被淡忘。

现在我已经知道：有些精子和卵子只要碰在一起就会电闪雷鸣，发生剧烈的生物反应，受精卵会以几何速度生长，直到顺利降生。而有些即使有幸相见也不过是一场悲剧，或是落花有意流水无情，或是被药丸谋杀死于非命。但大多数时候，它们一辈子都不会碰在一起。它们各自待在温暖的皮囊中，不是老死终身，随着子宫的碎片整理程序被排出体外，就是被紧急动员立刻征用，晕头涨脑之际，被随随便便发射出去，在破报纸或是肮脏的地面哀号着结束匆匆忙忙的悲惨一生。

海英是好兄弟，我和关芳曾经在床上乱作一团这件事他从来没向任何人提起过，让我们能够踏踏实实做事，清清白白做人。

初中毕业之后，海英没有接着上学，因为他已经对上学这件事厌恶了，他的成绩也不好，和小学时差不多。

在他顶替父亲成为正式职工之前，大概有两三年的时间，他在社会上混，不停地换着工作。他冬天烧过锅炉，夏天卖过西瓜，还在鞋厂和一群女工混了一段时间。不知不觉中，他学会了抽烟，学会了喷烟圈，还学会了喝酒。他的酒量并不大，喝了一两瓶啤酒，就开始唠唠叨叨，好像有点儿未老先衰。正式接班之后，他成了一个青年工人的样板，学会了跳水兵舞和溜旱冰。那时候，尊龙和陈冲主演的《末代皇帝》得了奥斯卡奖，刚刚上演，所以海英每天戴着溥仪式的小圆墨镜。和那个时代的青工一样，他特别喜欢看电影，《霹雳舞》、《寡妇村》、《菊豆》、《古今大战秦俑情》他都看过，好像还是单位组织，不用自己买票。他还穿着军警靴，和别人一样，他把军警靴叫做"军勾"。那在我看来是很奢侈的东西，一双大概要一百多元。

他请我去看电影。看完电影之后，我们再撮一顿，他说。每个月除了给家里交点儿伙食费之外，他还有钱可以供自己使用，这一点总是让人羡慕。

海英有段时间爱上了自己的师傅，好像还去过她家。他的师傅穿着工作服，裤子紧紧绷在身上，显得屁股很大很翘，眼见是一个风骚型的女人。

我问他发生过什么没有，海英却说就是去她家吃了饭，没什么故事。

但那女人是一个人住，海英说。

我在海英工作的地方见过那个女人。她虽然已经是结婚的年龄，但还没有结婚，无论和谁说话，她都带点儿诱惑，让你以为别有深意。好像每个地方都有这样的女人，她们就是为了搅乱男人的心来的，如果没有男人爱她们爱到抛家舍业，她们就不甘心。这样的女人长得很好看，气质也很好，性格也不错，对男人有一种天然的媚惑力。

最终，海英和这个女人什么事情也没有发生，那场单相思无疾而终。

我们一起去听崔健的演唱会，人特别多。演唱会开始时，前台好位置上坐着很多拿赠票进来的老头老太太，音乐声一起来就走了一半多。二层看台的小伙子想和老崔做近距离接触，就扒着看台跳下去，好像成熟的豆荚从植物身上脱落。听完演唱会，我们在文化宫的饮食一条街喝着啤酒，他穿着水牛皮的皮衣，黑得发亮。然后我们一人拎了一瓶啤酒去广场上坐着。看着广场中心叫做"毛主席挥手我前进"的巨大雕塑，我们都觉得很落寞。我那时候已经上了大学，开始装作知识分子，所以感觉共同话题不是很多。

海英后来结了婚。他结婚的第一年，带着爱人来我们家。新娘是我不认识的一个人，但看起来很舒服，一看就是个贤妻良母。海英变得很稳重，话也少了很多。我们还是在一起喝酒，他喝的时候再也不是无所顾忌，好像心事重重。

我参加了工作之后，彼此都很少见面。有一次我见到小学时的班主任立群先生，他说海英是一个很好的学生，这么多年来，只有海英每年还去给他拜年。先生没有指责我的意思，但我听了心中惭愧。可能是上的学太多老师太多，我把上学时对自己最好的老师都忘了。先生说，那一年海英是领着自己的孩子去拜年的，说是革命精神要代代传。

海英在我三十岁生日前后，遭遇车祸，非正常死亡。

他凄惨死去的那天，下着很大的雨。他死于肇事逃逸，尸体被家人找到，是在两天之后。没有人知道一切是怎样发生的，没有人听到他的呼喊。他的母亲回忆说，那场雨很大，百年不遇，如果不是那场雨，他可能还会好好活着。

小时候，我和海英都是很调皮的人。

村里有个老太太，因为她的个子很矮，人们都喊她"小日本"。我们也学别人，对着那个小脚老太太调皮地喊。老太太却没有任何反应，还是蹑着小脚不紧不慢地走着，心无旁骛。

她一直这样活着，直到我大学毕业，还看到她依然健在。她是一个被时间和死亡遗忘的人，活到了一种大自在的境界，仿佛想活多久都可以，没有人可以剥夺她的生命。不像我们，生命如此脆弱，不经意间就消逝得无影无踪。

得知他的死讯，我哭了，为我的好朋友，海英。

中考之后的那个夏天，我学会了游泳。整个热季，我几乎是在游泳池度过的。开学的时候，我全身黑得发亮，身上的肉硬得像疙瘩。我还剃了光头，稀奇古怪的变色近视镜上，捆着一段亮晶晶的链子，活像个来自热带的流氓，把新来的女老师吓了一跳。

高中的生活因为面临高考的压力，乏善可陈。还好，有一个很好的中文老师——范先生。

范先生是"九三学社"成员，很感性的一个人。他在解释《荷塘月色》一文中的生词时告诉我们：滑腻——就是摸女人大腿时的感觉。

在他的指点下，我还读了《毛选》雄文四卷。说真的，对写议论文很有好处。范先生曾经把这个事情当做一个教学经验向同学推广，据说收效不错。

关芳已经离开我，到一个县城的重点学校上学，而我还得在原来的学校待下去，接着读高中。

我觉得很耻辱。我很少和她联系，尽管有时候会想起她，接到她的来信。我开始住校，学会了抽烟。我有了新的女朋友，一个乳房奇小的女孩，几乎完全没有发育。但她瘦得别有一番韵致，很像是林黛玉。

有一次，帮着老师阅卷的时候，我们在老师的办公室接吻。这是最安全的地方，没有任何胆大的学生透过窗户偷看。

　　我还爱上了女英语老师、女历史老师、女体育老师，自然是一相情愿。她们好像也知道我这个年龄男孩的心思，不停地折磨我们，调足我们的胃口。她们不是在监考时坐在椅子上露出内裤，就是在屁股上整出一个破洞，或者是讲课时不经意露出腋毛和半个乳房。

　　男生的生理上都会有反应，每一次都会挤眉弄眼心照不宣。

　　我没和女孩上过床，除了偶尔打次手枪，没有什么让人心惊肉跳的东西。做完这件事你总是担心别人会看出来，因为你脸色苍白。即使你不这么做，它也会自己跑出来，苏发同学告诉我。他说这叫精满自溢，是一种正常的生理现象。苏发同学后来上了一家工学院的精细化工专业，他的选择是对的。

　　为了保持旺盛的学习精力和斗志，下课之后，我和一群体育特长生混在一起，每天都跑步，要跑大概五公里左右。负责训练的体育老师是两口子：男老师姓张，叫"张爱苏"，女老师姓苏，叫"苏爱张"。从他们获得的雅号看来，很显然，他们是一对模范夫妻。但后来有绯闻传出，据说"张爱苏"爱上了一个女学生。

　　那个女运动员有着健康苗壮坚强不屈的屁股，其乳房发育远超其生理年龄，疑似巨乳症。我们都爱看她跑步，她跑起步来，总是波澜壮阔波涛汹涌。

　　跑完每天既定的五公里之后，我用双腿勾在双杠上，倒挂下来，像一只蝙蝠。据说这样可以让大脑得到更好的血液和氧气供应。这和王小波先生曾经写的一首诗的境界差不多。我倒挂着，阴茎也倒挂着，我们形影相吊。世界在我眼中是颠倒过来的，这多少让人有点孤独。

　　高中已经没有青春期可以挥霍，所以过得索然无味。在高考的压力下，每个人都拼了老命学习。闲着的时候，我特别喜欢看《古文观止》，总是看完一遍，然后再看一遍。高中毕业的时候，那本书已经被我翻破了。

第三章

我们上课是为了看女人，我们不上课也是因为女人；我们打领带是为了让女人注意我们的条状物，我们不打领带是为了让女人感到亲和力；我们忧郁是因为女人伤害了我们，我们不忧郁是因为我们伤害了女人。

我因为高考时数学成绩实在太差，就含悲忍痛进了一所师范学院，进行大学教育。

学校很小，虽然条件有限，男女大限却不能不防。男女生没有同居，而是住进了男生楼和女生楼。这两座楼坐落在学校的南北两侧，即使用望远镜也难解饥渴，只能看见公共浴池充满生殖崇拜意味的大烟囱。

学校虽然小，精英却很多。

摸女人时要摸她的左乳房，千万不要摸她的右乳房，因为它太敏感，会让女人难以自持。宿舍老大教育我们说。老大比我们大很多，据称有过性经验。他声称如果自己足够无耻的话，孩子已经会打酱油了。

他有一天晚上梦见自己和一个女人睡觉，感觉非常真实。第二天早上他起来才发现，被罩被他彻底地扒了下来，被子上已经满是白斑。

老二写了一张纸条，贴在老大床头，说是每天晚上念一遍，就不会做春梦。上面写着：欧买搭菱！买低儿，爱拉服油佛爱抚儿，眯死油馊麻曲，爱旺特吐磕死油，爱你的油拜得雷，爱旺特吐蹋曲油，嗷！抗氓！老大念了之后，哈哈大笑。

下课之后，我们凑在一起吃饭，像一群无耻老辣的狎客，品评每一个女人，连老师也不放过。

总是女人，我们总是在谈论女人，这就是最好的佐料。

我们上课是为了看女人，我们不上课也是因为女人；我们去吃饭是为了在食堂看女人，我们不吃饭是因为思念女人；我们跑步是为了让女人看到我们雄姿英发，我们不跑步是因为女人让我们梦遗腰肌酸软；我们打领带是为了让女人注意我们的条状物，我们不打领带是为了让女人感到亲和力；我们学习是因为要获得女人的倾慕，我们不学习是因为女人让我们心猿意马；我们忧郁是因为女人伤害了我们，我们不忧郁是因为我们伤害了女人。

也许是每个人都被压抑得太久，现在应该是索取性权利的时候了。在不长的时间里，每个人都或公开或暧昧地选定了自己的好妹妹，确定了自己的势力范围。

老大选择了一个戴着同样厚的镜片的女孩作为主攻对象，因为她看起来不够聪明，比较容易上手。

老二开始给青梅竹马的同学写情书，吐露希望和她一起共浴爱河共沾雨露的迫切心情，准备春节回家时把她给办了。

老三选择了班里女同学作为主攻对象，因为两人的家足够近，成功的把握比较高。

老四开始勾引教育处处长邵二爷的女儿，那个女孩每个月的饭票发下来全都给他，自己只吃巧克力，据说是想减肥。

宿舍最小的二胖儿兄弟选择了语法老师作为主攻对象，因为她那年刚毕业参加工作，比我们大不了几岁，师生恋的难度系数最高，我们都给他出谋划策。

老大还偷着去医院，在医生的大力蛊惑下，做了一个小手术，割掉自己过长的包皮，开始为性生活创造良好条件。女生很奇怪他那段时间趔着腿走路的样子，总是关切地看着，他也只好装作没看见。他每天要吃消炎片，还要努力克制性欲抬头，怕自己前功尽弃。

别的宿舍的同志也没闲着。没过多长时间，班里但凡有些姿色的女生差不多都名花有主，背着自己的父母和男生卿卿我我，连最丑的女孩也不让人省心，有了怀孕的可能。

宿舍唯一没有思春行为的是老六，他只喜欢孟庭苇。他整天听她的歌，歌词有一句"为何每个妹妹都嫁给眼泪"，从他的嘴里唱出来，这句话就变成了"为何每个妹妹都嫁给人类"。我们都觉得这个家伙很危险，迟早变花痴。

只有一块领地，始终没人去占领，那就是左楠。左楠看起来很像一个假小子，虽然女人的零件一个都不缺，并且都还比较精致，可我们都没把她看成女人，她也是动辄和我们以兄弟相称。后来我才知道：她是我们系老师的女儿。

没有人想对她下手。在大家看来，和老师的女儿谈恋爱是件大逆不道的事。想想吧，老师辛辛苦苦地教了你半天，师恩难忘。你不思回报，却把老师的女儿给睡了，你还是人吗？反正二胖儿兄弟后来就是这样指责我的，听起来义正词严。不过我想老师教你知识和你与她的女儿睡觉之间也许并没有什么关系。但一开始，我并没有和老师的女儿睡觉的任何念头，我们都是好兄弟。只是后来事情的发展出乎我的预料，直到最后和她上床，我都不明白是怎么回事。

体育系有个叫周文的，特别有本事，人称"三晚不下岗"。

周文有一个巨大的宝贝，据说是这个学校所有男生里最大的。这次评选在学校浴室举行，使他获得了一个"炮兵旅长"的诨名。"炮兵"的意思是他喜欢干那件事，"旅长"的意思是"他的那个东西比驴的还要长"。周文很得意这种称呼。

初看之下，周文是个羞涩的人，总是在笑着，像个戏子，给女人打起电话来也是柔声细语。但他其实是个很实用主义的人，江湖人称"拔鸟无情"是也。他和所有能弄到手的女人看电影跳舞，商量搞对象的事，然后就和她们上床。云雨过后，在他把东西塞回裤裆之前就告诉她们，走吧，他说，离开我。

很多女人就此恨透了他。

他如此赤裸裸的，甚至连起码的怜悯都没有的把她们给抛弃了。哪怕表现出一点点儿温柔呢？再有几滴泪呢？没有，什么都没有。周文走得义无反顾，大义凛然。女人在他的背后哭泣，像是一朵快要凋谢的花。

周文走在大路上，向所有看到的女人微笑，和每一个他认识的女生打着招呼，希望得到来自下一个牺牲品的消息。

他有所收敛是在一次风化事件之后。周文和一个艺术系女生上床之后，又把她抛弃了。那是个拉手风琴的女孩，她的乳房简直就是一个奇迹。据说这和她演奏的乐器有关，据说，拉手风琴特别锻炼胸肌。

她每次在水龙头前面洗手，都会被艺术系一群不怀好意的男生围观，为的是从她的领口看她垂下来的大乳房。有的会站在她的身后，为的是可以看到她超短裙下露出的内裤。

艺术系的很多人都是"窥阴癖"，她从来不以为忤。在她成为众多被周文抛弃者中的一个之后，她持刀来找周文。我们都挤在楼道看热闹。周文吓得躲在宿舍里不敢出来，威风扫地。在大肆渲染下，这件事搞得满城风雨。那个女生后来被劝退，周文也被开除。

周文贼心不死，他在学校北门开了一家"红磨坊餐厅"，特别喜欢做这个学校的女生的生意。后来，有好事者给他写了一个"此地危险，处女不宜久留"的牌子，周文把它粘在玻璃门上。那个东西待了很长时间，也给周文带来了不少关注的目光，直到被城管罚款并勒令撕下。

周文号称"妇科病"，让每一个和他有所接触的女人都麻烦不断。

我那时并没有固定的女朋友，经常是和这个女孩保持一段时间的暧昧关系，然后是下一个。我并没有想好和谁谈恋爱，于是我滥情。和周文比起来，我充其量就是尿路感染，没什么大不了的。

在一年的时间里，我交了大概三个准女朋友，在我彻底了解她们的习性之后，每一个都变得索然无味。直到碰见温文。

"我最恨的人是你。"我在一堆素材里发现这样一张纸条，我记不起来谁对我说过这样的话。但我确乎知道有个女人会恨我，那就是温文。我不能忘怀在深夜里凝视着我的那双眼睛。

温文坐在病床上正在削一个苹果。我去看她，不知道她得了什么病。

她面无表情地看了我一眼，她很优雅地咬了一小口苹果。

我摸了一下她的头发，她的头发还是像上学的时候一样顺滑。然后是她的脸。她的柔软的脸。

她抬起头，对我笑了笑，把水果刀很轻松地送进了我的肚子。

我躺在病床上，看到一群穿白衣服的人在我的身边来来去去。我抬头看着白色的屋顶，没有疼痛，没有忧伤，没有表情。一些人在围着我飞翔，歌唱。他们的歌声像被篝火拉长的影子一样摇晃。

温文的面孔在天空中飞行，无比孤独。没有疼痛，没有忧伤，没有表情。你知道，这是一个梦境。

第一学年的暑假，我参加了一支教育扶贫小分队，来到了山区。那里的孩子不放暑假放秋假。说是教育扶贫，其实就是旅游。

有一天早上，我和王海鹰出去溜达。王海鹰是美术系的，他是一个很风趣的人，长得很老相，二十多岁的人就已经开始谢顶，看起来就和四十多岁差不多。据说这样的人属于雄性脱发，性欲旺盛。他在队里负责宣传，也就是每天写板报什么的，挺能折腾。

我们走在一条干枯的河边，看河里的鹅卵石，也看远处山上的景色。山上有一座小庙，有一棵很大的树，树上系了很多祈愿的红布条，在风里飘来飘去。路上人很少，所以很安静。这时我听到一阵很高亢的"咿咿呃呃"的叫声，好像是有人在练声。寻声望过去，是两个女生，一看就是我们队的。

山里的母鸡不打鸣，王海鹰形象地说。

王海鹰隔着河大声地和她们打着招呼。他悄悄地对我说哪天我非得把那个小妞弄上床不可。

我问他是哪一个，他告诉我是正在练声的叫做郭小丽的那个。

我却对那个没兴趣：她身上的衣服色彩斑斓，看起来太招摇了。

女歌唱家的边上有另一个女孩，跟着有一句没一句地大声地喊着，不像练声，像是捣乱。

我问王海鹰那是谁。王海鹰说她叫温文，艺术系的，非常有才气的女孩，我要想认识，他可以介绍。

我那时才把人和名字对上号。当然，我没有麻烦王海鹰。在那段时间，我和她只是认识，没有单独在一起说过话，也没有表示过什么。我对她有好感，只是没有说出来。

我是在写这部小说的时候才想起王海鹰的，要知道我们当时是很好的朋友。有些人就是这样，你想起他的时候，才会想起他。他躲在记忆的角落，眯着眼睛笑着说：你小子，怎么把我给忘了？

王海鹰有三个姐姐，虽然他长了很重的络腮胡子，但他多少有些女气，这样，他在女人堆儿里很混得开。

王海鹰刚上大学时没搞过对象，他说他觉得女人是自己的姐妹，不忍心加害。据王海鹰说，一个女老师看他这么不上进，特别着急，说这么好的一棵苗子怎么就毁了呢！千万不要变成同性恋呀！于是她决定舍身燃指，牺牲自己，唤醒王海鹰的性意识。她让王海鹰帮自己搬家，又请他喝酒。喝酒的时候她开始勾引王海鹰，她告诉王海鹰说她有一个寂寞的子宫。

王海鹰被吓得落荒而逃。

女老师没有死心。她说自己病了，打电话给系里，让王海鹰把需要整理的资料送到她家里。据王海鹰说，他走在路上，就知道得出事儿了！

在女老师的循循善诱下，王海鹰最后上当受骗，奉献了自己的童贞，成了那个女老师的性伙伴中的一个，往她寂寞的子宫里装了很多东西，不过后来都被清空了。女老师后来以陪读的名义出国。在她的丈夫面前，她还是一个好女人。这却苦了王海鹰。当我认识他的时候，他的性意识已经被矫枉过正，成了一个性狂热者。

大学毕业之后，他没有当美术教师，他辞了职，在一家保险公司做寿险营销员。我和他喝过一次酒。他的业务看起来进行得还不错，因为他的头发忙得几乎全部掉完了。

他向我推荐寿险业务，这可能是职业病。他费尽心机向我推销那种不容置疑的观念：保险很重要，如果我不买保险，我会死得一钱不值。他还硬塞给我几张单子，上面是返还表。我装作很感激地收下，上厕所的时候，扔进垃圾桶。

他告诉我，他和中文系的一个女孩儿结了婚。那个女孩儿我是认识的，长着一双萨特式的眼睛，略带斜视，看人和看问题的角度都很特别。

在聊起绘画的时候，他提到了温文。王海鹰已经不画画了，从我和他认识开始，他几乎就没谈过创作的事。他是一个到什么山上唱什么歌的人，总是随机应变。

后来，我曾经在路上又见了他一次。他骑着一辆红色跑车，戴着一头红色假发，也许为的是让自己看起来更年轻。

他告诉我，他已经离婚，第二个妻子也是搞中文的，研究伍尔芙。除了上床，这个女人最热衷的是写自传。每次和他做完爱，都会光着身子飞快跳下床，把她的感想记下来。

我们没有在一起喝啤酒，也没有谈起温文。大家都太忙了。几年之后，我们都已经变得世故。而他，似乎也没有了狂热的劲头。

我一直怀疑那个女老师的故事是他编造的，但我一直不能确定。

山里的日子是寂寞的，好在能够收到同学的慰问信。我的好兄弟左楠在写给大家的信里特别问候了我一句，我也没往心里去。我们那时的每一封信都是以宿舍为单位写的，不可能卿卿我我。

一个半月以后，我们离开了这个地方。大家在一起照了合影以为留念。我特地多洗了几张，送给温文。温文只是简单地说了声谢谢就收下了。

从那里回来，写了总结，后来就是一段很无聊的时光。我变得很散漫，专业课可上可不上，每天的早操也是可出可不出。每天去图书馆借书，然后躺在宿舍里乱看一气。

那天早上，王海鹰请我一起去跳舞，我不知道他哪来的雅兴。

月票可以画出来，很省钱的，为什么不去呢？王海鹰这样说。

我问他画月票的人是谁，他说是温文。那种慵懒的气息在我身上一扫而光。我立刻起来，和他一起去了。

因为来得太晚，我们只好买票进去。到那我才发现，来跳舞的人，有几对儿我都是认识的，都是我们教育扶贫小分队成员。从他们如胶似漆的劲儿可以看出：他们正处在热恋中。看来，寂寞的环境的确可以增进感情。

王海鹰先是和一个中年妇女跳了一会儿，然后就强拉硬拽地和温文的歌唱家朋友郭小丽舞在了一起。

我很自然地和温文成为了舞伴。我们跳了一会儿，时间就差不多了。她和别的女生一起走，没有和我一起走。

第二天，我又去了。我知道她会在公园入口不远处等人。她把月票从铁栏杆递出来，给后来的人，后来的人拿月票进去，然后再把月票还给她。这样，每天早上，我们用一张月票，可以把所有自己的同志送进公园。于是我就特地起得晚一点，为的是只剩下她和我在一起。

我每天早上都可以和她在一起，我可以搂住她纤细的腰，一起跳一个早晨。凡是聪明的女孩，都有一个明亮的额头。和她跳舞的时候，我总是想亲吻她的额头。

温文和我在一起总是很沉默，好像有一层东西隔在我和她之间，我们都没有捅破。

我们一起去看了一部电影——《霸王别姬》，很伤感的电影。张国荣是我喜欢的一个演员。那时候我就隐隐觉得：这样的人也许不会在这个世界上活很长的时间，尤其在他的肌肉松弛之后。他是一个自恋主义者，永远是把最美留给自己。

我没有想到，十年之后，张国荣陨落，用一句诗来说，就是"落花犹似坠楼人"。在地心引力作用下，他成为一个单向度的人，笔直地射向毁灭，万劫不复。他的身体把隔离带上的路障都砸弯了。

我想，如果在他死之前还有知觉，这会非常痛苦。后来看了一个资料，说绝望的人死于高空，这是一句有很强的意象性的话。实际的意义是：高空坠落引起的巨大恐惧会导致肾上腺素大量分泌，使人心跳骤然加速并最终停止，在他从高层建筑上落下的时候，在强烈的刺激下，他的身体像一架飞机，在空中已经熄火。我这才知道，他在跳下来的时候其实已经死了，这让我有些许安慰。

他最终获得了救赎，肉体在坠落中亡去，精神得以再生。直到今天，我都怀念张国荣，是他让那个夏夜变得美好而且与众不同，有一个美丽的故事发生。

电影散场，我和温文一起出去，我们都觉得很压抑。昏暗的路灯，茂密的冬青树。我们先是慢慢地走，后来，我抱住了她，开始吻她。温文一开始剧烈地挣扎，后来就平静下来。

周围的一切都不存在了，只有拥抱在一起的我们。隔在我们之间的那层东西消失得无影无踪。

看完电影的人开始陆续从我们身边走过，其中有很多我们的同学，至少我看见了王海鹰。王海鹰和郭小丽在一起，冲我挤了挤眼。我和他们打着招呼。温文轻轻打了我一下，看起来很羞涩。

王海鹰把手搭在郭小丽的屁股上，他是故意做给我看的。这个丰乳肥臀的女生没有成为他的妻子。我们都和别的女人结了婚。

虽然确立了恋爱关系，温文却对我一直保持着必要的清醒和冷静。她把一些东西放在心里，从不会轻易表露。

她还是画月票，每天早上和我去公园。她还是和别的女生一起去，还是在公园门口等我。除了我可以抱她可以吻她，一切都没有改变。她看起来总是有心事。我们总是在接吻，好像只会接吻，身体会出现缺氧症状。她的眼泪会突然流下来。不知道为什么。

没有结果的，我们这样没有结果的。温文有一天这样对我说。

她不肯再说什么，只是流泪。我想，理由很简单，作为师范生，我们没有自主择业的权利，如果你不想放弃的话。我们面临分配问题。她肯定得回那个小县城去，而我会在这座乏味的城市终老一生。也许我们结婚后可以活动活动调动工作在一起生活，但当时看起来似乎遥不可及。这就是问题所在。

我们当时真是太年轻了，一点小小的事情就可以让我们手足无措，让温文终日以泪洗面。

我努力说服她和我一起去一所新建的私立中学任课。一则可以多些收入，一则可能会有一些转机。她说不想去，因为那太不稳定。我说那以后怎么办，两个人不在一起的日子怎么过？她说那以后怎么办，没有稳定的生活日子怎么过？

我不能够反驳，因为她说的也没错，我只能拼命地抽烟。她把头放在我的膝盖上哭起来。我只好一遍又一遍抚摸着她的头发，说着那些没用的废话。

她哭了好一会才抬起头来，头发被泪水粘在清瘦的脸上，看起来很凄楚。我说你看你，眼睛都哭肿了，整天这么哭哭啼啼的以后日子怎么过。她果真不哭了，一个人看着远处发呆。回去的时候，我想去拉她的手，她推开我，一个人向前走了。

第二天是星期天，早上，她告诉我，她要回家。我去车站送她，我们坐在车里，温文靠在车窗边的一个角落里，脸色苍白。

我又看了她一眼，她的眼角里还有昨天的泪。我带有和解意味地捏了捏她的手。她看了我一眼，笑了笑，若有所思。

我把她送上车。汽车还有几分钟才开，我们一起等着。

她说你回去吧，不要等车开了。我说好吧。我下了车，准备回家。这种劳燕分飞的感觉真的不是很舒服。后来温文喊住了我。她改变了主意，想让我和她一起回家。

她的家在山里，一个很偏僻的地方。那些房子都是用山里的石头垒的，只在缝隙中沟着灰浆，看起来很结实。台阶都被磨得很光滑，看起来至少住了几辈人。无所谓街道，都是小巷，两边是壁立的石墙。巷子入口处，是一盘巨大的石磨，石磨边上，卧着一头黄牛。阳光照在黄牛和金黄的秸秆上，感觉很温暖。

温文的家庭是很老式的家庭，她的父母都是很沉默的人。对我的到来他们既没有过分的热情，也没有过分的冷漠，表现得很克制。但显然他们认为女儿的这种做法让他们非常被动，有些措手不及。他们更愿意把我看成温文的一个同学，而不是她的男朋友。

温文的奶奶原来抽过大烟，没有大烟可抽，她就用去痛片代替，经常是一把一把吃。她只是在我刚来的时候对我表示欢迎，等她知道我和温文的关系后，我几乎没见过她的笑脸，她世故的眼神告诉我：她觉得温文和我的事情没有必然把握，只不过是我们二人一相情愿。

温文似乎也很怕她，说了几句话，就带着我出来了。

温文回家之后看起来活泼多了，她总是在笑着，她领我上楼，去她的闺房，让我看她画的画和写的诗。我们把门关上。我和她接吻，直到缺氧。我脱去她的上衣。她的乳房不大，但精致洁白，非常有手感。我觉得下面非常硬，于是我想和她做那件事。她哭了。她说等我嫁给你的那一天，我会把一切都给你，现在不行。

她的眼泪让我意兴阑珊。

也许是看出了我的沮丧，晚上的时候，她领我去外面转了一圈，整个小山村都睡着了，我们不用担心别人说三道四。山里的夜很凉，我们坐在河边的石堤上，看着凛凛的波光。

我说你们这个地方真是挺养人的。

深山出俊鸟，她说。

我送温文回屋的时候，奶奶还在漆黑的屋子里抽着烟。烟头的火光一明一灭，像是一个不祥的预言。我明显地感到一种不太友好的气氛，他们感到我也许会是温文的一场劫难，只是他们都怕伤了温文的心，所以不好赶我走。

第二天，我就回来了。

第四章

> 每个我曾经爱过的女人，她们只照亮了我片刻的生活，却留下了足够长的黑暗在我心里挥之不去。这使我像个穴居动物，躲在一支香烟的温暖里，透过烟雾抚摸她的表情。在近似无限透明的蓝色中，遁形。

我和温文的事让我整日烦躁不安，我不知道这样的生活何时是一个尽头。我有一种想发泄的冲动，我希望和一个女人进行灵与肉的真正撞击，而不是这样吻来吻去。温文无法满足我，她从来不会这样做，也不会给我这个机会。她固执地坚守着自己的最后一道防线，粉碎我一次次的进攻。我觉得很失望。在那时的我看起来，做爱能说明一切，而温文的坚持让我备受挫折。

一个夜里，晚自习休息的时候，我在五楼的平台上抽烟，左楠上来了。

她问起了我和温文的事。不知道为什么，我把我的苦恼讲给左楠听。虽然我没有说得那样赤裸裸，但她肯定能够体会到我的苦闷。你知道，我们都是性格很开放的人，我从来没把她当一个女人看待。

开始的时候，一切看起来都很正常，但慢慢就不正常了，因为我吻了她。也许是一时的冲动，也许是积压的情欲的释放，现在已经说不清了。

我们都像被闪电击中了，开始狂热地吻起来，这种感觉是和温文在一起的时候从来没有的。我非常想和她做那件事情。我把她的裙子撩起来，把手放进去，抚摸她的身体。她的身体扭动得非常厉害，就像一条挣扎的鱼。楼下就是我们的教室，我们甚至可以听到同学的对话声。

她远比我清醒。不要在这里，她说。

我骑着自行车，后面带着她，向我的家走去。我从高中起就是一个人住，但这是我第一次领女孩回家过夜。温文和我一起回过家，但从来没有和我一起过夜，因为她知道那意味着什么。

路上人很少，只有我们和雨和风。

左楠说你怎么不说话，你在想什么？

我说我什么都没想，我的脑袋一片空白。

左楠说你现在什么感觉？

我说没什么感觉，我只不过是感到自己像是生活在一部小说里面，我们都是主人公。

她说你是不是认为这一切都是假的？

我说这是我真实的感觉，就像刮风下雨身上会冷一样。

她没有说话，只是把头紧贴在我的后背，紧紧地搂住我的腰。因为没有雨具，到家的时候，我们全身都湿透了。左楠嘴唇冻得发青，湿漉漉的头发向下滴着水。

从进门的那一刻起，我们就开始接吻。左楠身上隐藏着的女性魅力尽现无遗。

我脱下了她的衣服。她的身体很瘦，但是线条很动人，皮肤有一种大理石般的光感和质感。我紧紧地抱着她，吻着她的肌肤。她看起来很镇定，拍了拍我，然后就踢上拖鞋去冲澡。冲完澡之后，她搓着头发躺在我身边。她的头发冰凉，一如她的身体。她搭上毛毯，盯着天花板，不知在想什么。我抚摸着她的身体，她全身绷得非常之紧，像一张弓。

你在想什么？

她说：爱情。

我们的？

所有人的。

我们做爱吧。

59

爱是做出来的吗？她说。

爱不是做出来的，但真正的爱情是靠做爱来表达的。我说。

做爱之后呢？

有时会很糟，谁也不再想搭理对方，但通常会更好。她颇为老到地说。

我开始吻她，吻她长长的睫毛，吻她高而直的鼻子，吻她的唇。她的舌头很灵巧，这让我勃起得非常坚硬。我将她放平，解开她裹着的毛毯，开始进入她的身体。

这是艰难的，尤其对经验不足的男人和女人来说。左楠不停地扭来扭去，看来她也没完全想好这件事，想人为地拉长进程，但我还是成功了。左楠抽搐了一下，她紧紧地抱住了我。进入之后，很快我就崩溃了，我还没有足够的经验可以对身体操控自如。

她拍拍我站起来，踢着拖鞋去卫生间。回来时，她的身体湿漉漉的，重新变得冰凉。她撩开毛毯钻进来，像个孩子一样搂住了我。她说咱们睡吧，明天早上还上课。我抚摸着她光洁而细致的皮肤入睡。

半夜里我醒了一次，我的胳膊被压得麻木了。她也醒了，像一只猫不满意地哼哼着。我从她身上翻过去，让她枕着另一条胳膊。她的身体热的烫人。她始终懒得睁眼，她把胳膊伸过来，抱着我，重新开始睡。

我想起了温文。我不知道一切是怎样发生的，也不知道一切如何结束。

早上起来，我们都觉得性欲勃发，于是在床上又做了一次。也许是刚睡醒的原因，她的身体不再僵硬，格外温润。她迎合着我的起伏，甚至还发出细小的呻吟。我做完最后的冲刺，她用两个指头感觉了一下那种液体，带着嫌恶的表情。当我疲惫地从她身上下来时，我发现她的身下有些液体，是她的血。从她的表现来说，我没想到她还是处女。

我觉得自己犯下了一个很严重的错误。我和她稀里糊涂地上了床，只是为了难以遏制的性欲，我觉得自己是个卑鄙小人。

我用纸巾擦拭着她的血。

疼不疼？

有点儿。

液体被擦完，只在床上留下一个淡黄色的痕迹。看来昨天晚上只是演习，今天早上才是真的，我说。

一直都是真的。她淡淡地说。

左楠裸着身体走出去，我听见卫生间又传出了冲水的声音。点着一支烟，我把自己扔在床上。一个女朋友就已经让我死去活来，我不知道今后将如何面对两个女人。纸巾扔在地上，像是桃花源里的落英缤纷。

我们坐在课堂上，听老师讲课。我看见左楠不停地把头低下去，一看就心不在焉。下一堂课的时候，我和别人换了位子，坐在她身边。她没有反对，但是她没有看我。

来到学校之后，她回了宿舍，重新换了衣服。她把头发披下来，看起来像一个真正的女人。

一切都没躲过二胖儿兄弟的眼睛。吃午饭的时候，他问我昨晚干什么去了，为什么没回宿舍睡觉？

我说我回家了。

他说你是不是和左楠一起？

我不置可否地苦笑了一下。

二胖儿肯定猜到我们之间发生了什么事。他叹了口气，摇着头说：你小子有麻烦了。

二胖儿兄弟知道我正在和温文搞对象，我这种做法，简直是把自己送进火坑。

一切都被二胖儿不幸言中，我陷入了深深的愧疚。我已经拿走了一个女人的贞操，我从此对她负有责任，我当时这样想。左楠却对我说，忘了那件事，就当她从来没有走进过我的生活。我知道她是言不由衷。

我不敢正面温文，向她说明这一切，然后分手。这种打击对她来说将是毁灭性的。我在两个女人之间游移不定。让时间解决一切吧，我对自己说。

宿舍的兄弟只有二胖儿确切知道我怎么回事儿。其他人看到我早上和温文约会，晚上和左楠在一起，都认为我是一个朝三暮四的淫贼。

我也懒得和他们撇清。

宿舍里，我和二胖儿兄弟关系最好。二胖儿兄弟和语法老师的恋情无望，于是就把目光转向了美丽的大姑娘蒋寒薇。寒薇脸型很瘦，练过芭蕾，冬天的时候也喜欢穿着裙子，所以还有轻微的风湿性关节炎。

那时候，二胖儿兄弟每见到蒋美人，就会悄悄叨念唐时无名氏所写的一首《望江南》："莫攀我，攀我太心偏。我是曲江池边柳，这人折去那人攀，恩爱一时间"，像个多情的公子哥。

二胖儿兄弟爱她在心口难开，没有采取任何实质性行动。大学毕业后，他眼睁睁地看着寒薇嫁给了一个国税局的小官僚。后来听说寒薇已经离婚，重新落单，真是天妒红颜。

"章台柳，章台柳！往日依依今在否？纵使长条似旧垂，也应攀折他人手。"二胖儿兄弟后来去了日本留学。有时候我很想念他，因为他是我的好兄弟。

三年之前，他从日本回来的时候，见了他一次。他还是那样，没有什么改变，后来就再也没见过。最近听说他回来了，在广西北海。

我们的学校就是那么小，所有的事情都会传遍，更不要说这种桃色新闻。温文并没有亲眼看见我和左楠出双入对，但肯定听到了传闻。我从来没有对她说起过我和左楠的事情。我想：该发生的迟早会发生。

温文没有逼问过我，或者让我做一个什么选择。她只是拒绝承认这一切。她一直在固执地问我爱不爱她。仿佛爱就是我和她的事，只要我离开她，那就肯定是不爱她了，和别人从来无关。

我面临着艰难的抉择，备受煎熬。我采取躲避的办法，尽量减少和温文见面，我以为这样就能让她慢慢地冷下去。对于迫在眉睫的分配问题，我几乎没考虑。

爱怎样就怎样吧，我对自己说。

一个月之后，我的大学生活结束了。左楠提出了一个很小的要求——陪她去西安旅游。

我对左楠说：从西安回来我们就分手吧。

她说好吧。左楠也不想这样搅下去了，她也是身心俱疲。

坐在火车上，路过荒原的时候，我看见荒原上也有很多路。它们向远方延展去，通向未知的地方。无论是多偏僻的地方，都有人类的印迹。那些贫瘠的小屋里，火车的轰鸣似乎无法搅乱他们的心境。夜里，他们会点燃昏黄的灯。你就知道，在黑魆魆的夜里，还有守望的眼睛。

在西安，我们住在一个叫祭台村的地方。古代的祭台是一个邪恶的地方，要杀三牲，或者要杀人。祭台村应该有这样的祭台，这个名字带给人们这种想象。我似乎可以看到一个峨冠博带的人，手持桃木剑，向着天空呼喊。但在祭台村，我没有看到任何历史遗存。祭台村只剩了一个地名。除了坚韧的凉皮、"优质"的羊肉泡馍、"葫芦头"和腊汁肉，除了林林总总的小店和数不清的烤羊肉串的小摊，实在乏善可陈。

这些人也许是古代祭司的后代，只是他们与时俱进，把崇拜变成了火热的生活。

我们去看了兵马俑，去看了法门寺，去看了碑林，还去了骊山。回来的时候，我们又累又饿，偏偏车还坏了。我们坐在广场上，等着汽车修好。

天色渐渐暗下来，一群人开始在广场聚集，开始敲锣打鼓扭秧歌。和中国许多地方一样，这是他们吃完晚饭之后的保留节目。

一条我不知道名字的河正在默默地流，像几万年前一样。远远的山上，好像燃起了山火。看起来，那火仿佛已经失控，像是一个发光的圈，不断地翻滚着，越来越大，似乎会把整座山都烧掉。

除了我和左楠之外，似乎没有人看到山火。游客们都沉默地看着那群老人，在强烈锣鼓点儿中卖力地扭着秧歌。那一刻，我觉得锣鼓的喧闹是一种表象，山火却是一种撕扯，很悲壮，很像我和左楠绝望的爱情。

从西安回来之后，左楠在我那里待了一会儿，然后她又住了一晚上，她说得调整时差。她说她的爸爸是一个聪明的人，几乎知道每趟列车到达这个城市的准确时间。现在回去的话，时间是不对的，会引起他们的疑心。于是我们就做爱。

左楠正在经期，但我们仍然做爱。也许这是临别纪念或最后疯狂，我们有点儿不计后果。

我在家里闷了两天，自以为把整个事情都想清楚了。我决定离开温文。我选择左楠，跟她在一起，比较快乐。但这种决定是见到温文之前。

我听到敲门声，打开防盗门，看到温文站在门外。她好像是走了很远的路才到这里的，看起来有些虚脱。她一见到我就像个孩子似的扑进我的怀抱，剧烈地抽泣，好像我是她走失的孩子，失而复得。

我被深深地感动了。

温文把自己扔在沙发上，看起来像是一个病人，被我伤害得千疮百孔。她没有看我，喝着冰冷的水。她的目光穿过窗户向外面的天空望去，显得很虚无。她没有问我这十几天的时间干什么去了，她也没有告诉我这十几天的时间她一直待在学校宿舍，等我的消息。

我忽然想起左楠下午要来。三个人碰在一起，这会是一场噩梦，这是我害怕看到的。我溜出去，在防盗门外面贴上了三个字：她来了。一个小时之后，我下楼去买烟。我发现纸条没了，她已经来过了。

后来说起这件事，左楠说她本来是想敲门的，她想大家一起把这件事说清楚。后来她还是丧失了勇气，因为她觉得是她把我从温文身边抢走的，她很内疚。我知道其实她是怕我为难。左楠是一个很好的女人，总是表现出大家风度。

我和温文说了分手的事。温文那天晚上没有走，也没有故事发生。她说你再陪我一个晚上，然后我们就各奔东西。

我们在一张床上躺下，楚河汉界，她也显得严整不可侵犯。我在深夜里醒来，发现温文还没有睡。她坐在床边，死死地盯着我，我不能看到她的表情，但我肯定她充满了怨恨。

她说我想死。

我说还是睡吧。我说明天早上我们再做最后的决定。

我让她躺在床上，自己也昏昏沉沉地睡去。

第二天早上，她不见了，但屋里被收拾得整整齐齐。

我很担心温文。我到公园里温文和我最爱坐的长椅那里，也一无所获。只是地上有被鞋子划得乱七八糟的痕迹，不知道是不是她留下来的。我坐在那里抽着烟，直到温文出现。一开始她还很平和，后来我们就开始大吵起来。她把我送给她的一个圆形玉佩扔给我。我那时候很牲口，直接把玉佩扔进了河里。这让温文几乎崩溃，痛不欲生。她几乎跳进河里。过了好长时间，她才重新安静下来。

我的心肠冷下来。如果所谓的爱情是以烦恼开始并保持一直的话，这种生活让我厌倦。并且，那块玉佩的消失好像意味着整个事情也已经彻底结束。

温文平静下来，好像恢复了理智。

她说：你送我去车站。

我去车站送她上车。我其实是想送她到家的，但我怕面对她的父母。

下午的时候，接到她的电话。她告诉我她已经到家了，让我不必担心。她说她给我写了一封信，已经寄出来了，让我看到信之后再和她联系。我宽慰了她几句，心里稍稍安定下来。我想温文已经面对事实。

我们都开始做不得不做的事，影响到一生的事。她回了县城，去一家单位报到，接受培训。我没有服从分配，直接去了一家私立学校。

我开始忙起来，忙得一塌糊涂。

那封信我直到现在也没有收到。温文后来也没有给我打电话，她以为我收到那封信之后已经做出了决定。

那是封什么内容的信呢？一切无从得知。这只能用宿命来解释。如果我收到那封信，结果会怎么样呢？也许一切都会改变吧。一封信会改变一辈子，选择一个人会选择一生。

来到学校后，我收到了温文的另一封信。

在孤独中度过了几个月的时光，每日在忙碌中打发自己剩下的日子。不知为什么念你想你，又不敢再一次见到你，我害怕那伤口再一次裂开，今生今世恐怕都难以忘却了。盼望你的信，然而每天总是空。拿起电话，又害怕听到那熟悉的声音，我不知自己碰到的是什么，坎坷，难过还是回忆。

不知远方的你过得好不好，我只是过着一种牢狱般的生活，或者说与世隔绝的寺庙般的日子。同舍的女孩来之后就与一位同事谈恋爱，留下我守着偌大的一个房间无人与伴，形影相吊。除上课外便苦守一片寂静的天地，没有热闹，没有欢乐，像一个木偶过着自己重复的每一天。我讨厌这里的一切，讨厌这种乏味的日子。每天强颜欢笑应付所有的人，所有的一切，我不知今生为何而生，为何而活。

前几天，小丽又问起了你，问起了我不愿再提到的往事，心里好难过。

是否依然很忙？每天怎样度过？为什么不来信？

我心理有点变态，但却不愿改变，我恨人世的混沌。

你的情况怎样，是不是不愿跟我说？

十月十日是你的生日，真的没有忘，却不知什么原因不愿提起。

为什么不来信？

把我永远的欢乐给你。

在我翻出这封信的时候，温文在灯光背后的巨大阴影里悲伤地凝望着我，一言不发。我看着她，眼泪流下来，被难以名状的孤寂吞噬。

两年之后，从王海鹰那里，我知道了温文结婚的消息。又过了一年，我从查号台查出她的单位，给她打了一个电话。她一听就知道是我。她很平静，没有再哭哭啼啼，这让我很放心。

她说你现在在哪里。

我说我在北京。

怎么样?

凑合。

结婚了吗?

没有。

我说你好吗。

她说很好。

结婚了?

嗯。

幸福吗。

嗯。

是一个单位的?

不是。

有小孩了?

嗯,男孩。

你不是说不要孩子吗?

怎么可能呢?

她的语气立刻不一样了,有几分羞涩,更有几分骄傲。我想如果我在那儿,她会毫不犹豫地把孩子递给我,然后期待我的夸奖。

我记得,夏夜的那天,她躺在我的怀里,说以后永远也不想要孩子,说要你只疼我一个人,说这话的时候,她的语气带有几分刁蛮。可为什么你这么快就要孩子了呢?是他的爱太多,还是你对他的爱太少呢?我不得其解。

我故作矜持的心一下子乱了,许久没有说话。

——你——有什么事?电话那头迟疑地问。

我说没什么,我只是想打个电话。

——我现在在上班——

——对不起,我没什么事,那再见吧——没等她说话,我就把听筒挂上了。

你还爱她吗？我问自己。你还像以前那样爱她吗？如果她老了你会爱她吗？如果她生孩子你还会爱她吗？如果你知道她现在的模样你还会爱她吗？

　　我告诉自己说不会的。我的爱是自私的、残酷的、绝情的、没有同情心的。我爱她像爱自己的影子，但即使是这样，我知道我还爱她，我怀念这段刻骨铭心的恋情。

　　每个我曾经爱过的女人，她们只照亮了我片刻的生活，却留下了足够长的黑暗在我心里挥之不去。这使我像个穴居动物，躲在一支香烟的温暖里，透过烟雾抚摸她的表情。在近似无限透明的蓝色中，遁形。

第五章

　　当我满怀想象地走下车时，我发现一切非我所愿，没有动人的笑脸，没有长吻，没有拥抱，只有一群漠然的彼此提防的人在对着同一方向眺望。

真正的爱情是难以拆散的，世俗的原因只不过给了一个分手的借口，可以欺人或是自欺。

分手永远是两个人的事，不是爱得不够，就是爱多了、爱够了、爱烦了、爱透了、爱伤了、爱滥了、爱到没电了，爱到最后幸福彻底看不见了，所以只好分手。爱没有理由，但分手需要理由。

左楠，为什么离开我，给我一个藏在理由背后的理由。

在从脚踩两条船的可怕境地摆脱出来之后，我和左楠在透支着我们的幸福。只要有时间，只要有地点，我们就会做爱，为彼此疯狂。

具体细节无法考证，在我的记忆中，那段时间似乎成为一个空白。这就是我的感觉：你的性生活越频繁，你的记忆力和思考力越会下降。到最后，什么都不记得，除了整天昏昏欲睡腰肌酸软。

两个人似乎都知道：我们有现在，但是没有明天。每次性交之后，我们都感觉孤单。

左楠和我混在一起之后，一直惴惴不安。她没有告诉老师，她和我在谈恋爱。她不想让家里知道这件事，让我过早浮出水面。或者，她从来没想过这件事。她似乎知道，她的家人对我不会有什么好感。在这点的判断上，她和我是一致的。至少她的母亲是我的老师，对我很熟悉，对我的恶劣品行想必也是有所耳闻。

老师知道我和左楠搞对象的时候，已经是我从学校毕业之后的事了。

两年大专结束，我到私立中学上班，而左楠上了"专升本"，继续深造。我从山上下来，给左楠打电话，想约她出来吃饭。但是，电话是老师接的。

——你找左楠有什么事吗？她像审贼一样问道。

我说没有。我有点心虚，你总不能对老师说老师好最近工作好吗身体好吗我其实没什么事就是想和您女儿吃吃饭然后上床吧。

老师沉吟了一会儿，好像在抑制自己的怒气。左楠在学校，今天没回来，以后没什么事别再给她打电话了。老师说道。

这让我心里很难过，我好像抓不住那个听筒了。我虽然还拿着它，老师也还在电话里说着什么，但我觉得已经浑身无力，好像被人给操了。我觉得很受伤。

在我和她的女儿上床之前，一切都很正常。我是她欣赏的学生，她也是我尊敬的老师，我们和平共处，教学相长，互敬互爱。但是，在我和她女儿上床之后，我的心态就变了，我像一个小偷拿了别人最宝贵的东西，没有征得主人的同意，我对老师开始畏惧。

老师仿佛是一个抓住了我小辫子的人。根本无需我向她解释什么，她只要用那种满脸的沧桑对着我看一眼，我就知道我完了，我不行了。要知道你永远没有可能去骗过一个能够当你老师的人，在她的面前，你永远是一个孩子。你的话原来是坚挺的，但她只需哈一口气，你就像一个干了的丝瓜一样无依无靠地在风里晃荡起来。

左楠是世家子弟，门第高贵。

我想，老师可能会怀疑我别有所图。在老师的眼里，不管我的反应再怎么灵敏，我的能力再怎么优秀，我都是一只努力往上爬的猴子。老师是解说员，是指着我的红屁股向大家介绍的那个人。她拿着话筒，慢条斯理，抑扬顿挫，十分有礼貌、十分有教养、十分有节奏地向观众介绍着我，用一根长长的教鞭。我惊疑地望着底下那群人，他们根本不会顾及我的羞涩，只是在屏息凝视我身上不同于其他猴子的特征。

还没等她说完，我就像猴子那样跳着逃跑了，我不想变得更难堪。我坐在阴暗且骚气冲天的角落里，忧心忡忡地望着笼子外边那些人。她猛地看不到我仿佛有些不甘心，急切地问别人我到哪儿去了，执著地寻找着我。

我忽然想撒尿，于是我就恬不知耻地尿了。淡黄色的液体弥漫着臭味向外扩散开去，她终于发现了我。她不能忍受我的无礼和下流，干脆就吐了一口唾沫给我，正啐在我的器官上，那种黏糊糊滑溜溜的感觉让我恶心。我的器官开始红肿发炎，烫得吓人。为了降温，我把它插进烂苹果或是香蕉皮里，最后是一只还没有开放的属于另一只猴子的身体里。我的热度使那只猴子像达到性高潮一样吱吱地叫起来，人们开始为这难得一见的情形欢呼。我根本不在乎，只想自己舒服。

看清楚我在干什么之后，解说员老师狠狠地跺了跺脚，骂了我一声不可救药。我看见解说员老师走了，去寻找下一只倒霉的猴子。我这才放了心。我想，一只没有进化成人的猴子也有追求快乐的权利，比如我想跟隔壁的猴子发生关系，只要她同意就行。跟别人，真的没有什么关系。

我还不死心，又给左楠宿舍打电话，她的同学琪琪告诉我左楠现在已经搬出去住了，因为要准备托福考试。

我问琪琪：她现在还在原来那个地方住吗？

琪琪迟疑了一会说，我没去过那儿。她说你应该有她的传呼号吧？

我这才想起来她有传呼机，就打了电话。很快左楠就回了电话。她说你在友谊医院下车，就把电话挂了。

当我满怀想象地走下车时，我发现一切非我所愿，没有动人的笑脸，没有长吻，没有拥抱，只有一群漠然的彼此提防的人在对着同一方向眺望。

也许是我下错了车站，我在车站没有发现左楠，天很冷，风很大，我无所适从，天正慢慢地黑下来。我在车站等了很长时间，她还是没来。后来我决定去她的住处找她。她带我去过一次，我只能凭自己的印象找过去。我站在宿舍门外，喊了左楠很长时间。直到一个看起来像是管理员的老女人过来。

　　她看起来很不高兴，说这个房间已经很长时间没人住了。我只好走了。

　　我又重新回到车站等起她来。到了大概九点多钟的时候，我看见左楠走过来，边走边张望。我喊了她一声。她说我想你就是早下了一站。

　　我们一起到她新租住的地方去，她又搬家了。屋里连张床都没有，她席地而居。屋里没有暖气，有点清冷。我们说了几句话，就没什么可说的了。她开始看书。我简单地洗了一下，就睡下了。

　　她一边看书，一边在纸上划着，像是在背单词。我迷迷糊糊就要睡着的时候，她钻了进来。但她没有凑到我的怀里，像以前那样。我去抱她的时候，她说睡吧，我很累了。我觉得很无趣。我没有和她说电话的事，我不想挑拨她们的母女关系。更重要的是，这是耻辱。

　　那天晚上我们两个都很少说话。后来回想一下，也许左楠那天晚上也是接到了母亲的电话，被警告了一番。她也面临着和我一样的压力，甚至比我还要苦，但我们都没有点破。

　　我决定和她做爱，忘掉这一切。熟悉的体味，熟悉的节奏，没有创造，没有热情，连冲动都没有，让我厌倦。

　　爱情成为一种惯性，一种惰性，在做爱的时候，你有麻木的表情。隐隐的，有一种感觉。我正是在爱情的前一站下了车。我想我已经快要失去她了。

　　第二天早上，左楠送我出门的时候，碰见了房东。她和房东打招呼，介绍说我是她的男朋友。

　　我很讨厌她这么做。她是大户人家的孩子，礼数总是过于周全，对所有的人都很客气。即使她气得咬牙切齿，也不会让自己表现出来，还是一副不动声色的样子。

房东是个中年人，一脸城市流氓的无赖相。他不阴不阳地对我们笑了笑，好像我们是一对奸夫淫妇。他下流的表情还告诉我们：他知道我们昨天晚上干了什么。我也知道我干了什么。那天晚上，和她做爱的时候，我没有戴安全套，似乎是带着一种恶意的想法，把液体全都喷在她的体内。

这把她吓坏了，连忙起身，处理了很长时间。

很难说清当时我是一种什么样的心理。现在想想，也许是想报复她的母亲，也许是在企图永远地占有她。我自以为是地认为没有女人会离开一个曾经让她怀孕的男人。很幼稚的想法。

左楠对我的做法颇为恼火。虽然她把我送到了车站，但没和我说一个字。差不多一个月或是更长的时间，她不给我打电话，也没有和我见面。

有一天，电话室的小蔡来叫我接电话，她说是一位姓关的小姐打来的。我很奇怪：难道是关芳的电话？我已经很久没和她联系了，再说，她似乎也不知道我现在的工作。

我一接电话，就听出来是左楠。你怎么姓关了？我问道。

你原来不是有个女朋友叫关芳吗？我用她的姓名打电话，就是想给你一个惊喜。你上一次还和我说起她，说她是你的老情人！她无赖地说。

我有点哭笑不得，说不要胡闹了，有事说事。

你说实话，刚才接电话的时候，你是不是既紧张又兴奋？她说。

我说兴奋没多少，意外倒是有一些。

她沉默了一下说，还有一个意外要告诉你，我怀孕了。

还好她说的声音不是很大。我捂着话筒，看了看周围，有几个学生正在等电话，一边等电话一边在偷听我打电话。我敢肯定，如果让他们听到我和左楠的对话，听到老情人或是怀孕这样的字眼儿，会对他们的身心造成极大的心理刺激。在一般学生看来，老师是没有性别，也没有性生活的。

没事，我们一起来解决。我只好含混地说道。

她好像很不高兴。你会让我把他拿掉吗？她问道。

等我到你那我们再讨论这个问题。我是在电话室接电话，周围还有学生在等电话呢，我先说到这里吧。我说。可能是我的语气有点冲，左楠挂上了电话。

小蔡把话筒接过去，放在话机上。她好像知道我遇到麻烦了，偷偷地笑了笑。因为都是年轻人，小蔡经常和我们在食堂的一张大圆桌上吃饭。

她是个很丰满的女孩，我偷偷观察过她的乳房，很大，好像不是一只手能掌握的。

小蔡说起话来嗲声嗲气，她说你欠我一块巧克力耶。

我说好吧，中午吃饭的时候我带给你。

她说你的脸色看起来好像不太好耶。

我说我一直就是这样，累的。

出门的时候，我碰到了学校的董事长。我在低头走路，所以也没和他打招呼。中午吃饭的时候，小蔡坐在我旁边，她一边吃着巧克力一边笑着说这件事，她说你看起来魂不守舍，董事长狠狠瞪了你一眼。

我压低声音说你还是离那个董事长远点吧，他可不是什么正人君子。每次一来学校就往你那儿跑，指不定憋什么坏呢！

小蔡好像被我说中了心事，立刻就沉默下来。

我觉得很抱歉。

我最后离开学校的时候，电话员换成了一个黑黑瘦瘦的女孩。小蔡已经走了，据说是被坏蛋董事长弄大了肚子。

可惜了一个小女孩，生了恁大的一把好乳！一个男同事这么说。

第六章

冷血动物外表强悍，大多数时候却是孤独而无能，比如在雨后的泥泞中滑过垃圾堆的蛇，比如腹内空空饥肠辘辘等待昆虫上门的壁虎。它们是冷血动物，有着薄凉淡定的血统。

那个星期我过得惴惴不安。

周末休息的时候，我去学校找左楠。她看起来没什么变化，腹部还是像带鱼那样扁平。吃饭的时候，她点了一个"八珍豆腐"，又点了"西湖莼菜汤"，好像食欲还不错。

她没有说怀孕这件事。饭店里人不多，不过好像不是说这种事的场合。吃完饭出来，路过一家药店，她说想去买早孕试纸。

我说好吧。

我看了早孕试纸的说明，说是用尿就可以判断女人是不是怀孕。我不明白这其中的原理，觉得有点匪夷所思。女人据说来自火星，像是另一种生物，总是和男人有很大的不同。

在我正要买的时候，左楠凑在我耳边说不用了，我是骗你的。你现在买安全套就可以了。她说。

后来，左楠告诉我，这是对我放纵自己，只图自己舒服不管不顾的报复。这是琪琪告诉她的办法，说可以试出男人是不是真心对待他的女人。

好在是一场虚惊。

那天晚上，我发射完子弹，躺在床上，有气无力。我把安全套褪下来，系上一个结，随手扔向垃圾筐。我总是给安全套打一个结，我不知道这种习惯是如何养成的以及为什么。

她撩开被子，飞快地向里面看了一眼，还用手捏了捏。

她说你原来是这个样子的。

我说什么样子？

她说就是那样儿，软软的，像一个湿乎乎的套子。

我说是这样，此一时彼一时。

满足了自己的求知欲，她把被子拉到下巴颏下面，像一只刚啃过鱼头的猫一样心满意足。她的脑袋里老是被这些稀奇古怪的念头充满着，让她有时候喜悦，有时候悲伤。

第二天，左楠没有回家。我们去一个叫做"水上乐园"的地方游泳。那是当时条件最好的游泳馆，有标准泳道。刚到门口，左楠的传呼机响了。左楠看了看号码，说是家里的。

她去回电话。回来之后，情绪变得很低落。我问她怎么回事。

妈妈问我为什么没回家，又发脾气了。她说。

我安慰了她几句。

游泳馆开着暖气，但也不是特别热。窗户上，铁制的玻璃框生了锈，结满了黄色的冰溜子，像是冻起来的尿液。

我们在水里游了一会儿。我好像有点儿累，游不动。我站在浅水区，水面几乎漫过了我的胸口。我看见左楠向我游过来。我已经记不清她游泳的姿势，但我当时的感觉是：她是一种很奇怪的鱼。她抱着我站在浅水区，但这似乎并不能使她温暖，她的脸色很白，嘴唇紫色还有点儿发青。我们好像是一对殉情的人，像一对被活埋的人，土埋半截了。

整个游泳场几乎没有什么人。水道尽头是一对父子，好像是在进行游泳训练。儿子不太想游，父亲一脚把儿子踹进了水里。儿子哭着，他不停地游到岸边，想要上岸。但父亲手里拿着一根竹竿，只要儿子的手摸到水池的边，他就不停地打在他的手上。

我觉得很无聊，从水里爬出来，把浴巾铺到地上，然后趴了上去。我的生殖器萎缩得像一个婴儿，这使我羞愧。

左楠在我身边坐下来，她的身体好像在发抖。我给她拿来一瓶水，递给她。她没有喝，她说越喝越冷。我想抱她，她说这样不好，把我的手推开了。

我站起来，向水里扎了进去。因为是浅水区，不能扎得太狠，否则会磕破鼻子。我喜欢潜游，尤其喜欢在水底缓慢滑过的感觉，在水下面睁开眼睛，看着游泳池底细碎的马赛克和射进水里的阳光。我一个接一个，从一条水线上面翻下去，又从另一条下面潜上来，水线光滑的塑料环碰触着我的小腿，感觉很舒服，我觉得自己是一头白鲸。到达游泳池的另一侧，我看了看左楠。她孤零零地躺在那里。我抹了一把脸上的水，重新向她游过去。

她曾经来过我工作的学校几次，和我一起过周末。这些事被她的母亲知道之后，免不了又是一顿羞辱。

她开始忙着托福考试。我克制着自己，不再见她。

她的托福成绩下来了，五百多分。

她的家里开始为她留学的事情忙碌。

我知道，我们的爱情走到了尽头，终于要分手了。这是一场不插电的爱情。从始到终，我们都是凭着热情在演奏，当热情燃烧殆尽，激情逐渐沉淀，我们还剩下什么呢？这可怜的早衰的实在撑不下去的爱情。

我们平静地互道珍重，虚伪地说让我们做个朋友，没有欲哭无泪，没有撕心裂肺，没有承诺来生。爱情就这样，照亮又熄灭两个人的天空，像一颗流星。我几乎想不起当时是如何表达，回忆的时候，只感到心里一阵轻轻的酸楚。

她说我是冷血动物，我承认。冷血动物外表强悍，大多数时候却是孤独而无能，比如在雨后的泥泞中滑过垃圾堆的蛇，比如腹内空空饥肠辘辘等待昆虫上门的壁虎。它们是冷血动物，有着薄凉淡定的血统。

左楠毕业之后并没有立刻出国，而是在高校当了一段时间的老师。后来的几年时间里，我和左楠见过几次面。

二胖儿兄弟从日本回来，我们在他那里聚会，见了一次面。那是我们分手之后见的第一次面，喝了很多酒。我们没有照顾到大家的情绪，只顾聊自己的，把别人当成了陪衬，很失礼。

达利画展的时候，左楠来过北京。她说是参加一个新教材的研讨会，只待一天时间。

我们约在清华见面，聊了一会儿，她说希望到我的住处看一看。我们来到我租住的那个房间。房间很小，光线也不好，还有一种味道，发霉的味道。

她看起来很吃惊。没想到你现在这样落魄，真是王小二过年，一年不如一年。她说。

习惯就好了，既然选择了这么活，就别给自己太多的想法。我说。

她横坐在单人床上，靠着墙壁，把双腿伸出床外，好像若有所思。她说我以为你现在睡的是双人床。

我说还是单人床，不过有时候也会变成双人床。

她说你还是那么流氓。

我说你怎么样。

她说她已经有了一个男朋友，准备年底结婚。

我抚摸着她的脸，有一种欲望在我的身体里膨胀。我抚摸着她的身体，想解开她的衣服。左楠看来不喜欢我这种表现。她哭起来，她说没想到会是这样。她说我以为一切都过去了，没想到一切都和以前一样，对你来说，性就是一切。她说你好像并没有爱过我，你从来不关心我在想什么，你只是想和我做爱。

我说不是的，我还爱着你。说这句话的时候，我感到一阵心虚。不过，她似乎并没有听见我这句话，她拿出电话来，拨了一个号码。接通之后，她对着电话说：会开完了，我想回家，现在就回去，你开车来接我。

虽然我知道电话那头是她现任的男朋友，但她的语气似乎让我感到：她似乎没有讲电话，而是在命令一盏阿拉丁神灯。挂上电话，她擦干了脸上的泪。她说这次来其实是想和你道别，因为正在办去澳洲的签证，也许就快走了。我只是想再见你一面，没有别的想法。

过两个小时，她的现任男朋友就会开车来接她。我想我把一切都搞砸了，把一个本来是很伤感很缠绵的时刻给玷污了。我有点痛恨自己总是管不住自己。

　　我们到一个小烧烤店里吃了一些东西，吃得有点心不在焉。她还点了啤酒，一人一瓶。她说你现在是为自己活，而我却是为可怜的名声，是在为自己和家庭那点可怜的名声活着。

　　我说没人逼你这么做，你也可以像我一样漂着。

　　她说像你一样漂着又能怎么样？你又会带给我什么呢？除了无休止的抱怨，无休止的空想。再说，我已经拿定主意，要给别人当媳妇了。

　　她说得义正词严，我无言以对。

　　她去了卫生间，路过柜台，她结了账。

　　缺钱吗？她问我。

　　我说不缺。

　　缺钱你就说话，我工作了一些时间，攒了几个钱。再说，现在花女人的钱不丢人。她说。

　　她不愧是她妈的女儿，说起话来也够狠。

　　我说我知道，等我缺钱的时候再找你吧。

　　她说过段时间我还要去上海培训。

　　我说去吧上海是个好地方。

　　她说你缺什么东西吗？我从上海给你寄过来。

　　我说不缺。

　　她跟我说这些的时候变得平心静气，好像我是她的一个穷亲戚，亲热中透着坚硬。

　　我们俩默默喝着酒，后来，她接了一个电话。她的男朋友正驾驶着开往北京的汽车一路狂奔，已经到了六里桥。左楠打车走了。出租车调转了车头，像是一条鱼似的从我身边溜走了。

我在原地跟着那辆车转了个圈，很多的土飞起来，更增加了画面的真实感。我冲她挥了挥手，没等车从我的视线里消失，我就转身走了。不知道还会不会再见她，不知道还会不会再见到她。我莫名其妙地说了句：我操。

　　从前有一个作家，很穷的人，总是指望着写出一部名著。他全部的财产是一个妻子和一把手枪。除了喝酒，他总是喜欢和妻子做爱，这样他可以暂时忘掉他正在做的事。他有一个习惯——喜欢玩弄那把手枪。在灵感枯竭的时候，他总是用那把枪顶在自己的太阳穴上，啪的来那么一下，这种声音总使他全身一震，神清气爽。当然，枪里没有子弹，是空的。

　　一切看起来都无可挑剔。

　　他以为自己的妻子深深地爱着他，直到有一天，他在小说里构思的那些拙劣的情节在他眼前成为现实。当他喝完酒，晕晕乎乎从小酒馆里走出来的时候，他看到他的妻子，躲在路灯的阴影里，正在和别的男人拥抱接吻，彼此都很熟练。作家没有声张，悄悄地走了，像一条受伤的狗。

　　他的妻子怀揣着忐忑不安的心和被揉捏得疼痛的乳房回到家里的时候，发现一切都已发生：作家已经死了，是用他的手枪。

　　一切都很自然，没有人怀疑什么。人们对这个所谓的作家早已没有了期待，甚至早已没有了起码的尊重。人们都说，像他这样混日子的人，自杀只是迟早的事。警察调查之后也证实，作家是自杀，与别人无关——手枪上满是他的指纹。奇怪的是：这个人居然为自己准备了两颗子弹。

　　他也许是以为一颗子弹打中太阳穴不足以致命，警察说，这个可怜的人。警察用布垫在鞋底下面，用脚踩住死尸的胳膊，掰开死尸的手，把另一颗子弹用镊子取了出来。如果他把这颗子弹带进炼尸炉，会有危险的，他说。

　　没有人知道：当做家抽出弹夹，企图把子弹装上去的时候，发现里面已经有一颗了。他把两颗子弹在手心里捂了很长时间，然后随便拿出一颗，填进弹夹，扣动了扳机。

　　在不长的时间里，他的妻子又结了婚。爹死娘嫁人，个人顾个人，这是顺理成章的事。

80

一天夜里，那个女人在男人怀里做梦的时候，感觉到了恐惧。她看到那个作家拿着两颗子弹向她走过来。你说，我究竟是用哪颗子弹自杀的？他问道。

女人闭上眼睛，不敢再看他。

不要不承认，是你杀死了我，她清晰地听见了这么一句话。

左楠后来告诉我，她要结婚了，就是跟开车来接她的那个人。他是一个很优秀的人，她强调说。

我知道她的这种判断肯定是以我为参照物的。

即使这样，也让我高兴。每当看到女人离开我，我总是抑制不住地高兴。她们总算是聪明了一回。她们知道和我这样的一个人混在一起没有什么前途，越早离开越好，陷得越浅越好，在这一点上，那些女人有着惊人的一致性。她们对我总是浅尝辄止，从来不会关心我想什么，从来不听我的表白，从来不相信我的话，她们总是希望在被伤害得千疮百孔之前，全身而退。我对她说你不要走我是爱你的。她走得反而更快好像唯恐自己反悔。

我在黑夜里想着左楠，想着和她结婚的那个男人是何等幸福。我拉上被子，像条狗一样蜷起身子，把脸放在枕头上打着呼噜，流着涎水，呼呼地睡起来。在咬人之前，我已经没有了尊严。

我觉得自己有病。我是一种瘟疫。生活的瘟疫、社会的瘟疫、政治的瘟疫、忠诚的瘟疫、爱情的瘟疫、进步的瘟疫、懒惰的瘟疫、寂寞的瘟疫。不但自己发病，还会感染别人。又仿佛我是一味有毒的药，与其他药物格格不入，何止"十八反"？反人参、反决明、反金银花、反黄连、反厚朴、反杜仲、反昆布、反紫河车、反莨菪、反童便、反指甲，反淫羊藿、反《医典》、反《黄帝内经》。

我幻想：一棵草可以发动一场针对《本草纲目》的战争。我就是那种医治瘟疫的药，保持着一个人一个身体的平衡。我是一棵在风里摇晃的有着淡淡味道的草，根、茎、叶全可以入药。我把自己的脑子像是一片叶子那样扯烂扯烂；我把自己的指甲像饮片那样嚼碎嚼碎；我把自己温暖的尿和粪便那样搅拌搅拌；我把自己的头发切成段把鸡巴切成片；我用血把它煮沸；用时间让它沉淀。在沸腾之后冷却之前我端起来一饮而尽，医治我的瘟疫，及由此引起的：妄想、谵言、湿热、盗汗、口臭、肾虚、阳痿、幻听、皮肤溃疡、前列腺炎、子宫脱垂、乳腺增生、癌症、霍乱、疯牛病、肝硬化、甲亢、植物神经紊乱。就像《本草纲目》，这本书也是一部医典。

写作过程：搜肠刮肚，破釜沉舟，始于胡思乱想，终于乱七八糟，稿凡三易，标明为纲，列事为目，博而不繁，详而有要，综合究竟，直窥渊海，十年成书。每个北京病人都应该看看。

差不多在一年以后，左楠要去澳洲。她给我发了一封信，告诉我这个消息。她也告诉我，她和那个人取消了婚约，俩人彻底玩完。那哥们儿估计也是对她的能量估计不足，大意了。我其实很想和她的亲人站在一起目送她登机，魂断蓝桥。但我最终没有去。一个原因是我不想去为我的老师添恶心。另一个原因是：既然她要走，就让她干干净净地走，不留任何怀念。

她最终带着美好祝愿腾空而起，像一支利箭射向了澳洲。

她后来给我发了一些信，都是一些情况简报。她办好了入学手续。她找到了住处。她丢了行李。她切菜时切了手，还好伤得不重。她的腰细了，腰带缩进去两个扣眼。她和两个同性恋生活在一起，所以很安全。

在其中一个同性恋被她改造成双性恋彻底爱上她之前，她搬了家。后来她认识了一个玩电脑的。那个杂种为了探寻她的秘密，把她的信箱给黑了。所有的朋友发给她的信，往往成为公开的。我后来就很少给她写信，因为这件事让我深恶痛绝。

那个晚上，四个人坐在一起喝酒。我和一个女人，而左楠是和另一个男人。我们两个的爱人都面貌模糊。

我和那个女人吵架，然后那个女人走了。我坐在沙发上，手里拿着一瓶啤酒。左楠和那个男人也许以为我走了，他们拥抱在一起，好像很开心，卿卿我我。

　　我的身体平躺在沙发上，那个沙发真大。他们两个也许是在做爱，听起来很暧昧。我哭了。他们两个停止了声音，来到我的沙发前，在黑夜里凝视着我。我还在哭泣，我把啤酒浇在自己的脸上，像是把土扔进墓穴。然后，我被呛醒了，剧烈地咳嗽起来。

　　这个梦境无比真实，以至于我在一开始不能分辨。我的身边躺着一个女人，也许就是在梦中出现的那个女人，模糊不清。我知道，我还爱着左楠。

　　回到那座城市的时候，我经常会去学校走一走，期望能见到故人，遭遇到熟悉的、生动的表情。但是，没有，一次熟人我都没有碰见过。学校的门口总是像处女的屁股一样干净，她干燥地望着我，没有气味没有湿润没有美好曲线，只是耀眼的灰白、招牌和铁门。

　　我坐在车里，像一条鱼悲伤地在水底滑行。阳光普照，但我心如死水，就像湖面上没有风、没有荷叶、没有波纹、没有蜻蜓、没有游船、没有两个依偎的人、没有表达、没有爱情。

　　又一年的春节，我去学校的时候，发现整个学校已经被拆掉了，图书馆、教学楼、宿舍、浴室、水房、食堂，所有的东西消失得干干净净，就像它们从来不曾存在。

　　十年的时间，这里只剩下一片瓦砾场，杂草丛生。

第七章

　　我在每一个地方寄存一段自己的生命，就好像把自己的生命播撒在路上，然后等衰老到来的时候，将这些生长太久的感情，收割。

　　我坐在开往那所学校的车上。这是初秋的天气，从打开的车窗里透进来一丝风，稍微有点刺人。

　　我的生活正走在解体的边缘。我离开熟悉的人和事，来到这里，开始另一段生命，和以前的都不一样，和以后的也绝不相同。

　　一个寄宿学校——我今天要去的学校，我将在那里寄存生命的一部分。我不知道，未来的时日，我将陷入寄宿的状态中难以自拔。

　　我在每一个地方寄存一段自己的生命，就好像把自己的生命播撒在路上，然后等衰老到来的时候，将这些生长太久的感情，收割。

　　有人认为这个世界其实是两个世界构成的：一个被人为地将时间拨快，一个是将时间延长；一个是机器世界，一个是爬虫世界。我在这个私立寄宿中学当上了老师，像一只巨大的爬虫，度日如年。

　　无论从一般意义上还是严格意义上，我都不是一个好老师。一节课四十五分钟。作为一个好老师，你必须得占满它，让学生尽可能多地学到知识，你必须得做好准备工作。但我做不到。备课的时候、写教案的时候、讲课的时候、看作业的时候，我经常心不在焉，总是在想一些别的事情。讲完课布置完作业却还没有下课，那是我最难熬的一段时间。

我经常习惯性发呆。教室里很安静，学生们正在奋笔疾书，整理笔记或是写作业。我看着黑板，看上面写满的字。下一节课来临的时候，这些字就会被擦去，成为粉末，随风而去。

我作为老师的痕迹就这样一点点被抹杀，我的一部分生命也就这样消逝。然后，下课铃响了。我用最快的时间逃离这个地方，回到自己的宿舍，抽上一支烟。

在黑夜里，我站在门外，看远处山上的一点灯光。它是孤寂的，像黑夜中的灯塔。我像是站在一艘几乎没有动力的船上，没有停靠的岸，别的船早已经帆影远去，而我却只剩下空帆。我在水上随波逐流，掠过黑魆魆的群山。那些山，我是说那些山，它们从白垩纪甚至更早的时代就矗立在那里，孤独地矗立在那里。它们是沉默的，山的灵魂是一枚坚硬的核，总是稳若磐石。不像我们人类，总是有那么多的私心杂念。

在学校里，到处都是被杂念折磨着的灵魂，如果你晚上在他们的宿舍门口经过，你会听到每间屋子都发出灵魂的叹息。那是什么样的屋子呀？寒冷的、潮湿的、多苔藓的、有异味的，是炼狱。如果不是有友情和爱情，这里会变成一座精神病院。

我们都是当然的病号，或许我们已经是病号了。

校长是隐形的，你平常很难看到他的身影，只有在全校大会上你才会听到他的发言，那也是他最需要和最想出现的时候，其余的时间他不是忙着写校歌编校史，就是忙着去各个地方汇报工作请求支持。作为新生事物，私立学校在开始的那些年举步维艰，他总是说自己是老革命碰到了新问题，有太多的东西需要学习。

校长对学校的日常管理是通过德育处和教育处两个机构实现的，德育处主抓学生和学生的思想，教育处主抓教师和教学，他们就是校长的锦衣卫，

"东厂"和"西厂"。学校实行的是特务统治。主任是特务，老师是特务，班主任下面有小特务，整个学校就是特务集中营，他们美其名曰这是全员管理，对学生负责。

德育处是这所学校的核心，学生和老师从来是围着它转的。在统一安排下，每个班他们都培养几个得力的内奸。他们从来把学生放在对立面上，停课、调查、谈话、沟通、交心就是他们的利器，他们要让学生知道：这个世界上处处充满着背叛和欺骗。

德育处还有专门抓学生搞对象的"四大名捕"，一水儿的全是在树坑和草丛里便于隐藏的小个儿，有男有女，透着那么机灵。"四大名捕"都是早恋重灾区的班主任，每天在完成繁重的教学任务之余，还要研究晚上的捉奸方案，委实够累的。"四大名捕"的任务很有挑战性。他们要预先埋伏在墙角或是围墙外面的小树林里，一旦发现了情哥哥情妹妹跳墙了幽会了抽烟了亲嘴了摸胸了解扣了掏家伙了真想动作了，手电就啪的一声全部打着，发声喊，齐上去拿翻。

老师捉学生的奸，也算是古今奇谈。

德育处的人不单是针对学生的，老师也在他们的监视之列。任何教师和学生过分亲密的行为都被认为是对师道尊严观念的严重冒犯，必须防患未然。

德育处后来改名为政教处，实在是实至名归。

刚到学校，我谁都不认识，所以很省心。门外，来来往往有很多人经过，有的人还喊着我的名字，不是妖精。但他们都与我无关。他们的忙碌与我无关，他们的喧哗与我无关，他们的争论与我无关。我很寂寞，孤单单的一个人，没有一个人可以交谈。

我想，来个貌若天仙的美女好吧，我会打破愁眉苦脸和她敷衍几句，但是没有。于是我又想，来个丑一点儿的女同事也好吧，可以谈谈文学什么的。仍旧是失望。我想实在不行来个男的我也会跟他谈谈腐败或是女人什么的。

我等了很长时间也没人来，除了孤独感。

我说实在不行写写字吧，反正闲着也是闲着。所以在教学之余，我开始零零碎碎地记录一些东西。你现在看到的这些文字，很多都诞生于那个阶段。

还好，我认识了穆江。他建立起我们活下去的勇气。

穆江是我的同事，他和我毕业于同一所学校，是我的师哥，这使我们比别人更容易熟悉起来。那时候，我们刚看完一部电影《莫扎特》，对天才儿童莫扎特印象深刻，于是就命名他为莫扎特江。他很喜欢这个称呼。首先，他是音乐工作者，是神圣的音乐教师；其次，和莫扎特一样，他很瘦，惊人的瘦，一颗巨大的头颅长在瘦弱的肩上；再次，他面色苍白魂不守舍，总以为自己是个忧郁的王子，总认为自己是个莫扎特一样的悲剧人物，充满了宿命，每天都以为自己第二天就会死去。综上所述，我们可以如此概括：每天，他像一个有气无力的石像，坐着单位的班车来来去去，半死不活。

他一天大概有二十五个小时在睡觉，他说自己是个睡美人。一个三十多岁的男人说自己是睡美人，这是不是有点变态？

看着他柔软的卷发和不经意的兰花指，我想他大概性心理有问题。

他告诉我：在八岁之前，他一直以为自己是个女孩儿。他玩女孩才会玩的游戏，和女孩混在一起，蹲着撒尿，他觉着自己就是个女孩。上小学之后，因为要上男厕所，他才对自己的性别重新进行了定位。但看起来不是很成功，他还是有点女里女气。他的腰肢像女人一样柔软，可以将身体弯下去弯下去，把自己折叠起来，他机灵的大眼睛会从裤裆里向你微笑。

莫扎特江告诉我们，他是一个有洁癖的人。他只用从化学实验室拿出来的烧杯喝水。不管那里面曾经盛过什么，发生过什么反应，他只用烧杯喝水。他认为烧杯是离肮脏最远的容器。每打碎一个，他就会到化学实验室再拿一个，没有烧杯，他几乎不喝水。他从来不用别的杯子喝水，从来不用。他更不用别人的杯子喝水，从来不用。即使他经常在头发上沾着棉花，脚趾头顶着破洞，起床之后从来不叠被子，数钱时习惯用手指蘸满唾沫，他也会说自己是个绝对有洁癖的人。

他很注重自己的艺术家形象。每次睡醒之后出门之前，他都要用手把头发叉一叉，再叉一叉。对着镜子弹掉奶酪一样的眼屎，他充满情欲和温柔的大眼睛才开始转动。

他的牙缝非常之大，像是马的牙齿，在一颗牙齿掉了之后，他还镶了一颗金牙。他的牙缝里每天都会被塞进一些稀奇古怪的东西，要看他吃的是什么。有时是一根芹菜，有时是一根茴香，有时是一根稻草。如果你善意地提醒他的话，他会把这个东西用牙签挑出来，放到嘴里嚼嚼，然后再吐掉，他可不是一个喜欢浪费东西的人。

莫扎特江是一个充满父爱的人，他一直觉得自己很对不起他的孩子，有一次他换日光灯，日光灯从他手里直直地飞下去，碰到坚硬的地面，成了一堆白色的碎片。他的孩子看着这一地的碎片，好像被吓呆了，不哭也不出声。

莫扎特江飞快把孩子抱出去。他知道日光灯里装的是汞。汞俗称水银，重金属，可以挥发成有毒的气体，会使人急性或慢性中毒。

对这件事，莫扎特江大约担心了十五年的时间，直到他的孩子后来考上大学，没有表现出任何发育不良的症状，他才真正放心。

有时候我和他也会探讨性问题。我问莫扎特江究竟哪种体位是最符合人体力学的。他很吃惊。

他说你这样年轻还没有结婚的人研究这个问题是不是太早了。

我说你不要给我扮演什么假正经，你不干那事，孩子是怎么来的？

他说：我们的孩子是我们不懂事的时候通过内裤过滤出来的。

我大笑。我说你们真是够土的，你真的不想知道别的姿势吗？

莫扎特江想了想，他说难道真的还有别的姿势吗？

我问他通常采用什么姿势。

他比画了一下。

我说那是传教士式，最传统的一种。

我就向莫扎特江详细地介绍起来，我拿着他的枕头放在我身上不同的部位，摆出不同的角度，当做女人。这个可怜的中年男人一本正经地听着，像一个虚心的学生。他也会担心地看着自己的枕头，好像怕它就此染上性病。

第二天，莫扎特江来到了学校，但是看起来有点沮丧。他斜靠在卷成一团的被子上，大脚趾从袜子洞里伸出来，不停扭动着。

我问他战况如何。

他说我昨天回去就跟我老婆说，有人告诉我好几种姿势，今天晚上咱们也换一种吧，我总觉得我们的那种太过于古典了。老婆就瞪直了眼睛看着他。他想她可能是被这种怪异的言论惊呆了。他说我也并不是说我们的不好，毕竟十几年一贯制出来进去太熟了，没什么意思。他说我们可以采取立式的、侧式的、躺式的，当然也可以采取蹲式的，他们管这叫"玉女坐莲"，就是你坐在我的身上，背对着我，然后……

然后怎么了？

然后她就狠狠地甩了一个大嘴巴在我脸上，莫扎特江摸着自己的脸笑了笑，说她总是这样，一点面子也不讲。

后来呢？我问他。

后来我们做爱，还是老一套路子，但她发挥得明显比以前好了很多。我想我还会抽时间跟她试试那些新花样的，要不然，岂不太可惜了？

莫扎特江把他的枕头扔过来。他说你把枕头干了它是你的女人，我把它给你了。然后，他嘬了嘬牙花子，像死尸一样平躺，开始睡觉，看来，累得不轻。

莫扎特江是一个深刻的人。他说，有些东西你老了就喜欢，比如老年人喜欢喝粥；有些颜色你年轻时可能喜欢，后来就开始讨厌——因为你老了。老是一种生理现象，但更是一种感觉。当你感觉到自己老了的时候，你就一下子真的老了。

他指了一下自己的牙，他说你看，在我初次剔牙的时候，这里并没有这道缝。现在你看，这条缝很大，像是马的牙齿。他指了一下自己的西装，他说你看它老了，几年以前我刚穿上它的时候，笔挺笔挺的，现在，你看，满是褶子，这里还有一个洞，这就是说，衣服也会老的。

人一老，衣服也变老，他说。

莫扎特江像一只反刍的羊，总是不停地有话说。

他有很多治家的名言：

如果你的家很穷，那就凑合着过吧。

如果你的家里没有钱，就当他们没给你印吧。

如果你的妻子有外遇，别为她担心反正又不是第一次了。

你的妻子跟人跑路，你不必太生气，反正她也跟你睡过了。

如果你的孩子跟你不太亲，你不用太伤心，因为他是过滤来的。

如果孩子不像你，那他还有希望；如果孩子特别像你，他的后半辈子一定很黯淡。

如果你的家里有很多咸菜罐子和大尺码的内裤，你的家庭生活一定颇为不幸。

情人和你做爱，老婆只会和你性交。

莫扎特江有老婆，并且就在本市，但他从来不让我们看，秘不示人。

莫扎特江和老婆结婚已经二十年了。他们原来生活在南方，靠近长江。三峡工程的修建使得当地的生活成本暴涨，再加上他老婆的厂子也倒闭了，于是就来投奔他。这却给他出了一个难题。

音乐家莫扎特江本来想让他的老婆相夫教子做好留守女士，他可以飞在空中。现在一下子被拉到了地上，他摔了个大马趴。他对现实的无情欲哭无泪。

莫扎特江的生活负担和心理负担空前沉重，有点未老先衰。

莫扎特江是个美食家。他和厨房的大师傅结下了梁子，因为他总是在说他们的坏话。

莫扎特江不是批评炒菜油放多了胆固醇过高了，就是菜太咸打死卖盐的了，要不然就是"葱头炒肉""菜花炒肉"成了"葱头找肉""菜花找肉"了，他打菜时品头论足，像一只猴子总是怨气冲天。

猪有阴毛吗？莫扎特江吃饭的时候，突然停下来问我。

这个问题很难回答，因为没特别注意过。

我问他为什么问这个问题？

你看！莫扎特江说着把肉片夹起来，上面沾着一根卷曲的毛发，又黑又亮，呈卷曲状。那分明是人的阴毛，只是分不清是男性还是女性。

我说很简单，一种可能是大师傅在切菜的时候，赶上阴部瘙痒，就顺手抓了一下，赶上指甲长，带下了一根。

他说不太可能，除非是大师傅光着屁股切菜。

我说还有另一种可能，这是人肉，也就是说你现在吃的恰好是人体上的某一部位。第三种可能也存在，大师傅是男性，这段时间性压抑，借猪肉来发泄，被你赶上了。这三种情形我都很难判断，但我唯一确定一点：菜花没有长阴毛。说完之后，我低下头接着吃饭。还好我打的是芹菜拌腐竹，可以自己欺骗自己。我的意思很简单：别把这件事太当回事了，把那根毛挑出去，接着吃就完了。

莫扎特江却怒不可遏，他找到后勤处，把那个菜给主任看。主任是个老太太，中午吃的也是这个菜，正在剔牙，一看就吐了。吐完之后，还不算完，她还得在臭气熏天的呕吐物里翻捡自己飞流直下三千尺的假牙。

她把假牙洗干净，重新安上，拿着莫扎特江的菜盆去找伙食科。伙食科长赞扬了莫扎特江同志的认真精神，说人家都是鸡蛋里面挑骨头，你是菜花炒肉里挑人毛。

食堂工作人员全体被扣了一个月的奖金。大师傅恨透了莫扎特江。有一段时间，莫扎特江只好让我们帮他打饭，免得再和他们发生冲突。

在老婆的鼓动下，莫扎特江居然野心勃勃地想承包单位食堂。他每天早上都会从家里带来饭菜争取我们的口味。我们拗不过他，只好吃一点。我们吃了之后，齐声说好。

第二天，在我们的热情鼓励下，他给校长也带来了一份。他很热情，校长实在逃不过他热情的目光就全吃了。当天下午，校长就住进校医室，打上了点滴。虽然我们不能断定是莫扎特江的菜有问题，但想想都后怕。

在他的积极努力下，食堂承包计划终于宣告破产。

莫扎特江后来给他的老婆开了一家包子铺，专卖灌汤包。他带了几个给我们尝鲜儿。正好是他最痛恨的那种：油很大，盐很多。

莫扎特江说，你们不懂，这正是我老婆的高明之处，每卖出一笼包子，就能卖出去两碗汤，这就叫苦心经营。

学校要组织一台中秋晚会。作为学校唯一的音乐老师，莫扎特江是理所当然的总设计师和总导演。他还专门从外面拉来了一个女孩儿当他的助手。女孩儿是学舞蹈的，线条很美，美中不足是眼睛一大一小。

傻子都会看出来莫扎特江和那个女孩儿关系不一般。他和那个女孩儿好上了，不是公开的那种。他们总是偷偷摸摸欲擒故纵眉来眼去勾勾搭搭。他从不让那个女孩儿和我们同桌吃饭，估计是怕有人起不良之念，横刀夺爱。

莫扎特江从来不承认他和那个女孩儿关系暧昧，他向所有的人解释，这个女人是他的师妹。但没有一个人相信，莫扎特江越描越黑。

大家都气得咬牙切齿：连莫扎特江这样的人都可以乱搞男女关系，是可忍孰不可忍！于是，关于莫扎特江的传说开始满天飞舞：

有人看见他搂着师妹的腰在山下散步偶尔摸一下人家的屁股。

有人看见他晚上一点多钟衣冠不整地从师妹的客房出来像奸夫西门庆。

有人看见他星期天陪着师妹进城，在性用品商店买小号的避孕套。

大家都争相说着他的绯闻，绘声绘色愤愤不平。一开始莫扎特江还对我们表示愤慨，后来他说我们是：一群禽兽。

在莫扎特江及其师妹的精诚配合下，我们过了一个难忘的中秋节。

莫扎特江也成功地把中秋晚会办成了他的个人音乐会。所有的节目都有莫扎特江的名字出现，不是独唱，就是伴唱；不是作词，就是作曲，或者指挥。实在轮不到他出场的地方，他委曲求全顾全大局。他在学生的小品中分别扮演了一只不睡觉的猫头鹰和一个垃圾筒，纹丝不动，就和真的一样。当他演唱校长作词自己作曲的校歌《我们站在高高的牛头山上》时，他的师妹作为领舞，和无数的小女生像众星捧月一样把他围在中间，莫扎特江笑得很辉煌，他为这次音乐会特别推出的新镶的大金牙也是金光灿灿。学生在下面吹口哨鼓掌喝倒彩发出嘘声，校长大声拍着桌子呵斥，现场气氛达到了巅峰。

第八章

　　我用笔，写下真实的感觉。有疼痛，有快感，也有压抑不住的，几声呻吟。

　　我是一个孤独的旁观者，一个局外人。一些事在我身旁发生，他们快活的呻吟敲打着我的耳鼓，我把节奏记下来，面无表情。

　　我和同一个教研室的咪咪老师关系很好。咪咪也是刚毕业，但是比我小三岁，是一个聪明灵秀的女孩儿。

　　咪咪的宿舍就在我的隔壁。和她同住的苏苏是结了婚的人，晚上会回家。在苏苏回家的时候，我会和咪咪待在一起聊天。她见过左楠。左楠来过学校几次，她的落落大方获得了很好的印象分。咪咪也对我夸过她几次。不过朋友们都不知道，那时候，我和左楠的关系已经名存实亡，我们已经决定分手，剩下的，只是时间问题。

　　咪咪有男朋友，我有女朋友。我们在一起的时候还算规矩，毕竟都是有主儿的人了。有时候，我会和她讲自己的一些事情。我不是很专心地讲，她也不是很专心地听，一边听，一边拨拉着一把吉他。

　　我和左楠分手之后，我把这个消息告诉了她。听完之后，她没有任何表示，有点儿无动于衷。也许是为了获得某种慰藉，我把她抱在怀里，吻了她。她的身体是冰冷的，没有湿润、没有应和、没有柔软、没有冲动、没有一点热情。她的脸上，只有一种冰冷的、绝望的、适宜在月夜下抚摸的表情。

这是一场从来没有开始的爱情，从一开始就是一个误会。咪咪只是个旁观者，丝毫没有介入爱情的想法。她原本是站在整个事件之外的。现在要她成为一个重要角色，这让她惊慌失措。她不知道究竟应该前进还是退缩。所以，她就会出现这种状态：不冷不热，没心没肺。

我和咪咪的事情没有任何进展。有时候，我们会出去散步。山里雾气很大。我们在雾里走着，一句话都不说。停下来抽烟的时候，我发现四周都被弥漫的雾气包围着，像是一片汪洋大海。

和咪咪比起来，苏苏就要快乐得多。

苏苏体形非常好，据我观察，她应该是个性欲旺盛的人。和这样的女人做爱，只要做过一次，你就会怀念很长时间。但据我观察，她的夫妻生活好像不是特别和谐。她好像并不是很喜欢回去，能在学校多待会儿就不回家。

她喜欢和我们这些没结婚的人待在一起，说一些荤笑话或是开一些无伤大雅的玩笑。

中午吃饭的时候，我们这些年轻人总是坐在一张桌子上。我们跟着电视机，一起敲着饭盆唱《朋友》那首歌，弄得那帮老教师对我们总是侧目而视。

学校来了一个新老师，叫韩静。在不长的时间，她引起了所有已婚和未婚男士的注意。韩静个子很高，乳房过度发育，腰肢很细，肤色很白，健康丰腴，在各个方面都符合我心目中的性幻想。她总是把头发扎得很高，看起来热情洋溢。

她原来是应聘英语老师的，结果，英语老师超编，她只能跑到文印室工作。文印室是一个单独的房间。在她之前，是一个老太太负责一切，我们都把那里当成巫婆的巢穴，阴冷潮湿。但她的到来改变了一切，那里马上变得暖和舒适，有音乐，有零食，有凹凸有致的健康女人和性感的气息。

文印室成为许多男同志心中的"美穴地"，除了不能抽烟，那里几乎无可挑剔。韩静成为大众情人，每个人都对她有性幻想，充满了欲望，甚至连老校长也未能免俗。

学校每个月都会举办一次卡拉ＯＫ舞会当做放松，举办的地点是在离学校很远的一个舞厅，据说这个舞厅也是学校董事长的产业之一。

韩静跳起国标来中规中矩，跳起水兵舞来又显得很狂放。在昏暗的灯光下，我默默地观察着她。她的表现理所当然也被别人注意。韩静和老校长跳了好几支曲子，他们一边跳一边说着话，看起来很愉快。

在回来的车上，老校长舍弃他平时坐惯的位子不坐，偏偏要坐在过道，坐在韩静的后面。因为已经接近子夜时分，大家跳了半天的舞，都昏昏欲睡，我也是。

我挨着咪咪坐着，在黑暗中，我拉着她的手。咪咪很自然地靠在我的身上，没有人注意我们。我们的心里都很温暖。

朦朦胧胧中，我看见老校长的手开始不安分地移动。他好像是下意识地扶着韩静的腰，唯恐她因为突然刹车闪着。其实已经不是腰了，那个部位，准确地说，应该叫臀部。

韩静没有任何闪躲的动作，她的腰挺得笔直，看起来还挺舒服。我想这个女人真是不简单，一个晚上的时间就把这只老公羊给驯服了。我拍拍咪咪的手，偷偷指给她看，咪咪只是撇了撇嘴。

有一次，我去韩静的宿舍借小说。说是借书，其实不过是个理由，就是为了和她说会儿话。

我几乎每天都要去那里印练习题或是试卷，早已经非常熟悉。我看到桌上有一本相册，她好像看出我的兴趣，递给了我。都是她和一个男人的合影，有的是在公园，有的是在床上。

她说你肯定想不到我已经结婚了。我是过来人。

我才知道她已经结了婚。

她的丈夫现在一所大学里教书，两个人见面的机会很少。她说两个人的夫妻关系并不是很好，经常会打架。她经常会抓他或是咬他。后来，她的丈夫养成了这样的一个习惯：当他闲来无事的时候，总是装出不在意的样子抚弄她那白皙娇嫩的手，然后趁她不注意就紧紧地扣住它们，剪去她的指甲，有几次甚至剪到肉里去了。她捧着自己的手，看着自己身上仅次于牙齿的利器居然被残损到这样的程度不禁黯然神伤。可即使这样，他们还是会打架，丈夫的手上和脸上还是经常会有血淋淋的或长或短的抓痕。

　　我不知道她为什么会和我说起这些事。在我看来，这些都是隐私，是不能随便对人说的。

　　韩静很喜欢和我聊天。

　　有一天我去盯自习，回去之后，发现她来过了。桌上有她写的一个字条：

　　我感觉，很累，这些天。我在想好多自己的故事，因为我并不是没思想的人。我会经常找你聊天，把我的烦恼倾诉给你。

　　今天，收到了他的信，他要出去挣钱他要讲好多课，我想他会累坏自己。我该怎么办？你会把我的什么写进你的大作之中？

　　时间还早，我到宿舍去找她。她正在看相册，看起来有点郁闷。

　　我说出去走走吧，我也觉得很压抑。她同意了。

　　初冬的天气，有风吹，很清冷。单薄而干涩的阳光从树上飘落下来，是冬天无奈的叹息。一个中年汉子静静地蹲在一摊柔软的冒着热气的牛粪旁，燃烧着烟袋里的耐心。他心无旁骛，好像在等待着牛粪的成熟。一群女人背着筐走过，突如其来的风卷起艳俗的红围巾，打在她们受过太多的紫外线照射因而显得黧黑的脸上。女人竭力地向前倾着身体来保持身体的平衡。筐里装的是粗壮的萝卜，像是男人的性器。这两个画面深深植根于我对韩静的记忆，充满象征与隐喻。

　　后来我们回到她的宿舍。因为屋里很热，她脱掉外套。她穿的衣服很少，可以看出来她没有穿胸衣。我看着她的身体，克制着欲望。

　　她说我觉得很压抑，这个学校像是一座孤岛，没有一个朋友，没有人能解决我的问题。

我笑着说是性问题吗？

她有点害羞地低下了头。

我有点冲动地抱住她。她没有丝毫的反抗，相反，看起来很愉快。我吻了她，她的嘴唇丰厚，技巧熟练。她的胸像是少女的一样，美好丰润。我把手探向她的隐秘处，她早已经反应强烈，湿得像一块抹布。我没来得及脱她的上衣，只是把她的裤子脱下来放在一边，就开始和她做爱。她的身体无比丰腴。我平生从未见过如此娇美而润滑的身躯，以至我的阴茎像饱满的谷穗一样，羞愧地低下了头。

这句话的意思就是，我早泄了。在插入她的身体一分钟之内。这让我满怀愧疚。这在以前是从来没有过的现象。

韩静擦着身上的东西，看起来见怪不怪。她只是有些失望地把自己的裤子穿上。她说我丈夫也是经常这样，没什么的。她说等你什么时候有想法了再来找我吧。

早泄的事让我很沮丧。因为自从和左楠分手之后，我已经很长时间没有做爱了。再说，工作负担很重，过度的精神压力也助纣为虐。还好，我还年轻。

我的想法很快就变得很炽热，当再次见到她之后。文印室没有别人，只有她一个人在看书。我把门锁上，开始吻她。她轻轻推开我，说不要在这里。

我们俩心照不宣地进了她的宿舍，从进屋的那一刻起，我就没有放开她。我开始挤压她，撞击她，疯狂地占有她。韩静的呻吟是动人心魄的。她不停地说着好了你哪你快把我弄死了好了你哪你快把我弄死了。只有傻子才会放慢速度和烈度，这种乞求只会让我更加疯狂。

在韩静的身上，我体验着写作的乐趣。写作等于性。你戳入得越深，这种体验就越强烈。

我们两个疲惫地躺在床上。因为比我还要大几岁，她的欲望特别强烈，让我觉得心有余而力不足。我说，韩静，在床上你真是个女中豪杰。

我看了看表，已经八点多，天已经黑下来了。我们泡了两碗面，吃起来很香，尤其是经过如此的体力消耗之后。

我们又聊了一会儿。

韩静说她还有个妹妹，在老家待着。妹妹在一个饭店上班，最大的爱好就是和老板睡觉、偷老板的钱。妹妹在十三岁的时候就和男人睡了，比韩静早得多。但是她老的也很快。韩静说我和她站在一起，人们都认为她是姐姐，我是妹妹。因为，我上过大学，我是有文化的，有文化的女人最懂得如何保养。

她说：滋养很多女人的男人一定会老，而很多男人滋养或是被一个男人很好地滋养的女人不会老。即使五十岁，她还会风韵犹存。

她说她不会成为男人的玩具，也不希望被男人驾驭。即使她倒下，她也从不屈服，她享受性生活。

谈起这种女权主义的话题有点不太愉快，我看时间差不多了，就走了。那天晚上，我睡得像个婴儿。

第二天早上起来，腰酸背痛，看来是做爱后遗症。

韩静知道我在写东西，她问我会把她的什么写进我的作品之中？我对这个问题也没有准确答案。

她也许担心我会写出一部低劣的自然主义作品，把和她的每一次做爱毫发不爽地记录下来，把她的每一个反应记录下来，把她的每一句话记录下来，甚至会明确交代一些人和一些场景，把我和她的所有事情都写出来，让所有的人都知道这件事，让人对号入座，白昼宣淫，使她颜面无存。我说不会的，不会有人知道你是谁，也不会有人关心你到底是谁，所有看这本书的人都会发现一个赤裸裸的自己。但是韩静对我还是有某种心理上的恐惧。

因为，在她看来，我并不是一个忘我投入的人，我和所有的人和事都保持着审谛的尺度，总是若即若离。

韩静是一个很有想象力的女人，她曾经给我讲过"两个字母的风流史"。

字母 I 和 O 是一对情侣，当然，从字母上你就可以分出谁是男人，谁是女人。

I 和 O 开始了他们的热恋。O 最喜欢逛商场，I 辛辛苦苦作陪，此时，他们的运动轨迹呈 N 字形，上上下下，从一个购物中心到商贸大厦，坐了很多扶梯。当然，他们也会闹些小矛盾，O 把脸转过去，成了一个 P。I 只好哄 O，说些妄自菲薄的话，博取她的欢心，于是 O 笑了，笑得像个 Q。这表示她笑得很灿烂，嘴角都咧开，幸福的笑容从脸上溢了出去。

他们回到了 H 形的单元房。他们彼此缠绵。

I 觉得下体变得灼热，变成了一个尖锐的 A 字，渴望发动攻击。而 O 同样变得很渴望，她觉得自己 B 字形的乳房在急剧膨胀，呼之欲出。他们紧紧拥抱，像一个 Y 字，下体紧紧地贴在一起；I 趴在 O 身上，进行了最古典的 T 式操作。

T 字很像一个图钉，在很长的时间里，T 字就是他们的图腾。生活的全部重心都放在阳具上，戳入得越深，越能带来长久的快乐。当然，他们也会采取更富有想象力和视觉冲击力的姿势。他们进行了 W 式、M 式、金鸡独立的 K 式等等新鲜尝试，兴致很浓。

道路是曲折的，追求高潮的道路是漫长的。I 用尽千辛万苦，经历了 U 字形的艰难探索和寻觅，也经历了阵痛，终于把 O 推向了高潮。O 的身体舒服地摆成 S 形，看着僵硬的已经累成 Z 形的 I，心中涌起了一种温柔。她把手搭在已经进入睡眠状态的 I 身上，决定和这个男人不离不弃。

两人结婚了，结婚是一个巨大的工程，把 I 先生累成了 X 形，四脚朝天，疲于奔命。没过多长时间，O 变成了 D，成了一个大腹便便的孕妇。曾经柔软的腰肢如今像是一段枯木，实在让人痛苦万分。

D 捧着自己的肚子，小心翼翼地走在去医院的路上，你可以看到，她变成了 R。她在病床上把双腿张开成为 V 字形。病房外的 I 有些担心，医生告诉他：这个女人的生产并不顺利，G 字说明了一切。

还好母子平安。当孩子生出去的一刹那，O 觉得自己空了，成了 C。还好，她没有患上"产后忧郁症"。

几年过去，O 尽心尽力地哺育着家庭和孩子。她曾经像 B 一样饱满的乳房变成了 E，逐渐开始干瘪。I 虽然表面上看起来中正平和，但他狂躁的内心没有一刻停息，还和以前一样充满了欲念。I 其实不是 I，而是 F，他对所有的女性都充满了狂热，他的下体像一枚蓄势待发的小火箭，总是跃跃欲试。这样下去的结果就是——字母 I 和 O 的爱情走到了尽头。

他们从 H 形的家里出来，走进了婚姻登记处，协议离婚。出来之后，I 的运动轨迹为 J，向左面走去，心有悔意。O 的运动轨迹为 L，僵硬地向右面走去，抱定了与 I 今生不再相见的决绝。他们都需要重新平静下来，重新变回自己。

韩静一面讲这个故事，一面随手在纸上画着那些字母。韩静说，这个故事很特别，可是有版权的。

我说，用这种办法教人记忆二十六个字母，绝对事半功倍，比任何通过这些字母表达出来的文字，都要直观得多。不过，儿童不宜。

韩静有时候会变得很忧郁，她说：结了婚的女人，和你们这些没结婚的人搅在一起，说实话啊，我觉得我是在犯罪。她没有说出那个词，但那个词一直烙在我们心上。

我后来才知道，韩静之所以毫无忌惮，拒绝采用任何方式避孕，是因为那时候她在吃一种很奇怪的药。那种药是她和丈夫一起从医院买来的。她的丈夫迫切想要一个孩子，但韩静总是不见任何风吹草动。他带韩静去医院诊治，医生说不孕的原因是在韩静身上，说她需要调理，给她开了药方。医生告诉她：吃这种药的时候，无论如何她都不会怀孕。一旦完成既定的疗程，断药之后，她就会非常容易怀孕。于是她的丈夫就给她买了药，想在她吃完这些药之后，一起收获孩子。

我就是在那个非常时期和她认识，和她做爱的。但据我看，这药有很强的副作用。韩静服药的那段时间，她在床上的表现完全可以用性饥渴来形容。她似乎永远都没有满足的时候，欲壑难填。所以，我们做爱的时候，没有采取任何避孕手段，没有任何后顾之忧。

韩静对我说，这是她最后的疯狂。只要她把这个药全部吃完，她就做个良家妇女，再也不轻易和男人上床。但我不这么认为，我注定不是唯一的一个。

　　其实，在拥有我的同时，她还拥有马路。在韩静和我好之前，她和马路已经睡过不止一次。当然，这也是我后来才知道的。

　　马路是学校的美术老师，是我的同事，也是韩静的同事。他们发生关系的具体过程韩静没有告诉我，但估计和我勾引她的程序差不了多少：先是不怀好意没话找话，继而两情相悦动手动脚，再后来郎情妾意水到渠成。他们两个都是结了婚的人，比起我来自然更有优势，也更直接。

　　韩静之所以和我睡觉，因为那时马路请假回家，回家去看他的老婆孩子。于是，她想报复马路。马路曾经对她说自己生活得很不幸，他还说了很多甜言蜜语，甚至怂恿她和他同时离婚，然后重新结合，永远和她生活在一起。在和她上床之后，一切就都变了。马路不再提离婚的事，该干什么干什么，该回家就回家，还想继续扮演他的好丈夫好爸爸的角色，却把她一个人扔在这里，独守空房。

　　韩静非常郁闷，所以我轻轻一勾引，她就下水了。换句话说，即使不是我，她也会和别的男人上床。

　　在韩静出现之前，我和马路已经是很好的朋友，无话不谈。但即使是这样，我还是没发现他和韩静的任何蛛丝马迹，可见这件事他们做得是如何隐秘。

　　在马路回来之后，韩静处于左右为难的境地。她和我们两个都有肉体关系，这件事情就变得很尴尬。但那时，我是不知道这一切的。我只发现，马路探家回来之后，韩静和他的关系变得很暧昧。他们总是待在一起，不是韩静在画室，就是马路在文印室。

　　韩静开始减少来我这里的次数，而在以前，她只要有时间，就会来找我，我们就会速战速决地办上一次。我像以前那样和马路说话，去他的办公室。因为她经常也在那里。马路并不知道在他离开的这段日子发生了什么事，他和韩静在一起说说笑笑。我居心叵测地观察着他们，心里被愤怒和醋意充满了，却还得装腔作势，摆出一副若无其事的表情。

除了韩静之外，马路还和一名女生关系很好。那个女生叫霍小玉。

霍小玉是个很漂亮的女孩，假以时日，霍小玉会比韩静更像女性，也会比韩静更像女人。霍小玉每天都去找马路，不是学画画，就是和他聊天。

我和穆江都认为：马路很危险。学校对这方面管得非常严，一旦有风吹草动，必将严惩不贷。

韩静来宿舍找我，只说了几句话，我就想和她做那件事，韩静说她一会儿还有事。

你是不是还要去见马路？我问道。

她不说话了。

我和她开始做爱。我撞击着她，想把所有的愤怒都发泄出来。过了一会儿，我听见有人在拍打着窗户，那是马路。

马路在门外叫着我的名字，又叫着她的名字，好像知道她来了我这里。我和她都没有说话。韩静有些惊慌，唯恐马路突然闯进来，我却不管不顾。我开始更猛烈地冲击她，她用嘴咬住被角，害怕自己叫出声来。

马路敲了一会门，听里面也没有什么反应，就走了。

我们都平静了。韩静穿上衣服，点了一支烟。她从来没有当着我的面抽过烟，这是第一次。她夹着烟的手有些颤抖。我看着她，心里多少有一些愧疚。

韩静说，你从来没有这样对待过我。你从来没有真的爱上我，你只是假装爱上我，然后向我求欢。她说，我告诉你，在和你好之前，我就已经和马路好了。

她的话只是印证了我的怀疑，并没有对我造成很大冲击。我默不作声。

她说，我还是你的，你想要我的时候。但是，你绝不能把我们的关系告诉马路。我笑了笑，说好吧，我答应你，我不会告诉他这件事。说完这些话，韩静就拉开门走了。

我忽然觉得一阵莫名其妙的轻松。她是个坏女人，这是不错了，和她在一起，我再也没有任何精神负担，这对我是个好消息。至于她和马路的关系，那是她自己的事。她是那样的一种女人，心地像裤带一样柔软，只要被男人一拉，立刻投怀送抱神志不清。

我知道，性是人的本能，但忠诚不是人的本能，所谓忠诚基本上是后天教化的结果，所以，可以想见，建立在性的基础上的忠诚更是靠不住的。只要和性沾上边，忠诚总是会多多少少打些折扣，这是不错的。

这件事伤了韩静的心，她有几天没来找我。马路对我们俩的关系有了怀疑，所以他也很少出现。他们俩每天都待在一起，出双入对。我觉得自己被抛弃了，出离的愤怒。

也许是韩静对马路解释了什么，澄清了他的怀疑，马路才开始重新出现在我的宿舍。马路过来找我，想让我给霍小玉辅导英语。我想了想，还是推掉了。我不是不想帮这个孩子，我是讨厌和马路他们整天见面。

我说，你可以让韩老师帮她，她也是英语老师。

马路有些失望。临走之前，他问我去不去他的画室。他说他刚完成了一幅作品，想报名参加全国美展，让我给提提意见。我正把一堆火柴点燃，一股刺鼻的硫磺味道弥漫了我的鼻腔。

我说我不去了，太累了。

他说你真的不去了？我想让你看一下我的作品还有什么不太舒服的地方。

我说我一会儿还有事。

我想马路到我这里来只是为了确定我不会再去找他，然后他就可以心安理得地去摆弄卡特来兰花了。卡特来兰花，他总是这样称呼韩静，虽然我不知道这是什么意思。

他说那好吧，我自己再去加工加工。说完之后，他走了。

十分钟以后，我骗自己说是要到外面去呼吸一下新鲜空气。我在学校里溜了一圈。我看到画室的灯关了。文印室的灯关了。韩静宿舍的灯关了。马路宿舍的灯也已经关了。马路的话仿佛被阉割过，变得光秃秃的难看。我想他们现在已经真刀真枪地干起来了。

我从那些漆黑的窗户前走过，不知道在那些黑魆魆的屋里，薄薄的窗帘后面，隐藏着多少秘密。但我还不死心。那个晚上，我坐在那间曾经风月无边的小屋里，等待她的到来。

我想她可能会姗姗来迟。香烟是我供奉的烟火，小屋成为我祈祷的圣殿。

我不知道她会不会来，像以前那样，突然出现，给我带来惊喜？我沉沉睡去，却听到她发出放肆的、奇怪的呻吟。我慢慢地释放能量，如同自燃的煤。她像一个女妖燃烧我的精神，让我由火红变为灰黑。

我用笔，写下真实的感觉。有疼痛，有快感，也有压抑不住的，几声呻吟。

我是一个孤独的旁观者，一个局外人。一些事在我身旁发生，他们快活的呻吟敲打着我的耳鼓，我把节奏记下来，面无表情。

一群长不大的孩子做着成年人的游戏。

在高高的悬崖边，风吹散了我的呼喊。

我弯着腰，用笔支撑起自己单薄的声音。

我累了，我看见他们被裹下悬崖，带着风声。

松软的黄土像一面旗帜，盖住了他们赤裸的身体。

直到今天为止，我没有真正厌恶过韩静。因为，我也并不干净，不是什么圣人。平心而论，她是一个真正的女人，总是敞开怀抱，把自己最美的东西奉献给她追求或者追求她的每个男人。

她说我会成为作家，一个好作家，在这一点上，她远比很多朋友更了解我。所以，直到今天，我还爱着她的身体和她的温存。

穆江是个过来人，曾经对我提出过警告。他说，韩静这样的女人会毁了我，他不希望我越陷越深。如果任由事情这样发展下去的话，很难判断会发生什么事。也许会是一桩被大肆渲染的桃色事件，或是一桩悲剧。

我和韩静的情事最终戛然而止，因为死亡。我接到家里的电话，说奶奶去世了。

我去教育处请假，韩静也在那里，她知道了这件事。我回宿舍收拾东西的时候，韩静来了。

我心情很乱，奶奶得了癌症，我去看过她，那时她已经被折磨得非常干瘪，但我没想到死亡会来得这样快。学校的班车大概一个小时之后才会出发。我坐在桌前抽着烟。韩静靠着我坐在床上，她没有说话，用抚摸安慰着我。我忽然想和她做爱。于是我就做了。虽然我发现自己不能完全坚挺，但我还是和她做爱。我当时的心境，一半是为了逃避死亡的恐惧，一半是为了对抗死亡的哀伤。

葬礼在一场泥泞的雨中进行，我的心里在流泪，但我面无表情。你为什么不哭？你为什么不哭？你这个不孝的子孙！你为什么不哭？你为什么不哭？你这个不孝的子孙！我仿佛听见有人不停地在对我说这句话。

我这样送走过我的父亲，送走过我的伯父，参加过太多的葬礼，已经麻木。

几天之后，我回到了学校，但我已经不是原来的我了。好像没有什么东西能够唤起我的热情，好像没有什么东西比死亡更永恒。我像变了一个人。

没有人能够察觉我内心的变化，他们把一切都表面化处理，归结为过度的悲伤。除了韩静。只有她知道，我们的关系彻底结束了。

我把时间都浪费在思考一些乱七八糟的事情上，我开始无法写东西，我开始无法工作。这个学校已经没有什么东西是值得留恋的了。

韩静没有了精神负担，马路没有了我的影响，他们在一起其情恰恰其乐融融，过得像明媒正娶的夫妻。

莫扎特江开始创作一部歌剧，据他说，将是惊天地泣鬼神的不朽之作。他每天都守着钢琴，弹奏着哼唱着，陷入了疯魔状态，经常把自己唱得热泪盈眶。

咪咪早已经明显地疏远了我。她很聪明，道听途说也好察言观色也好，已经知道我干的那些勾当，开始讨厌我，因为她觉得我已经不可救药。并且，她对这个世界已经失望透顶。

那天晚上，苏苏盯晚自习盯到九点，本来想洗洗睡了。学校却正好有辆车要进市，她就突发奇想，搭车回家，想给丈夫来个惊喜。但出乎她的预料，当她打开灯，却看见两个赤裸的男人，正在床上搂着睡觉，其中一个就是她的丈夫。她本来以为同性恋是很遥远的事，没想到，近在眼前。

苏苏后来特别不想回家，她觉得恶心。她想离婚。

这个世界怎么了？男人怎么了？如此的厚颜无耻？咪咪问我。

那段时间，学校也不太平。

女生宿舍里开始流传女鬼的故事，说有一个白面女鬼彻夜在黑暗的走廊走来走去，还发出奇怪的声音。后来，才发现这是一个习惯于梦游的女生。

两个女生在上厕所时休克过去。两个人被送进医务室观察了整整一夜，处于昏死状态，直到第二天早上，她们和太阳一起醒来，她们说好像什么都不记得，只是在上厕所时发现一个黑衣人，然后她们就昏过去了。校医把这件事解释为青春期高血压引起的暂时性休克，说一切都会正常起来在她们长大之后。

守门的大爷是本地人，他告诉我，这个地方原来是一座大庙，离庙不远的地方，就是"义庄"。我知道所谓"义庄"就是乱坟岗。他说，学校原来是兵营，阳气很盛，所以没有什么问题。但现在成了学校，那些孩子年龄太小，所以就会有东西乘机作祟。我对这种说法将信将疑。我返回宿舍，在操场上我看到血红的太阳正在升起。看到太阳，不知道为什么，我的心里却冒起了一阵寒意。

这件事还没有完，男生宿舍又发生了群殴事件，一个骄横的男孩被人暴打了一顿，他没有看见那些打他的人，他是在睡梦中被蒙上了被子，然后就有棍子和拳头噼里啪啦落在他身上。他好像一条被裹在网里的鱼任人宰割。当他醒来的时候，一切都已结束，除了他身上和脸上还在疼痛。他掀掉被子，发现同宿舍的同学都在睡觉，好像什么都没有发生。这个孩子没有报告老师，当天晚上就离开了学校。我借了一辆摩托车，费尽气力才找到他。他已经在游戏厅打了一夜的游戏机，眼睛熬得通红。

我把那个孩子带回来，什么都没说。

校方把这一切都归罪于我疏于管理，不负责任。我的教师生涯仿佛走到了尽头。教育处主任找我谈话，向我亮起了红灯，希望我能端正工作态度。政教处也把我叫了过去，兴师问罪。

我在桌上看到了他们从宿舍收缴来的裸体扑克牌、香烟、强力防风打火机和几把刀子。政教处主任说这都是你们班学生的，同志，要严加管理，不然，这样下去，要出大乱子的。我怀疑他还听到了某种传言，认为我道德败坏，因为他最后的一句话是：什么样的老师带出什么样的学生。

黑云压城城欲摧，在我还没有缓过味来的时候，又一桩恶性事件发生了。

一个学生在一次打斗中被人踢伤了睾丸，校医做了初步的检查，结论是后果严重，可能会影响到这个孩子今后的生活，尤其是性生活。政教处召开紧急会议，商量应急方案。主任看到我赶来，脸色铁青，好像被踢伤阴部正是他本人。我一开始还很庆幸，出事的不是我班的学生。后来才知道，参加这次群殴并踹出关键一脚的，正是我的高徒。

校方把孩子送进了医院，在得知医院确切的检查结果之后，没有通知家长，也没有和我说这件事。因为他们担心我会和那个学生事先串供，沆瀣一气。学校想在小范围内解决这件事，那个受伤的孩子由政教处主任亲自做工作。

那个孩子铁青着脸，不说一句话。他已经不是一个小孩儿，知道这件事是一个很大的耻辱，对他的未来意味着什么。他还是打破了学校的信息封锁，给家里打了电话。学校的努力以失败告终，家长最终知道了整件事。家长对校方提起了诉讼，在媒体的炒作下，在开庭之前，这件事情被渲染得沸沸扬扬。

校方理所当然地输了这场官司。这件事所造成的影响极为恶劣，学校的声誉和生源都受到了致命的影响，学校最后垮台也和这件事有直接的关系。不过，这都是后来的事了，因为我已经离开了那所学校。

莫扎特江和咪咪、苏苏等同志还在坚守教育阵地，和我同时被踢出学校的，是马路和韩静。老校长早就对马路横刀夺爱的行径大为不满，借着学校整顿的美好契机，索性把这对野鸳鸯也来了个扫地出门炮打双灯。

第九章

> 我不知道他看到这些文字的时候，会不会想起我？或者他已经习惯了，习惯了收拾那些臭烘烘的马桶，在充满臭气的厕所里忙着自己的营生。
>
> 我记不清他长得什么样子，只是记得，我们的面孔都是同一种表情。

离开那个学校之后，我去了很多地方，换了几个工作。

我在山东济南待了一年多的时间。我干的是驻外业务代表，比当老师的时候清闲很多。我经常和司机一起，开车买来成桶的"趵突泉"啤酒，一边喝酒一边打牌，抽着一种叫做"大鸡"的香烟。我听说过趵突泉、漱玉泉、珍珠泉、黑虎泉，但我从没有特意去看过。隔着栏杆，我也看见过大明湖，看见过"四面荷花三面柳，一城春色半城池"。

济南的老城区也是曲径幽深，走在里面，和北京小胡同的感觉差不多。唯一不同的是：你经常会看到杨柳和碧绿的水，还有误打误撞碰到的"七十二名泉"。

我还渡过黄河上的泺口浮桥，看见过黄河母亲的巨幅沙雕。那个沙雕已经被风雨冲刷得残破不堪，一副邋遢模样。我还去过曲阜邹城，从孔府孔庙孟府孟庙的门口经过，却没有想去拜谒。

后来，我又去了沈阳，待了大概半年时间。

我没有去东陵公园，没有去张学良故居，没有去沈阳故宫，只是在中街上走了走，我想，今后有的是机会。然而，终于没有机会和时间。

我住的地方，临近沈阳空军的直升机训练场。我站在很远的地方看着直升机在巨大的轰鸣声中起降。我站的地方，草非常密，机翼掀起的巨风刮过来的时候，蒿草随风舞动，好像一张巨大的毛毯。我站在那里，觉得自己已经被全世界遗忘。

除了和一个外号叫裁缝的朋友偶尔出去吃一次烧烤，我没有别的娱乐，也没有女人。那段时间，我过得清心寡欲，好像一个苦行僧。

裁缝说，这样下去，你会阳痿的。

这可不是说笑。那段时间，我感觉真的有些阳痿，看到漂亮女人不再蠢蠢欲动，面对女性挑逗，坐怀不乱。

裁缝说，治疗阳痿很简单，如果你对一个女人阳痿的话，换个女人。如果你对所有女人都阳痿的话，那就换成男人。

他说：从解剖角度来说，男同性恋的性行为可以理解，因为从肛门经直肠直抵前列腺，会带来持续强烈的快感。裁缝的话让我大吃一惊，不得不怀疑"斯人而有斯疾"，是个"龙阳先生"。这种怀疑到最后也没有得到验证，因为我后来离开了沈阳。

刚到北京的时候，我像所有的人一样拼命地找工作，然后卖力地干活。清晨的阳光洒满城市，我和很多人一样在路上奔波。

那时候，我有一台汉字寻呼机。除了天气预报之外，寻呼台还会发送很多小窍门和小知识。那天，我的寻呼机显示说：早上八点到十点是人性欲的高峰期。我特别想问问寻呼小姐为什么要告诉我这一点。以前我一直以为早上的工作效率高是因为精神状态好，可现在寻呼台却告诉我这是老板和社会在榨取我们那点可怜的荷尔蒙。我想真是太悲惨了。

早上八九点钟的阳光晒得人暖洋洋，从头发到裤裆。在人行道与行车道之间的隔离带的花坛上，我看到一个男人在自渎。看来，寻呼台说的还靠谱。

每个路过的人，不管男人还是女人，都有些恋恋不舍。我干脆把车子停下，一边抽烟，一边看起来。谁都能看出来他是一个傻子，但他做那件事做得很聪明。他的面孔扭曲喘息急促，兴奋已极的脸上满是油乎乎的汗。

我想，草地被他的臀部蹂躏过后，明年春天也不会发芽。我看见泪水和口水从他的眼角和嘴角流下，他恣意享受，旁若无人。这个疯子，用他沾满草叶的黏糊糊的手，在众目睽睽之下，狠狠地抽了这座城市一个大嘴巴。

这是八点四十五分的欲望城市，荷尔蒙的海洋里，我们在游动。

我最开始租住的地方院子不大，住了好几家人。房间的隔音效果很差，女邻居的男人可能是压抑得够呛，每次动静都很大，墙壁似乎都跟着一起晃动。两个人一边做爱，一边互相咒骂。

在她的启发诱导下，我和女邻居进行过几次边缘性活动，但都是无果而终。我发现自己根本没有冲动，也许是对她的工作心存疑虑。后来，我又重新找了一份工作，就从那里搬走了。

我来到一个投资公司上班，做的是商务咨询，主要业务是办理投资移民和为县长办理出国商务考察邀请。

我的直接领导是一个八十年代的女大学生。我有一种感觉，八十年代的女大学生，见一个就等于见了一群，也许是她们彼此之间互相传染而不自知。她们曾经是时代的宠儿，站在风头浪尖摇旗呐喊，但现在明显过气，心有余力不足，只能不甘心地当个知识女性。据我观察，她们大多出身于小城镇或是遥远山村，毕业后不顾一切留京，工作安定之后考上了研究生，把导师哄得春心萌动，和单位的某位领导关系暧昧但都不会放弃彼此的家庭。这些女人有着标准的少妇身材，剪裁得体的职业装恰如其分地包裹着性感和腹部已经显形的救生圈。她们皮肤白皙但颈部肌肤松弛，褶皱已经产生。她们说起话来字斟句酌，看起人来脉脉含情，披肩长发郁郁葱葱，坐在椅子上总是松松垮垮，摆出最撩人的造型，实在是不谙风情的小兄弟的最佳梦遗对象。

说真的，她对我还不错，没过几天，就派给我一个美差，让我去上海做展会的前期和后期工作，待了大概一个多月的时间。我在那里认识了柳眉。

柳眉虽然是个南方女孩，但说起话来一点都不嗲。她很有个性，看起来是一汪水，摸起来却是一块冰。

有一次，柳眉对我说：你和他们不一样，一看就是个文学青年。

我说，是不是我看起来比较傻？

她说，不是，你是败絮其外，金玉其中。

在总部和分公司的互相协作下，展会开得很成功，老板举行了庆功会进行答谢。大家都不停地举杯，不停地向彼此敬酒，不停地捏造出各种理由让对方灌下黄汤，场面非常热烈生动。

老板好像很高兴看到这种场面，不停地火上浇油。他不停地挑动大家玩啤酒和白酒混合的"深水炸弹"，直到把自己炸了个人仰马翻，直接趴到了桌子上。闹到最后，所有人都喝多了。

我喝了很多啤酒，频繁地去卫生间。好像有人刚刚呕吐过，厕所里气味很坏。我也被熏得晕头涨脑，俯下身子，在马桶边，剧烈地呕吐起来。吐完之后，我感觉舒服多了。我来到外面，洗了把脸，摸出一支烟抽起来。我的身边站着一个侍应生，他似乎刚刚哭过，眼睛通红。

怎么了你，兄弟？我说。

我看见你们吐的东西，我也吐了。他说。我也是人，也是年轻人，却要在这里干这种工作。他好像又要哭了。

我从兜里掏出烟给他，又给他点着。我走的时候，还拍了一下他的肩膀，希望他能挺住。

我不知道他看到这些文字的时候，会不会想起我？或者他已经习惯了，习惯了收拾那些臭烘烘的马桶，在充满臭气的厕所里忙着自己的营生。

我记不清他长得什么样子，只是记得，我们的面孔都是同一种表情。

喝完酒，我们去跳舞。我坐在座位上，看着同事们在舞厅疯狂摇摆体内的酒精。

柳眉跳起来很好看，有些舞蹈的底子，但我看得出来，她也喝多了。她一边晃着，一边向沙发走来，好像快要跌倒了。我赶忙迎上去把她扶住。她扑在我怀里，乳房紧紧贴在我的身上，热烘烘的。她的头发浸透了汗水沾在脸上，显得很动人。她从我手里拿过杯子，一饮而尽。

——你送我回家。她说。

她拉着我向外面走去。她叫了一辆出租车，用上海话说了一个地名。她把身子靠在我身上，我们好像一对情侣。我扶着她，走上吱吱作响的木楼梯。她从冰箱里拿了一听啤酒，扔给我，顺手关上了灯。她进了洗手间。我听到洗澡的声音。我想走，但我没有走。我的潜意识告诉我：我和她会有故事发生。出来的时候，她的身上一丝不挂，手里却拿着一个浴巾。她把浴巾铺在地板上，然后就躺了上去。我们在地板上做爱。她告诉我，她的房间不隔音，在床上动作的话，楼下的房东太太会彻夜难眠。

直到今天，我都不知道她为什么会和我上床。因为，她没有给我交流的时间。第二天早上，我被闹钟吵醒的时候，她已经走了。桌子上留着字条，写着"锁门"两个字。

走在路上，我头痛得厉害。我站在外滩，抽着烟，看着破旧的木船卷着混浊的江水开过去。那个早上，我对这个城市开始有记忆。

我在公司见到了柳眉。她对我淡淡笑了一笑，看不出有任何异样，和昨天晚上的疯狂表现简直判若两人。

我的膝盖非常痛。因为我们是在地板上做爱的，只铺了很薄的浴巾。我坐在隔断间里面收拾东西。我不时抬头看着忙碌的她，不知道她的身体会不会痛。和总部的同事一起，我坐当晚的火车离开了上海，再也没有见过她。

我坐在火车上喝着啤酒，脑袋胡思乱想。我只看到颓废却看不到希望，看到光线却看不到光芒。所有的人在向着一个方向眺望，世界被改造，古老的破墙。安全套包裹的人，装模作样。

我渴望的生活：妓女的工资、官僚的自由、作家的生活、令人不安的思想。我希望：健壮的身体、一支烟、喷射，死亡之前的飞翔。

你总写那些破事儿干吗，你觉得有劲吗？有人总是这么问我。

记录，我说。记下那些会忘记的事，记下那些会忘记我们或我们会忘记的人，记下我们的经历，将生活定格并显影，以其本真面目示人。

那又怎么样？人们会因此对你更客气吗？

至少是容忍，虽然不是宽容。人们会容忍我的残酷与不忠，人们会容忍我的淫荡与放纵，人们会容忍我一如容忍阉割与暴政。

你是异类，不齿于人。你说。

每个人对别人来说都是异类，你的孤独前生注定。你寻找的永远是自己的影子，或迟或早，你会失去一切包括爱情，之后，是死亡。动物喜欢交配，人类喜欢爱情。你呢？混乱时期的爱情。

第十章

一些人之所以有用是因为他可以为社会燃烧能量。一些人是因为他可以为社会燃烧思想。一些人可以为社会燃烧真诚和信仰。

你是一块拒绝为社会燃烧拒绝反应的石头，所以你一文不值。

我在那个公司干了大概一年的时间，越来越厌恶那种生活。你得搞好同事关系，爱你的同事，但不要爱上你的同事，这个分寸总是难于把握。领完最后一个月的工资，我就离开了。

我又换了住处，住在一个叫做"芙蓉里"的地方。那个地方没有芙蓉，或者原来有过，现在都已经死光。

我在芙蓉里的地下室住了一个多月，像一只老鼠，生活在没有天空的城市和没有城市的天空。后来，我又搬到附近的一个村子。北京城的边缘，有很多这样的小村落，以其廉价的房租和廉价的生活水准吸引了各色人等前来入住。这个村子靠近颐和园，曾经住满了慈禧太后的花匠。关汉卿曾经在附近排练过元曲当过导演，据我推测，他在这里也睡过不少女演员。

离那个村子很近，还有一个妇幼保健院，据我看，它其实就是一个"打胎办"。我认识的所有朋友，不管男人还是女人，都到那儿去过一到两次。虽然他们在床上讲究花样热情高涨，但进医院的时候，他们无一例外，都是一副失魂落魄的倒霉相。有的女孩经验丰富，随来随走从来不哭爹叫娘，有的女孩却是肝肠寸断花容失色，被喊进手术室时，就像末日审判来临。

我在一个所谓的"学生公寓"租了一间房，开始写作。那里靠近 B 大，信息畅通，有很多诗人、画家、摄影家、装置艺术家、北漂演员、B 大博士、乐队鼓手、偷车贼、妓女和一些专门与艺术家睡觉的好人家的女孩儿在那里出没。很快，我就和这些艺术家称兄道弟，打成了一片。

艺术家总是和穷联系在一起，似乎这是一种宿命。我很穷，每个人都很穷，我们过着乌托邦式的群居生活。用金斯堡的话来说，我们是"一群迷惘的柏拉图式空谈家"。我们每天的早晨都是从中午开始，醒来之后，不是在一起就一些所谓高尚的话题扯淡，就是在一起抽烟喝酒，饿了的时候，就轮流坐庄，每个人负责一天的伙食，然后在一个星期里他就可以吃别人做的饭。

这种生活是我不熟悉的，但是我慢慢习惯。我开始在人群的边缘行走。

一些人之所以有用是因为他可以为社会燃烧能量。一些人是因为他可以为社会燃烧思想。一些人可以为社会燃烧真诚和信仰。

你是一块拒绝为社会燃烧拒绝反应的石头，所以你一文不值。

只能被踩在脚下，或是，踢得远远的。

我们都是被这个社会踢出来的石头，百无一用，但我们又臭又硬。

我买了一台二手电脑。写作的时候，我不是听混账的摇滚乐，就是听辉煌的交响曲，全看当时的写作状态而定。

有时候，我也听布莱恩·亚当斯。他的歌说是摇滚，又带点儿舒缓的味道，这有点儿像我，表面上看起来很狂野，其实也就是那么回事，心地基本上还是属于那种比较善良的人。有时候看起来像个流氓，骨子里还是个文人，不是装的。

碰见简虎，他问我最近在听什么呢？我壮了壮胆子，说我刚开始听贝多芬。

他用鼻孔笑了一下，他说我在听马勒。

我有点不服，我想我们都是披着破袈裟的穷和尚，凭什么他就显得是个得道的高僧？难道是马勒闹的？

简虎也住在这个公寓。他原来有正式工作，在一家杂志社做美编，他觉得郁闷，就从单位跑了。

我问他为什么离开，他说，我不想做一个生活在体制之内的爬虫，吃的是皇家狗粮，喝的是皇家礼炮，当面一套背后一套，一边操人一边挨操。

我觉得简虎很牛叉。

简虎曾经是画家，但现在是装置艺术家。虽然我没有看见过他的任何成形作品，但他的样子总是让我莫测高深。

简虎喜欢穿有许多袋子的衣服，喜欢用学者的口气说话，喜欢使用一些听起来很锋利的词。这些词是他从国外的知识分子、民间刊物或是其他革命同志那里听来的。

简虎喜欢用这些词进行论战，把它们像芥末一样撒得到处都是。你永远不知道你的哪个词、哪句话就会被锋利的言辞反击。这就是说，在简虎面前，你的观点始终是千疮百孔，不堪一击。如果你想辩论，那纯粹是自己找不痛快，送货上门。如果你玩过一种叫做"疯狂老鼠"的游戏，你对这种感觉就会更加具体。在简虎面前，说话成了一件可怕的事，他就像一个牙医，一边摆弄牙钻，一边不怀好意地看着你的嘴巴。

简虎很喜欢上网。那段时间，网络还属于新生事物，连广告词都这样号召：是男人就上！简虎从网上下载了许多图片，打印出来，以此来启发他的灵感。走进他的宿舍，就像进入了一个性变态博物馆，到处都能给你带来惊奇。

大家都认为前卫艺术家是一群花里胡哨的家伙，特别敏感特别变态特别能战斗，什么吃死孩子、炼死人油、活牛身上种草、死牛身上开刀、把死人做成罐头、把男人变成女人、给无名山增高一米鸡鸡孵小鸡、红旗到底打多久一群人抬着轿车冒充进步势力，还有恋尸狂、兽奸癖，这都是轰动一时的前卫艺术和前卫艺术家。初次听到这个，让人脑袋一蒙：啊呀，牛叉，太牛叉！听得多了，看得多了，也就把他们看透了。比如，把小鸡鸡夹在两腿之间冒充女人就不是一个好主意，我在很小的时候就玩过这种把戏。有的前卫艺术家现在还喜欢那么做，是心理有问题。大家都没什么真思想，就会蒙人。蒙就蒙了，大家都在蒙人，都是下九流，谁瞧不起谁呀！可恶的是，他一边蒙人还一边冷笑，污辱着大家的智商，就显得自己聪明，这是别人无法容忍的。据说，有些受到愚弄的人已经形成了一个反前卫战线同盟，他们约定，谁都不许给前卫艺术家提供工作，饿死一个算一个！除非他们合起伙来，到国外去蒙人，只要蒙得好蒙出名堂，既往不咎，还是好同志。蒙得不好，蒙着蒙着给让人给打回来了，那就是死路一条，口诛笔伐，人人皆曰可杀。

他们判断艺术家是否成功的标准越来越简化，只剩一条：你只要有名有利，那就行。你如果是个穷鬼，你就根本不配谈艺术。

——你都穷成这样了，还装什么艺术家？他们会说。

简虎实在扛不下去"前卫艺术家"这面大旗，只好编了一份假简历，说自己曾经在一个大广告公司做过文案和策划。凭借他新染的一缕红头发和一把黄胡子，简虎居然把一位老总喷得云山雾罩，进了一家香港公司，干起了房地产营销策划的工作。工资也还可以，大概有七千块左右。

简虎对我们说：他代理的房子特别贵，一平米要几万块钱。简虎终于和富人混在一起，开始过上幸福生活。

没多长时间，简虎和黄胖子的女朋友—— 一个文艺女青年混到了一张床上，虽然这有违"朋友妻不可欺"的古训，但这从反面说明：简虎的生活正在蒸蒸日上，已经越来越像个中产阶级，开始男盗女娼。简虎之所以这么做，是因为他对黄胖子很痛恨。

有一次，他给黄胖子打电话，想从他那借钱交房租。黄胖子比我们都有钱。我爹是个贪官，他总是这么说。

黄胖子说道：兄弟，别提钱，提钱伤感情！救急不救贫，这可是上古的话！听了这句话，简虎差点儿把电话砸了。

他对我们说，他一定要把黄胖子的老婆搞到手，羞辱羞辱他，杀杀他的威风！

简虎用了很少的手段，就把黄胖子的女人骗上了床。他从一开始就没有和这个女人谈恋爱或是和她做长久夫妻的任何想法，他的目的很直接，就是和她上床。谁承想，这个女人不禁招惹，被他这么一撩拨，居然王八吃秤砣铁了心，吃定了简虎。她从黄胖子那里搬过来，和简虎住到了一起。简虎的性能力马马虎虎，却比黄胖子强很多，这可能是原因之一。

简虎和黄胖子彻底掰了。

那时候，简虎还有工作。那个女人干脆不上班，整天待在家里，过上了小鸟依人的生活。她像刚刚从良的妓女，摆出一副很温驯的样子，对简虎言听计从。可惜，好景不长，几个月之后，简虎和老板吵了一架，被开除了。简虎失业之后，日子过得越来越艰难。

女人的心理开始变化，产生变态倾向，开始折磨简虎。两个人开始经常吵架，越吵越厉害。这个文艺女青年成了"睡在大师身边的赫鲁晓夫"，终于把简虎看透了，再也瞧不起他。她认为自己是瞎了眼睛和他睡到了一起。他不是什么艺术家，不过是一个普通的人，甚至比不上一个普通人。

你有房吗有车吗有钱吗？整天装的那么牛逼干什么？她对简虎说。

女人要求简虎给她买结婚钻戒。

简虎说等等吧！结婚？我还没有发昏呢！

听了这句话，女人几乎疯掉。她把自己的家变成了一个魔鬼训练营。简虎的身上经常满是伤痕，都是被那个女人挠的。她根本用意就是灭简虎的志气长自己的威风。

在女人的眼里，简虎不是什么艺术家前卫艺术家评论家诗人学者民间思想者，他就是一个没有长大的小混子。他和所有混子都一样的：喜欢喝酒，喜欢扯淡，喜欢花钱如流水，喜欢交一些不三不四的朋友，看到漂亮女人总是蠢蠢欲动，长着一个不太老实的可笑的鸡巴。

女人虽然没有和简虎结婚，但俨然开始以简虎的主人自居。女人认为：我是你的，你也是我的，你的全部都是我的，包括你的思想、你的人生态度、你的民主权利、你交友的自由。如果和我结婚，你就彻底沦陷，全部被我接管，你的全部都是我的，如果不够，再搭上你的未来。女人这样想的时候理直气壮，这样做起来也肆无忌惮。

这可苦了简虎。他在这个女人手里求生不得求死不能，当真是叫天天不应叫地地不灵。他现在才发现，有一些女人是天使，而有些女人可以把家变成"魔鬼训练营"。于是，简虎开始逃避这个女人，开始夜不归宿。

女人更厉害，干脆找了个搬家公司，携着她和简虎的全部家当，来了个人间蒸发。简虎找了好久，才把那个女人找到。她又搬回了黄胖子那里。

简虎让颜伍叫了几个看起来恶狠狠的流氓，才把自己的电脑抢了出来。简虎重新找了一份工作。那个女人过几天就要给简虎打一个电话，把他臭骂一顿。她说，老娘不能让你白玩，这事没完。

简虎的生活被这个女人搅成了一锅粥。他经常语重心长地对我们说：兄弟们，千万记住，这种女人沾不得！

简虎后来变得很出名，因为他干了一件很牛叉的事。

那时候，一种烈性传染病正在这个城市流行。曾经熙熙攘攘的大街上一个人都没有，大家都躲在家里，躲避着这种叫做"非典"的疾病。简虎不甘心在家待着，他走上大街，做了一个行为艺术。

他在身上前后都捆上白色牌子，牌子上写着三个漆黑的大字："非典型"。他的意思是想要告诉人们，他不是邱少云欧阳海黄继光罗盛教刘胡兰或者小英雄赖宁，而是生活在人类边缘的非典型人物。他和这种被称作"非典型肺炎"的疾病一样，是客观存在的。

简虎身上披着招牌，就像个会行走的垃圾桶，在空旷的街上走来走去。他长长的头发飘在身后，引人注目。说实话，简虎有些紧张，但他还是硬着头皮往前走。

简虎觉得这有一种惊心动魄的美。

在最短的时间内，他被人举报。在犀利的警笛声赶到之前，他躲进了城铁，想在人群中隐形。但城铁在半路就被拦截。他被从车厢里请出来，上了警车。直到那时，他发现自己居然还抱着那两个牌子。

简虎被教育了一段时间之后，没有去昌平筛沙子，而是被遣送回原籍。

120

当他回来的时候，这场瘟疫已经过去，大街上重新装满了人。让简虎高兴的是，他居然在一本过期的刊物上发现了自己的图片。虽然他的面孔已经被别人伸出的大手遮住，但还是能看出来他写的那几个字。简虎把这本杂志放进塑料文件夹，仔细地保存下来。他对我们说，这是我最大的收获。

简虎其实还有另一个收获：发生这件事之后，那个女人再也没有给他打过电话。她听说了简虎的疯狂举动，也许认为简虎真的被她逼疯，已经如愿以偿。

颜伍是个鼓手，也和我们住在一起。刚来北京的时候，他没有参加乐队，以教鼓为生。我们都说他是打鼓师傅，或者叫打鼓佬。他的学生都是朋友介绍过来的，对摇滚很痴迷。

那段时间，报上刚登了这么一则消息：一个新加坡的鼓手收了一个女徒弟，他教她打鼓，先从教女孩如何握住鼓槌开始。他站在女孩身后，让她闭着眼，抚摸鼓槌的质感和纹路。女孩很吃惊地发现：鼓槌是有生命力的，越涨越大，并且似乎还冒出了黏稠的液体。原来她握住的，是老师的命根。当然，这个名副其实的淫棍受到了新加坡法律的严惩。

我把文章念给颜伍听。颜伍听完，垂头丧气。他只有一个男徒弟，一堂课收费十五元的男徒弟，并且总是不开窍，总让他火冒三丈。

颜伍的家在东北。十几年前，那个地方据说要成立一个新特区，就像深圳、珠海一样，建立一个欧亚铁路线的桥头堡，还可以辐射朝鲜。无数的投机家携带巨资蜂拥而至。事实证明，这是一次成功的炒作，连当地政府都信以为真。最初策划这个事的人进了监狱，这个地方留下了无数的烂尾楼和已经建成却无人入住的豪华酒店。

颜伍的父亲在这次热潮中也贴进去不少的钱，元气大伤。有人把那些酒店变成娱乐城，企图把损失降到最低。当人们都这么干的时候，那个城市的服务业空前繁盛，成了一座不夜城。

颜伍就在这个城市长大，开始在乐队做鼓手。乐队解散之后，颜伍开始做女人生意，成了一个鸡头。宁为鸡头，不为牛后，这是古人的话，难道还有错吗？颜伍对自己说。

颜伍说，他的职业，在香港被称作"马夫"。我喜欢不劳而获的生活，他说。

颜伍的恬不知耻恬然自安的生活态度让我钦佩。

颜伍说：我喜欢让人养，大约有一年的时间，我无所事事，花女人的钱、吃女人的饭、睡女人的床，和女人同榻而眠。那时候，不管在那里出现，我手里总是端着酒杯。在娱乐城，我的身边总是围着一群千娇百媚、体格风骚、粉面含春的女人。她们像众星捧月似的簇拥着我，我像是生活在电影里，充满成就感，风光无限。哪像现在，整天为了一顿饭而忙活，像条四处觅食的狗。说实话，每当想起那些闪光的日子，我就痛苦万分。说这些话的时候，颜伍下意识地抚弄着他的头发。

颜伍的头发很有特色。他把头发从头顶中间劈开，一边一半，然后编成辫子，活像个印第安人。

颜伍很喜欢吃酸菜，最喜欢做的菜是酸菜粉丝和酸菜白肉。在我看来，他的生活就像一缸酸菜。虽然他像白菜帮洁白无瑕一样坚挺，却还是会被浸入陈年老汤。他在酸臭的液体里冒着泡，和许多的酸菜纠缠在一起，就像是在进行一场乏味冗长的性交。但是，这种沉沦还不够，还要压上一块重重的石头。虽然他愤愤不平，但他慢慢发现：这酸臭的液体对他起着很好的镇静作用。他把自己铺展，在别的酸菜的腋下和胯下寻求水乳交融。过了足够长的时间，人们把他捞出来，做成菜。人们咀嚼他的时候喳喳作响，夸他没有了生涩，变得回味绵长。但颜伍却一直怀念他那段依然坚挺的时光。

我们经常在一起喝水聊天。我们通常喝茶水。

颜伍喜欢喝糖水，就是烧开了之后放点白砂糖的那种。水烧开之后，他就把水倒进白瓷缸，加好糖，放在一边晾着。一只苍蝇口渴了，想找水喝，不过掉在糖水里淹死了。颜伍拿一根筷子把苍蝇挑出来，糖水接着喝。

我们说他像个牲口，他不分辩，大有魏晋名士之风骨。

颜伍告诉我，他喜欢拯救女人。

颜伍特别喜欢和女人聊天，喜欢做她们的思想工作。他说，做思想工作最好的手段就是和她睡觉。

女人也很清楚这一点，她们总是找上门来让颜伍做思想工作。他的思想工作卓有成效，那些女人走的时候总是恋恋不舍。

我们对颜伍很佩服。

我和颜伍经常到昆明湖游泳。那时候，湖里还没有开通大游船，只有脚踏船，管理并不严格。虽然有人说，每年那里都会淹死人，每次清理淤泥，都会发现完整的人体骨骼，但我们从不在意。

一个女人也经常在那里游泳。她喜欢躺在水面上，唱着一首情歌。她的声线细而发颤，使得她听起来像是水妖。

颜伍没敢去招惹那个女人。

我们还总是碰到一个笨拙的女人学习游泳。她把救生圈套在腋下，白而圆的屁股不停地在水面上晃动。她似乎很怕水，稍微沾点儿水就大呼小叫。她的男朋友不时在她的屁股上拍一下，纠正她的动作，又好像是在提醒她：喂，这可不是在床上！我们不怀好意地在这对小情侣的周围游弋，居心叵测地在带有鱼腥味道的水里浸泡着自己的情欲，像两头大白鲨。

我在游泳，水面上露着我的大头和眼睛。我看见脚踏船船舱里，一个男人用他的手揉捏女人的胸部，还掀起了女人的裙子。我深深地吸了一口气，潜下去，在水里带有几分自恋色彩地滑行。凉爽的水流贴着我的光头皮顺着我的两耳滑过，我希望自己变成一枚鱼雷，把这对狗男女炸个人仰马翻。

那年冬天，我和简虎、颜伍一起，站在 B 大百年讲堂前的广场，迎来了新世纪的钟声。世纪之交的那个夜里，我们和很多人一起参加撞钟仪式，一起狂欢。人们呼叫着高喊着，把手搭在前一个人的肩上，组成了许多条人龙，互相钻来钻去。参加完仪式，我们一起回家。

我围着捡来的一条围巾，上面还带有女孩子好闻的味道。街上没有任何变化，还是和二十世纪一样冷清，和刚才的气氛相比反差非常大。我们的心都安静下来。

"我们要在这空荡寂寞的大街上行走一个通宵吗？树影重重，各家的灯火熄灭时，我们都会孤独的。"

我忽然想起艾伦·金斯堡的诗句。没有希望，没有爱情，面对新世纪，我们都感到彷徨。

后来，大为也加入了我们这个乌托邦。大为是摄影家。

摄影是一种重要的艺术表现形式。"自摄影术诞生以来的世界，犹如一座没有围墙的妓院。"麦克卢汉在其著作《理解媒介》中，曾经如此评价摄影的文化意义。由此可见，摄影是一门内涵丰富的职业，可以让人眼界大开。

成为摄影家有很多前提条件，但最重要的是，你得有钱。摄影是件很奢侈的事，需要买器材、需要买胶卷、需要冲印，没有钱，你几乎什么都干不成。大为的父亲在广州开了一家中药铺，可以把他需要的钱源源不断地寄到北京。我们眼睁睁看着大为把这些活蹦乱跳的钱变成胶片，无比心痛。

大为是我们这群穷光蛋里的富翁，所以他的女朋友最多。成为摄影家的女朋友也有条件，就是你必须肯脱衣服。大为同志是女性胴体的狂热爱好者，在他看来，世界上没有什么东西比裸体女人更具有鲜活的生命。他喜欢让女人脱光衣服，在镜头前充分放松，拍下美好的照片。镜头就仿佛是他延长的身体器官，每一个女人，在镜头前搔首弄姿，其实都已经被他意淫。

大为同志总是喜欢和他的模特上床，就像很多化妆师和服装设计师都是同性恋一样，这也是职业病的一种。过度的床笫之欢使得大为同志身体严重透支，他的脑袋总是处在发飘的状态，很多时候看起来有点迷迷糊糊。

一天晚上，大为同志睡觉的时候忘记锁门，小偷把他的宝贝相机偷走了。他不知道为什么受伤的总是他，很伤心。他希望别人也提起注意来。那段时间，每当我们的灯一灭，他就像《哈姆雷特》中的鬼魂一样准时出现，轻轻地敲着窗户，他说，小心呀，注意门户呀，晚上会有人进屋的。他说小心呀小心呀。然后是下一家。

我们形成了一种习惯，关灯之后，我们都像婴儿一样乖乖地躺在床上，等他喊完了之后，才能全力以赴进行下面的节目。谁知道，祸不单行。

大为同志有一次上街被汽车给撞了。大为伤得不重，但汽车引擎盖却被砸出了一个大坑，因为他驮着一个很胖的女人，那是他的模特。那个女人叫海咪咪，住了两天医院，好了之后，就直接搬过来，和大为同志住在了一起。她的脸上贴了一块橡皮膏，她说，大为同志要对她负责任，因为她已经被大为同志毁容。大为同志从此再没有了拈花惹草的风流快活，当了那个女人的专职男友。

他每天要做饭，还要洗很多衣服，包括女人的内裤。他在水池边上站着，每当看到我们骑着车子从他面前经过，他都要抬起疲惫的眼睛看一眼，他说骑车要小心哪，汽车会撞人的。

大为同志像供奉女神一样供奉那个胖女人海咪咪。因为，那个女孩据说具有某种特别的灵性。

她神秘兮兮地告诉我们，这个地方原来是个坟场，阴气太盛，所以每个人房间里都阴气森森，很多人都做噩梦。她给我们买来风铃挂起来，说是可以避邪。她说，当鬼魂在屋子里肆无忌惮地穿行的时候，撞到这些风铃上，就会把他们吓个抱头鼠窜。

这种避邪方法确实管用，我们很少做噩梦。当风铃哗啦哗啦响起来的时候，我们彻夜难眠。

让大为同志无法接受的是，海咪咪居然移情别恋，爱上了一个玩摇滚的诗人。具体原因谁都说不上来，但和摇滚诗人健硕的体魄肯定分不开。摇滚诗人就住在大为同志的隔壁。摇滚诗人一做爱，整排房子的暖气管道都会颤抖。大为同志的女朋友海咪咪看来也是对此神往已久才会以身相许。

海咪咪和摇滚诗人一起搬家，走的时候泪水涟涟。她去和大为告别。她搂着大为同志单薄的身体说，想我的时候，你可以给我打电话，我会过来陪你，当然是趁他不在的时候。大为同志大为光火，他把曾经视为秘珍的海咪咪的很多裸照让我们免费传阅算作报复。

这种做法是不道德的，严重影响了我们的生活。海咪咪的三围尺寸在很长时间成为我们争论的中心。当然，还有人一手拿着海咪咪的照片，一手做了一些别的事情。

大为同志后来迷途知返，脱离了这个圈子。他的父亲给他投资，在繁华地带开了一座影楼，专门给那些验明正身准备自投罗网的男男女女搞婚纱摄影，好让他们与所有幸福的人看起来一般无二。看样子，大为同志已经修成了正果，又一个迷路的孩子回家了。

我们呢？我们要折腾到什么时候才是个头呢？我们的未来在哪呢？我们是没有绳子束缚的氢气球，飘着飘着就丢了。

　　　　脚会臭的
　　　　身体会软的
　　　　女人是会变的
　　　　未来是扯淡的
　　　　天是会暗的
　　　　每个人都会有一口饭的
　　　　书是编的
　　　　眼神是乱的
　　　　神仙是在边上站的
　　　　警察是真敢干的
　　　　姑娘是骗的
　　　　爱是泛的
　　　　心是乱的
　　　　盐是咸的
　　　　尸体迟早是会烂的

这是诗人阿巴的诗——《白勺的》。据说，他的这首成名作，就是和我们在一起住的时候写成。

那时候，阿巴还没有大红大紫，只是在圈内有一些名声。有一次，阿巴听说有人正在开一个"阿巴诗歌现象讨论会"，他就兴冲冲地赶到了会场。一进门他就说：我一直就在北京呢，怎么开会就没人通知我？我好歹也是阿巴吧！众人都一愣，有人问主持人你不是说他刚去西藏采风了吗？主持人就苦笑。

阿巴总算知道了怎么回事，他这才知道自己原来并不那么招人喜欢。他说好吧，我就在这待着。你们开我的诗歌研讨会，你们是来讨论的，我是来学习经验的，我们大家都是来蹭饭的。阿巴就在那里一直待着，直到散场。

开完会之后，也没人招呼他，阿巴最后还是自己跟着那帮人进了妇女儿童活动中心。回到家，阿巴明显是喝醉了，他用很重的乡音老是说着这么一句话：我算是知道自己是怎么穷的啦我算是知道自己是怎么穷的啦我算是知道自己有多穷的啦。

后来，阿巴改变了自己的路线，他投到一个诗坛前辈的门下做了门徒。他的老师如雷贯耳久仰大名，是一个著名的大使馆诗人，早已经加入了外国籍。阿巴说，他要听从前辈的教诲，要把"象形的人"变成"拼音的人"。我其实并不理解所谓的"拼音的人"的确切含义，但我知道，阿巴的确想变成一个世界的人，一个国际诗人，可以在不同的国家游历，可以和不同国家的文学女青年睡觉，在国外诗歌节朗诵。这是他一直孜孜以求的生活。

阿巴的努力获得了超值回报。阿巴对我们宣布：他当了十八年诗歌的苦行僧，终于要出国了。

我说你就放心地去吧，你走了，不过少祸害几个大姑娘。

这么说是有原因的。诗人阿巴有个外号叫"蝗虫"。之所以他被称为蝗虫，一则是因为他本姓黄，二则是因为他的嘴很特别，像是昆虫的口器。我们干脆称呼他为"黄虫"，因为他从上到下，每个毛孔里都滴着液体和肮脏的东西。毫不客气地说，他是用身体写作的先驱。这也是他的老师教会他的。老诗人据说和三百多个女人睡过觉，夜夜做新郎。

你的身体付出越多，你的精神就越纯粹。他曾经对阿巴这样说。

在老诗人的感召下，为了寻找诗歌的纯粹感觉，阿巴总是不停地出去采风。但我们都认为他是去采花更为恰当。因为他每次回来，就会带回不同的姑娘，简直就是人口贩子。

阿巴去云南，又带回来一个少数民族女孩。女孩长相一般，普通话说得不好，但有一种很勾人的味道。女孩和竹楼里和阿巴睡了一晚上，就死活要跟他走，打都打不回去，阿巴只好把她带回了北京。

阿巴说：这个女孩最了解他诗歌的神韵，只要他朗诵，女孩就会在一边静静地倾听。据我看，阿巴有些夸张，那个女孩无论听谁说话，都是这副面孔。

据阿巴说，那个女人很喜欢做爱。她从来不让阿巴戴安全套，说是感觉不舒服。每次和阿巴做完，女孩都会在地下蹲一会儿，有时候还要跳几下，为的是把阿巴的液体彻底控出来。这个原始的避孕方法有一定效果，使她在一年多的时间里没有怀孕。

有时候在她不方便的时候，也会用嘴给阿巴来那么一下子，阿巴说：操，舒服死了。后来，阿巴把这个女孩当成一个礼物，送给了自己的老师。

老师的回报立竿见影，阿巴马上就获得了这次出国机会。这个女孩和这个诗坛前辈搅在了一起，每天出双入对，成了圈里的小明星。后来，这个女孩又和某驻华使馆的一个秘书结了婚，结婚后就混出了国，据说现在混得还不错，连中国话都说不利落了。

有一段时间，我们很少碰见阿巴，据说他正忙着办护照和出国手续。数月之后，再见到他，我发现他一脸的大胡子没了，只是很可笑地留了一层小胡子，并且向上梳得很整齐，活像阴唇。

我说你就是这么进的大使馆？

他说是的，效果还不错，已经拿到了签证，过几天就走。

我说你其余的胡子呢？

他说剃掉了，因为有点儿像美国的仇人拉登。

我说可惜了那把胡子。

不要告诉我

　　是灰尘在传播阳光

　　这是常识

　　但

　　不是理想

这是阿巴出国前留下的一句诗，我以为这是他的绝唱。

通过阿巴，我还认识了著名诗人贾极茂盛。

　　我仰望天空不是为了膜拜，而是为了一个喷嚏。

这是诗人贾极茂盛先生的作品，是他为数不多的精品之一。

　　贾极茂盛是诗歌界的老明星。我欣赏他的诗，因为那些诗句不但可以让人重新鼓起生活的勇气扬起生活的风帆增强人们对祖国诗歌的信心，而且可以为自己没有自不量力地混入诗人队伍感到庆幸。除了上述的一句之外，他的另一名句也脍炙人口：

　　我撅起屁股不是为了排泄，而是为了用肛门呼吸。

严格地说，正是这一句话毁了他。

　　有一段时间，他疯狂地迷上了某种来自古印度的神奇功法。这是一种苦修者的功法，很简单但是很有效。具体要求就是：把你的身体保持一种姿势足够长的时间，然后你就可以看到某种突出的变化开始产生。

　　有的练功者在圣河边坐着，什么都不做，每天喝一点清水，吃很少的食物，最后他和自然结为一体，成了一株会呼吸的植物，长期的日晒雨淋使他的身上长满了苔藓，还有小鸟在他的身上做起了窝。

　　有的练功者终生都把一只胳膊举起来，从不放下，也不用这只胳膊做任何事。这只胳膊最后发育得无比粗壮健硕，像是人身上长出的一棵粗大的树。

有的练功者终生都攥紧拳头，片刻都不放开，最后，他的指甲穿透了手心，从手背上冒出来。

这种功法的最高境界就是把头埋在沙土里，用肛门呼吸。这是一件很难的事情，任何人用肛门呼吸都不是一件容易事。贾极茂盛总是幻想着用肛门呼吸，终于发了疯。

我到医院去看他，捎带帮几个艺术家朋友看看周围环境，因为据我观察，他们发疯是迟早的事，他们总是认为，一个人不发疯的话，很难写出好作品，所以他们想身体力行。

一个女护士带我去看老贾。跟在女护士的身后，我只能用柔软这个词来形容她的屁股。她的屁股大小正好但稍微有些下垂，也许是纵欲过度闹的。有着柔软屁股的女人，有着一颗柔软的心，我记得一个广告曾经这样说。漂亮的女护士在医院随处可见，一看就知道很多是穿着三点式，在外面罩上一件白大褂，玉树临风。一想到她们就这样几乎光着身子在医院里串来串去，我的身体就恬不知耻跃跃欲试变得僵硬。

我进病房的时候，贾极茂盛正看着窗外，没有说话。他的病房靠着太平间，如果他闷的话，我想他可以整天靠在床上，用枕头把身子垫高，摆出一个舒服的姿势，看着死人进来出去，还可以听到号啕大哭。

他是一个很有激情的人，但不是很容易调动起情绪。只有信任的朋友在场的时候他才会说话，并且一说起来就没完没了。他喜欢朗诵自己的作品，我参加过几个诗歌朗诵会，贾极茂盛总会作为重要嘉宾出席，他站在桌子上挥动手臂，就像列宁在一九一八年的造型。

我一直相信贾极茂盛并没有疯，因为我相信他的眼神我的眼睛。

我说，趁我还没有神志错乱，对我说点什么，让我记录下来，让世界留下你发狂的声音。我说有的人觉得你在装疯，因为你想逃避伤害。他们说你在逃避自己，因为你已经枯竭，你已经没有灵感，所以你有理由发疯。

贾极茂盛的手动了一下，但他没说话。很长时间的冷场。

我说好吧老贾，我要走了，我对你现在的状况很失望。

老贾突然说话了。他说你不要走，我可以告诉你一些东西，可以告诉你我现在正在写的一首长诗，我一直想表达的一种奇怪的感觉。

我说是什么题目？

他说叫"天使守望北京"。

很久以来，守望北京的有两个天使。

一个值三天班，另一个值四天班。

所以，他们的名字，一个叫张三，一个叫李四。

听起来很土，但他们其实一点都不土。

他们穿着黑色的风衣，带着像夜一样黑的墨镜，在城市的上空驭风而行。

那时候，京城只有一个制高点，就是皇帝的宫殿。

站在皇宫的屋顶上，他们可以看见天际线。

只有孩子，才偶尔可以看到天使。

家长经常看到孩子发呆，是因为天使正从他们的头顶飞过。

后来，这座城市拆掉了城墙，盖起了很多高楼。

但天使，只按自己的高度飞行。

所以，张三或李四会撞在突然盖起来的高楼上，然后像一只断了线的风筝从天空翩然落下。他们痛苦地躺在地上，孩子们静静地看着他们，天使的眼镜碎了，他们的目光像马一样善良。

后来，因为撞的次数太多，张三瞎了眼睛。

因为空气污染，李四也患上肺病。

他们再也不能隐身，因为这座城市已经变成玻璃幕墙反射下的不夜之城。

他们在守望的城市迷路，只能乱飞一气，无处遁形。

人们经常会看到不明飞行物光临这座城市，这使他们忧心忡忡。

于是，人们架起了一张又一张巨大的电网，捕捉天使的网。

一个雨夜，张三和李四撞在网上，无数的电火花像流星雨一样燃烧。

这就是守望天使的故事，诗人喃喃地说。

诗人灿烂地死去，我是李四，我是张三。

　　我被贾极茂盛描述的这种意象惊呆了，根本不能记录，索性我就不记了。他的描述很像是《骇客帝国》，但我不相信他看过那部电影。我认为，他的确是疯了。

　　北京怎么会有天使呢？一个人怎么能既是李四又是张三？太荒诞了。我结束访问，合上笔记本走出去，没再理他。如果我和他再聊上一会儿，我想我也会发疯。

　　那个女护士把我领出去。在门口，我像一个正常人那样卑贱地笑着，他们才不太情愿地给我打开门。

　　卑贱不卑贱，是他们辨别正常人与疯子的标准，因为疯狂的人从来很牛叉。伸缩门在我身后后吱吱丫丫地合上，像是魔鬼在伸懒腰。

　　后来，我开始听到传言，说诗人贾极茂盛已经死了。其实这是谣传，诗人贾极茂盛现在还活着，还不时和"中国先锋诗人十佳"什么的到大学去做诗朗诵，还是人来疯，一有人给他鼓掌就犯病。有人看他可怜，不时给他提供赞助。诗人贾极茂盛住院住得连钱都不会花了，见钱就撕，要不然就见谁给谁，后来人们也就不再给他钱了。人们把钱攒起来，设立了一个"甲级茂盛文学奖"基金会，专门奖励后辈，奖励那些年轻诗人。也还有人肯去领奖，不过没见过一个人当众把钱扯掉的，他们总是说钱总是钱呐这好歹是钱呐，领完奖大家该走就走了，也没人和贾极茂盛打个招呼。弄得他总是疑心钱真的是个好东西，不该养成撕钱的坏习惯。

　　诗人贾极茂盛也还在那家精神病院里住着，他从来没有想到过离开，每次去开会，他都会把自己的被子叠好，叠得很整齐。然后静静地坐在床边，等人来把他领出去，然后再送回来。

　　几十年后，我还没死，也住进了精神病院，就躺在诗人贾级茂盛相邻的一张床。他已经躺在床上不能动了，他看着我微笑，像是忘了自己曾经是个诗人。当然，这出于我的想象，没有一个人可以看到以后会发生的事。但我告诉你这就是我们的明天。

除了艺术家之外，这个地方还住着形形色色的人，比如偷车贼和性工作者。偷车贼是兄弟俩，一个偷车，一个修车兼销赃。性工作者我只知道一个，她在一个叫劳动大厦的地方上班，工作性质和我们差不多：白天睡觉，晚上精神。

前段时间，我还碰上偷车贼兄弟中的一个，他很热情地招呼着我：刻章！办证！

我笑起来，他现在的主营业务变更了。

他好像已经记不得我是谁，我提起那个公寓名字的时候，这才恍然大悟。他递给我一张名片，正面写着：东南亚刻章办证业务中心，以诚相待、保质保量，下面是手机号码，反面写着定做牌照驾驶证行驶证附加费养路费渣土消纳准运证税讫章检字章出租三证各种文凭技术等级证书厨师证电工证英语证书企业法人执照户口本结婚证发票身份证公章军本及部队牌照士兵证房产证上网办证文凭可上网等。

看来，除了不造假币，他们可是什么活都敢接！

我说你现在怎么干这个了。

他说现在是什么挣钱干什么，有事您说话！很爽气的样子。

我说我觉得你们这里面还缺少服务项目。

他有点急，连说不可能！我们这可是全得不能再全了。

我说还少一项，应该加上代办死亡证明。你想想，要是有人给自己办这么一死亡证明拿相框镶上挂在家里，那是件多么牛叉的事呀！

第十一章

世界就是这样，有些东西就是为了让你感到它的用途而存在的。等你感觉到它存在意义的一刹那，方才恍然大悟。

除了和穷困潦倒联系在一起之外，艺术总是和女人发生关系。每个成功的艺术家，身后都会放倒一群女人。其中，尤以诗人和画家为甚。并且，越是前卫艺术家，杀伤力越大，就像领头羊总是占有羊群。这一点让人伤心。作为一个写小说的人，我的职业生涯进行的并不顺利，这从我的性生活的频率和强度上就能够得到鲜明反映。

我对那些专门与艺术家睡觉的女孩儿印象颇深，她们总是热情得让人不忍下手。这些女孩只要听说某个人是搞艺术的就激动得不得了，迫不及待地想为艺术献身。但据我推测，真实的原因可能是来自一种谣传：搞艺术的人大多是牲口，性能力超群。正是这一点激发了她们无尽的想象力。她们前赴后继，殒身不恤。终于，我也有了这样一个热爱艺术的女朋友。

高潮是什么，你告诉我。认识没多长时间，她开始问我这个问题。

我说高潮是一种颤抖，来自肉体决定于心灵，那是一种可怕的麻醉状态，值得你不择手段地去获取，一次便足以让你记忆终生。

她说好吧，用你的身体来让我记忆什么是高潮。

她掳去衣裙，说请君入瓮。

实际上，事情进行得并非如此简单，我们是经历了很长时间的磨合才使诸事顺畅。

我们是在冬天认识的。她正准备考B大的研究生，她的学习经费由她富裕的家庭提供，所以她从来不为吃喝这类俗事发愁。她只是希望在学习的同时享受丰富的精神生活。

我们在一件很冷的房间做爱。她没有任何的分泌，由于过度的紧张，她还不停地扭来扭去。只要我的身体和她的稍有接触，她就像受刑一般鬼哭狼嚎。她说我觉得很害怕，我还是处女呢！说实话，我从来没见过任何处女像她这样货真价实。她的表现过于强韧，我的努力失败了。她看起来有点失望，她说我原来练过短跑，可能是训练强度太大了。她的意思是说：短跑训练使她身体的某些部位变得过度坚强，过度肥厚，像练过金钟罩铁布衫，能够刀枪不入。

我说也许明天会好一点儿，我今天也不在状态。

我很快穿上衣服走了。这个房间很冷，我想这是影响发挥的一个重要因素。后来我得出一个观点：如果你想和女人做爱的话，一定要选择温暖的房间适宜的温度，否则，对身体是一种可怕的戕害。

我们都没有勇气进行再次尝试。后来，她就从这个公寓搬走，保持着她的处子之身。

第二年春日的一天，我在附近的一个菜市场碰见了她。她热情地和我打着招呼，和我一起买菜。人很多，很拥挤，我走在她的后面，几乎和她贴在一起。我的身体直挺挺的，像一个带着小翅膀的炮弹有点头重脚轻。她回头冲我笑了笑，舔了舔嘴唇，好像有点渴望。我们仿佛一对公兽和母兽，裸露在人群中，充满了欲望。

她和我一起回了宿舍。事情的进展非常顺利，我几乎没遇到任何阻挡就进入了她的身体。她好像没有什么太痛苦的反应，相反，看起来很享受。

她的解释是：春天来了。

我的理解是：春水融化了坚冰，一切水到渠成。

我们一共做了三次，这是有说法的。相传古代的中国，有个很有名气的道学家，他每次和其妻的性行为，动作如一，历久弥新。他宣称：第一次插入是为人类的繁衍，第二次插入是为了国家强盛，最后一次插入是为了自己的子孙繁荣，这样动作三次后，就宣告结束性行为，因而邻近的人均称其为"三冲先生"。我也是个"三冲先生"，不同的是，他是做了三个冲程，而我是在冲锋。在进行最后一次冲锋的时候，我听到有人在敲门。

我非常痛恨这件事。那是一个女诗人，她喊着我的名字，好像是想要借什么东西。

我说，我正忙着呢，你待会儿再来！但她不听。

她是一个好奇心很旺盛的人，她趴在窗户上，透过一个小孔看我究竟在做什么。然后，我听到了她的一声惨叫。我和身下的女人都大笑起来，退出了操作程序。

这件事惊吓到了女诗人，好几天都缓不过来。有一天在水房，我和她打招呼，她似乎并没有反应过来。等她认出是我，就变得很尴尬。

我还以为你是在吃东西，不知道你在换衣服。女诗人对我说。

我充满暧昧意味地对她笑了笑，不置可否。

女诗人落荒而逃。女诗人也是"乌托邦"成员，不过年龄比我们大，显得比较温和。她是来B大作访问学者的，来的时候，她已经怀孕。值得庆幸的是，她的肚子没有受到这件事的强烈影响，继续茁壮成长。

我相信她也喜欢做爱，这个肚子就是证明。

和我上床之后，她一直强调自己是处女。我说给你讲个故事吧。

一个地主特别欣赏他手下一个叫富贵的长工，于是就把女儿嫁给了他。地主帮他们操办了婚事，搞得很热闹。但他很快发现，婚后女婿似乎很不开心，似乎不爱搭理妻子。

地主努力想弄明白是什么原因，可始终没有头绪。一天，他实在憋不住，就直截了当地问女婿道：

——富贵，我做的一切都是为你们好。如果你还不满意，我会生气的。怎么啦？难道我把女儿嫁给你错了吗？我女儿不是处女吗？

富贵似乎还在躲避——没什么，挺好的，我知足了。富贵说道。

地主看着富贵，想弄个究竟——说吧，实话实说，她难道不是处女吗？

——你知道了？富贵反问道。

——我知道什么，她难道真的不是处女吗？地主声嘶力竭地说。

富贵看了地主一眼，慢吞吞地说道：我也不知道，我能说的就是，我从未听说过哪个处女新婚之夜能够快乐地扭动身体，晃动得像个筛子一样。

我把这个故事讲完，她打了我一下，你才是个筛子呢！她说。

从此之后，她再也没有提过处女这回事。

我问女人：第一次做爱之后，你有什么感觉？

她说我觉得自己原来就像一个小皮球，总是充满了力气，往地上一拍就能弹起来。可是现在我瘪了，我总是觉得腰肌酸软浑身无力，好像全身的力气都被放光了。她说。

我说：你的感觉是对的，古代皇宫遴选皇后和宫女，就是应用这种原理。

据汉籍记载：皇帝每次征召妃嫔和宫女，都会进行处女测试。负责测试的宫中女吏把研磨极细的灰洒在一张纸上，让接受测试的女人裸体蹲在上面，当然她们不会对她解释这是为什么。然后，女吏用鹅毛挠女人的鼻孔，女人禁不住，就肆无忌惮地打出一个喷嚏来。打完喷嚏，她就会被命令站起身来，由女吏查验女体下灰的形状与痕迹。如灰保持原样，则此女应为处女，原封未动；如灰被吹开并呈漩涡状，则此女必不是处女，因为她的身体已经上下贯通，强烈的喷嚏会导致她的腹肌产生收缩，其身体内部因此产生气流，从而把灰吹出形状；如果有女人体下的灰被吹起，迷了女吏眼睛的，则此女必是一个淫妇即俗称的"大喇"，女吏会将此女直接宣判发付教坊，沦为免费的性奴隶，当众表演跳肚皮舞或是用性器官抽烟的绝活，终此一生。

我说：这就是小皮球的悲剧。

经常是这样，在一个星期或是更长的时间里，我们都不会彼此联系，直到澎湃汹涌的荷尔蒙鼓起我们的勇气。只有性欲让我们彼此怀念。

她长得不漂亮，但长得极富挑逗性，总是让人充满欲望。我们在一起不谈爱，只做爱，并且一定要做通了，做透了才肯罢休，因为谁也不知道下一次做爱是在什么时间，什么地方，还会不会勃起，会不会动情。所以我们也就不用客气。通常我们见面的前三分钟还都端着，三分钟过去，我们两个人就忙做一团，一会儿就进入亚当和夏娃的临战状态。我比亚当只多一个天然橡胶的套子。

我总是有很多要求，她一般都是尽量满足，所以当她提要求的时候，我也不好拒绝，这样倒显得大家不生分，挺好。课间休息的时候，我们就扯些不咸不淡的闲篇儿。有一个原则，就是谁也不能把自己的心里话带到床上来，怕影响情绪，影响发挥。

她问我说你对别的女人也这样吗？

我说怎么样？

像这样对她们，花样百出？

我问她为什么这么说？

她说我觉得你没把我当成你的女朋友，我觉得我像是一只鸡。

我说这才说明我们是全力以赴的。

我点着一支烟，脑袋空空的，看她在我的腹部忙活。

她在缩短我的不应期，追求的是我单位时间的产量。我们的爱情没有明天，我们不怕涸泽而渔。

我们在 B 大的食堂吃饭。饱暖思淫欲。吃完饭，我的欲望开始变得强烈。我们向湖边的小池塘走去。

这个地方还不错，有凉亭，有石桌石凳，光线很暗，很安静，除了地上有大团的卫生纸看起来比较脏之外，几乎无可挑剔。

她背朝我坐着，扶着面前的石桌。我们装模作样地聊了几句，然后就该干什么干什么，扭扭捏捏可不是我们的一贯风格。还好，她穿的是裙子，一切都藏而不露。

印度神话说，湿婆与乌玛性交，持续了一百年之久，宇宙为之震荡。诸神恐惧，求他停下，于是湿婆紧急刹车，把精液射到了地上，地上陡然而起一座大山。

我想，这就是为什么地上有如此多的卫生纸的原因，因为大家都是环保主义者，不想平地里生起一座高山。

后来我看一个访谈节目，是采访一位健在的 B 大的国学大师的。采访在户外进行，惠风和畅。大师精神矍铄，说了很多话，啰唆了半天，不明所以。他还提到了很多历史名人，提起了很多轶事，看样子是把自己和他们像一捆烂芹菜似的一起供到先贤祠里，不准备让人择开。

我吃惊地发现，那个地方我似曾相识，尤其是那个颇有古意的石凳。我终于想起来，大师发表高论的所在居然就是我和她常去的那个凉亭。我想：大师如果知道这个地方的其他功用，应该会有很多想头。他如果知道那些卫生纸的用途，一定会口吐鲜血而亡。

有时候，我也会去她的宿舍，因为那里比较安全。她的床下有一个塑料袋，里面装着各种各样的安全套。她告诉我，那都是她自己买的，未雨绸缪。

我却发现里面有几个品种，我从来没用过，包装却是打开的。我一直怀疑，我不去的时候，她也没闲着，和别的男人也做这件事。这让我有些不舒服，但我从没点破。

后来，她告诉我，她得了病。得了病之后，她开始有所收敛。而在这之前，我们总是放纵自己，身体经常出现过度磨损的症状，稍一接触就有痛感。每次性交前，她都会给自己抹点东西。杀菌的，她说。她得的是"盆腔炎"，好像是一种非常麻烦的病。

从她住的地方望出去，下面是一个巨大的监狱。你能看到铁丝网和探照灯，还有岗楼里大多数时间站着不动，偶尔走来走去的警察。

那里像是一个巨大的地穴，屋顶上还覆盖着钢筋铁骨焊成的栏杆，形成巨大的笼子，让每个囚犯插翅难逃。我看不到任何人在下面活动，也没有任何声音。看着这个地方，我总觉得不祥。我并不知道，几年以后，我的一位朋友将会住进去，他会被关在这个铁栏下面。他的视线里没有天空。

维特根斯坦在他的《哲学研究》说过：意义即用途。我想，世界就是这样，有些东西就是为了让你感到它的用途而存在的。等你感觉到它存在意义的一刹那，方才恍然大悟。

在非洲，有一种人，每当三五月圆之夜，他们对月哀号，然后俯身在地，幻化为狼。

我是狼，荒原狼，人狼。不消我这么说，许多人就这么评价我。因为我要的太多，远大于自己所能承受的。因为我给的太少，远少于别人期望的。我是自私的，是排他的，是封闭的，我的心永远是井底之蛙。世界对我来说，是一个向下生长的井，有一个透明的盖子。我的孤独前生注定。

狼喜欢行走，因为生存总是那么严酷；狼喜欢交配，因为担心明天不再来临；狼嗜血嗜肉，因为撕扯和咬噬会释放灵魂。

它可以容忍自己的堕落与放纵，它可以容忍自己的残酷与不忠，因为，人类体验生活，荒原狼，体验生命。

刚来北京的时候，我讨厌搬家。后来，我热爱搬家。搬家已经成为一种习惯，每年不搬几次家，你简直过不下去。

又要搬家了，我们住的地方将要被夷为平地，将会建立一座大花园和一个高尔夫球场。四环路将从这里通过，车轮会碾过我们的宿舍。附近将被开发成为居民小区，我们还没有搬走，售楼广告就已经矗立起来，上面说："这是一个预约幸福的时代！准现房——向右一百米！"我不知道这个幸福快车会驶向哪里，它不够环保，还有尾气。在一个月的时间里，整个公寓都要完成拆迁任务。房东拒绝给我们退款，他说：这次拆迁让他损失惨重，他根本无力赔付。民工开始住进宿舍，我们看着周围逐渐变成一片瓦砾。

颜伍每天晚上都得放一把火，烧书烧报纸烧烂木头烧旧衣服烧柜子烧破床垫，把所有能冒出火苗的东西变成烈焰。

房东被搞得焦头烂额，根本无暇顾及我们的破坏。房东不注意的时候，我们就去别的空屋拿床板，用脚踹烂，烧了好几张。我们像一群拜火教徒，看见火就莫名其妙的兴奋。我们把能烧的破烂都扔进火里，看着冲天的火光，我们一边喝茶抽烟，一边听着摇滚。很多人都搬走了，我们就在那里这样挺着，住在一天一天变成的废墟上。终于有一天早上，我醒来的时候，看到了瓦蓝的天空。民工站在屋顶上，正在拆石棉瓦。有砖头掉下来，砸到上下铺的上铺，砸坏了简虎同志熬粥用的砂锅。还好没砸着人。我冲出去把他们骂了一顿。他们是一群粗鲁的人，以为这排房子的所有人都已经搬走了。我只好把东西搬到颜伍屋里，坐在一个破沙发上，看着他们拆掉了对面的宿舍。

晚上，我们把桌子拼起来，进行了最后的晚餐。然后，我们把搬不走的桌子、椅子和二手沙发，浇上剩下来的色拉油，都放在火里烧了。天亮之后，大家分别搬去了不同的地方，我们的"乌托邦"土崩瓦解。

颜伍后来和一个朋友开了一个音像店，专卖进口的打口带，那个东西其实就是废塑料。有生意的时候他们就一起做生意，没生意的时候就打扑克赌钱。

他的黑店在五道口的一条小巷里，你如果常去的话，看到的那个面容消瘦，像一个印第安人那样把长发梳成辫子，嘴里经常叼着一支烟，通常裸着上身肋骨历历在目的人就是他。城铁开通之前，颜伍的店又要拆迁。店主们都恋恋不舍，因为他们已经交了近半年的房租，房主已经蒸发。那是段极富悲剧色彩的时光。出于纪念，很多人过来捧场，采购打口带。因为已经没有照明电，所有的"打口店"白天黑夜都点着蜡烛，像是该死的灵堂。拆迁的潮流不可阻挡，颜伍的店最终还是关门大吉。

后来，在一个朋友的鼓励下，颜伍开始做大生意，炒期货。一开始他做得很好，挣了很多钱。他又从家里借了些钱投进去，准备好好搏一把。没想到，期货市场的低谷来了，颜伍损失惨重。当他从期货市场退出的时候，已经一文不名，还背负了将近十万元的债务。颜伍一下就颓了。我们几个人去找颜伍喝酒，庆祝他金盆洗手。颜伍明显喝高了。他和我们提起这种投资行为的时候，说道：狗日的期货，把老子害惨了！这就是天命，命中注定不会发财，只能搞摇滚。颜伍不停地说。

颜伍住的地方很偏，一到晚上就声息皆无，连路灯都没有。到处都是随意堆放的垃圾，散发出臭味。我们从小饭店出来，走在肮脏的街上。烟头忽明忽暗，我们长发飘飘，像是一群孤魂野鬼。

我要性生活，我要性生活，我要性生活。颜伍喝了很多啤酒，有一搭没一搭地喊着，衬出了夜的孤寂。一条狗从我们身边抬着脚爪走过，它轻手轻脚，唯恐惹了我们。还是有人绷不住，重重地踩了一下脚。那条狗受了惊吓，猛地从我们边上跑了过去。我们对它行着注目礼，直到那个黑影消失。

颜伍在那个鬼地方租了一个一居室，和一个女人住在一起。那个女人好像是个模特，身材很地道。颜伍参加了一个地下乐队，在里面当鼓手。他说，乐队的名字叫"马后炮"。

颜伍的乐队有时候会和别的乐队一起到酒吧演出，然后按照乐队知名度的大小，发劳务费。那些所谓的劳务费纯粹是象征性的，大多数时间，分到每个人手里不过十几元，连在演出的酒吧里买瓶啤酒都不够。

颜伍说，很多乐队都是插进肛门的体温计，用来测试观众的热度，只能起到暖场的效果。直到有一天，你不再当体温计，而是成了指挥棒，你就知道你已经火了。

从他的言谈话语来看，他似乎和乐队的关系不是很融洽，对这种所谓的商业演出也并不热衷。

颜伍的屋里很简单，一个大大的架子，满是打口带，都是他做生意时淘换来的精品。架子边上，还有一个神龛，供的不知是哪路豪杰，他说是从路上捡回来的，觉着还不错，就摆那儿了。里屋没有床，只有一张床垫，扔在地上，上面扔着几件女人的内衣。

颜伍打开电脑，请我们听乐队录制的小样。声音很嘈杂，我只记住了几段歌词。

　　　　健康的疲惫，不健康的累
　　　　浑身上下透出一种无知的颓废
　　　　也想风花雪月，也想天真无邪
　　　　可更多时候却是兔死狐悲

　　　　你这该死的为什么不早点告诉我
　　　　我这该死的为什么不早点破
　　　　老婆缠上你你的苦难开始了
　　　　孩子缠上你你的幸福到头了
　　　　情人缠上你你的噩梦来临了
　　　　摇滚缠上你你的症状加重了

　　　　三十而立，四十不惑
　　　　所谓不惑不惑就是凑合着过
　　　　有的人越过越坚强
　　　　我却是越过越衰弱
　　　　好像你做的你做的全是他妈对的
　　　　好像我做的做的全是他妈分裂人格
　　　　就是错了错了你也不会道歉
　　　　你看着我一脸的道貌岸然
　　　　我一直想给你来个回马枪
　　　　却被你玩了个马后炮
　　　　你这该死的家伙狠狠地放了一个马后炮
　　　　唉什么世道
　　　　唉什么世道

中秋节的时候，简虎给我打电话。我问起他颜伍的情况，他说，颜伍已经和女模特分手，现在和他住在一起，整天不着家。

春节的时候，简虎告诉我，颜伍要结婚了，我很惊讶。简虎说，颜伍演出的时候，认识了南美某国的一个女孩，目前正打得火热。他准备在那个女人完成学业之后，和她一起回那个国家发展。简虎说，颜伍还割了双眼皮，长发剪成了短发，比以前清秀多了。

我觉得简虎说得比较玄近乎扯淡，根本就没放在心上。没想到，这一切居然都是真事。

颜伍离开的时候，我正在闭关写作，所以没能接到他的电话。我去找他们喝酒的时候，才知道颜伍已经去了南半球。我在简虎那里看见他留下一套新鼓，上面还蒙着黑色的绸子。简虎说，颜伍来到北京之后，最大的愿望就是买一套这个牌子的鼓。鼓有了，他却给捅漏了，你说，他是不是个牲口？简虎有些感慨地说。

我把黑绸扯下来，看到最大的鼓上，砍着一把菜刀。

第十二章

> 不管是等价交换还是不等价交换，你总得活下去。只要想活下去你就得和社会交换，这就是市场经济。不管你是什么人，都得把自己变成商人，这就是现在的规矩。

搬家之后，我告别了乌托邦，和另一群人住在一起。我整天打麻将，喝酒，从来不去想以后的事。这样住了大概三个月，直到再一次拆迁光临。

我们像一群老鼠，被人赶着在五环之外转圈，从一个村子搬到另一个村子。后来，我终于安定下来。

我住在"东北望"，邻近的村子叫"西北望"。"东北望"是一个很神气的名字，像是一条正在不安地四处张望的京巴狗。"西北望"也不错，有点古意，让人想起来"西北望长安，可怜无数山"的诗句。但其实它们是叫做"东北旺"和"西北旺"，就像一对叫做狗剩和狗蛋的兄弟，把美好寓意破坏殆尽，实在可惜。

离东北旺不远的地方，就是树村。树村之所以出名是因为那里住了很多地下乐队。树村是一个很简单的名字，透着干脆，但绝对不平常，就像你给一条狗起名叫"狗"而不是叫"欢欢"、"贝贝"、"旺财"一样。树村里面有树，但并不是太多，全部村民没有像有巢氏一样以树为家，而是都住在四合院里。那些乐队也住在小院子里，一起睡觉，一起吃饭，因为那样节省开支。

夏天的时候，他们都喜欢光着膀子。他们大多是外地人，来北京寻找摇滚的真谛。我和这些乐队接触得不太多，因为我们是不同的工种。他们的歌词里充斥性、暴力、死亡、毒品、颠覆、脏口，几乎没什么新鲜创意。而我的生活中没有那么多的性、暴力、迷幻，我的生活简简单单。

我想进行一些体验。颜伍说：你不要去尝试，我接触过那些东西，但是说实话，你一旦被药物缠上，你什么都干不了，更不要说创造。好好当你的写字先生，别幻想着你会和别人不同。他又说。

我喜欢晚上出去喝啤酒。只要我出去，每天都能看见一个染了一头黄毛的家伙。黄毛总是一副韩国人的打扮，上身穿着T恤衫，下身穿着一条肥大的裤子，挂着明晃晃的几条铁链。他的耳朵上扎了数不清的眼儿，戴了数不清的亮闪闪的环，支棱起来，好像是两把小号的鬼头刀。我一直以为他是某个地下乐队的主唱。后来有人告诉我：黄毛是导游，还有导游证。除了做导游之外，他还兼做很多乐队的经纪人。他和所有的地下乐队都保持着良好的关系，帮他们联系演出，为的是可以从他们身上挣到钱。

我后来看见过不下三支摄制组，扛着长枪短炮，在黄毛的带领下，一本正经地对这些地下乐队进行采访。他们并不是真的了解这些乐队和这些人的生存现状。他们对地下乐队的认识，就和安徒生先生当年对遥远中国的认识差不多：中国人吃的是玫瑰糖浆，穿的是绫罗绸缎，半间房子也是金光闪闪。

他们从不关心这些乐队成员每天是吃米饭还是下面条，是吃榨菜还是炖猪肉，有没有钱交房租。对他们来说，这不过是又一个娱乐现场，只要热闹就行。

"娱记"与地下乐队的关系就是"虞姬与霸王"，虞姬纯粹是凑热闹，站在一边起哄，不把戏唱悲惨了不算完，哪怕最后抹了自己的脖子她也认了。这些老大不小的呆霸王也就这么活一天是一天，一面与虞姬耳鬓厮磨，一面听着四面楚歌。

在那个村子，我最好的朋友是波波。波波是条斑点狗，一条健壮的小公狗。它一见到我就很兴奋，好像我是条母狗。

每天早上，它都会拱开我的没有上锁的门，免费提供唤醒服务。它把脏乎乎的爪子搭在我身上，然后就用舌头来舔我，像是一条大蜥蜴。它总是很饥饿，每次过来，都会在我的床底下乱翻一通。它很聪明，懂得把我当成一条狗来看待，认为我和它是同类，也会把舍不得一次啃完的骨头藏在床底下。我和它关系不错，只要有吃的，我总会给它留一口。但是它总是怀疑我有所保留。

波波的妈妈叫莉莉，是一个胖胖的女孩儿，很喜欢和男孩睡觉。这条狗的名字就是她现任男朋友的名字。

交男朋友还不如养条狗，莉莉总这么说。

有时候我把波波从莉莉那儿借来，和它在院子里玩一会儿。斑点狗波波的生活态度很简单，基本上是由摇尾巴和大声叫组成。它没有什么敌我观念，没有那么多的戒心。它见到谁都像见了亲人，都想跟人家亲热。它特别喜欢摇尾巴，许多人就不负责任地夸它，说你看你看波波多乖呀，它还会摇尾巴呢！波波听了以后就更加努力地摇，希望得到更多的夸奖，但那人又会指着它说，说你看你看波波这条笨狗，摇尾巴摇得多卖劲呀，它在向我献殷勤呢！波波听了以后很生气，它说去你妈的，王八蛋才向你献殷勤呢！然后它愤怒地叫了几声，垂头丧气地走了。

波波认为公狗碰见母狗就相当于男人碰见女人。波波的恋爱观很简单，只要是母狗就行，最好还有身漂亮的皮毛，那才够体面。波波和女朋友的约定信号是尿。每次出去，波波都会在它的专属领地，兴致勃勃地乱闻一气。莉莉很烦它这一点。她说：波波，不闻行不行？波波想对莉莉说：不闻也可以，只要你改掉和男孩上床的毛病就行。

几个月后，波波死于一根鸡骨头。它把骨头吞下去，那根骨头再没从它身体里面出来。波波最终死于贪吃。

莉莉说波波到死都没能跟母狗发生关系，虽然它一直很渴望，每次都跃跃欲试。她总是认为波波太小，才一岁多，就和母狗睡觉，太不像话。她人为地延长了波波的青春期。还有一点很重要：莉莉的男朋友告诉她，公狗一旦跟母狗发生了关系就再也不听话了，它会半夜不睡觉出去和母狗约会，或是把自己的玩具和食物偷出去献给母狗，甚至会和小母狗私奔。

莉莉很认同这种说法，和男孩上床之前，她是妈妈的宝贝女儿，上床之后，她成了一个叛逆。所以他们让这件事不能发生。遛狗的时候，他们严加看管，不准波波和别的小狗眉来眼去。晚上睡觉的时候，他们把波波用一条狗链锁起来，防止它像《西厢记》里的张生一样，背着他们偷香窃玉，演出一场"柳腰款摆，花心轻拆，露滴牡丹开。鱼水得和谐，嫩蕊娇香蝶恋采，玷污了小姐清白"的好戏来。

我猜想，黑夜来临的时候，波波躺在自己的小窝里，听着莉莉和她的男友在床上翻云覆雨，多半会孤枕难眠。

我很喜欢波波。有时候看到和波波一样的斑点狗，我就会想起它，像想起一个老朋友。

在东北旺，我认识了胡德标。胡德标在一家电脑公司工作，专卖假耗材。

胡德标特别喜欢讲一个笑话，是用天津方言讲的：

哥儿俩见面了。

二哥，干吗呢？

打官司。

原告被告？

原告。

原告好哇！

好嘛好，你嫂子让人强奸了！

过了一个月，哥儿俩又见面。

二哥，怎么样，咱那官司？

输了。

咱不原告嘛，怎么还输了？

唉，你嫂子，她收人钱了！

胡德标见谁都讲这个笑话，往往是别人还没反应过来，他已经笑得乐不可支。

有一天，吃西瓜的时候，他又给别人讲这个笑话。讲完之后，他仰头大笑，笑完之后才发现：自己新镶的一颗假牙不见了，肯定是和笑声一起，和着红色的西瓜汁，咽到了自己的肚里。胡德标把手指伸进嘴里让自己呕吐，试图把那颗假牙喷射出来。他用一个小棍在那滩胃液和西瓜瓤所形成的混合物中搅拌，试图发现假牙的银光一闪。但是他失败了。

他猜想，那颗假牙比重比较大，肯定已经先于西瓜抵达肠道。剩下的两天，他拒绝去卫生间拉屎，而是把屎拉进一个白色的搪瓷小桶。拉屎的时候，他全神贯注侧耳倾听，注意有没有假牙和搪瓷接触时所发出的声响。然后用水稀释，先是晃动，听有没有假牙的摩擦声。最后一步很关键，要用小木棍在那堆排泄物里进行搅拌，让假牙露出真容。但他几乎一无所获，他的假牙就此失踪。

我问他：如果你找到那颗假牙，你还会戴吗？

胡德标声嘶力竭地说：戴，凭什么不戴？那颗假牙，可是花了我八百多块钱！

胡德标交了一个女朋友，据说是学舞蹈的，天使面孔，魔鬼身材，名字叫诺拉。听说我写东西，诺拉没事就会过来和我聊会儿天。

诺拉的脑袋里好像缺根弦，做什么事都不在状态，总是心不在焉。她说这是小的时候太胖闹的，她生下来的时候九斤二两，是个"巨肥儿"，影响了她的脑部发育。

诺拉号称"短信王"，练舞蹈的时候，上厕所的时候，她都挂着手机，不停地用手机发信息，甚至当她做爱的时候。

我和胡德标喝酒，喝高了，就在他的沙发上躺一会儿。迷迷糊糊，我听到胡德标的床上传出不太健康的声音。我给诺拉发短信，问她在干什么。和她以往的风格不一样，她回得特别慢。我站起来，走到胡德标的床前，想揭开帘子看一看。胡德标急得够呛，连说不行。不过，我还是发现诺拉骑在他身上。一会儿，我收到了诺拉的短信，上面说：别再偷看，我快到高潮了。接着我就听到她急促的喘息声，好一会儿才逐渐平复。

她真是无愧于"短信王"这个光荣称号。

暑假的时候，胡德标回家了，诺拉没回去，说是要找工作。要说我对她没动过心那是假的。但总的说来，她还是一个没心没肺的人，让她扮演双面淫娃的角色，有点儿勉为其难。和她睡觉不是问题，但她会打电话，第一个把这件事告诉胡德标，并且是满怀欣喜，她会说我招待你的朋友睡觉了，好像是干了一件光彩的事。一想到这个，我的心就平静下来。

诺拉后来和胡德标分手，因为她找到了一个比他更有钱的人。我闲得无聊，给她打电话，让她给我介绍一个学舞蹈的女孩。诺拉说，她正在医院生孩子，等忙完了就给我找一个。后来我才知道，她是在医院打胎。

和诺拉分手后，胡德标很沮丧。他对我说，他想去放纵一下。他坐车到东直门，然后从长途汽车站，坐了十六块钱的车到了顺义，在顺义县城，他完成了夙愿，终于做了一回嫖客。

他很生气，说那个女人长着烈焰一样的红唇，嘴抹得比头都大，看起来就是性工作者，并且是最没档次的那种。女人不允许他讨价还价，并且拒绝为他提供增值服务。

胡德标拿着两个戒指，说是要卖给我，好把花去的钱挣回来。两百块一个，纯金的，他说。

我问他哪来的，他说是从小姐手上撸下来的。

我说算你狠，不但不亏本，还赚一把。

他说我是开玩笑，两个戒指都是我原来买给诺拉的。离开的时候，她把戒指还给我了。

他不止向一个人做过推销，但最终也没卖出去。因为他是卖假耗材的，大家都怕上当。戒指上面已经被啃得满是牙印，每个人都想看看是不是真金。

一位伯父病了，我回到家乡，去探望。坐在长途汽车上，我看到很多标语，都是这一句：如有三日咳，怀疑肺结核。

我想这世界可真有点儿疯了。

老人躺在病床上说：很庆幸没出大乱子。以前从没想到脑溢血是这么凶险，一不留神就要了命。他说：我算是看透了，年轻的时候是拿命换钱，老的时候是拿钱买命。说完这句话，他摇了摇头。

坐在回程的火车上，我想：人怎么这么倒霉？不换行不行？我的结论是：不换不行。

我的生活开始难以为继，我只好又重新出去找工作。我痛恨按部就班的工作，每次坐进办公室，我就脑瓜仁疼，像是一个正在被挤碎的核桃，但我别无选择。不管是等价交换还是不等价交换，你总得活下去。只要想活下去你就得和社会交换，这就是市场经济。不管你是什么人，都得把自己变成商人，这就是现在的规矩。

第十三章

　　没有人知道或者在乎鹿兵是谁，没有人感谢他策划创意出了这样一个演出可以让大家尽情娱乐。大家都沉浸在普天同庆的气氛中，欢度今宵。

　　我在招聘会上，碰见了马路，就是我当老师时的那个同事。

　　马路已经来北京好几年了，他听说我也在北京，就是一直没能和我联系上。他很高兴，我也很高兴，都有些他乡遇故知的感觉。

　　马路告诉我，他的事业发展得很好，他正准备离婚，准备在北京买房，还有了女朋友，并且，他的女朋友我也是认识的。晚上一起吃饭的时候，他的女朋友出现了，是霍小玉。

　　自从离开那个学校，我就没和她再见过。霍小玉已经长成一个真正的大女孩，已经上了大学，在一个艺术院校里学习油画。我们一起慨叹时光荏苒，频频举杯。到最后，我有些喝高了。我们都没提起韩静，那是我们三个人共同的伤疤，没有人想去触碰。

　　霍小玉没课的时候，就会来找我聊天，和我说一些她和马路的事。霍小玉说，她爱马路，但是她也爱别人。我从来不插话，只是静静地听。每当我和她待在一起，就让我想起很多原来的时光。我喜欢和霍小玉一起聊天。那种气氛很暧昧，有些像爱情。

　　马路是个疑心很重的人，他对霍小玉和我的接触很不安，以为我们背着他，在干一些别的事情。所以，他经常会不请自到。我对他的这种举动很厌恶。

霍小玉打电话给我，说她很烦躁。正好那天我闲着没什么事，就接受她的邀请，到茶舍喝茶。去了才发现，不是她一个人，还有她的两个女朋友。

那是一个单独的房间，是火车座，两个人在这边，两个人在那边。有一个折叠的门可以拉上，无论你在里面干什么，外面的人如果不把门拉开，是看不见的，看起来店家为了给顾客提供方便，也是煞费苦心。

一开始是闲聊，很无聊的闲聊。后来那两个女孩儿离开，同时去了厕所。霍小玉告诉我，她们是到厕所里解决问题去了，她们是"拉拉"。

霍小玉把羽绒服脱了，坐在我的身边。我可以感觉到她的热度。她的身材很好，已经像一个发育成熟的女人。

霍小玉说，她准备和马路分手。

我问她为什么，她说，她已经和一个叫做大雷的男生上床。说完之后，她趴在桌上哭起来。忽然，她的电话响了。霍小玉擦了擦眼泪，去接电话。但她一看号码，就把电话挂了。

她说，又是马路，他每天要打十几个电话，防贼似的盯着我。霍小玉像个孩子一样坐在我腿上，怒不可遏。

我拍了拍她算做安慰。她的毛衣很柔软，这使她摸起来很像一只温暖的兔子。正在这时，有人在外面狠命地拉门，连座位都开始剧烈地抖动。

霍小玉把门打开一看，马路气势汹汹地在外面站着。他一句话都没说，在对面坐下来，看着我们两个。

我和霍小玉都发现彼此的脸上呈现不太健康的红色，好像是冬天守在火热的炉子旁，被烤得面红耳赤。

马路质问我说，你就是这么做朋友的么？他一定是以为我和霍小玉正躲在这个角落亲热。

我什么话都没说，站起来走了。

在弄清事情的真相之后，马路给我打过电话，向我道歉，但我没理他。我不是什么正人君子，如果我和霍小玉再多待一些时间，很难保证不出什么事。

但在这件事发生之前，我是清白的，不接受任何怀疑和指责。我一向认为，有些事可以被绝对地划分为可以做和不可以做，但有些事却是可以做和可以不做，因为我有权利选择。即使我和霍小玉上床，那也是我和她之间的事，用不着承受任何指责。

参加完招聘会没多长时间，我开始上班，在一家广告公司做策划和文案。那个工作很无聊，除了整天写一些不着边际的话，我大多数的时间不是发呆，就是扯淡。

老板是四川人，是圈里有名的策划人，江湖人称"十字坡老庙"，足见手段凶狠法力高深。老庙号称"大中华区十大著名策划人"之一，当然，这个称号是他和其他九大策划人一起，自己给自己评的。评选的过程很简单，只要你交上一千块钱，他们也会给你一个"大中华区十大著名策划人"的金属牌。老庙觉得不过瘾，还找了一个搞激光雕刻的设计公司，亲自设计制作了一个"大中华生产力促进协会"的标牌摆在他的桌上，让进来的每个人都会看到。

作为策划大师，老庙对策划有自己独特的看法。老庙说：所谓的策划其实就是无中生有地找这么一个口子，用硬物、异物去搞，搞大了搞肿了你就成了，你就可以搞出钱来了。按照他的说法，搞策划的人似乎都是一些有性暴力倾向的家伙，想象力和执行力都高人一等。

老庙曾经成功策划一个大案——"作家收养计划"，据说起到了很好的效果。他充当企业和作家之间的掮客，拉拢了一批企业为作家提供生活和写作经费，主题词是"给你一个窝，让你来讴歌"。在那帮作家的如椽巨笔之下，所有的企业都是凯歌高奏，捷报频传。这是本世纪最大的一个文化工程，老庙乐此不疲。他从企业家赞助商那里挣到了一大笔钱，还获得了作家的感激，让他们感恩戴德。

发财之后，老庙开始涉足房地产行业。他在一个叫做"谪仙桥"的地方租了一个巨大的养鸡场。老庙老谋深算，他好好想了好几天，然后他决定把这个养鸡场重新包装。他把成吨的鸡粪和鸡毛清理完毕，对原有格局进行了重新规划，分割出很多小屋。加以粉刷之后，他建立自己的梦工厂。这个养鸡场摇身一变成为"7788艺术作坊"。之所以起这么奇怪的名字，是因为在导致养鸡场关门的鸡瘟中，共有7788只可怜的鸡殒命。

很多前卫艺术家来此租地居住，还有很多人在这里开设了咖啡馆和画廊。老庙很高兴，因为他连垃圾站都租出去让人办了画廊。穷生奸计，富长良心。老庙靠房屋出租发了财，就整天开始施舍，有很多落魄的艺术家开始团结在他周围。老庙俨然成为他们的师爷、教头和教父。那些艺术家也需要认祖归宗，于是开始吹捧他，为他搭起了神坛。

自此，一个新的艺术门派产生，人称"江湖派"，又叫"野鸡帮"。"江湖"的意思就是说人在江湖漂，需借几把刀，大家应该互相关照互相提携；"野鸡"的意思就是说虽然他们和鸡住在一起，住在鸡的宿舍，但比家鸡飞得高。还有人说自己是"革命党"，把老庙吓够呛，"革命"二字岂是乱说的？老庙一怒之下把那人逐出本帮，相忘于江湖了。

作为"野鸡帮"的帮主，老庙自然要有新思路，要有新举措，要拿出帮主的气魄。他开始筹划建立新型人文社区——"乌托邦"。乌托邦的原型就是美国纽约的布鲁克林，那可是作家和艺术家的天堂。

为了节省成本，老庙在离北京二十公里的地方租了一块地，盖了一座楼。楼盖得很别致，方方正正，俯瞰像一个巨大的火柴盒，正面看，像太平间里一格一格的尸柜。楼房没有设计楼道，只在外墙上焊着结实的梯子，人们出入的话，只能爬上爬下。老庙说，这是为了培养艺术家上下求索的人文精神。楼房的一面是全是门，另一面全是窗。老庙和曾经住在这里的每一个作家诗人都签了合同，无偿让他们使用这些住所，但他们要在自己所有的作品，标注上"老庙出品"的字样。

从正面看上去，这个建筑非常辉煌，像是一个巨大的蜂巢，可以看到勤奋的人们正在爬上爬下。但从后面看过去，一切惨不忍睹，十个窗口倒有八个窗口射出激扬的水柱，是艺术家在撒尿。

老庙独出心裁，在每一个门上都刻了房主的姓名，比如诗人捷尔因·李爱国（一九九九——二〇〇四年曾居于此）、著名文学家利特灵·胡八万（一九九九——二〇〇四年曾居于此）等等，这种中西对照的起名方式是老庙的又一个创举，为的是让这些人在世界范围里名垂青史。

有人在屋里朗诵、做爱、写作，也有人在屋里绘画、冥想、歌唱。因为出来进去太麻烦，他们大多数时间都在屋里待着，偶尔出来晒太阳，也都是披头散发，好像崖居时代的穴居人。为了节省成本，老庙把楼层盖得很低，很多人只能保持弯着腰的状态。

"乌托邦"最后改称"乌头帮"，因为很多人的脑门都被屋顶或是铁梯碰出了巨大的疙瘩，青紫青紫的，据一个当过肛门科大夫的朋友讲，像是曲张的静脉或恶化的痔疮。

当然，以上情节纯属虚构，老庙对此亦有贡献。这个乌托邦只是我的想象，直到今天也没有建成。

老庙那时正在组织一场盛大的晚会，打的幌子是纪念一位二十世纪的伟大女性及其所创办的杂志创刊五十周年。为了招商方便，我们重新租了办公室，是在国家部委的一个老院子里面，条件不是很好，但冬暖夏凉，门口还有人站岗。

在公司，我只有一个朋友，那就是鹿兵。一开始，我和鹿兵不熟。后来，共同的爱好使我们走到了一起，我们都爱好杯中物，喜欢酒酣耳热之后信口开河的那种感觉。鹿兵在老庙的手下已经干了好几年，是策划部主任，老庙称他为"青年才俊"。这场晚会就是由他一手策划并招商的。在鹿兵的努力之下，晚会的赞助单位已经基本落实，是一个国内著名的卫生巾生产厂家。

鹿兵曾经结过婚，五年前离异，现在，他和一个女孩儿同居。他和女朋友已经在一起同居了很长时间，但始终没有勇气结婚。

我发现鹿兵身上经常带着伤，不是下巴被抠破，就是前臂有抓痕。鹿兵告诉我，他和女朋友的关系不是很好，经常吵架，他身上的伤就是女朋友在歇斯底里的情况下挠的。天热的时候，我也会发现鹿兵的肩胛骨上会有唇印形状的淤血，鹿兵说，那是女朋友嗑的。

一半是海水，一半是火焰，一半是郎情妾意，一半是水深火热，这就是鹿兵的生活，呵呵。

鹿兵告诉我，他的女朋友是异食癖患者，喜欢吃土。

她喜欢听用嘴嚼着沙子时发出的咯嘣咯嘣的声音，这对她来说是一种巨大的享受。没有人知道她的这种习惯是从何时养成的，连女孩的父母都不知道。鹿兵说，他经常听到半夜里抓墙的声音，一开始他以为是猫，后来才发现是女孩在用指甲偷偷抠墙，床头满是指甲挖出的小洞。鹿兵和女孩一起回家，在她的闺房和她做爱的时候，他同样发现了一些小洞，只不过那些洞明显深很多，开始往外淌沙子。鹿兵开始时还很计较，后来就慢慢习惯了。他不知道怎么才能根治这种病，所以也就不管了。当她的女朋友坐在车上无墙可抠的时候，她就从脸上刮下尘土来吃。你知道，北京的风沙总是很大的，所以只要你趁着有风的天气出去走一走，你的脸上总能找到和灰尘混在一起的油垢，那你就有得吃了。鹿兵的女朋友向鹿兵推荐过一次，说这种泥吃在嘴里有一种咸丝丝的味道。鹿兵却从来没有尝试过。

鹿兵对网络无限迷恋。除了打电话洽谈企业赞助的事情之外，他像一只蜘蛛每天都挂在网上，不是下围棋就是聊天。公司里每个人都知道，他有很多虚拟的网络情人。

一天，鹿兵的一个网络情人从电脑走出来，走进现实生活，到北京来看他。这是鹿兵第一次和网络情人约会，有点儿拿不定主意，但他还是去火车站接了她。

还好，他的网络情人不是恐龙。那是一个很有味道的南方女人，已经结婚，是个小少妇，看起来魅力十足，她是打了出差的幌子骗过丈夫，专程来看望鹿兵的。

接下来的事情顺理成章。两个人一起吃了饭，喝到面红耳赤耳鬓厮磨，就到酒店开了一个房间。在床上，那个女人说她有性冷淡的毛病，和丈夫琴瑟不调。鹿兵向老庙请了假，花了两天的时间为她调理这种顽症，差点精忠报国。分手的时候，两个人都没说傻话，说什么海誓山盟地老天荒我决定爱你一万年。

他们都是江湖儿女，都知道睡觉只是一种手段可以让灵魂出窍让身体放松，并不代表爱情。但那个女人还是哭了，说认识鹿兵太晚了，白白受了这么长时间的罪。那个女人还到成人用品商店采购了几瓶"印度神油"，说是要带回家。毕竟是大城市的东西，用着让人放心。她对鹿兵说。

鹿兵的治疗卓有成效，那个女人回去后的第二天，就给鹿兵发来了电子邮件，说她在丈夫身上终于得到了久违的快感。她可怜的丈夫感到很吃惊，说她出差几天，和以前几乎判若两人，快变成女流氓了。

她没有预感到，一段时间之后，她的丈夫会患上前列腺的毛病，一泻千里酣畅淋漓从此变成了欲言又止欲说还休欲语泪先流，想必这也是拜"神油"所赐。

鹿兵看着信苦笑了一下，因为他已经陷于水深火热之中。

在治疗性冷淡患者的两天时间里，鹿兵没有回家。他打电话告诉女朋友，说自己要出差两天，去谈一个有合作意向的赞助商。他还嘱咐好我们，彼此统一了口径。谁也没有警告他什么，我们不是十佳青年，也不是道德标兵。暗地里，我们甚至有些忌妒他的风流艳遇，也加紧在网上展开攻势。一想到能够扮演偷香窃玉的角色并且可以毫发无损全身而退，每个人都蠢蠢欲动。但这种事情总是瞒不过女人的直觉。

鹿兵的女朋友给他打电话，他没有开机，这让她疑云顿起。她很聪明，没有给公司打电话，她知道我们会帮鹿兵掩盖真相。她拿着存折去银行查了鹿兵的存款，发现少了五千元，就是这两天取的。她知道已经有故事发生了。她从来不相信这个结过婚的男人会急流勇退从一而终，她根本不相信这一点，她认为：没有猫不偷腥，即使不是猫，也会偷腥。

鹿兵回家之后，她开始审问那笔钱的下落。鹿兵怎么办呢？告诉她真相，说他和一个女人吃饭住店，帮她治疗性冷淡，还给她买了一张返程机票？打死也不能这么说。鹿兵一口咬定这笔钱是花在了差旅费和应酬上。鹿兵想：过一段时间，晚会的赞助款到账，他用提成填补亏空。女孩儿终于相信了他，鹿兵自以为得计，但女孩儿是假装的。在接下来的几天，她秘密访问了鹿兵的电子信箱。密码是她早就通过非法手段获取的，为的就是便于刺探。

女孩儿在邮箱里发现了那个女人的电子邮件。邮件里有女人来京车次到站时间，有那个女人的心理体验，还有赤裸裸的性爱表白。女孩儿看完之后，当时就把电脑扔下了桌面。她和鹿兵打了一架，然后就回老家去了。临走之前，她把鹿兵的存款全部提走。鹿兵虽然还有信用卡，但是只剩下几百块钱，并且，那个女孩儿还更改了信用卡的密码。

鹿兵被搞了个措手不及，人财两空。鹿兵去提款，因为输入的密码总是不正确，信用卡被提款机吞了。鹿兵拿着身份证去取卡，有点胆战心惊。因为，他的身份证是假的。他来北京之后，为了找工作方便，就办了一个北京人的假身份证。银行营业员是个充满警惕的女性，她只看了身份证一眼，就叫来了警察。身份证一看就是假的，因为使用时间过长，边上都打卷了。虽然鹿兵一再声明他是来取自己的存款，但还是被抓进了派出所。以前，使用假身份证不构成犯罪，但随着新法律的执行，鹿兵的行为已经构成犯罪，可被判处半年以上的监禁，或是劳动改造。

没有人知道鹿兵被抓的消息，除了老庙。

按照鹿兵的交代，派出所当天下午就给公司领导老庙同志打了电话，告诉他鹿兵因为使用假身份证已经被抓起来。老庙没有去派出所，他表示无能为力，让派出所同志按照法律规定办事。不是老庙不帮忙，他不知道鹿兵的犯罪性质有多严重，和自己正在搞的晚会有没有关系。和赞助商的合同上面，很多都是签的鹿兵的名字，老庙很担心，如果他去派出所的话，可能会引火烧身。老庙怕给晚会招商产生恶劣影响，封锁了鹿兵被捕的消息。

我们知道消息的时候，鹿兵已经被从派出所提到了看守所，剩下的，就是法律程序问题了。

鹿兵的缺位让老庙焦头烂额，也让我们一头雾水。让老庙庆幸的是，一个星期之后，企业赞助款全部到位，晚会如期举行。

朗诵的把声音搞得感天动地，拉琴的把小提琴拉得如泣如诉，唱戏的把戏唱得气动山河。

舞台就是舞台，他们就是主角，别人无关紧要。他们只管在舞台上不犯错不露傻，完事儿了拍拍屁股点钞票走人。一旦大幕拉开，那就看我的吧。他们这样想。

晚会搞得很不错。节目很精彩，主持人也插科打诨，把下面那群有权有势的老头老太太整得前仰后合。没有人知道或者在乎鹿兵是谁，没有人感谢他策划创意出了这样一个演出可以让大家尽情娱乐。大家都沉浸在普天同庆的气氛中，欢度今宵。

鹿兵有可能会被劳教，如果不请律师导入司法程序的话。后来，从里面传出消息，说看守所已经为鹿兵指定了律师。我们和鹿兵的侄女联系上，一同见了律师。

律师是一个很泼辣的女人，脸上长满了痲子，好像还没有过青春期，身体内分泌严重失调。她看起来像一个男人，做事雷厉风行。鹿兵第一次开庭的时候，她收了六千元，连收条都没打。在鹿兵宣判之后，她还想要九千元。我们和女律师吵了一架，拒付另一半律师费，因为她只做了很少的工作，以单位时间来计酬的话，她可能比妓女都贵。

我们想如果律师是这样挣钱的话，还不如直接去做妓女，我们对她痛恨至极。不管怎么说，鹿兵的案件还是导入了法律程序。

宣判那天，因为同去的人忘带身份证耽误了时间，我们都没能进法庭。我只在宣判之后，在过道见过鹿兵一眼。他被两个法警挟持着，匆匆向羁押室走去。我喊了他一声。他很吃力地扭过头看了一眼，但我确定他什么都不会看到。也许是怕他自杀，他没有戴眼镜。他的脑袋被剃得精光，显得又瘦又小。他似乎是想对我们招招手，但他忘了手上戴着铐子。他的手刚抬上来，就被警察扯下去了。

吉人自有天相，衰人也有鬼助。半年之后，鹿兵稀里糊涂出来了，就和他当初迷迷糊糊进去一样。我和他的侄女一起到看守所去接他。看守所门口已经有人在等了。那是一个很娇小的女人，眼睛是肿的，很努力地抽着烟。她坐在太阳地里，像是和谁在赌气。我没话找话地和她聊了两句，她爱答不理的，她说按照法律规定我们家那个昨天晚上十二点以后就自由了，凭什么现在还不放，又多扣这么长时间？

　　我看了看表，已经十点多钟了。待了一会儿，那个女人对我们招手，她说你们过来看看，刚才过去一个人，一直在往门口看，是不是你们的人？她说那个人高高的，瘦瘦的，戴着眼镜。我们想那可能就是鹿兵。

　　我们才知道她一直坐在太阳地里的原因就是她可以在第一时间看到每一个从铁门后面带出来的人。不一会儿，鹿兵出现了，看来精神状态还是不错。他看到我们，好像很安心。

　　他和管教干部打着招呼告别，好像已经是很好的朋友。他出了监狱的门，一直没有回头看一眼，好像罗得逃离索多玛城。我怀疑这里面是不是有某种迷信的成分，如果回头望，他立刻会变成一个盐柱。

　　出了看守所，他立刻找了个公用电话亭给老母亲打了个电话。我听到他的老母亲喊了声我的儿就开始泣不成声，再也讲不下去。挂上电话，鹿兵告诉我，老母亲差点为他的事跳楼，如果不是幸好被老父亲发现的话。

　　我们回去的时候特地打了一辆红色的车，说这样可以去去煞气。他坐在车上，话很少，只是在不停地看着窗外的风景，他说自由的感觉真好。我们晚上一起吃饭，算是为他压惊。

　　吃饭时，大家都很压抑。为了调节气氛，鹿兵说了很多监狱里面的事情，是笑着说的。

　　鹿兵说那里面虱子很多。

　　鹿兵说那里面流传一句话，叫做"窝头没眼儿水洗屁眼儿电视没色儿"。"窝头没眼儿"是说他们吃的不是有眼儿的窝头而是玉米饼子，喝的是白菜汤，一星期可以吃到一次肉，有钱的囚犯可以吃大饼；"水洗屁眼儿"是说大家都没手纸，所以大便之后要淋水冲洗，虽然这种办法很卫生但是在寒冬腊月这是一件苦事；"电视没色儿"是说他们有黑白电视集中观看，但不能看电视剧言情片只能看新闻联播和法制节目作为政治学习。

鹿兵说刚进监狱的时候要先装孙子等大家熟了他们也就不忍心再揍你了。

鹿兵说每天拉屎的时候，他只能面朝里蹲着屁股朝外，只有监舍里的老大才可以面朝外蹲着，一面拉屎一面审视大家。

鹿兵说白天的大部分时间他都是抱着双膝在冰冷的地下坐着进行学习，不准系裤带不准戴眼镜他当了六个月的睁眼瞎。

鹿兵说他们自己做了个计时器，一个扎了眼的瓶子，一次可以装满两个小时的水，为的是晚上轮流值班用。

鹿兵说号儿里最宽的地方是给老大睡的，整根的烟是给老大抽的，像他这样的小角色，能抽到烟屁都是莫大的幸福。

鹿兵说他在狱中看到了由他策划的那次晚会，虽然在中央电视台的新闻联播只出现了几秒钟，却足以使他热泪盈眶。

鹿兵说他的狱友干什么的都有，有银行行长、有强奸未遂者、有抢劫盗窃者、有倒卖黄色光碟的党员、有知名企业家、有黑道大哥，还有一个用吊车偷了报刊亭的想象力非常的家伙。

鹿兵说有个警察酷爱围棋，据说他已经是业余五段棋手水平。他每天都会托着棋盘找号里的囚犯下棋，鹿兵经常和他对弈。他有时候会和鹿兵开玩笑，会像朋友一样和他打招呼，虽然一个在铁栏之外，一个在铁栏以里。鹿兵说，那是监狱里不多的温情之一。

鹿兵还给我们说了一段顺口溜：

看守所，烂贼多，不管你是哪来的哥。
进监舍，过手续，一定要把贼打服气。
若不服，铐子铐，拳打脚踢不乱叫。
我的祖先是核桃，天天需要棒棒敲。

一天不敲心里焦，两天不敲双脚跳。

我把老大记心头，老大为我解忧愁。

以上宗旨要记牢，若有违反不轻饶。

违纪蟊贼要遵守，懂事好过啥都有。

（齐声朗诵）懂事者荣华富贵，不懂事者乱脚踩背！

我问鹿兵，你在里面待了六个月的时间，有没有想过女人？

鹿兵说，刚进去的时候，想过女人，后来就不怎么想了。

我说，你现在还想不想和那个网友约会？

想自然是想，不过，我这杆老枪早已经拉不开栓，也就是摸摸看看了。鹿兵苦笑了一下说道。

那天晚上，鹿兵抽了很多烟，没吃多少东西，好像在克制食欲。他说我刚出号子，不能吃太多的油水，要不然会闹肚子的，但他还是喝了一些酒。

晚上，鹿兵从睡梦里醒来，他说腹部剧痛，像一头牛吃了干硬的草不能消化一样。他说这是对食物的排斥反应。

鹿兵几乎要去医院。喝了一杯水之后，他才稍微感觉好一点。他的脸苍白像患病的婴儿。只要今天晚上挺过去，我就会活回来。他咬牙切齿地说。

这句话使我一晚上睡不安稳，像为一具死尸守灵。

鹿兵居然随身带出来一张纸片，上面记着很多人的电话。所以，他出来之后一个星期的时间，打了很多的电话给很多人捎信，让他们去托人把自己的亲人从监狱里捞出来像是从酱缸里捞起一棵巨大的酸白菜。不过，据他所知，有些人就是在监狱里发臭了都没人能够救他们出去，就像他自己一样，开始时满怀期待，后来开始度日如年。

鹿兵说刚进去的感觉就是像一个正在走夜路的人一步踏空，掉进了一个黑洞，不停地下落，不停地下落，没有头，他说从来没有想过还能活着出来。听到他说这个，我们都没有说话。我们谁都不敢说自己会比他坚强，这种事情轮到谁头上都是一样，谁也别吹牛逼。

鹿兵出来之后，女律师打电话告诉鹿兵，如果他拒付律师费的话，她会起诉他。鹿兵说悉听尊便。也许是那个女人觉得理亏，最终这件事不了了之。

鹿兵在被释放之后回了一趟家，去把他的户口重新落上。在档案中，他成为有前科的刑满释放人员。

鹿兵几乎所有的存款都被那个女人剥夺，他也被老庙的公司辞退，变得一无所有。他原来的女朋友失去踪迹，再也没有任何消息。为了节省房租，他住在西五环之外一个贫穷的宿舍区，那里交通方便，靠近飞机场，与火车响亮的汽笛只有一墙之隔。

因为临近一个很大的娱乐中心，这个村子还住着很多性工作者。白天的时候还安静，到了晚上，这个村子人声鼎沸，显现出一种畸形的繁荣昌盛。街上有很多卖串串香和羊肉串的小摊，经常可以看到衣着暴露的女子肆无忌惮地坐在矮凳上互相调笑。直到晚上两三点钟，街上还能看到喝得醉醺醺的男人和女人。

鹿兵重新找到了工作，在一家广告公司做业务主管。名字虽然好听，但他其实干的就是业务员的工作。薪水虽然很低，但他还是经常喝啤酒，像以前一样。后来，一个女人走进了他的生活，也是他在网上认识的。他在火车的震颤中和新女朋友做爱，在飞机降落的轰鸣声中喷射。他的新女朋友是个妇产科医生，是个很好的人，在他最需要安慰的时候来到他的身边，做得比我们这些自称他朋友的人还要好得多。她缓解了鹿兵压抑了半年的性欲，也让他总是抱怨自己腰痛不止。其实每个人都知道他的腰痛是在监狱落下的病根，但我们还是取笑他，说他是纵欲过度。

除了腰痛和习惯性失眠之外，鹿兵还多了一个习惯，就是蹲在路边看人下棋，一蹲就是老半天。有时候，他也会与人对弈。他变得像一个老人，整天和一群干枯的老先生，守望着自己的楚河汉界。

我去看过他几次。如果不在宿舍，他一定是在棋摊；或者，他正低着头，走在去棋摊的路上。我去找过他几次，和他的棋友也认识了。其中有一位胡老师颇有些神道。他胸前挂着一串黄色的佛珠，跷着二郎腿坐在一个马扎上，左手拿着一把折扇，右手捏着两枚核桃，总是晃荡着贴了满腿的狗皮膏药。

胡老师似乎不喜欢洗澡，你几乎可以嗅到他单薄的筋骨皮下面散发出的老骨头的油味儿。这种味道只属于他，和他的扮相如出一辙。此刻，他一边用折扇轻轻拍打着自己的小腿，一边不停地从眼镜上方看着鹿兵，看样子已经胜局在握。

鹿兵欠欠身子，从后裤兜掏出揉得皱皱巴巴几乎扁平的烟盒，摸索出一支烟，点上，看样子又挂了。

鹿兵喜欢沉溺在这些虚拟的战争里，把自己整得煞有介事。他一边在汉界得陇望蜀，一边用楚河之水漂洗着自己的焦头烂额，正如诗人北峰所言。

第十四章

　　我的生活在下降，我的灵魂在上升，我总对自己这么说。

　　生活总有很多的机会让你体会什么是苦难。我打错了一个拼音，但很有讽刺意味的是，当我打出这句话来的时候，屏幕上出现的居然是——神漠视苦难这几个字。

　　鹿兵离开公司后没多长时间，我也退出了。一个原因是老庙对鹿兵的做法让人寒心，另一个原因是，我看不出公司有任何希望，老庙管理公司像玩杂技，倒闭是指日可待的事情。

　　我对这件事总的评价是：怀才不遇者遇人不淑。

　　离开朝九晚五的生活离开策划大师老庙离开鹿兵，我开始写一本书，就是你看到的这一本。我搬到一个地方把自己封闭起来，几乎没有朋友知道我在哪里，除了知道我还在北京。我每天活着，处于一种很奇怪的状态，好像在想一些事情，但是究竟在想什么，自己也说不清。每天在写一些东西，但在写什么，自己也是毫无头绪。

　　我的生活告诉我，一旦你尊重世界，尊重现行秩序，世界就会给你以回报，你会像别的人一样受益无穷。你会有钱花、有房住、有女人睡，因为你不是异类，是自己人，你不会给别人带来危险，带来不安的思想，带来不同的方法，所以你理应获得嘉奖。

　　当你这样做的时候，那就是你的黄金时代。可是一旦你醒过味儿来，不想再这么活下去的时候，你会发现一切都没有了，都好像被魔法收走了，只剩下你一个光身子。你唾弃社会，你就被遗弃于正常的秩序之外，爱人不爱，亲人不亲，那就是你必须要付出的代价。

一旦你离开社会，你就是一个没有使用价值的人，你是一个不可能升值的人，你甚至不再是一个可以一起喝醉酒的朋友。

你和所有的人都保持着距离，可怕的距离，可悲的距离，你让所有的人都感到你骨子里透出来的对谁都瞧不起。跟你这样的人做朋友是件危险的事，是一种冒险，谁都不知道你心里究竟在怎样想他。

你从来不是一个淳朴的人，你永远不会感恩戴德死心塌地，有着太多的想法。你从不试着去尊重这个世界，尊重这个世界的潜规则。你会被世界遗弃，没有回收的价值。所有的财富必定是建立在奴役的基础上，这绝对是一个真理。奴役的越多，你就越有福。每个人又都是奴隶，只是我们的主子不同。

陀思妥耶夫斯基在小说《卡拉马佐夫兄弟》里，用伊凡的口气说了一句话："我付不起这项伟大事业的票价。"我也一样，翻翻兜，只能翻出几个钢镚。

我别无所长，终日耽于幻想，三十多岁的人了还不知道路在何方或将在何方，只知道现在的生活并不是我希望的。我的生活陷入怪圈，总是生活在路上，从一个理想飞快地到达失望。用一句很有意思的话来说：我像草一样不能自拔。我也是一棵草，三十多岁，还没有活出自己真的生命。

写作把自己逼到了一条绝路之上。不能轻言放弃，也没有了退回去的阵地，只能困在北京。

我的生活在下降，我的灵魂在上升，我总对自己这么说。

生活总有很多的机会让你体会什么是苦难。我打错了一个拼音，但很有讽刺意味的是，当我打出这句话来的时候，屏幕上出现的居然是——神漠视苦难这几个字。

我是人，不是神，所以我不能漠视苦难，自己的和别人的。

我很焦虑。当我很烦的时候，我允许自我放纵一下。因为没有什么可以让我燃烧激情，我浪费生命。

　　每天晚上，离开这间屋子，到外面的露天大排档去喝杯啤酒才是一天中最惬意的时光。寥寥的，没有几个人，服务员比客人还多，因为这已是午夜了。饭店门口总是站着一个女人，不知道是干什么的。她像哨兵一样站得笔挺，漂亮的臀部像她的另一张脸一样体面。

　　我每天就是那样活着，像个穴居动物，像一头无法冬眠的熊。

　　我被生活排泄出来了。

　　我走在寂静的大街上，像一棵晃晃悠悠的草。

　　我的头垂着，像一棵装满了稗草种子的粗大的阴茎。

　　我从来不淳朴，像谷子或是麦子。

　　午夜，欲望在我的身体升腾。

　　这是一封写给我自己的信，没有地址，没有称谓，也无需邮寄。这世界上连一个我想给写信的人都没有，这是件很让人伤心的事。

　　他们都去哪了？那些我想写信给他们的人都去哪了？

　　他们都走了，被生活拉走了，被别人拉走了。

　　从此我在他们心目中，无足轻重。

　　烟雾在日光灯下上升，非常纯粹的蓝色，不能承受的轻。

　　没有爱的夏天，也会觉得有点凉。

　　一只黑夜里出来活动的蝙蝠，非禽非兽。

　　我在夜里，凭着自己的本能在黑夜里飞行。

　　我的翅膀上没有羽毛，我的喉咙里没有歌声，

　　我不嗜血，也不忍辱偷生。

　　不在阳光下歌唱是因为我的习惯我的眼睛，

　　它只会在黑夜里闪动而不会追逐光明。

　　不要说我是个思考者，闪动白色的牙齿，嘲笑睡了的生命。

我是暗黑的破坏者，破坏时间的阴谋，破坏光线的谎言，有时候会被撞个鼻青脸肿。

看到我的尸体你会发现，蝙蝠原来是这个模样，不漂亮，不生动，干枯丑陋，像一枚被人啃过之后遗弃的核。

希望你在我的身躯上盖上一张报纸或是几页书，将我覆盖在黑暗中，一根火柴，就可以使我永生。

一天，忽然想起《英雄本色》里的一句台词：如今的江湖已经不是我们的江湖。如今的小说也是一样。黄金时代已经过去，每个写小说的人，都病得不轻。

一位诗人说，小说家都是诗歌之蛹变成的。

我是一个写小说的人，至今还没有看到能够变成一只蝴蝶的任何希望，更遑论扇起翅膀，在密西西比河掀起一阵飓风。我是一个病蛹。我在故事的缠绕中不能破壳而出，写作让我作茧自缚。

你对这个世界无能为力的时候，文字是你最好的朋友，它忠心耿耿，无比坚贞，第一天你写下它时是什么样子，第二天还会照旧，白纸黑字。

写作成为你最好的倾诉手段。这个世界，求得别人的理解和认同正在变得越来越奢侈。你在这个世界上变得无足轻重。没有人真正理解你，即使是你看起来最亲近的人。你的孤独前生注定。

事实上，一个好作家，已经有很多人为他活过，所以，他也应该为很多人死去。因为，你在榨干自己的同时，也榨干了别人的生命。

你别有用心地收集了很多人生命中最精彩的最值得回味的东西，为自己建造了一座墓碑。

始作俑者，其无后乎？

你是一个充满了悲观主义的写作者，你就是为自己写，写完就完。

我说过了，我拯救了自己的灵魂。

马克思在《哥达纲领批判》里说。我的灵魂需不需要拯救？

又有谁能够拯救我的灵魂？

让悲观者有力，让无力者前行。这是一家报纸的主题词，那是我原来喜欢看的报纸。但我始终想不清楚：靠什么，悲观者有力？靠什么，无力者前行？
无力者总是无能为力，悲观者总是日暮途穷。

我一直是一个旁观者。我站在生活的边缘不负责任地冷笑，诽谤，浪费生命并且自以为是。我只是用笔支撑起自己单薄的声音，向着幸福会来的不确定的方向，眺望。可是，我的幸福在哪儿呀？
姑且可以称我们是F代人，FOOD、FUN、FOOL、FUCK、FLY、FLAG，这就是解读我们的关键词。
我们需要大量的食物，来填补我们饥肠辘辘的肚腹。我们需要活着的乐趣，用来丰盈生命。
虽然我们自诩聪明，但我们天性愚钝，冥冥中总有一种力量左右我们，让我们欲哭无泪欲罢不能。
我们离开了性不能活，虽然它不是我们生活的全部，但一切无不指向它，我的前途无量，我的幸福无边。
我们渴望真实的飞翔，灵魂的飞升，而不是带着呼啸，向未知的深渊坠落。所谓的F代人其实并无确指，他们总是相信理想多过相信爱情。
我的小说中没有旗帜。即使有的话，那也是残破的，它随风飘扬悲壮惨烈，是一个大写的——F。

我的生活是一地的碎片。我的生活碎得无可救药，层层叠叠，像是地壳，每一层都被碎片填满了，被生活压实了。所有的碎片貌似坚强地咬合在一起，告诉别人说我们是岩石。
我的小说是一把没有成形的钝刀，而生活是锤子和铁砧。
写作有两种，一种是饿着肚子才能写的，一种是必须吃饱饭才能写的。我想，每个经历过真正写作的人都会对这句话发出会心的笑。

饿着肚子写东西还有一个原因。江青曾经说过：诗人像一匹马，不能不给它吃，不吃要饿死；又不能吃得太饱，吃得太饱它就跑不动了。我干脆就饿着肚子写，这样是不是更纯粹？

作家不是马，但从工作性质上来说，也和当牛做马差不多。事实是，写作的进展之慢超乎想象。

我很早就知道，世界上的很多事不是下定决心就会排除万难。一个女人怀孕了，很长时间，预产期早过去三年了，还是没有任何动静。她挺着大肚子，忧心忡忡。最后来到了医院。剖开腹才发现：孩子已经成了石头一样的干尸，他双眼紧闭看起来无比安详，没有人知道这是怎么回事。女人的子宫像一个微波炉，把孩子烘干了。

如果我不抓紧时间写的话，这几乎就是这部小说可以预见的悲剧性的结局。没有最好，绝对只有最坏。

后来，看到一句话说：所谓作家，其实就是能把小说写完的那个人。一句话点醒梦中人。我告诉自己，这部小说必须写完。哪怕它是粗糙的，没有漂亮人物，看起来面目可憎，只要好歹是个东西就行。

我有很长时间没有和任何人联系，直到简虎给我打电话。

简虎和几个朋友搞了一个网站，说是专门发表前卫美术作品及诗歌和小说的，据说叫"死皮文学网"。

简虎过来找我，说希望赞助一下，把我写的那些东西给他们一些，让我们先贴到网上去换取点击率。

好吧。我随口答了一句。我给他拷贝了我的另一部通俗小说的章节，让他拿走。后来，我那部胡编乱造的小说被人贴到了网上，没想到，反应还不错，有很多人开始津津乐道这部小说，开始有骗子冒充出版社人员打电话来让我发去全稿，然后商谈出版事宜。

简虎也很高兴，因为网站的点击率正在上升。

后来，一个更好的消息传过来，有一家公司看好了"死皮文学网"，准备和他们谈合作，在上面发布广告。简虎乐不可支，他拉上我，让我冒充网站的艺术总监，去和那家公司谈判。

那家公司在东三环附近，我们费了很大劲才找到。进入那家公司之前，我和简虎去了公用厕所，减轻一下心理负担。简虎撒尿的时候咬紧牙关，像是在和自己较劲。

你怎么了，前列腺有毛病？我问他。

他抖了抖身体，说道：撒尿时咬紧牙关，可以养肾固精，防止牙齿疏松。

前台看了名片，把我们领进了会议室。我看见有三个人背朝我们坐着，好像正在说话。我们要绕过去，坐在面对门口的椅子上，这似乎是大公司的礼数。据说这种做法是取材于"鸿门宴"，让来宾对自己的安全放心。我把包放下，然后隔着桌子，和大家握手。握到第二个人的时候，我愣住了，我看到了韩静。

一开始我没认出她来，因为根本没有心理准备。韩静现在的发型衣着全变了，原来的披肩发现在挽成了一个髻，身上穿着黑色套裙，如果她再围上黑围巾，那她就特别像贝隆夫人，那位阿根廷前政要的遗孀。唯一没变的是她的身材，还是像麦当娜那么惹火。

韩静好像也有些吃惊，但她心理素质很好，不动声色。因为有别人在场，她只是狠狠握了握我的手，算是接上火了。她对每个人礼节性地微笑，递上自己的名片。我们也把自己的名片递过去，我的名片是简虎设计的，除了手机号码是真的，其他全是扯淡。

韩静的名字后面，是 CEO 三个字母，看起来混得不错。

简虎居然把这次洽谈看得很正式，还装模作样地准备了网站的简单介绍和数据。我根本没听他说什么，我看着韩静，觉着自己在做梦。

韩静比我要稳重得多。她间或看我一眼，冲我笑笑，然后把脸转向简虎，听他的云山雾罩。简虎说完之后，她也介绍了公司的情况。我这才知道，这家公司是她和爱人一起搞的，爱人负责技术，她负责管理。

聊了一会儿，韩静带我们参观公司。简虎和那两名职员走在前面，说得很热闹。我和韩静走在后面，简单询问着彼此的情况。我得知，她离开那个学校之后，去南方待了一段时间，后来和丈夫一起来到北京发展。我们的对话不停地被打断，所有经过的人都和她打招呼，毕恭毕敬。

我们在公司绕了一圈，走到了门口。在门口，韩静客气地说：有关广告投放的事，公司还要进行论证，如果考虑成熟，我会打电话的。

简虎热情地和她握手告别。他的眼光很热情，相当于扒光了韩静的衣服，让她无地自容。韩静用了很大力气才把他的手甩掉。她和我握了手，冲我笑了笑。

到了大堂，我们又去了公用厕所。简虎这次忘了咬紧牙关，他一边撒尿，一边问韩静和我聊什么。我没有告诉他我和韩静曾经是同事，还是老相好，我说没聊什么，我说那女的也是一个文学女青年，就是聊了会儿陀思妥耶夫斯基海明威卡尔维诺什么的，没超过艺术总监的范围。我说她还让我告诉你，根本就没有广告投放这回事，都是骗你的。

简虎有些生气，一个人回去了。

走到半路，我接到韩静的电话。她说你现在在哪里，我去找你。

我说我在天上飞着呐，如果想找我，直接升上半空。

我们在一家茶馆碰面。因为是晚上，打牌的人很多，茶馆有点喧闹。

韩静说，我家在通州，要不要一起到我家坐会儿，咱们一块弄点儿东西吃，还能多聊会儿？

我说，弄点儿东西吃可以，弄出点儿东西吃就免了。

她打了我一下，说你怎么还是那么流氓。

我抓住她的手亲了一下，她的脸居然红了。坐着她的车，我和她一起回家。她的车是富豪沃尔沃。ABS防抱死系统、安全气囊、电动门窗、真皮座椅，车刚洗过，带着一股清洁剂的味道。

我说，你还挺怕死的。

她说自己还是个新手，刚拿到驾照没几天。

这个新手还在后玻璃上假惺惺地贴着一张纸，画着一头大狗熊，写着：熊出没，注意。我碰见过一个女孩，她总把这句话读成：熊出来，没注意，把一句警示酿成了悲剧。

她的家一看就是高尚社区，宽大的洋房，独立建筑，还有个庭院。

她说你觉得怎么样？

我说挺好的，夫妻俩没事儿在院子里养上几只鸡种上几畦菜再养头猪，没事唧唧咕咕聊一会儿家常再躺在爱人怀里数几颗星星，那就太美了。

她笑了笑。这笑容是我所不熟悉的，有点儿勉强。她说我现在已经离婚了。

我说离了好。谁跟我说起离婚这件事我都是这句话。不过我还是觉得很奇怪。为什么离婚？我又加了一句。

她迟疑了一下，说因为我不能生孩子，他和我离婚了。

我觉得她说的理由似乎不太可能。现在科技这么发达，弄出个孩子应该不是什么难事，尤其是对于有钱人。

她说公司的人都不知道这件事。她现在已经和前夫分居，虽然两个人每天见面，但纯粹是工作关系。

我说你不别扭？

她说那有什么别扭的，他干他的，我干我的，谁也不妨碍谁。

我说你们还不如干脆把公司拆巴拆巴卖了，一人分上一堆银子，各自走人，那多好。

她说，没你想的那么简单。这对我们俩都不划算，还不如这样凑合。

她说，我现在才是彻底自由了。说完这句话，她看着我，好像是希望我采取行动。

我有些迟疑，我说，你现在身体怎么样，还像原来那样？

她说，我现在还在吃那种药，还像以前那样疯狂。韩静看着我，充满期待。她似乎在对我说：来呀，你这个健壮的公牛，你现在怎么这么老实？你现在难道成为圣人了吗？你是不是已经忘了我是谁了？来吧，上床吧，和我做爱，像咱俩以前干的那样！这个床上招待过很多人，唯独没有招待过作家，一个老相好的！对她的暗示，我有些紧张。

我知道现在和她上床应该是水到渠成的事。但奇怪的是，我的身体没有任何反应，相反，好像变得特别窝囊。我看着面色潮红的她，觉得很尴尬。不知道为什么，我不能让自己坚挺。让我来操这个CEO，操这个富有的女人，我觉得我办不到。我没有冲动，也没有那样的力量。我们不再是以前恣意偷欢的男女，有一种东西横亘在我们面前，让男人不像男人，女人不像女人。我说，实在对不起，我还有事，我得走了。说这些话的时候，我能感觉到她的失望。韩静叹了口气，说我知道你是嫌我老了。

我说没有，我是被你给惊着了，一时反应不过来。咱们还是改天再说吧！

她说这么多年来，我一直盼着这一天，一直想和你们见面。没想到，你现在变成这样了。

我笑了笑说，你们是谁？是不是还包括马路？

韩静有些害臊。

我说，没什么，他也在这个城市，混得比我好。说完之后，我拿出笔，写下了马路的手机号和公司电话，递给她。

我说，你还是给他打电话吧，他保证高兴。说实话，我可能不适合你，跟你做爱，我有心理障碍。说完之后，我就要走。

韩静说我送你，我说不用了。

我很决然地走出去。韩静送我出了门，站在门外边看了我很长时间，好像还哭了。

那个地方真他妈的大，居然还有一个人工湖。我沿着马路走了差不多二十分钟才走到门口，打了一辆黑车。坐在车上，我接到了简虎的电话。

简虎说，你现在在哪，我找你喝酒。

我说，我是扫黄办，你打错电话了。没等他说话，我就把电话关了。不知道为什么，我觉得很耻辱，我的这种表现连我自己都不能解释。来的路上，我其实一直在想着和韩静做爱，但最终似乎是我把一切都搞砸了。

一周之后，简虎又来找我。他见面就把我臭骂一顿。他说，你他妈怎么回事？我给你打了八十回电话，就是不开机。

我说你少废话，有事说事，没事滚蛋。

当然有事了！简虎说道，那家公司说准备投放广告，就是网站的整体风格需要按照他们的意思做一下调整，调整好了，就能给钱！

我说那可太好了。

简虎看了我一眼，说那个韩总好像特别关心你，总是打听你，你真够厉害的，见一次面就勾搭上了？

我说她是我的老情人，四五年没见了。

简虎说你就吹吧，根本不信。

简虎出去买啤酒，我把手机拿出来打开，过了一会儿，传来了短信的提示音。我打开一看，上面只有四个字：马路死了。

我把手机扔在一边，一边抽着烟，一边想这是谁搞的恶作剧。

短信的提示音又响了。我打开一看，满眼都是这四个字：马路死了马路死了马路死了马路死了马路死了马路死了马路死了。

我的头一下就蒙了。我拿出韩静的名片一看，没错，是她的手机号。我打过去，手机一接通，韩静的哭泣声就传了过来，她说，公渡，马路死了。

韩静是在按照我留下的手机号码给马路打电话的时候才知道这个消息的。手机不是马路接的，而是他的前妻接的。她在电话里对每一个打来电话的人说：马路死了。如果是女人打来的电话，稍微多问几句，她就会破口大骂。韩静也遭到了这种待遇。韩静并不知道马路已经离婚，一开始，她以为这是马路的妻子在胡闹。韩静又给马路的公司打电话，却得到了同样的消息。她问明情况，才知道马路因为肝病发作，已经死去一个多星期了。

我早就知道马路的肝不好，但没想到会变成这样。自从我和马路因为霍小玉弄掰了之后，就很少联系。他和霍小玉分手之后，曾经托我转交过几封信，但仅此而已。我换了新号码之后，没有告诉马路，也没告诉霍小玉，省得麻烦。所以，我成了得到这个消息最晚的一个人。

我给马路的手机打电话的时候，号码已经取消。马路这个人，和他的号码一起，都再也不能接通。我给霍小玉打电话，也未能接通。她好像和马路一起，也从这个世界消失了。

我去看望韩静。门是虚掩的，我推门进去。她似乎刚收拾完屋子，正在沙发上坐着。她用白色的布盖住了家具和床，看样子是准备远行。她喝着红酒，我喝着啤酒，都没有说什么话。

韩静流泪了。我把她搂在怀里，抚摸着她的丝绸睡衣，抚摸着她的身体，那些记忆和我的身体一起开始慢慢复活，她没有穿内衣，她的身体很快变得灼热，我也一样。我和她在床上做爱。她的身体在散开的红色丝绸睡衣中起伏，像一只濒临死亡不断扇动翅膀的蝴蝶。

临走的时候，她送给我一盆不知名的绿色植物。现在，这盆植物就放在我的书桌上。韩静再也没有和我联系过，就像这种植物一直没有开花。

后来的那个冬天，我迷上了冬泳。没有狂热，没有执著，只是一种习惯。它会让人产生一种欣快感，一种依赖性，和吸毒差不多。我用冬泳治疗抑郁，类似自虐。冬泳需要锻炼，需要循序渐进。你成为一个自然人，在水里慢慢感受节气变化，对每天的温度格外留心。你期待严冬来临。

真正的冬天来了。整个湖面，只剩下很小的一片湖面没有结冰。慢慢脱光衣服，折好，放在身后。穿上泳裤，做做热身，晾晒大概三五分钟，让身体温度慢慢降下来。慢慢走下石头台阶，将身体慢慢浸入冰冷的湖水，然后再一头扎下去。差不多一两秒的时间，大脑处于无意识状态，然后开始露出水面，向前滑行。

冬天的水密度很大，冷涩黏稠，让人身体僵硬。匀速滑动，留神坚冰。水面边缘的冰很锋利，像是刀子。如果被割了，当时不会觉得痛，因为寒冷麻痹了你的神经。只有出水之后，才能看到细碎的伤口渗出红色的血。一度一分钟——冬泳的基本规则，和做爱差不多。从水里出来，全身通红，起了一身小疙瘩。用冷水冲刷身体，擦干全身，擦干冻得萎缩的生殖器，穿上衣服。冷气开始慢慢地从身体内部升腾，浑身发冷。跑上一会儿步或者走上一大圈，让身体缓过来。点上一支烟，看着另一个人向水里走下去。

每天，冬泳成为活着的一项内容。活下去，活得更好，也要付出更多勇气。冰冷的水可以更好地刺激你脆弱的神经。我一天天看着自己变得越来越坚硬。就像这个被称作玉渊潭的湖，虽然还是水，但外面结了一层冰。

战士不是死在沙场，就是回到家乡。这话不是我说的，是一个叫黄永玉的老先生，把它写在沈从文先生的墓碑上。

我们没有沙场，也没了故乡。我们把墓碑扛在身上，行走得跌跌撞撞。我们随时准备倒下，在能长出野草的地方。然后，country road, take me home。村路带我回家。

一路顺风。

下　部

第一章

有些人永远不会离开你，她就在你的身边。当你想起她来的时候，她就出现了。她在你心灵深处，一直在那里隐藏。也许你今生从没有忘记过谁，你只是假装忘记了。

我是所谓的八十年代生人。和大多数这个年龄的女孩儿一样，我没有太多的理想，没有太多的负担，更多的时间，是在为自己活得更幸福而守株待兔或是杞人忧天。

我叫霍小玉。在这本书的上半部，我是一个配角，显得有些无足轻重，所以面貌模糊。但现在，我是主要角色，你要开始听我说。

我希望我能够随着泡沫一样破碎的文字浮出水面，就像一条美人鱼。我讨厌无意义的坦白，无原则的亲密，一见钟情，一览无余。我喜欢守望距离，我渴望有所保留。人们通常需要保留的，总是那些可能使自己受到伤害的东西，比如回忆。回忆是女人的内衣，但我还是决定，把我的故事告诉那些翻开这本书的人。

我静静地躺在床上，开始想那些过去的事情。就像窗外的那棵孤零零的树，虽然上帝并不爱它，让它戳在这么一个充斥着痛苦和哀怨的地方，但它依然活得很好，满像那么回事儿。也许肥白的虫子正在吞噬它的心脏，正在使它肝肠寸断，但它仍旧活着。

这是一个人的守望。

在躺下之前，我仔细地看了一下这张床。床单白得并非无可挑剔，有几块褪色的血迹。在床的尾部，有一个肮脏的铁盒子，里边是一些生锈的液体，那都是女人的血。我下身赤裸着躺下，臀部被垫上了一块塑料布。一开始是冲洗，大夫给我那儿淋了点温水，我还觉得挺舒服的。冲洗之后，我感到身体像一张弓似的被撑开，有一个冰冷的东西正在缓慢地进入我的身体，我撑开的孔道仿佛也纳入了一些冷气，这使我非常不舒服。但还有比这更坏的，一阵刺痛从我的下体传导过来，似乎有一个金属工具开始刮削我的子宫。它狠命地擦洗着我的身体内部，好像那是个破茶壶。我觉得有什么东西被搅碎了。后来，马达轰鸣。一个东西发出很大的噪音，好像是一个粗陋的吸尘器。

我觉得我的身体快被吸瘪了。我没有勇气去看那个从我的身体里被清理出去的赘生物，它必定血肉模糊。但我从床上下来的时候，两条腿都在颤抖，几乎虚脱。我的手里捏着医生开出来的消炎药，连掀开手术室布帘的力气都没有。身体钻心得疼，本来应该服点儿药的，可我等不及。更重要的是，我希望能记住跟他在一起的每一种感觉，即使是痛苦。我对医院从来没有陌生过，因为我的妈妈是医生。她工作总是很忙。幼儿园放假的时候，她只能把我带在身边。所以，可以说，我是在医院长大的。奇怪的是，在我的印象中，我只记得在医院度过的那几个夏天。那些夏天和消毒药水的味道混合在一起，已经成了记忆的一部分，无法分离。妈妈对我的训诫是——不可触摸，但我的眼睛像一个无界浏览器，可以观察到许多隐藏的东西。

那时，一场著名的战争已经打完了很长时间，但医院还是躺着很多处于恢复期的伤病员。有些病房之中的有些人对我很友好，偶尔会和我开开玩笑捏我的鼻子，让我给他们唱歌，或是学说他们的方言，但有些人却拒绝我的打扰。他们沉默不语，长时间看着窗外。他们的目光似乎能够穿透那堵灰色的墙，看到很远的地方。有的人似乎还生了褥疮，每当从他们的身边走过，我能闻见他们身上发出的浓烈的味道。这几个病房我去的并不是很多，因为感觉不是很舒服。

有一段时间我不能到处乱走，因为整个医院都被流感病人占满了。妈妈怕我染上病，就寸步不离地让我跟着她，包括进产房。无论到哪里，我都戴着口罩。为了防止我乱动东西，我手里还抱着一个娃娃。

产科病房有的时候很安静，有的时候会很忙乱，如临大敌。我总是坐在产科手术室的一个角落里，看着一群人带着白口罩，围着一个女人忙碌。孕妇平躺在产床上，她的双腿已经被支撑起来，进入了临产状态。床单上铺着防水的东西，我想那种冰凉的东西一定使她不舒服，因为她一直在挣扎。她的身体扭曲着，看起来很吓人，仿佛有一个魔鬼正在蹂躏她。

妈妈站在她的身边，不断地发出各种指令。妈妈是护士长，忙着整理各种医疗器械，那些金属器械和洁白的搪瓷托盘不停地发出撞击声。

主刀医生是个男人，动作很坚定。我看不见他的表情。我坐在椅子上，就那么呆呆地看着，整个脑袋都麻木了。一个黏糊糊的小东西被掏出来，这就是新的生命。

她生了一个女儿，一个护士说。

孩子让母亲看了一眼后就被抱出病房，去做规定的称重和护理。

那个产妇的头发都被汗水浸湿了，像一团海草。但她躺在产床上对着我微笑，她的笑容穿过晃来晃去的人影，恒定地投在我的身上，没有痛苦，没有抱怨，像是天使的目光。也许是在我的脸上，她看到了女儿今后的模样，所以她感到欣慰。但后来，人们忙作一团，我的印象中，那个女人似乎出现了紧急情况，即将死去。也许是为了避免不祥，在白色的床单盖住了她苍白的面庞之前，我被另一位护士阿姨牵出病房，回到了值班宿舍。

那时我的第一次离死亡如此之近，触手可及。因为她的笑，我不害怕死亡，但我为生命悲伤。

那件事情后，我开始拒绝去产科手术室。妈妈工作的时候，只好把我锁在护士宿舍。妈妈给我拿了很多处方单让我胡写乱画。写累了或者写烦了，我就跪在床上看窗户外面来来去去的人。听到有人开锁的声音，我就快速倒在床上假装睡觉。来的不是妈妈，而是小谢阿姨。她总是在上班时间偷偷回宿舍，不是吃方便面，就是对着镜子照个没完。我刚想跳起来对她大喊一声吓她一跳，门里又挤进来一个人，却是个不认识的男人。我一直认为那就是主刀医生。

那个男人抱着小谢阿姨就亲了一口。小谢阿姨打了他一下，把他推开。她向我的床走来，小声喊着我的名字。女孩儿的心海底针，从小我就是个很聪明的人。我把眼睛闭得紧紧的，假装睡着了。

小谢阿姨把我的蚊帐放下来，轻手轻脚地向男人走去。我听见他们倒在弹簧床上，发出很热烈的声音。小谢阿姨的嘴好像是被什么东西堵住了，呼吸急促。

我眯着眼睛，透过蚊帐看过去，只看见一个男人的身体跪在床上。男人的身体前后摆动得很快，小谢阿姨发出暧昧的声音，听着人心里头怪怪的。过了一会儿，我又看见小谢阿姨坐在那人腿上，身体上下耸动，头发好像都湿了，沾在脸上。再过了一会儿，小谢阿姨长长地出了口气。

她从床上下来，整理好衣服，开了门，端着脸盆去水房打了一盆水。她把衣服脱了，站着洗起来。洗完之后，她穿上了黑色的三角裤。那个内裤紧紧绷在她的身上，我觉得很好看。

那个男人躺着抽烟，没有看她。等小谢阿姨倒水回来，男人起来提上裤子，和她一起出去了。临出门，我看见男人的手重重地在小谢阿姨的屁股上拧了一把。小谢阿姨吃吃地笑着，好像很高兴。

这一切我看得惊心动魄。

妈妈回来时问我，为什么大热天还要放蚊帐，我没说话，还在想小谢阿姨在做什么。

第二天，我实在憋不住，就把我看到的事情对妈妈说了。妈妈听我说了这回事，就骂她不要脸，以后再也不让我在护士宿舍睡觉了。我觉得那些护士阿姨挺好的，不让我和她们在一起，这是我的一大损失。你不知道我是多么喜欢和她们待在一起，看她们擦洗身子，看她们换衣服，我羡慕那些阿姨的乳房和屁股，它们长得别提多好看了。我那时就想，等我长大了我也要有

184

那样的东西。

　　我最羡慕的是：护士阿姨可以只穿着小裤衩和小背心然后裹上白大褂就可以在许多人面前走来走去。我就不可以，因为妈妈总是给我穿很多的衣服，并且很多是没有什么美感的，比如小坎肩。即使在夏天，她也不允许我穿着裤衩背心跑来跑去，都要给我穿上纱裙。纱裙虽然穿上很好看，却很闷热。我问妈妈，是不是女人越大穿的衣服就越少？妈妈笑得前仰后合，她说老闺女呀老闺女，想不到你比你妈学问都深。我似乎记得，小时候我和妈妈的关系很好，长大之后，她却对我变得越来越刻薄，和原来相比，简直像换了一个人。

　　小谢阿姨的事还是被弄得满城风雨。我不知道这件事和妈妈有没有关系，也许是我的在其中扮演了一个告密者的角色也未可知。

　　小谢阿姨最后离开了那个医院，对很多人都说她要去德国。我不知道她为什么要去的是德国，就像我不知道她为什么会和那个男人上床一样。那是大人的事情，是我所不了解的。后来，小谢阿姨真的从人们的视线里消失，没有了她的消息，人们都说她大概也许是真的出国了。

　　人们很羡慕她。但是，就在几年前，我在街上瞎逛的时候，我还看见了她。她比以前老了一些，但身体还是那么充满风韵，盘起来的头发还是那么精致，好像岁月没有在她身上留下任何曾经肆虐的痕迹。她肯定没有认出我来，我也没有和她打招呼，省得彼此尴尬。也许她这么多年来一直就在国内，只是怕受到别人的耻笑就再也没回那座城市。由这件事，我得出一个论点：有些人永远不会离开你，她就在你的身边。当你想起她来的时候，她就出现了。她在你心灵深处，一直在那里隐藏。也许你今生从没有忘记过谁，你只是假装忘记了。

　　刚开学的时候，觉得很新鲜，整个学校彩旗飘飘，到处都回响着健康激昂的进行曲。我们站在教室外面排队，按照高矮分配座次。高年级的同学围着我们喊：一年级的小豆包，一打一蹦高。我们都不知道他们在喊什么，只知道很好玩，偷偷地傻笑。老师把他们轰到了一边。

分配完之后，我们要手拉手走进教室，坐到自己的座位上。那些孩子又会在边上喊，男生女生拉手了，没羞没羞。

电铃响了，他们像一阵风跑回了自己的教室，整个校园安静下来。

我们坐在椅子上，听老师说：同学们，你们已经迈进了小学的大门，成为光荣的小学生了。

等新鲜劲过去，就觉得上学这件事很无聊。不但要时时刻刻用一个小学生的标准要求自己，还要做很多作业。

中午的时候，我在学校吃饭。吃完饭之后，不是赶着写作业，就是和同学一起到操场去玩。

我的小学是在一个平房大院里，有很多的树，我们经常能捉到一种小黄蜂。那一种蜂金黄色，细脚伶仃，看起来很像蜜蜂，却不会蜇人。捉这种蜂没有丝毫的危险，看到它正停在树皮上，你伸出手就可以捏住它的小翅膀，当然要手疾眼快分寸拿捏得恰到好处。我们捉了它，并不杀死它，而是用细而结实的线拴住它的尾部，现在想想，也许是它的一个吸取树汁的器官。我们把它放了。

小蜂在那里徒然地飞，只能飞一点点高，却总也飞不走，因为我紧紧地捏着细线。多么寂寞的游戏。这是我童年的一个隐喻。

有的记忆是一种甜蜜的痛苦，充满善意的欺骗或是自欺欺人。有的记忆却是泥沼，是由生活沉积而成。你原本鲜活的记忆被泥沼所形成的特殊环境所鞣制，成为一具干尸，有血有肉但面目狰狞。虽然这件事难以启齿，但我决定说出来。

你看着这本书时探询的眼光让我常常想起一个人。他是个无法让人尊敬的老人，有着混浊的眼球，松松垮垮的裤裆，总也提不起来的鞋，满是污迹的夜壶和装在兜里的黏黏糊糊的糖。他是我刚上小学时，传达室的老头。其实我在说谎，我说的是我希望的他长成那副尊容。我希望他是一个老混蛋。

但真实情况并非如此。事实上，他是位几乎可以称得上慈祥的老人，衣着得体，干干净净，没有味道。他在传达室工作，负责打铃。他的传达室同时还是一个很小的商店，投学生所好地卖些诸如铅笔、作业本、卡通画片、汽水之类的东西。

课间总有许多人待在他那里，大部分小学生纯粹什么也不买，就为了课间在那里翻个乱七八糟。渐渐的我也成了常客。他从来不会像一般的暴躁的老头那样对我们吹胡子瞪眼，因为他对我们有目的。他开始摸我的头因为他是位老爷爷我习惯了。他开始抚摸我的肩因为他是位老爷爷我习惯了。他开始长时间地抚摸我小而圆的屁股开始我会跑开但后来我习惯了。他开始让我喝免费的汽水，但是有一个条件：

他要我褪下裤子，让他看一眼。

我觉得不好，但汽水对我有着很强的诱惑。

他说，你不干也行，有的是别的女孩儿喜欢这件事。说这句话的时候，他像一个古代的皇帝。他手里拿着一瓶汽水在我眼前晃了晃，汽水瓶的外壁上已经凝结了很多小水珠，好像我鼻子上渗出的细密的汗。

交易达成。

他把我领进里屋。每次这样做的时候，只有我一个人。我起初还会红着脸把自己的内裤褪下来，后来就有些不以为然。他装作毫不在意地看一会儿说好啦，我就把内裤穿上。外屋一个人都没有的时候，他会盯着看很长时间，有点意犹未尽。

长大之后，读过弗洛伊德的书我才知道，这个老头把自己的眼睛，变成了优质的快感区。

后来，这个慈祥的老爷爷的事还是被发现了。他居然猥亵了好几个小女孩儿，就在他那个破屋里，在这些孩子放学之后。这件事成为当地的一桩丑闻，有很多的家长找到学校和公安局要求对这个老混蛋绳之以法。

妈妈听说这件事之后，气急败坏地问我那个老混蛋对我做过什么。我被吓呆了，什么都说不出来。我几乎被带去检查我的身体，来证明我的清白。

这件事后来不了了之，在那个老混蛋被抓走之后。谁也不知道究竟是哪几个同学被猥亵了，或是她们曾经被怎样地对待，一切都成了秘密。出于保护当事人的需要，案件没有公开内情，只有很少的家长被获准出庭。那个老混蛋最后被判刑入狱，等他从监狱出来，骨头都会烂掉。

那件事情发生之后，我就从这个小学转学，所有的同学和我、我和所有的同学都失去了联系。即使在成年之后，我们也没有尝试过彼此联络。大家心照不宣，谁也不想让这件事在心里留下阴影，永远无法摆脱。记忆是清楚的，我也是被侮辱和被损害的女孩中的一员，只是妈妈不知道。

我一直觉得自己失去了什么。长大成人之后，我为此羞愧，我宁愿被人偷窥。我从此知道，天下没有东西，可以不付代价就轻松获得。

大院里有一个跟我一起长大的小女孩儿叫圆圆，她看起来胖胖的，有些性早熟的迹象。有一天，她突然和我谈起了感情问题，她说某个男孩是她最喜欢的，她特别希望那个男孩把她的屁眼儿捅烂。

她说这句话的时候，我不明白这是什么意思，但这句话太有冲击力了，所以记得特别清楚。那天晚上，我们家停电，我偏着腿坐在我妈腿上，跟我妈说：圆圆她喜欢一个小男孩还希望他把她屁眼儿捅烂。妈妈听了这句话，半天没回过神来。好不容易缓过劲儿来，她说你不要跟这种孩子在一块儿，这种孩子不好。我没有问她为什么不好，因为我一说出那句话，我就知道这是一句坏话。我想圆圆当时也不懂，也许这就是生理的一种感觉，就觉得和某人好就意味着那个地方可能彼此会有关系。

长大之后，我发现圆圆希望一个小男孩把她的屁眼儿捅烂的话其实很有意思。

我和公渡先生谈起这件事，公渡先生说圆圆的话可以有多种理解。可以理解为她对那个被称作屁眼儿的排泄器官是极度厌恶的；可以理解为她对屁眼儿有某种生理上的快感体验；可以理解为她对男孩儿和屁眼在一起的结合抱有某种性幻想；可以理解为她有某种成为性受虐狂的优良潜质——当然，他还做了最悲观的推理：有人曾经摆弄过圆圆的身体，并给她带来了某种快感，这让圆圆印象深刻。这种事情一再发生，圆圆发现了这种痛苦与残酷中隐藏的乐趣，这个发现让她痴迷，进而形成了某种幻想。对圆圆来说，她对自己的生理结构完全一无所知，所以，圆圆用了个最简单的说法，就把这堆东西全都概括进去了。

公渡先生还做了一个最坏的估计，圆圆也许用最简单概括的说法，向我陈述了一个事实：在圆圆周围，有一个居心叵测的家伙在徘徊，圆圆有可能已经成为了一个牺牲品。这种感觉让她说不得，但出于可能是为尊者讳或是害羞的心理，圆圆只好曲折地说让一个小男孩儿来做这件事会更好。听起来好像是这么回事。

我想，我们就是在居心叵测的注视下茁壮成长，能在上婚床时还保持处子之身，这是一个传奇。

第二章

　　我们学校像垃圾站一样，实行的是封闭式管理，就是有人想让他们欺负，也没人能走出学校的大门。

　　在那件事的影响下，我三年级转学，进了一所私立小学。

　　那个地方原来是一个农场，有一些旧厂房。校长把那个地方租下来，成立了一个学校。

　　校长是个知名的画家，他只画猫，并且画得非常好，人称"猫王"。他的父亲也是个老画家，善画马，据说和徐悲鸿有一拼，人称"马王爷"，不过，"马王爷"已经很少画画，据说眼神不济。

　　父母把我送进这个学校，是因为这个学校和一般的小学不同，有自己的教学特色，可以教我画画。

　　父母在我很小的时候就曾经给我请过一个绘画老师，是一个青年画家，也是父亲的朋友。我记得没上几堂课，老师就不来了。听爹说那个老师考上了美院的研究生，去上学了。

　　我一直搞不清他们为什么要让我学习画画，是从哪里看出我有绘画的天赋，就像我弄不清自己后来为什么更想当做家一样。说实话，也许我当个作家可能更合适一些。我的表述能力强于我的表现主义，弄清楚这一点，大概花了我二十年的时间。

　　那时候，私立学校作为一种新生事物活得很艰难。学校很小，每个年级只有一个班。学生和老师都是住校的，每个星期家长可以来探望。我好像很适应这种放养的方式，从一开始就没有哭哭啼啼和父母难舍难分。

妈妈总是说我比较心狠，这自然也成为我的罪证之一。除了这个罪证之外，我的罪证还有：妈给我缝衣服的时候，偶然扎到自己的手，居然一针扎不出血来，这说明我没有良心。她还总说我大脚趾太长，大脚趾长先死娘，这是她的原话。她也不想想，我的脚趾还不是她遗传的，我又不能自己做主，把脚趾头变成泡泡糖，想抻多长就抻多长。

我只知道，妈的脚又修长又好看，大脚趾比我还长，可我姥姥无比健康，活得比我还舒坦。

妈总是拿着马列主义手电筒，只照别人不照自己，这是她的习惯。

"猫王"和"马王爷"养了很多动物，很多猫，很多狗，各种各样的鸟，还有猴子。这种做法一方面是为了解除学校的寂寞，一方面也是为了让我们朝夕观察，为今后的描摹打下底子。

这个学校被划分为两个时间：每天早上六点钟之前是动物世界，然后，才是我们的世界。

每天早晨六点钟以前，"马王爷"分别遛这些动物，在校园里。我们不能出去。如果你出去的话，你很可能会受到伤害。

站在学校唯一的楼上，我们可以看到农场。农场里有很多花奶牛，乳房肥壮。每个星期一，我们都会喝牛奶，吃面包，这是学校的传统。喝的都是新鲜的牛奶。大家都喝，猫也喝。

我们和猫一起喝牛奶，喝最新鲜的牛奶，直接从农场运来。

美中不足的是，学校左边是一个劳改学校。那些都是坏孩子，比我们大很多，经常会到我们学校门口来滋事儿，不是想和高年级女生交朋友，就是想敲诈几个钱花。但他们经常会铩羽而归。我们学校像垃圾站一样，实行的是封闭式管理，就是有人想让他们欺负，也没人能走出学校的大门。

那些坏孩子看着我们这些肥嫩的羔羊却无处下口，变得很愤怒，他们把这种愤怒释放到了校长身上。

校长养了一条狮子狗，脑袋有脸盆那么大。虽然这条狗并不十分名贵，却是校长的忠实走狗，跟了校长很多年。没有人敢当着这条狗的面和校长勾肩搭背，你一旦采取这个动作，就会被这条狗认为是对主人做出了威胁性动作，它就会迅速启动，发动攻击。

就是这样一条义犬，居然被劳改学校的坏孩子用塞进老鼠药的肉包子简简单单给谋杀了。

那条狗死了之后，校长很痛心。他把这条狗埋在后花园鱼池旁边儿，还用木头刻了一块碑。

校长报了官，有警察到学校来过问这件事。警察的动静很大，不但在学校拍了照，还到劳改学校去调查走访。

那些坏孩子被惹毛了。他们翻墙过来，把这条狗的尸体从坟墓里掏了出来。那条狗已经腐烂。虽然狗的尸体很快被清理出了校园，但那种臭味在数日之内都弥漫在整个校园，让人反胃。

校长发誓再也不养狗。

为了防止坏孩子对他的猫下手，校长专门为爱猫盖了一座巨大的猫舍。猫住在装有暖气的屋子里，为了防止它们瞎跑，屋子外面还罩上了铁笼子。铁笼子里面还有一棵假树，纯粹是为了让那些猫磨爪子用的。

猫不是群居动物，人却硬把它们关在一起，所以这些猫变得很烦躁。

我不知道人算不算群居动物。我们很少会像猫儿打架一样不留情面，但我们勾心斗角。我们经常在那写生。那时候也真的不会画什么，那么小，怎么写生呀，就是在那儿玩，看动物玩。看得久了，就发现里面有一只大黑猫特别厉害，别的猫都不敢欺负它，它才是真正的猫王。

猫王和一切荒淫无道的昏君一样喜欢乱搞。有一天，一只小猫从里面特别惊慌地跑出来，后面追着那只大猫。

那只小猫就那么小，它爬到树上，一点点往后躲，大猫恶狠狠地追上去。最后小猫掉下来了。大猫就把小猫给强暴了，咬着它的脖子。

我们特别生气，我们就拿着小棍，去捅那只大猫。但是网眼特别小，我们根本就够不着那大猫，我们没有办法制止它。

在我们眼皮子底下，我们眼睁睁地看着一桩强奸案发生了。

那个时候他们还谣传，猫舍那边有一只特别黑的猫——有人说是野猫有人说是狸猫反正是没被关进笼子里的一只猫——会说话。一天晚上，当几个孩子从猫舍边上走过的时候，那只猫问他们为什么这么晚了还不睡。孩子们对这样的事情总是很容易信以为真，从那以后，那个地方变成了一个恐怖之地，只要天一黑，从来没有人敢去那个地方。

有一段时间，猫很不像话，它们整夜地叫着，好像是小孩儿在哭，听起来特别瘆人。长大之后我知道猫是在叫春，是渴望别的猫和它发生性关系。没有办法，校长决定阉猫，无需征得公猫和母猫的同意。

这件事一开始是在白天进行的，不知道是阉猫者技术不过关还是猫拼命地抗议，整个学校充满了猫的惨叫声，搞得学生人人自危魂不守舍。为了避免学生引起更大的心灵震撼，阉割改到夜里，在一间密闭的屋子里进行，可能方法作了改进，因为声音小多了。

经过这次阉猫学生都对阉割有了清楚的认识。学生的口头禅变成再不老实阉了你。

我不知道阉猫的手术是怎么进行的，但我涉猎过野史，知道古代太监的阉割。阉割是在密封的房间里进行，没有蚊虫苍蝇，以免引起伤口感染和发炎。据说阉割方法有三种套路：古埃及去势法是先用细而结实的绳子将被阉者的生殖器死死绑住，用剃刀沿绑线割下，立即用热油和热灰止血，将金属棒插入尿道中，然后将被阉者肚脐以下埋入热沙中。这种阉法，死亡率极高。印度式去势法则是让受术者坐在陶制的台上，将生殖器用竹片夹住，再拿剃刀沿竹片切割。术后伤口淋上热油，再用浸过油的布包敷上伤口，然后仰卧休养，以奶以主食，这种手术方法成功率较高。

中式阉割法博采众长。清代有两个阉割世家，毕五和"小刀刘"，都是六品顶戴，比县太爷还高一级，受过皇封。净身的屋子要暖和不透风，炕中间放一木板，板中间有个洞，用块活板，可以启闭，为排泄方便。被净身者的手、脚、大腿都牢牢捆住，以免手术中乱说乱动，动完手术后更不许乱摸，怕感染溃烂。

先要用臭大麻、艾蒿、蒲公英、金银藤熬水，把被阉者下身洗净。然后是麻醉，让被阉者喝臭大麻水，脑子晕晕乎乎，肉皮发胀发麻；之后在他球囊两侧割开口子，把输精管割断，用力挤出睾丸；再割下生殖器，往尿管里塞一个大麦秆，三天后如尿液呈散射状排出，则手术成功。在整个过程中，被阉者嘴里都被塞进又凉又硬的煮鸡蛋，免得大叫大喊或是咬舌自尽。阉割者会把割下来的东西妥善保存，放在一个装有半升石灰的升里，净身生死契约也放在里面，用大红布把升口捆紧，送到房梁上，这叫步步高升。等到太监死的时候，还要花大价钱把自己的命根赎回合葬。

并不是所有被阉者都会被送入皇宫。他们还要被筛选，只有阉得最彻底的才能成为太监。太监各负其责分工不同，除了伺候皇上起居饮食，随侍左右、执伞提炉等事情外，还负有传宣谕旨、引带臣工、承接奏事、收复钱粮、登记名单、饲养动物、打扫殿宇、煎药唱戏、收拾园林、遵藏御宝、营造物件、巡查火烛、神前进香、验自鸣钟、收掌文房、保存书籍、擦拭鸟枪、收贮古玩器皿、赏用物件、功臣黄带、贮藏干鲜果品、古玩字画、冠袍履带、带领御医各宫请脉、供奉列祖列宗圣训、稽查各门大小臣工、登载皇帝起居做爱时刻、鞭笞犯规宫女太监、充当道士在城隍庙里念经焚香、为皇帝做替身在雍和宫里充当喇嘛等多项职能。

这不是我编的，书上都写着。当然，这些书不是老师指定我们看的，是我自己随便看的。这些书很多来自太监的自述，可信程度很高。

我的青春期在我没有任何准备的时候提前到来。

十岁的时候，我来例假了，赶上了来例假的最早那一拨儿。那正好是暑假，我和一群小孩在院里玩沙子，玩得不亦乐乎。等我晚上回家之后，才发现自己的内裤湿了一大片，鲜血淋漓。妈妈还在单位上班，姥姥正在厨房做饭。她听到我的大呼小叫，就跑了过来。看到情况，她给我抽了几张手纸，让我去厕所垫上。她没有解释什么，好像一切理所应当。

我小时候住的是大院里的平房，用的是公用厕所。我以前总看到有阿姨在换那种纸，她们屈身站立暴露下体掏出红色的纸带着嫌恶的表情，现在轮到我了。

初次见到从我的身体里流出来的红色液体的时候我觉得恶心，就像把屎拉在裤子里的感觉一样，这种东西是非自然的，是超出我的心理承受界限的，对我整个是一种伤害，甚至是一种屈辱，我没有少女初潮的羞涩和喜悦，一点儿都没有。这也不像男孩儿的遗精，多少还有点快感可言。

那时候还没有最早的卫生巾，或者说我不知道还有卫生巾。货真价实的老女人都用月经带，那个东西一般都是红色的，看起来很恐怖，由长长的一面是胶皮的防水布带和两头都有的捆扎用的绳子构成。使用方法和贞操带异曲同工，先把防水层垫上纸，然后用绳子把U字形的带子捆在腰间。为了杀菌防霉保持卫生，月经带在不用的时候总是被挂着，细心的女人会把它挂在通风良好的隐蔽地方，不太讲究的女人会污染视觉，让这种东西随处可见。

后来，我看王小波的《革命时期的爱情》，里面也提到主人公王二在X海鹰的抽屉里发现了这种"橡皮薄膜做的老式月经带"，并且，照他的看法，"可以用它改制成一个打石子的弹弓"，我笑了笑，他可真调皮！

我死也不会用那种东西。事到临头，比较仓促，我只好用纸，那种裁好的、正方形、粉红色的纸，专门给来月经的女人用的。你得把纸叠成一条一条的，塞进内裤。这可是个技术活，可以让你不断摸索。现在，情况就好多了，我的身体已经被宝洁的卫生巾和CK的内裤裹得紧紧绷绷严严实实，滴水不漏。

那个暑假，我过得很痛苦。因为垫了很厚的纸，走路的时候，我得撇着腿走，这当然是在家里，无所顾忌的时候。在外面走路的时候，我必须得把腿夹紧了，强忍着异样的感觉。

我妈总说我走路的姿势很难看，一看就让人看出是怎么回事。

姥姥很通情达理，她很实在地说你不要总说她，垫那么厚的纸她能不撇着腿走路吗？

姥姥总是这么说话，一语中的，语出惊人，尽管有时候不是特别让人爱听。

开学之后，赶上不舒服的日子，下了课，我总是最后才敢去厕所，因为怕被别人看到秘密，因为我的同龄人都不这样。

上厕所对她们来说是一件很美好的事情，可以打闹可以说笑，像一群叽叽喳喳的小鸟。但我不能这样，心理负担有点超前。我上厕所的时候像一个地下工作者，总是心神不定。这种特别女人的东西开始让我特别排斥，深恶痛绝。这在一定程度上导致我出现了"性自卑"心理。我特别想当一个男的，贱呀浪呀温柔呀这些词汇都使我觉得恶心。我希望自己很剽悍，哪怕成为一个问题少女，因为我讨厌自己的自然属性。

我从三年级就这么高，后来虽然长了几公分，但是变化不大。我在三年级的时候别人都以为我是六年级的，所以我现在长得这么老，有点早衰的迹象。在这点上，我有些像杜拉斯。我注意到，她和我一样，性成熟比较早。

我在不知不觉中发育成为一个小女人。我身上的零件在以极慢的速度生长。我的下体已经满是褶皱。我身上像男孩一样生涩的气息如今变得越来越温暖，我总是在洗澡时才能感觉他们的骄傲。

和同龄的女孩儿比起来，我的个头比她们都要高，并且比一般的男生还要强壮，所以，我耻于和他们混在一起。我开始和高年级女生来往，因为她们看起来更成熟。我那时候是班里小女生的保护神，总想护着她们，因为我那时仇视男生。只要有迫害女生的事件发生，我总是冲在前面。当时我不明白，女生其实是愿意被男生欺负的。每个女生被男生欺负之后心里是高兴的，她们只是跟我装出很受气的样子。我居然信以为真。只要有女生投诉受到了男生的欺负，我就和几个特别要好的高年级女孩把那个男孩儿叫出来，叫到猫舍后面的小花园里，先是一顿臭骂，如果臭骂不管用，就用皮带抽他。当然不是解下自己的皮带，我们解下男生自己的皮带，抽他自己。

一般他们都会认罪伏法连声求饶，因为欺负女生的男生通常都不是什么性情刚烈的好东西。他们也不敢把这件事情告诉老师，因为这不但等于宣告自己无能，而且意味着更加残酷的报复。

196

现在想想，那其实是一种虐恋，因为我身体内的性激素实在无法排解，只好通过折磨男生的方式发泄。看着原本不可一世的男生在你的淫威下忍气吞声，你就知道虐恋其实是件很过瘾的事。

我也讨厌女生，虽然我会帮她们出气。可能是古装片看多了，如果我看到班里哪个女孩特别招我讨厌，我就会折磨她，不许别的女生和她说话一起上厕所，不许和她一起写作业一起吃饭。我还会生出一种愿望，把那个女生变成我的丫鬟，绑在我梳妆台的镜子旁边，当我照镜子的时候，我就用小针儿扎她。用极细的针，而且还得把她的衣服扒了。如果这个不见效，还可以考虑用灼热的蜡油或是蠕动的蜈蚣。

每想到这里，我的脸上就会出现恶毒的、女巫式的微笑，耳边还会传来女生的哭哭啼啼。

当然，这只是想象，一次也没有派上用场。唯一成为现实的是，自从我和那些高年级的女孩儿混在一起之后，我的学习成绩变得一塌糊涂。

小学毕业之前，我打了人，把对方伤得很重。对方和我一样，是一个女生。有人告诉我她曾经说过我的坏话，说我喜欢某某男生，说我给那个男生递过纸条，不过被人家给拒绝了，于是我就去找她。

宿舍和教室里都没有，我去厕所找她。我踢开厕所的隔断，发现她正半蹲在厕所里。我吃惊地发现她好像是在换卫生纸，手上还沾了几滴血。一见到她我就火冒三丈，她见到我也知道来者不善。

她哀求我先出去，等她换完纸再对我解释整个事情，还求我不要听信别人的挑拨。她一面说着话，一面系上裤子。我才不管它哪，我飞起来一脚，正好踢中她的肚子，她重重撞在墙壁上，然后像一张纸一样滑到地面上，面色苍白，冷汗直流。我有点儿害怕，但还是壮着胆子说了几句恶狠狠的话，才扬长而去。

凭我的直觉，我知道自己闯了祸，可能会受到惩罚。果然不出所料，第二天，我被叫到了办公室，在那里，我看到了爹和妈。在父母的眼中，我是他们的乖女儿，娇憨愚笨，不通世事。但他们现在发现了真相，在班主任的描述中，我已经堕落得无可救药，除了没和男生睡觉，我的罪恶用她的话来说，罄竹难书。

我没有参加小学的毕业考试，直接被父母领回了家。后来我才知道，那个女孩被踢得很厉害，当月就绝了经，医生说如果踢得再厉害一点的话，会影响到女孩儿的生育。她的父母找上门来，不但扬言要告我，还索要一笔很大的医药费。

我的父母给了他们一笔钱说尽了好话，才把女孩儿的父母劝走。据说那个女孩儿吃了很长时间的中药才让身体恢复机能。如果我现在见到她，我一定会向她道歉，即使她现在还会恨我。但我一直没有这个机会，因为我被送进了另一家寄宿学校。

第三章

老师成为绥靖主义者，只要学生不出事那就万事大吉，老师成为真正的孩子王——以孩子为王。

这样做的结果就是：单纯的孩子失去了监管，最后也都学坏了。看起来很美的学校失去了赖以生存的基础，最后也散摊儿了，基本如此。

我的叙述也许让你跟不上趟，其实我就是这样，跑步成长。每一个时期我都会发生变化，让我自己都不能认出自己。

我一直想在一个正常的学校里学习，像别的孩子一样。但是，爹妈都不能照顾我。他们工作太忙了。他们认为寄宿学校也许能更好地教育我。但他们失望了。可他们没有办法，只能在这条路上越走越远。

发生打人事件后，爹和妈都伤透了心也丢够了人。他们把我送进另一个学校，一个想法是换个环境让我幡然悔悟痛改前非；另一个想法是，如果我没有任何变化，就让我自生自灭。

我在那个学校表现还可以。因为没人影响我学习，我收敛了不少。初一上完之后，我的考试科目居然全部及格。我连滚带爬地上了初中二年级。开学之后一个星期，学校居然解散了。校长拿着我们新交的学费来了个人间蒸发，跑了个无影无踪。这可怪不得我。

那时候，寄宿中学完全是个新生事物，管理很不规范，经常会有寄宿学校破产的消息传得沸沸扬扬。爹只好又找了一个老朋友，把我弄进了另一个寄宿学校。这个学校远离市区，位置偏僻，是由一个军营改建的。军营建在半山腰，眼见得是经过考虑的，为的是易守难攻。面对着学校，是一座叫做韩信寨的山，民间附会说韩信曾经在上面驻过兵。我们学校的外教曾经上去过，还捡到过青铜箭镞。

据说这支部队曾由林彪直接领导，林彪倒台之后，军队换了驻地，军营也就废弃了。荒废了很多年之后，这个军营被人租赁，搞了这个私立学校。校长似乎原来也是场面上的人，和我的父亲认识，所以带着我们参观了一下。

学校不大，但是各种条件都还不错。学校里有分开的男女生宿舍楼，有一个很大的食堂，还有个很大的礼堂。那个礼堂是军队留下的，据说林彪来这里视察的时候，曾经在上面讲过话。部队走的时候似乎很仓促，一排一排的铁脚木椅原本是焊在地上的，如今却从中间切割掉，只留下了一片片竹根似的铁脚。有的铁脚还很锋利，如果脑袋栽上去，会要命的。

校长说，这个地方将变成一个巨大的图书馆。不过，据我观察，这件事似乎工程量不小。屋顶的瓦已经破了不少，开了不少天窗。

我们还去教室看了看。学校虽小，但一应俱全，有美术教室音乐教室语音教室，不比任何一个普通中学差。和普通学校不一样的是，学校的每间教室还装了电视机，校长说，那是为了让学生收看新闻联播。

学校里还有计算机房，这在当时很先进。你要知道，那时候微软刚刚推出 Windows 操作系统，市面上几乎没有盗版可以买，拷贝很麻烦，都是一摞一摞的软盘。爹对这个学校很满意。

我觉得这个学校也还不错，让我想起我小学时待过的那个农场。除了宿舍楼里一股淡淡的霉味，几乎无可挑剔。我决定留下来。

校长带着爹去教育处办了入学手续，还让生活老师领来了被褥。学校已经开学了，我必须得尽快入学，才不会落下进度。临走的时候，爹对我说，人家收下你，纯粹是给我面子。你在这儿可要好好上学，要不然，咱爷儿俩的面子都不好看。

我知道，这个校长之所以会收下我，并不是纯粹要给爹什么面子，肯定是和爹做了某种利益交换。这些大人总是这么干。不过，我懒得操心这件事。我特别喜欢爹这么和我说话。如果他总是像个爹似的和我说话，我才懒得理他。

听了爹的话，我决定洗心革面重新做人，不要再做问题女孩儿。

我决定从一开始就改变自己的形象，我把牛仔裤和稀奇古怪的衣服统统扔了，重新穿上白衬衣和小方格裙子，看起来和日剧里的女生一样清纯。这里，没有人知道我是谁，我只是一个普通的初中女生，不再是替女生出头大打出手的复仇女郎。但我的梦想一下子就破灭了。

我的同龄女生比我原来那些大姐还要厉害。我进这个学校的第一天晚上，那些女生就给我讲黄色录像，她们嘲笑我的打扮是日本色情片里的淫荡女护士的经典装束。在她们的描述里，我知道了男人和女人做爱的大致情形。

我从来不敢想象这些事情。这远远超出了我的性知识，处女的耳膜丧失了贞操，立刻失聪。

虽然我以充满暴力倾向的"问题女孩"自诩，但在性方面，我一直颇为单纯，我一直拒绝相信男人和女人要做爱这件事情，因为我对爱情有幻想。小学二年级的时候，一个男孩和我关系不错。他曾经送给我两个咸鸭蛋，我们两个就好了，我们最过分的举动就是拉了拉手，我以为那就已经是在谈恋爱，让人脸红心跳。

入学的第一个晚上直到今天都让我刻骨铭心。所谓爱情，被撕掉了面纱和绮丽的衣衫，变得赤裸和真实。我所谓的性自卑和这些事情比起来不值一提，我所想的所做的那些事情在这些事情面前简直就是一种游戏，我觉得自己简直就是一个傻子，一点儿性知识都没有。

这和我的家庭教育有关。小时候我看电视，如果有男女亲昵的镜头，妈妈就让我把眼睛捂上。我把眼睛捂上，从手指缝里偷看。我妈就警告我，不准偷看。然后我就把眼睛彻底闭上。等到这段镜头过去，我才能奉命睁开眼睛。

慢慢的，我开始适应这里虚荣浮华的氛围。不长时间，我们就知道了彼此的出身和家庭背景。

这个学校其实就是一个所谓的"贵族中学"，我的同学大都是有钱人的孩子。和他们比起来，我差不多算个破落户，说好听点，只能勉强算一个小资。

同学的父母干什么的都有，既有做普通生意贩卖五金电器的小老板，也有国企的厂长书记，还有人开着煤炭公司专门经营黑金。大多数女孩儿来自乡村，是乡镇企业家的后代。每到周六周日，我就会在宿舍看到她们的父母，看到他们炫耀似的摆在桌子上的黑色手机。手机巨大，放在桌上，凛然不可侵犯。那时候，手机是绝对的奢侈品，一部至少几万块钱。那时候的手机没有手机卡，如果入网，好像需要办理移动电台的证明。

我爹虽然是个不大不小的官僚，但他也买不起那样的手机。看着那些人来来去去浑身珠光宝气，我有一种感觉，那个年代，似乎做什么都能让人发财。发了财，你必须要让自己显摆出来，免得像长了疖子还捂着，把自己憋得生疼。

这个学校的老师以老年人居多，大多是在祖国教育战线战斗了一辈子的老战士，他们来这里是为了发挥余热。他们还能有多少余热呢？不多了，只够他们喘口气儿的，就像一块烧得有些灰白的煤块，已经产生解理现象，酥了。所以他们宁可把这口气儿留给自己也不会对我们说什么，他们不想太负责任。犯不上。他们总是这样喘着气对自己说。

所以，这个学校也招聘了一些青年教师和刚从学校毕业的大学生。但无论是老教师还是青年教师，他们都是一些很可怜的人。

学生统统桀骜不驯，瞧不起老师。他们从小就知道，要尊重有钱人。在他们眼里，老师都是一群穷光蛋，任何一个家长的财富都是老师身家的数百倍甚至数千倍，他们从心里瞧不起老师。

并且，校方也为老师确定了心理定位。全校大会上，校长明确地说：老师既是教育学生的，也是为学生服务的。这是校长的原话。所以，在我们的眼里，老师是一群仆人，拿着我们付的学费，是我们雇来的。

所有的学生都这么想的：我是花钱来的，你要想教好我你必须得是那么回事儿，你必须得比我懂的多得多。但学不学是我的事，跟你也没有什么特别大的关系。

老师和学生构成了一对很奇怪的关系。老师不是严父不是慈母，而是夹着尾巴的羊，谨小慎微，时不时会被学生吓个半死。只要学生做出什么惊人之举干出什么出格的勾当，第一个被责怪的肯定是老师，就像伴太子读书的小孩总是会莫名其妙地遭受惩罚一样。

老师成为绥靖主义者，只要学生不出事那就万事大吉，老师成为真正的孩子王——以孩子为王。

这样做的结果就是：单纯的孩子失去了监管，最后也都学坏了。看起来很美的学校失去了赖以生存的基础，最后也散摊儿了，基本如此。

刚去那个学校，我没有什么好朋友。因为我是在开学将近半个月的时候才入校的，所以显得比较异类。

这个学校，道德很差的。我刚进学校没几天，有个女孩儿这样对我说。

她也刚转学来这个学校没多长时间，很清纯的一个女孩，一看就知道家庭幸福家教良好。这句话虽然没头没尾，但和我的第一印象差不多。我只是搞不清楚她的意思是学生还是老师的道德观念很差。她是我在这个学校认识的第一个人，叫马嫣然，我们两个后来成了好朋友。

听马嫣然说，这个学校本来是要搞成"女中"的，连名字都想好了——"佑贞女中"，就是"要保护女生贞操"的意思。但教委认为，一个中学只有女生，不利于她们的生理和性心理发育，所以没有批。但这个广告早打出去了。所以第一年招生的时候，这个学校的男女生比例有点失调，女多男少。所以，一有好看的男生出现，很多女生就会挤在窗户前面，不但挤眉弄眼搔首弄姿，还会吹口哨儿流口水，弄得男生很不好意思。

紧张的学习开始之后，我才发现我的底子有多差，几乎有点儿跟不上课。我的那些同学比我也好不到哪去。来这个学校的孩子，成绩好的没几个，大多数是被望子成龙的父母不计代价送进来的。

老师却一个比一个高明。很多老师都是重点中学的退休教师，师资力量没得说，可让他们来教我们，有点像高射炮打蚊子，大材小用。并且，他们总是高估我们的能力，给我们灌输的知识，超出我们的消化能力，几乎能把我们噎死。我们统统绝望。

除此之外，学校每天的作息时间也很严格。早上按时出早操，晚上要按时就寝，中午吃饭要排队进食堂，每天晚上还要上两个小时的晚自习，活像个军营。

我是过惯散漫生活的人，对这种上紧发条的生活颇为不习惯。我经常幻想从这种生活中逃逸出去，享受几个小时的自由。和我有同样想法的人不在少数。虽然这个学校号称是封闭式管理，但还是有很多漏洞可钻。周末的时候，经常有胆大的同学背着班主任，绕过门卫，偷偷到外面吃饭。老师在班会上，把这条路线称为"胡志明小道"。

山下有很多石材厂，生意兴隆，再加上我们这个学校，养活了不少小饭店。有些饭店开在路边，有些开在农户家里。老师即使得到信息去抓，也得费上一番工夫。有那个时间，他们早已经吃完饭，偷偷溜回宿舍睡觉了。但我不知道那条"胡志明小道"，并且，我也不想冒险。如果因为出去吃顿饭被老师抓住训斥，那可够丢人的。

后来，我认识了一个姐姐，比我要成熟得多。说是姐姐，其实和我一个年级，只不过比我大两岁。她和我一样，也转过几次学，一看就是老江湖。她和男朋友经常偷着出去吃饭喝酒。在他们的鼓励下，我有时候也和他们一起打打牙祭。

我终于知道了传说中的那条"胡志明小道"。那条小道其实就是学校的泄洪通道，是围墙下面的一个水泥涵洞。涵洞外面的钢筋被扒开了一个口子，刚好可以让一个人钻出去。

我害怕那个涵洞里有蛇，磨蹭了很久才钻进去。等我出来，才发现姐姐已经走远了，我只好猛跑一段路。"胡志明小道"果然名不虚传，早已经被踩得发白，寸草不生。

为了躲避老师的侦察，我们挑选的饭店很隐蔽，在一个老乡家里。那是一个看起来很新的房间，窗户上糊了一些红色的窗花，中间是连在一起的两个喜字，好像曾经是个洞房。

老乡做的饭菜很不好吃，虽然有鱼有肉，但味道很差，蔬菜也没洗干净，带有泥土的气息。

我们穿着鞋坐在炕上，就着小炕桌，喝自己买来的红酒。我一边抽烟一边喝酒，屋里没有暖气，很冷，会让人不时地想撒尿。

姐姐坐在男朋友的腿上喝酒，男的把手伸进她的怀里，好像是在摸索着什么。正当我把头转开的时候，我看见男的含了一口酒，把它吐进姐姐张开的嘴里。在我看来这是一种很惊奇的举动，带有特别淫荡的意味。虽然我那时候还不懂得淫荡这个词，但我觉得这种事像电影里面演的一样，不会在现实生活中发生。但这件事还是活生生地发生了。

我觉得下腹部忽然变得热烘烘的。我站起来，去外面撒尿。他们两个啃在一起，根本没注意到我的动作。

我在厕所差点儿滑到，因为那里都是黄色的尿结成的冰。上完厕所，我不想进屋撞破他们的好事，就在院子里瞎溜达。我看了羊圈里的黑山羊，还看了房檐下挂着的玉米。老乡看我很无聊，就抓了一把炒花生，硬塞给我。

她说闺女你可真俊啊！

她的女儿，也许是老乡的儿媳妇，把刚做好的菜放在外屋桌上，没有送进去。我看到她的脸色通红，估计是听到了什么动静。她知道屋里正在发生什么事，但没有管。

在金钱面前，虽然我们是孩子，却是她的主顾，享有乱搞的充分权利。他们也没有义务去管我们，在老乡看来，我们来自另一个世界，挥金如土，都是漂亮的人物。

也许是心灵比较饥渴，这个学校的早恋现象很严重。虽然老师明令禁止，动不动就把某男某女叫到办公室做一番思想工作，但早恋现象还是在蔓延。

女孩儿都有些春心萌动，但没人对我表示好感。我有些伤心。

后来，终于有男孩儿对我发动了攻势。他长得并不英俊，但他是继那个送给我咸鸭蛋的小男生之后，第一个正式送给我生日礼物的男生。他不知道从哪里知道那天是我的生日，送给我一个精巧的八音盒和一盒很贵的巧克力。

一开始我想拒绝他，因为我还没有任何准备。我说我不喜欢这种牌子的巧克力。

他似乎很有经验。他说你吃一个，然后就把其他的扔了算了。

他总是这样说，搞一些这样的事情，让我一眼就看见他必定有一个这样暴殄天物的老子。

他抱住我，要走了我的初吻，虽然我并不那么心甘情愿。

他后来还给我买了很多东西，攻势很猛烈。

你知道，我这样的小女生都是很势利的，很容易被物质收买，因为我爱慕虚荣。我那时候没扛住，就和他好了。

虽然从一开始到后来我都没真正喜欢过他，但和他在一起的时候，我心里还是会发慌会心跳，因为我从来没和男生这么亲近过，我觉得忐忑不安。每次回想起这种感觉，我都觉得很渴望。

我们躲在学校外面的一个小石屋里幽会，只有我和他两个人。那个小石屋靠近"胡志明小道"，是当地老百姓放秸秆和草料的，却成了我的秘密据点。好花不在，好景不长，我们的恋情持续了没多长时间就走到了终点。这个男孩后来因为谈恋爱和打架被学校开除了。

他很荣幸，是这个学校自建校以来请出去的第一个学生。我也第一次被教育处请去，交代自己的早恋问题。

教育处是一个很邪恶的地方，让我们从心底里厌恶。教育处就是这个学校的克格勃，掌握着老师和学生的一举一动。被叫到教育处谈话意味着非常大的危险，就和走了一趟鬼门关差不多。

教育处处长外号"老狼"，长了一张史泰龙一样的刀把脸，好像出生时小脸也被助产钳错误地夹了一下，不会笑，没有幽默感，面目可憎。

"老狼"是和一个女老师一起对我进行讯问的。那个女老师外号叫"鸡婆"，因为她总是说：我们要像老母鸡一样爱护学生。她还像老母鸡一样总是充满神经质，所以得了这个雅称。"鸡婆"脸上满是褶子，也不是个简单角色。"老狼"离开这个学校之后，她将大权在握。看得出来，他们对我很重视。

那是我和他们进行的第一次交锋。我那时候还没有什么斗争经验，在他们的一番苦口婆心的规劝之下，我将我和那个男孩的交往史和盘托出。当然，某些细节我是不会说的。

作为交换，我也知道那个男孩其实并非像他表现得那样一往情深。我只不过是他为数众多的女朋友之一，"鸡婆"拿了好几封情书放在桌上，都是那个男孩儿给别人写的。看了那些罪证，我只有很少的伤心，却有如释重负的感觉。对那个男孩我早就已经讨厌，但他始终没有给我提出分手的借口。

我向"老狼"和"鸡婆"表示，我再也不会和他联系。

他们也向我保证，出于挽救我的目的，他们不会向我的父母说出这件事。我那时很天真，居然相信了。

那个男孩被学校开除之后没有再接着上学，彻底成了一个社会青年。他曾经来过学校，托人给我带过话，说是希望和我在小石屋再见一面，但我一直没有去。他就在那个小石屋待了大概两三天。

那个小石屋虽然比较远，但我一出教室的门就可以看见，我看见有个人影在小石屋门前坐着，好像还抽着烟。大概两三天之后，那个人影消失了。

他托人告诉我说他在小石屋里留了一封信，就放在我们经常坐的石头底下。我一直没有去看那封信，现在想想，应该已经沤烂了。

他还曾经给我家里打过电话，不过被我警惕性颇高的父母给教训了一顿，再也没有打过。

他后来参了军，好像是个伞兵。听说他从部队退伍之后，在父亲的企业当了少东家，活得有滋有味儿，已经把好几个女孩儿搞大了肚子。

早恋的事还没有尘埃落定，我又卷入了一起打架事件里面，起因是我的那个姐姐。

我早就说过，我那个姐姐是个很江湖的人，口才特别好，这一直让她引以为豪。

学校有个演讲比赛，姐姐也报名参加。她以为凭她的实力，拿个初中组一等奖应该问题不大，谁知道半路冲出来一个姓甄的女孩。那个女孩原来是少年宫的，练过诗朗诵，当过小报幕员，形象声音和表现都特别好，一下就把姐姐比下去了。姐姐本来说好得了奖要请我们吃饭，这一下全都泡汤，觉得特丢人，就想把恶气全都出在那个女孩身上。

我们趁着午休时间，去了那个女孩的宿舍。那个女孩正在午睡，身上穿的衣服很少。姐姐二话不说，就开始扒那个女孩的衣服。女孩被吓坏了，极力反抗。但我们有好几个人，她根本无能为力。她的那些同学惊恐地看着我们，根本不知道发生什么事情，也不敢说话，就那么傻傻地看着。

女孩的衣服全被捋下来了。女孩开始低声哭起来。她的乳房很小，没有完全发育，像一座粉红色的小山。我们一时都愣住了，好像谁也没有这样观察过别人的身体。姐姐恶狠狠地对女孩儿说，你不是挺能耐么？我就见不得你这个机灵劲儿！说这话的时候，她看起来很像一个恶毒的巫婆。

女孩一面哭，一面用衣服掩住自己的身体。我那时候才觉得这个姐姐实在有点儿太恶了。生活老师听到有人哭，急急忙忙地跑过来。姐姐一看事闹大了，就带着我们溜回了自己的宿舍。

那个女孩的家长来了学校。我们都吓得够呛，但出乎意料，学校和女孩都没有把这件事的真实情况告诉她的父母。听她同宿舍的人说，那个女孩一味地哭，说自己不想在这个学校里念书了。家长没有办法，只好把孩子领走了。

能瞒就瞒，能骗就骗，这也是本校的一贯作风。学校之所以没有大肆声张，是觉得这件事实在见不得人，如果传出去会让学校身败名裂，但这绝不意味着学校会放过我们。

那个姐姐马上被学校劝退，学费一分不退。她的家长也自知理亏，没有过分纠缠。我们这些助纣为虐的女孩挨个给自己的家长打电话，让他们务必上山一趟。马嫣然没有叫家长，她受了我的连累，虽然什么也没做，就跟着去看了个热闹，也被臭批了一顿。

"老狼"对我们说，如果认错态度好，学校还会给你们机会。

我去电话室给家里打了电话，电话是父亲接的。我只是告诉他学校请他们来一趟，我故意说的模棱两可模糊不清。

你又惹事儿了，对不对？

父亲气急败坏地说道。

我没有否认，含糊了几句，就把电话挂了。

我的父母第二天上午一早就来到学校，和教育处谈完，已经是中午。他们把一切都对我的父母说了，毫无保留。

我在上课，但心里一直打着小鼓，有些提心吊胆。说到哪里，我那时也不过是个孩子，没有那么豁达。下课后，班主任和我一起去了教育处，见了我的父母。

处长看了我一眼，没有说什么。好吧，该说的反正也都说了。明天是双休日，你们干脆把她接回去，好好做做思想工作。他说。

我不知道他们和父母说了什么，特别心虚，连头都不敢抬。

父亲和班主任说了几句话，就让我上车，和他们一起回家。坐在车上，爹什么话都没说，脸色就像烂抹布，能拧出水来。

妈倒是说了一句：你这个不要脸的小婊子！听了这句话，我心里一凉，完蛋了！这句骂人的话我从来没听她说过，全新出炉，想必是我的罪过又比原来加重了很多。

妈开始没完没了地数落我，从她的话里，我听出一个意思：她对生养我这件事颇为后悔，恨不得早早把我弄死，也算是为社会除了一害！

一开始我还虚心屏气乖乖地倾听，后来就开始在心里冷笑：天知道你们为什么生我？你们要是不干那些勾当，我才不会跟你们搅和到一起！

离学校不远，是一家叫做"荣军医院"的精神病医院。我和我的同学经常拿这个医院开玩笑，说要把对方送进去治病。走到医院门口，爹开始减速，然后把车开了进去。我一开始以为他们是来看朋友的，根本没把这事放在心上。直到他们让我下车我才反应过来。他们居然没和我商量，就把我拉进了精神病医院瞧病。看来，这不是一个偶然的决定，而是他们在路上早就商量好的。

我的父母尤其是我的母亲，坚持认为我的精神出了问题。在她对医生的陈述中，我能感觉到她的愤怒。还好，医生很冷静。出于礼貌，他静静地听着母亲的发泄。也许在他眼里，母亲更像一个病人。

医生没有把我留下，也没有给我做什么治疗。

老霍，不用太担心。你们的孩子很正常，是青春期叛逆的典型症状。我还见过比这更厉害的，身上用烟头烫了一身的泡，用空啤酒瓶砸脑袋，不还是过来了？你这孩子就是爱谈朋友爱打架，没什么大不了的。医生轻描淡写地说。

听了医生的话，我恨不得抱住他的秃脑门亲一口——他太可爱了！

和医生告别的时候，母亲似乎有些失望，一言不发。父亲则把一个装着烟的手提袋递给医生，和医生握手告别。这些人总是在送礼在交易装模作样毕恭毕敬，看着都累。

我感到奇怪的是：爹在各种地方都能找到朋友，就连精神病院也不错过，这真是一件很奇怪的事。

我坐在车里，把车窗放下来。我发现阳光很好，隔着铁栏，我看见一些斑马似的病人穿着印有黑色条纹的病号服，正在晒太阳或者茫然地走来走去。晒太阳可以治疗抑郁症，这我是知道的。以后，每次从荣军医院门口经过，我都觉得很温暖，对自己充满信心。虽然我是进过精神病医院的人了，但我从那家医院全身而退，一切正常。

差不多半年以后的一个中午，楼下很喧闹。我正在睡午觉，这个时候，就是天塌地陷我都不会管。后来我才知道，教我们计算机课的祝闻老师疯了。

这个学校的老师果然脆弱，学生还没有被他们折磨疯，自己倒先疯了。不过，平心而论，我对祝闻老师的遭遇还是很同情。

他原来是部队转业的军官，老婆出国，就把他甩了。他也想出去，于是放弃公职，考了数次，却都没有通过，只好来到这烂学校当了一个计算机老师。每天对着一群烂人，他怎么能不发疯呢？

祝闻老师真的被送入了那个医院，我这才知道那个医院真的不是形同虚设。那些无从驯服的斑马里，有了我的一个老师。我离开那个学校的时候，听说祝老师已经出院了。他病得并不严重，但他没有再回那个学校当老师。

回家的那个晚上，父母对我说了很多话，我全盘接受，但很快就排泄进了马桶。我又被送回了学校。

在我的早恋事件曝光之后，我没必要再伪装了。宿舍的其他女生对我开始刮目相看，都离得我远远的，轻易不敢招惹我，只有马嫣然还坚定地和我在一起。

我的班主任诺华老师对我进行了艰苦卓绝的感化工作。

诺华老师是我在这所学校的第一任班主任，在他看来，我还是他的一个普通学生，跟别的孩子没什么不同，只是受到了不良习气的沾染，还是属于可以改造的对象。

诺华老师是南方人，口音很好玩儿，总把"阴谋"说成"阴毛"。你知道，那东西，我们已经有了，并且有人还不少呢！于是我们就狂笑，诺华老师不明所以只能傻站着。如果他看着你说话，那就更有意思。他的嘴唇中间有个裂缝，像是先天性的兔唇。不过不是太深，被胡子盖住了。而一旦他说起话来，这个裂缝就很明显，好像他的胡子是长在牙上。这是件很滑稽的事。

诺华老师是一个很羞涩的人。他批评我的时候眼睛从来不敢看着我，他得看着地上。因为我一直瞪着他，他觉得羞愧。他的头发特别稀少，这使我能看见他的头皮屑。因为我的问题，诺华老师挨了教育处不少的批评，但他从不对我乱发脾气，他是一个好人。

我们班有一个很奇怪的现象，别的班的同学都可以收到信，只有我们班从来没有一个人收到过信。一开始我们都认为是信在邮寄的过程中丢了，没放在心上。后来，马嫣然的同学打来电话，告诉她有一封很重要的信寄给她。据马嫣然推测，那应该是一封情书。马嫣然每天都会去传达室等，她终于在一堆信件中看到了自己的名字，但传达室的大爷不让马嫣然拿信。

　　按照学校的规定，所有学生的信必须要经过班主任转交，这是为了防止早恋，鸿雁传情。马嫣然只好先去上课，然后去找诺华老师。诺华老师告诉她，根本就没有她的信。

　　马嫣然纳闷了，她又问了一遍，但诺华老师还是肯定地告诉她：没有你的信。

　　马嫣然去传达室找大爷。大爷找了找，也告诉她从来没这封信。马嫣然觉得自己陷入一个噩梦里，所有的人都在对她说谎，但是这件事情很难声张。马嫣然只是对同学说了说，好在大家都有同样的疑惑，也没骂她神经病。

　　后来，小卖店里发生了盗窃案。小卖店里的邮票和信封被人偷了个精光，当然，为了掩饰，还丢了一些方便面和火腿肠。

　　足智多谋的教育处领导进行了科学分析：这件事肯定不是学生干的，因为学生半夜根本不可能出来，再说，这个贵族学校的所有学生都不屑于去盗这些不值钱的小玩意儿。也不会是工人，因为他们下班之后都走了。只能是住校老师中的一个，并且是个头较小的一个，因为他是从门上的气窗爬进去的。

　　他们很快锁定了目标，那就是诺华老师，因为，几乎找不到比他更合适做这件事的人。

　　"鸡婆"利用查教职工宿舍有无偷电现象的时间，印证了自己的判断。后勤处有所有教师宿舍的钥匙，他们可以维修检查为名，进入所有人的房间，用不着请示，只要不撞破别人的好事就行。诺华刚去上课，他们就打开了他的宿舍。必须要分秒必争，"鸡婆"邀功心切，对自己说。

　　屋里很昏暗，诺华在窗户上挂着双层窗帘，光线很难透进来或透出去。

背人没好事儿，好事儿不背人，"鸡婆"如是说。在"鸡婆"找灯绳的时候，她觉得有液体不停地滴在她的眼睛和鼻子上。她以为是诺华刚洗过的衣服，所以并没有在意，她只是下意识地摸了摸。灯亮了，"鸡婆"大喜过望，因为所有的证据呈现在她的面前：诺华的房间，到处都是偷来的整张的邮票。它们不是贴在墙上，就是用小夹子挂在铁丝上，被墨汁涂黑，完全无法使用。看来有新涂黑正在晾干的，因为地下有墨滴。"鸡婆"觉得不好，摸了自己的脸一下，果然全是墨汁。

"鸡婆"怪叫着跳了出来，她的心充满恐惧，以为自己到了碎尸案的现场。

"鸡婆"突然冲出来，把后勤的人吓了一大跳：明明是进去了一个衰弱的老旦，出来时成了大花脸，还哇哇怪叫，哪个不害怕？

后勤处的人在前，"鸡婆"在后，两个人呼啸着从操场跑过去，正好被上体育课的我们看到。所有人都以为这个老虔婆被强奸了，正在抓凶手。大家很高兴，觉着特别解恨。但没有一个人能够解释她的脸为什么是黑的？这件事做完之后，她的脸应该艳若桃花。

"鸡婆"虽然不知道诺华偷东西的原因是什么，但这样的老师显然是不能要了。

这是一件很耻辱的事，如果传开或是公开处理的话，会给学生心理和学校声誉造成极大的负面影响，这是他们不愿看到的。她把事情向校长做了汇报。

校长专门开了班主任吹风会，对这件事情做了组织决定。诺华老师最后被宣称患了急性肝炎请出了学校，双方都心知肚明。校方扣下他一个月的工资作为惩罚。诺华老师也没有闹，收拾完东西就走了。

有些人觉得很遗憾，在他们看来，诺华老师很不错，责任心很强，人很老实。校方说开就开走了，有点不可思议，但人们很快就在他的床铺底下发现了大量的信件。

这些信件都被打开了，既有寄进来的，也有没寄出去的，当然也包括马嫣然那封信。诺华老师把它们全都打开看了一遍。

后来，和诺华老师私交不错的杜老师揭开了这个谜底：诺华在大学时有过惨痛的教训，他信任坏人，跟着坏人参加了与他的学生身份极为不符的活动，造成了很坏的影响，他也因此受到了留校察看的处罚，从此他的性情大变。

他形成了心理障碍，总觉得有人在说他的坏话或是准备陷害他，他对所有的人都保持着很重的戒心，从不放过任何可疑的字眼、可疑的暗示、可疑的表情。这种病态心理导致了恶果。在大学的后半学年，经常去传达室偷同班同学来往的信件，看有没有人说他的坏话。

这件事后来被人发现，他受到处分。但是他还在做这件事，只不过做得更隐秘。

他的人际关系变得很坏，人们都称他为装在信封里的人，虽然他的成绩在同学里数一数二，但其实没有几个人把他当做朋友。原来的女朋友也离开了他，投入了另一个人的怀抱。鉴于他的表现，学校最后只是给了他毕业证书，但是取消了他分配的资格。毕业之后，他只能到这种私立中学实现当老师的愿望。

作为战利品，"鸡婆"把所有的信都收缴上来，统统看了一遍。所有有不当言行的人都受到了惩戒。马嫣然后来也被叫过去，对自己的早恋问题作了忏悔。

马嫣然对我说，她不恨诺华老师，相反的，她有些同情诺华老师，因为他是有心理障碍的人。马嫣然甚至有些想念诺华老师，因为他从来不会像审贼一样对待自己的学生，即使他知道了一切，他始终是一个羞涩的人。

有时候，眺望的感觉很美。

在山上那间小石屋里，我曾经眺望过麦浪和金黄。

我没事总是喜欢偷着去那里坐着，先是和那个男生，等男生被开除了，我就和马嫣然去。能从正常的生活中逃逸一两个小时，让我们稍微透口气，这是一件可以回忆的事。靠在金黄的玉米秸上，我们的心情和天气一样，都有些阴郁。

我的男朋友被勒令退学，而马嫣然的爱情也被绞杀。现在想起来自然觉得无所谓，但在当时，几乎是天塌地陷一般的感觉。于是我们就抽烟，虽然并不大会抽，但也要装装样子配合一下心情。

我们把烟头随手丢在柴草边上，忘了踩灭。结果，我们把这个房子给点了。

我和马嫣然吃完饭回到宿舍的时候，才发现那座装满了草料的石头房子正在细雨中剧烈燃烧。

石头房子的主人带着十几位乡亲，拿着镰刀和斧头来到学校，像起义的战士一样找学校算账。他们一致咬定是我们学校的人干的，甚至有人说出纵火犯是两个女生。

我和马嫣然躲在宿舍里根本不敢出去。我们时不时起身站在窗户前，看着失控的大火，看着大火卷起来的黑烟和灰烬像一个巨大的烟囱伸向天空，吓得浑身发抖。

"鸡婆"连想也没有想就把我们两个提了过去，因为我们早已经是黑名单上的人。

她把我们俩分开审讯，妄图各个击破。但我们同仇敌忾，我不会出卖马嫣然，马嫣然也绝对不会出卖我。这是建立在绝对信任的基础上。只要两个人不是一条心，那就全完蛋。

我们睁着惊惶的眼睛，信誓旦旦地保证，甚至还挤出了几滴眼泪。"鸡婆"从我们嘴里没有捞到任何有价值的情报。她只好向农民否认一切，在学校保安的干预下，那群农民骂骂咧咧地走了。

我和马嫣然在宿舍终于胜利会师，流下了胜利的泪水。这滚烫的泪水，足以冲洗掉我们所受的屈辱。对当时的我来说，石头房子并不代表财产，只不过是一个可以遮风避雨的破地方。过了这么长时间，才知道我们也许烧掉的是一头可怜的牛一个冬天的食物，这让我心下多少有些歉然。

那个石头房子并没有彻底被摧毁，只不过是屋顶被烧掉，只剩下四面壁立的石头墙。那些石头有的被熏黑，有的却没有任何变化。如果有合适的光线和角度，我很想在那个残骸里拍一幅照片留作纪念。但一直没有拍，直到我离开那个学校。即使是一张普通的照片都没有拍，因为一切都已经过去了。

虽然我们坚决不承认自己的罪行，但教育处并没有放过我们。马嫣然和我的家长又被请到了学校。

我的恶行被添油加醋、绘声绘色地描绘，爹变得怒不可遏。在他来找我的时候，目露凶光。我对他这种虚张声势的做法颇不以为然我是她的爱女，对此我信心十足。只要妈没有来，我就能应付一切局面。我镇定自若。

父亲爱我，用他自己的方式。在我们家，一直是父亲给我洗澡，从我很小的时候开始，这个习惯保持到我十岁甚至在我开始发育之后。他为我打肥皂，用丰富的泡沫精心擦洗我身上的每一个地方，从不让我藏污纳垢。洗完澡之后，他会把我抱出去，抱到床上，拿毛巾被裹住我，好像我是易碎的瓷器。

有时候，我会穿着单薄的内衣在他面前骄傲地走来走去，他看着我，充满爱恋。当然，这些行为只是在他和我两个人的时候才会发生，这是我们的秘密。如果妈看见，她会骂我不要脸，是个疯子。妈出差的时候，我会和爹睡在一间房子里。

我有恋父情结，爹有恋女情结，他爱我胜过爱他自己。

爹的脸惊人的瘦削，他的目光犀利深刻，在别人看来，他是一个刚硬的人，没有似水柔情。但我知道，爹是爱我的，永远不会伤害我。以前没有，以后也不会有，他溺爱着我，像一个皇帝宠爱他的公主。

我告诉爹，这个学校是一个虚伪的地方，他所看到的东西都是假的，都是学校对我的蓄意伤害，是有预谋的。我其实一直在好好学习，正如父母所希望的那样，正在向着变成一棵成熟的稻子而不是稗草的方向努力，鞠躬尽瘁死而后已。

我说在这个学校，其实老师根本不关心学生到底在想什么，到底想要做

216

什么，到底会学到什么，他们只是不希望我们惹来麻烦，让董事会扣掉薪水或是让他们卷铺盖走人。他们是同谋，所有人合起伙来从家长的手里骗取钱财和信任，从学生眼里骗取尊敬，但其实他们是一群小丑。就像我们吃的饭一样，周一到周四，基本上就是糊弄，反正也没有多少人真正吃那些狗食都不如的东西。周五的伙食是最好的，午餐是排骨，上面有很多的肉，吃得很多可怜的孩子满面红光。我告诉爹这就是学校的小花招，等孩子的父母来看他们的时候，就可以作出自认为准确的判断。

——学校之所以对你说我的坏话，就是想把你变成他们的同谋，让你和他们一起伤害我。我摸着爹的脸对他说。

事情果然出现了转机。爹很快变得义愤填膺，对校方的做法大加挞伐。但他还是希望我好好学习，不要总是谈恋爱或是到农民的地头去放火，像一个炽热的天使。

这样下去，你会被开除的。他说。

爹并非危言耸听，我也听到过这种表述。如果不是看在爹和董事长的面子上，我早就被轰出去了。

你还是在业余时间学点儿东西，比如学学美术，这样可能会把你的心拴住。他说。

他说的这句话非常形象。我的眼前出现了一匹小母马，她被拴在柱子上，性感的屁股虽然不停地扭来扭去灼着蹶子，却无可奈何。

我说好吧，你如果让我学画画，我就学，爹总是对的。

爹说你只要好好学，没什么东西是你学不会的，因为你天生聪慧，再说你也有美术的底子。

我想，他是在说我在肛门性欲时期曾经拜一个叔叔为师学习画画的事，那件事我几乎已经忘了，幸亏他提醒。

爹是一个雷厉风行的人，他把这件事当成了一件正经事，马上去和校方接触。他去了我的班主任那里，对我的认罪态度做了汇报之后，提出了让我参加美术小组的请求。他的要求当然被应允了，反正也没人把这件事当做什么正经事。

爹却放了心，好像我的后半生有了依靠。他看起来很高兴，我却有点不冷不热。说了数不清的话之后，他总算要走了。在开车门的时候，爹滑了一脚，几乎摔倒。我扶住他，长期的伏案工作已经使他变得很虚弱。我看着爹开车离去，这时候才有些伤感。

父亲对我曾经满怀希望。我的女儿，好就会好出一个样子，坏就会坏出一个样子。他曾经对别人说。

我想，他的潜台词是说：他的女儿不会是一个平常人，不会轰轰烈烈，至少也会兴风作浪。

在这里，我想对父亲说：对不起，我让您失望了。你不知道，这个世界上，能做一个平常人每天日出而作日落而息老婆孩子热炕头不要寅吃卯粮已经是天大的福分，我焉敢奢求？我只想和别的女孩一样活得幸福，那就已经足够了。父亲，你对我期望过高。

我一直爱着爹，就像我一直可怜他。因为我和妈一直在骗他，不管有心还是无心。

爹曾经是一个记者，整天东跑西颠，忙着采访。那时候，他还不会开车，有一次，他去山区采访，完成任务返回的时候，发生了意外。司机受重伤，死在了医院里。爹被甩出了车外，后腰磕在大石头上。还好，爹没死，上帝保佑。

那次事故毁了爹的身体，也毁了他的生活。

他在医院休养了很久才回到家，从那时候起，他和母亲之间的关系也发生了微妙的变化。他没有和我们一起住在楼上，而是搬到楼下，一个人住在书房里，每天像疯了一样写东西，拼命地抽烟。再后来，他申请调到日报社。他工作很忙，每天都要自己看清样，一个月只回来几次。每次回来，除了看到我比较高兴之外，他几乎没什么笑模样。

我不知道爸爸和妈妈出现了什么问题，但我想问题一定很严重。妈妈原来是很怕爸爸的，但后来，她对他说话的语气变得有些刻薄，有时候还会出现嘲讽。然后就发生了尴尬的一幕。

那天，我放学回家，推开门，我看到妈正坐在一个男人的大腿上，发出表情暧昧的微笑。妈以为我什么都不懂，她笑着走过来，帮我卸下书包。她让我到楼上去好好学习，还给我拿了一些开心果。

妈妈叫我下楼吃饭的时候，已经过去了两个多小时。桌上除了一只鸡之外没有别的菜，那只鸡我也认识，是我和妈妈一起从超市买的。那只鸡歪着脑袋看着我，好像是琢磨我会从哪个部位把它撕开。

我用筷子搅拌着白米饭，没有让妈妈给我夹最爱吃的鸡翅膀。

妈看我有些不高兴，告诫我说：小孩子不要乱说话，什么都不要对你爹说，不要告诉他咱们家来人的事儿。

我一直没有说，因为这件事我根本不知道怎么告诉爹。我已经朦朦胧胧知道这不是什么好事。

我一直不知道走进妈妈生活的那个男人是谁，但我只能把这个疑问埋在心里，无法求证。那时候，我还不知道他们之间出了什么问题。

在我逐渐长大之后才明白，之所以会出现问题，和爹的车祸受伤有关。那次受伤影响了他的身体机能，让他成为一个阳痿患者。当然，我的结论来自观察，来自他们之间的语言，虽然是猜测，但已经逼近人的动物性的生理层面，离真相很近。

我觉得爹很可怜。我无法责怪妈妈，因为她那时不过三十多岁，正是容易欲火焚身的年纪。这件事淹没在我的心里，成了心网上的一个结。

后来我上了寄宿学校，离他们越来越远，慢慢的，也就把这件事淡忘了。但我知道，父亲也是有感觉的，只不过从来没有向我验证过。我想，他们之所以没有离婚，就是因为我在中间绊着。在我长大之后，我发现事情开始起变化。随着我慢慢长大，父亲变得越来越依赖我，好像我是他的依靠。他喜欢和我一起出去钓鱼，或者带我出去看画展。

他从来不会和妈一起做这些事，原因很简单，用他的话来说就是：你妈她根本不懂。

我和妈妈的关系也变得越来越微妙。大多数时间，我们俩是井水不犯河水彼此相安无事，她对我不闻不问，我对她视若无睹。但如果我无意当中冒犯了她，我们的关系会变得很紧张。她会对我疯狂发泄，好像我是她的仇人。据我猜测，她一定是因为我的羁绊，不能实现离婚的想法，所以才迁怒于我。

在班主任的安排下，我参加了美术小组。

一切都是现成的，学校有现成的美术教研室，还有一个美术老师，胖胖的顾老太太，慈眉善目。

我参加了美术班，每天一下课就泡在美术教室，心无旁骛，算是暂时安定下来。顾老太太一个劲夸奖我，说我悟性很好。我没跟她说我曾经受过原始训练，还对着一群猫练过临摹。我只是按照她的安排，一张一张地完成作业。只是有一天，我受到了强烈刺激：顾老太太是站着撒尿的。在我撞见的时候，顾老太太甚至还面带微笑见怪不怪地和我打了一个招呼。

霍小玉从来没见过一个站着撒尿的女人，尤其是老女人。我只是在浴室见过不谙世事学着男生站着撒尿的小女孩儿。发现这件事使我几乎崩溃。我把这件事告诉马嫣然，她觉得很正常。她说很简单，那是因为顾老师太胖了，腿脚不太好，蹲下去站起来不方便。

她还告诉我，洗澡的时候，站在喷头下面，她也玩过这种把戏，感觉很不错。我一下子觉得这个世界快她妈的疯了。

第四章

　　我们的爱情处于地下状态，像冰川下的暗河，缓缓地流。我们觉得
自己是拒绝冻僵的鱼，沉默的水中不沉默的鱼，在寒冷的包围下，不停
地游。

　　那年的夏天，我只有十五岁。

　　画室里，破旧的电扇在高高的屋顶安静地转着，我们在画素描。顾老太
太打着盹，不时费力地睁一下眼睛看学生们都还驯服就心安理得地闭上。有
一阵子，我颇为紧张地看着她的头缓缓地像雪崩似的往下滑，往下滑，猛地
顿住，她的头几乎要掉下来，她呼地警醒，连忙掩饰地擦去嘴角的口水，还
不忘对充满关切的我瞪上一眼。

　　要知道被她训斥可不是一件令人愉快的事，她脸上的皱纹一如唱片的密
纹，只要你给她机会把话题搭上，老生常谈就会源源不断地流出来。她的话
题永远像橡胶树的汁液一样黏稠，还夹杂着不住的打嗝和咳嗽。我忙转移目
光，开始装模作样地画起来。

　　静物台上，还是昨天画的那几个苹果，和昨天唯一的不同就是——它们
又蔫了很多。

　　——画画时心要静气要平咬定青山不放松不能像个小偷似的左顾右盼那
你永远也成不了大师泰山压顶不变色麋鹿跳于左右不动情外师造化中得心源

这句话想必你没听说过估计你也不懂静物怎么可以画成这种样子光线不对构图也不成立——一个男人站在我身边，对着我数落起来。

我把笔扔下，干脆不画了，盯着这个不知道从哪个地方跑出来对我指手画脚的人，不服。不是没有先例，上个月二班就跑进去一位，霸着讲台演讲十多分钟，唬得任课老师以为是新任校长视察还带头鼓掌，直到精神病院来抓人才回过味儿来。

——同学们，这位是你们新来的美术老师马路，今后就由他来辅导美术小组的课外活动。顾老太太假模假式地对这个男老师笑一下，匆匆忙忙卷起椅垫儿开路了。

这是我和马路的第一次接触。直到今天，我还是没能确认他那天穿的是什么样的衣服。

马路一直坚持说他穿的是一件白色衬衣，而我一直恍惚记得那是一件带有耐克标志的 T 恤衫。我一直问他，是不是开始他就想和我好，不然为什么说那么多废话。

马路说他习惯到一个新地方就给人留下第一印象，对学生而言叫做杀鸡给猴看，没想到，杀完才发现，你是女生。

我记得那时候我留的是蘑菇头，看起来的确像一个男孩儿。

马路是在新学期开始的时候来到这个学校的。刚来的时候，他几乎没什么朋友，后来，他和音乐老师穆江以及英语老师公渡先生成了好朋友。

我经常到马路的宿舍玩，和他们也渐渐熟络起来。

穆江外号叫做"莫扎特"，虽然是音乐老师，但他不像老师，颇像南方的小老板，还是那种落魄的小老板。莫扎特江的牙齿巨大，活像马类的牙齿，牙缝很大，总是塞着芹菜或是茴香的细茎。他身上永远穿着一件虽然已经旧了但他坚持是花了 200 元在劝业场定做的西装。他说那件西装是毛料的，百分之百纯毛的。我肯定那是一件旧衣服，式样很老，还是双排扣，只不过看起来比较新而已。但"莫扎特"还是坚持他的说法，说他是去年定做的，这个可怜的人都不知道那个大商场已经倒闭数年了。

公渡先生教英语课，虽然不是我的任课老师，但在不长的时间就成为我的好朋友，因为我们臭味相投。

公渡先生那时候还是一个文学青年，屋里总是扔着很多小说。据我观察，他看小说的时间比备课的时间还多，有点误人子弟的嫌疑。

我把穆江和公渡先生都看成是我的哥哥，经常欺负他们。他们虽然对我恨得咬牙切齿，却也无可奈何。至于马路，他在后来成为我的男朋友，我们谈起了师生恋，惊世骇俗。

在一开始，我并没有想和马路在一起怎么样。我们是师生关系，他辅导我画画，我们在一起比较快活，可以肆无忌惮无话不谈，仅此而已。

爹来学校看我时，还特地拜望了他，给他送了一些礼物。我虽然觉着爹的做法很俗气，但这从另一个方面证明：我和马路开始的时候一切正常。但很快，事情就开始发生变化，我想我是爱上了他。

马路是一个很有意思的人，和他在一起，生活总是充满了笑料。他和别的老师不一样，不是一个严谨刻板的人。我像是着了魔，不停地去找他。有时候是去交绘画作业请教绘画问题，有时候纯粹就是去和他聊天。和他在一起，我才觉得踏实。

那是一个对爱情充满幻想的时期，不要说成熟男人的吻、温柔的触摸，单是关于情爱的想象就完全可以把我打倒。

在马路那里，我看到了一本书，是关于爱情方面的，叫做《情爱画廊》。

我偷偷把那本书看完，然后心潮起伏春心荡漾，我开始希望过那种特别浪漫、特别过火、特别过瘾的生活，渴望变成一个充满风韵的女人。我开始在想象中和男性接吻，在他强烈的拥抱中垮掉。而我幻想的男主人公，大多数长着马路的面孔。

那天晚上，马路教我们做泥塑头骨。别的同学做得不太好，我做得还是挺好的，马路夸奖了我，我很高兴。

那天是周末，我可以稍微晚点儿回宿舍，这也是校方对美术小组的特殊关照。屋里有很多泥塑的头骨，一个一个的，好像具有了生命力或是刚刚死去。

马路见景生情，给我讲起了木乃伊的故事，我特别害怕。后来，我和他就拥抱在一起。马路第一次吻了我。后来，他把我的手从他的肩膀上摘下来，他说我送你回去。

回到宿舍之后，别人都在说笑打闹，只有我一言不发。马路临别的时候说了声对不起。我在想：他为什么要道歉？是因为他吻了我吗？还是因为他是一个老师，吻了自己的学生？

我后来问马路，为什么喜欢我？他说一见到我就有一种似曾相识的感觉。

我说你这种说法很土，很像初中生。

他说真正的原因是因为我像极了他的一个高中同学。

那个女孩儿长得特别漂亮，直到现在马路还记得她的模样。

马路和她属于同一个年级。她的身体是纤细的，肤色白得惊人，除了嘴角一个浅浅的几乎不为人所注目的对勾形的伤疤之外，她几乎是一个天人。马路特别喜欢女孩那种大理石般的质地，有些暗恋她。女孩儿对马路似乎也有好感，每次见面都会彼此微笑。女孩的眼神是镇定的，带有与其年龄所不相称的一种成熟。

下课的时候，马路会看着窗外。从马路的教室望出去，正好可以看到她的教室的门。他盼望那个女孩出现。

有的时候，马路会制造一些邂逅。当看到女孩儿轻盈地向他这里走来的时候，马路就假装出去打水，在走廊碰到她。那个女孩儿好像识破了他的心思，总是微微一笑。但马路很奇怪，每次碰到女孩儿，都会嗅到一种淡淡的酒精味道。那种味道从何而来，这是一个谜。但他们的关系就此打住，再没有前进一步。那个女孩高中毕业，没有考上大学。她在当地找了一份工作，据说还谈起了恋爱。马路到另一个城市去上学，之后，马路得到了她的死讯。

女孩儿从一座十几层的楼上坠落，全身每一块骨骼都被摔碎，但没有一滴血流出来。人们托起她的时候，她的身体几乎从人们的手里滑下去。她没有写遗书，没有人明确知道她为什么会从那么高的地方跳下来，甚至连自杀还是他杀都不知道。唯一可能的解释就是她因为失恋而自杀。男朋友分手的时候对她说，她脸上有一个小伤疤，如果没有那个小伤疤的话，他就会娶她。

听了别人的议论马路才知道，那个伤疤是她小时候学骑自行车的时候被撞伤留下的，并不严重。他还听说，女孩儿有洁癖，每次洗完脸之后，都会用姐姐从医院带回来的酒精，把自己的手和脸重新擦一遍，每天如此。

在很长一段时间，马路都很难忘记她。他说，看到我的第一眼，就看到了那个女孩儿的影子。

和自己的学生谈恋爱是错误的，马路也很明白这一点。在冲动之下吻了我之后，他开始有意识地避开我。但我总能找到他，他看到我之后，就会和我拥抱在一起，把所有的东西抛到九霄云外。

我们的爱情处于地下状态，像冰川下的暗河，缓缓地流。我们觉得自己是拒绝冻僵的鱼，沉默的水中不沉默的鱼，在寒冷的包围下，不停地游。

我和他在一起，简直就是一部不伦之恋的完美教程。马路抱着我，好像我是他的孩子。他的舌头入侵了我，使我呼吸艰难。

我在马路的宿舍里看一本关于罗丹的情人克洛黛尔的书，正看到那个女人即将变成一个女疯子。我听到有人伏在窗户上大声喊我的名字，吓了我一大跳。我推开门一看，原来是马嫣然。

——小玉你干什么了，脸怎么那么红？她问道。

我掩饰着，说我脸本来就是这么红，风吹的吧！

——那可不像，你是不是干什么坏事了？

马嫣然一边笑着，一边看了看马路的宿舍。

我确信她什么都不会看见，因为那里挂着厚厚的窗帘，从来不会有一丝光透进去。

马嫣然告诉我，说"鸡婆"正在调查我的情况，让我小心点儿。

他们可真够机敏的。

你瞎说什么，我能有什么把柄？你喊我干什么？我说。

一听到这句话，马嫣然就苦下脸来，她说学校组织劳动，让咱们班搬白菜，老师让我来找你。

我说搬什么白菜？

她说是食堂种的白菜。

——你看地里，都是咱们班的同学。她说。

我顺着她的手望过去，半山坡上，很多同学在忙碌着。有的人拿着铁锹正在铲白菜，有的人在搬，看起来挺红火的，似乎并不缺我这么一个人。

两个同学抬着一串白菜，假模假式地嗨哟嗨哟地喊着劳动号子走下来。

走近了我才看出来，一个是阿福，一个是马童。他们不知是从哪儿捡了一个没了头的墩布棍子，插进一串白菜芯里，抬了下来。

——哪有你们这么干的？白菜都会烂掉的。我说。

——烂就烂呗，反正也不是我吃。阿福说道。

马童没说话，只是看着地下，看起来很腼腆的样子。

马嫣然曾经对我说这个男孩儿暗恋我，看起来像是真的。

马嫣然和我都没再搭理他们：一帮纨绔子弟，根本不知道什么是浪费。不过，我也比他们强不到哪里去。

我和马嫣然去了白菜地，第一次看到了白菜在没有炒熟之前的状态。它们的根茬壮壮地插进地里，长得敦敦实实，像一个个小孩儿。然后，它们被铲掉，七零八落地像尸体躺了一地，任由别人践踏。

在马路的宿舍，我看完了克洛黛尔的传记，又看了一本叫做《洛丽塔》的书。上大学之后，我看了根据这本书改编的电影。这个电影还有另一个译名，叫做《一树梨花压海棠》。这个译名带着点不太健康的审美愉悦，像一个学贯中西的老嫖客说的话。我还是更喜欢《洛丽塔》这个译名，简单直接。有的电影拍得比书写得还好，可惜为数不多，这部电影算是拍得比较好的一部。

我一开始是抱着猎奇的想法看这本书的，可看着看着，我就伤心起来，恍惚中，我以为我就是洛丽塔，带着朦胧的眼神，变成了一个女人。虽然我还像扒了皮的大白菜一样一清二白干干净净，不过，我的心被掏空了。整个冬天，我觉得吃的白菜都有股烂墩布味，好像烂女人，不管她如何掩饰，那股味道总是挥之不去。

说实话，如果不是马路在那儿住着，就是借我几个胆，我也不会去他的宿舍。和马路住在一起的，是一个很可怕的老头。

一开始，马路是一个人住的。后来，也许是为了给我和他制造障碍，马路宿舍搬进来一个老师，是个教高中化学的老头。

老头长得很白，蔫蔫儿的，很胖，有些臃肿，头发花白，说话很轻。每次见到我进去，他就说小玉同学来了，那我出去。他说这句话的时候带着一种猥亵的口气，好像知道我们会干什么勾当。我和马路都很讨厌他，但表面上还得对他装得很客气。

有一天，马路到城里去采购绘画用品，正好碰到这个老男人休假，他邀请马路到家里做客。马路实在驳不开面子，就和他一起回去了。

马路和那家人在一起吃了晚饭。马路回忆说，他的夫人长得非常瘦，惊人的瘦，面色苍白，是个退休的数学老师。除了给马路夹菜之外，不说一句话。他的女儿在本市走读，是个大学生，长得很好看，惊人的白，但她一句话都没有和马路说。

他们一家人互相之间不说话，马路看出来这种情形并不是因为他的到来引起的，而是多年养成的一种习惯，似乎彼此都很仇视。这家人像幽灵一样在屋子里走来走去，脚底下没有一点声音。

马路对女孩儿有好感，试图和这个女孩儿说几句话，最好还能勾引她。

马路说，他从卫生间出来的时候，无意中撞到了女孩儿的胸。不过据我推测，他也许是有意为之。

马路向她道歉，女孩儿的脸一下子变得通红，看起来很羞涩。但她对马路似乎很害怕，急忙回到自己的屋，插上了门。

因为回学校的班车已经没有了，那个老男人建议马路留下来过夜。他帮助马路铺好了被褥，但他不走，没话找话和马路聊着天。

马路有些心烦意乱，他胡乱地脱掉自己的衬衣和长裤，准备睡觉。老头还是在絮絮叨叨，马路觉着老头有点儿不识趣。

马路把脱下来的衣服拎起来，准备放到椅子上。没想到，老头突然从后面抱住他，开始抚摸他的身体。马路几乎吓疯了，他可从来没碰见过这样的事。他用很大的力气把老头推到床上，穿上衣服就从老头家里逃了出去。让马路奇怪的是：弄出了这么大的动静，他的夫人和女儿都没有出来看一眼。马路这才知道女孩为什么怕他，她以为马路和她的父亲是，一丘之貉，也有断袖之癖，斯人而有斯疾也。

这件事让马路恶心透顶。

马路以前有过这种经历。上高中的时候，有一天上晚自习，下大雪，他回不了家，只能在学校借宿。宿舍很冷，他只好和一个男生钻进同一个被窝。那个男生和马路关系不错，就是受到家里几个姐姐的影响，说话有些女里女气。刚开始，那个男生和马路背靠背睡，但到了后半夜，马路觉得有一个东西好像不怀好意地顶着他的屁股，好像还有抽插的动作。这种感觉让他很耻辱。宿舍里有很多人，马路没有办法发作，只好趴下来继续装睡，他想你总不能爬到身上弄我吧。同被窝的人好像也觉出点什么，也转过身睡了。

和女孩一样，青春洋溢的男生也经常会被性骚扰，这是件很让人费解的事。

马路回到学校，就搬离了那个宿舍，和莫扎特江住在一起。

莫扎特江虽然看起来也是女里女气，但还是让人放心的，不会半夜爬上他的床。

那个老男人第二天还是在这个学校出现，见到马路的时候，居然还和他打招呼，好像什么事都没发生过。马路简直不能见他，一见就想吐。奇怪的是，莫扎特江一直和那个老男人关系不错，他喝水用的烧杯都是那个人给他的。

马路一直搞不清：莫扎特江到底和老头是什么关系？但马路一直不敢启齿，那样的话，一切就会露馅儿，他会成为笑柄。

马路对我说了这件事之后，我曾经留心观察过那个老教师。他甚至比别的老师还要一本正经，除了偶尔在路上碰到会对我露出淫贱的微笑，大多数时间，他都显得很沉着很冷静，几乎看不出任何蛛丝马迹。后来，我看了塞林格的《麦田里的守望者》，发现霍尔顿也有和马路类似的遭遇，也碰到了一个头发花白有家有室却依旧热衷此道的安多里尼先生。幸运的是，这两个漂亮的小伙子都全身而退，没有背后中招。

马路把他的一切都告诉了我。

马路的父亲曾经是省城的中学教师，一个老派的知识分子。当然，在他年轻的时候似乎并不是这样，有些指点江山年轻气盛。所以在他三十多岁的时候，因为散布激进和反动言论，被作为反革命关进了监狱。

父亲住在监狱里的时候，马路的母亲带着他们姐弟几个，回到了娘家。娘家出身不好，是地主成分，也是被打入另册的一群人。如今，添上了几张嘴，日子过得越发艰难。

马路的母亲就和一个赶大车的好上了。因为这件事见不得光，赶大车的只在夜里过来。每次过来，都会拎着一小袋棒子面。只要母亲自己到另一个屋子里睡，马路就知道肯定有故事发生。

马路那时候还不懂得这些事情，不懂得这是一种背叛，但那种咿咿呀呀的声音使他心惊肉跳。他从来没有把这件事对父亲说过，直到父亲死去。

在那件事的刺激下，马路无师自通地懂得了性。上小学的时候，他有一个很要好的女同学。他和那个小女孩儿进行了亲密接触。小女孩对这件事也是见怪不怪，小时候只要和父母在一张床上睡过的大多都被进行过这种现场的性教育，这就是时代造成的悲剧。

小女孩儿的父亲发现了这件事，他没有打马路，而是找上门来，和马路的母亲关上门吵了一架。

小女孩的爸爸说我的女娃还是个孩子，你儿子这么祸害她，你让她以后怎么做人。马路躲在门外，吓得大气都不敢出。马路的妈妈说尽了好话才把那个男人送走。她拿着扫帚疙瘩，说我看你以后还敢不敢耍流氓耍流氓耍流氓耍流氓，几乎把马路打得飞了起来。

那个女孩儿被送到另一个学校，在马路的视线里失踪。马路在几年的时间里都惴惴不安抬不起头，他怀疑别人已经知道了这件事。他再见到那个女孩儿是在她长成一个成熟的少女之后，她见到他居然开始脸红，和小时候不太一样，看来她从来也没把那件事彻底忘掉。

这件事虽然被邻居知道，但没有被当做传奇故事四下散播，就这么过去了。那是在农村，谁都没把这件事真的当回事，但谁也不希望这种事情，尽人皆知。

马路的父亲从监狱出来之后，恢复了教师身份。五年的时间，他已经被成功地改造，变得唯唯诺诺胆小怕事。他们全家搬到了一个小城市，靠近草原，马路一开始很喜欢这个地方，后来他才感觉到，这其实是另一种形式上的流放。

马路在那个偏僻的小城市度过了自己的中学时代。他学了绘画，考上了大学。那时候，考上大学是一种至高的荣誉，也是一生的保障，意味着稳定的工作和稳定的生活。

在大学里，马路交上了真正的女朋友，因为她倾慕他的才华——马路对朦胧诗有兴趣，会写汪国真一样的诗，并且能在晚会上声情并茂地朗诵，喜欢读《读者文摘》，喜欢听崔健的摇滚——作为一个八十年代的大学生，这就足够了，基本合格，说出来绝不丢人。

她死心塌地地爱上了他。在半推半就中，两个人在男生宿舍里完成了成人仪式。床板很硬身体有点疼，但感觉很缠绵。两个人的恋情持续了很长时间，其间有分有合，有合有分。年轻的心总是这样纷纷扰扰，毕竟那时候都还纯情。像一切正常人一样，大学毕业分配工作之后，马路和她结婚，虽然不是那么死心塌地，但木已成舟。像一切正常人一样，婚后的生活让人厌倦，尤其是在有了孩子之后。

两个人开始不停地吵架摔锅砸碗怨气冲天，虽然双方的父母声色俱厉恩威并施晓之以理动之以情，但他们还是貌合神离。

他们都后悔有了孩子，这个事实无法改变，虽然他们彼此厌恶。为了孩子，也就是为了孩子，他们尴尬地生活在一个屋檐下，欲罢不能。

他和妻子都在一个子弟学校任教。后来单位开始不景气，开始时发一半工资，后来连一半工资都发不出来。孩子越来越大，他们的生活开始面临前所未有的挑战，为了解决生计问题，马路应聘来到这个学校。

马路还有一个想法，那就是给自己一个完整的空间，把自己的生活好好梳理一遍，好好地画几张画。

——这么多年我都没有安静过。马路说。

那年暑假开学，马路的爱人曾经来过学校。虽然她的穿着比较保守，但依旧看得出年轻时也是一个美人。

她的脸已经不再圆润，没有一丝多余的肉，面部表情和线条都显得很僵硬，看起来是一个很锋利的女人。这是很多上了年纪的女人的通病。长大之后，她们原本丰满圆润的脸颊会枯黄干燥，像是一把锋利的刀子，让男人望而生畏，这就是女人衰老的开始。女人一旦上了年纪就会变得很刻薄，尤其对年轻女孩儿。她们对年轻女孩很在意，就像在意自己的脸。虽然当时我和马路并没有发生什么，但这个师娘见到我的第一面，就对我颇为防备。马路对我说，她曾经警告过他，不许我再去他的宿舍，不许和我私下接触。

我相信女人的直觉。女人的直觉告诉她，我是她潜在的威胁，是一味毒药。我们是一对天生的敌人。

从和她第一次见面到最后，我们两个一直在明争暗斗、互相伤害、互相诋毁，无所不用其极。她从来没有把我当做一个小女孩，我也从没把她当成一个什么值得尊重的成年女人。我们互相伤害从不客气，兵不血刃却唇枪舌剑刀光剑影。这是一场战争，两个女人的战争，虽然注定没有胜者，但我们依然不能罢手。她是为家庭，而我是为爱情。

我原本以为我和马路的亲密接触神不知鬼不觉，但我不知道，我们其实是被秘密地监视着，被学生、被老师、被躲在窗帘后面居心叵测的眼睛。我们所做的一切都被人监视汇报着，一丝不落。

他们之所以隐忍以待，一方面是没有直接证据，一方面是不希望这件事成为一桩丑闻，但他们还是憋不住了。

我和马路的事情持续了没多长时间，班主任找我去谈话。

自从诺华老师离开之后，就换成政治老师当我的班主任。她是一个老女人，长着一个酒糟鼻，看起来让人恶心。

——霍小玉，今后你不要随便去老师的宿舍，尤其不要去男老师宿舍，影响不好。她说。

我没有吭声。

——霍小玉，我说你是为了你好，你知道，这话不是我要说的，是教育处委托我对你说的。她又说。

我忽然想起马嫣然对我说起的话，心里一惊。

后来，马路也对我说了同样的话，要我没事不要去他的宿舍。

我对马路说，你以为我想去？还不是你让我去的！

看到马路充满愤怒但又有点惊慌失措的样子，我有一种很恶毒的快感。

我和马路陷入了冷战状态。他给我上课，我根本不听他讲课，就那么盯着他。他会下意识地把眼睛错开，有点心虚。有时候他会教训我，希望我好好听讲，我根本置之不理。也许是我的做法让马路对我丧失了信心，他开始和一个叫韩静的女老师亲密起来。

韩静和马路都是一个地方的人，又都是结了婚的成年人，所以自然有更多的共同语言。我不知道他们的关系已经发展到了什么程度。以前，马路总是和穆江、公渡一起吃午饭。自从和韩静认识，他不再去食堂吃饭，而是和韩静在一起吃。我曾经在他们吃饭的时候去过一次，他们居然用同一个盆子喝汤。

他们的关系已经发展到了一个新的层次。在我看来，这几乎就是最简单的证明。马路回家的那段时间，我去找公渡先生补英语课的时候，我吃惊地发现那个女教师居然又和公渡先生混在了一起。

我对这个世界的判断，就是在那段时间彻底坍塌。

马路回来之后，我静观其变。我不知道那个女人会做出何种抉择。

期末考试快要来了，我开始把注意力转到学习上来。一天，补习英语的时候，公渡先生告诉我，下个学期他也许就不来学校了，我并没有当真。我只知道，他那段时间非常郁闷，因为韩静又重新和马路混在一起，他被淘汰出局。不管是爱情还是色情，这都是两个人玩的游戏，容不下第三个人。

祸不单行。公渡先生的班里出了恶性事故，他们班的一个学生把我们班的一个男同学给打伤了，伤在下半身，伤得很严重，我听说，关系到那个男生的终身大事。公渡先生必须要对这件事情负责。除了走人之外，他没有任何借口。让我没有想到的是，马路也要走。校方趁着期末，准备对学校师资结构进行一番调整。他们对公渡和马路这样的人早已经忍无可忍，现在不下手，更待何时？

公渡先生正在收拾他的东西，他把一些书和一些衣服扔在垃圾堆，一把火烧了个干干净净。

我居然在火苗里面发现了普鲁斯特的《追忆似水年华》，那本书的蓝色封面已经卷曲起来，我觉得很可惜。看着他不停地抽烟，我也不知道说什么好。只有穆江、苏苏和咪咪等很少的几个老师过来和他告别。这个时候，人人自危，唯恐被看成他们的同伙或是同类。

我又去找马路。马路没在宿舍，只有韩静在。

——马路去财务室结清工资去了。韩静对我说。

韩静正在帮着马路收拾他的衣物，像是他的妻子。她把马路的衣服分门别类地整理好，叠放在一起，等马路回来把它们装进箱子。整理完衣服，她开始整理马路的画稿。

我看见一个裱好的卷轴。我忽然想起来，那是马路临摹的《溪山行旅图》。马路曾经开玩笑说，如果有一天他离开学校，他会把这个卷轴送给我。

我不知道从哪里来了一股火气，冲上去，劈手从韩静手里把画抢过来。

——你不能动这幅画，你这个婊子。我用最难听的话骂着她。

都是她，这一切都怪她，在她出现之前，马路和我一直很好，我们两个亲密无间。但是她的出现改变了这一切，马路把全部精力都放到她的身上，和她在一起说话，和她在一起吃饭，和她在一起睡觉，我被忽略了。

我大声哭起来。你这个婊子。我又骂了一句。

韩静没有反过来骂我，她只是低下头，很伤心地哭了。我想她从来没有被学生这样骂过，尤其是为了争抢一个男人。

我一边哭着，一边把画打开，想再看看马路送给我的这幅作品。出乎我的意料，画面上不是风景，而是韩静。她赤裸着身体，趴在一堆蓝碎花的被子上，看着画面之外正在为她画画的那个人。这是马路为韩静画的。

我把那幅画向韩静扔过去，冲出了马路的宿舍。

我躲在学校的铁门边，看着马路、韩静和公渡先生上了学校的班车。我后来才知道，韩静也办了离职手续，离开了学校。

透过车窗，我看见他们把行李放在发动机的盖子上。车上没有一个人和他们打招呼，好像他们是几条丧家之犬。

汽车开始慢慢地滑动，我看见马路回过头来看着学校，好像若有所失。我看见公渡先生靠着车窗坐着，掏出一支烟点上，好像再也不用顾及同车人的看法。我好像看到马路向我挥了挥手，但这似乎是一种错觉，因为他根本纹丝不动。那辆车转过一个弯，彻底不见了。

马路离开之后，我很想念他，但我得不到他的任何消息。我很伤心。

我后来才知道，他曾经给我写了几封信，但是都被班长偷偷扣下交给了班主任。

老师找来了我的家长，把这些信交给他。这是他们日思夜盼的真凭实据，足可以把我打翻在地，还踏上一只脚。爹什么话都没说。爹恨透了马路，恨得咬牙切齿。爹给我转了另一所学校。在这个学校，我已经彻底混不下去了。每次开会，我都会被当做反面典型提起。除了马嫣然，男同学和女同学都开始和我疏远，好像远离我就会远离罪恶，又好像我是个小娼妇，人尽可夫。虽然还有穆江没事给我加油打气，但根本没用。我就像那间破石头房子，虽然看起来还是一座建筑，但里面已经空空荡荡，没有什么宝贵的东西留下来。

第五章

　　不管你是老女人还是小女人，女人和女人是天生的敌人。对方想要干什么，总是心知肚明。所以，这就构成一个很荒谬的现象。

　　我的初中生活结束了。利用他的关系，爹把我送进了一个高中。那个学校有个美术特长班，专门培养那些自以为是却又不学无术的未来艺术家。在那里，我认识了安可和美心。

　　安可是个很可怜的小女孩，似乎一直没有发育，是个"太平公主"，而不像我们已经初露峥嵘。她的鼻子上有几个小雀斑，紧张的时候，就会渗出亮晶晶的汗滴，这些发亮的液体是她看起来很像一个刚刚洗过还略带生涩的毛桃子。听我们讲自己的早恋故事，她会表现得像个智障儿童。我断定，她连传奇都不曾有。她做得最疯狂的事，也许就是在洗澡的时候，提心吊胆地抚摸自己的身体。

　　我曾经在假期时去过安可的家。她的父母心理陈旧，像一对过于称职的兽医。她在无声无息中酝酿自己的愤怒，直到有一天彻底成为一个叛逆。

　　美心和安可是颇为不同的两类人，和我有点像。

　　美心那时候就表现得颇为奔放，每次啤酒喝多了，就会逮谁和谁拥抱，不管男人还是女人，来者不拒。她不懂什么高贵的性感什么淫荡的矜持的鬼把戏，她把诱惑全写在脸上。她是个有着桃花眼的小骚娘们儿，总让人心驰神往。

美心不知道从哪里搜集了很多没有用过的安全套，把它们都放在一个透明的玻璃糖罐里。她似乎认为那是某种糖果，会给她带来甜蜜的性幻想。

每搜集到一个安全套，她都把它小心翼翼放进玻璃罐，把锁扣紧紧扣上。

——我会找到一个男人，在一个晚上的时间，把我多年的收藏一扫而光。她说。

我很喜欢美心，和她在一起，我不用装模作样。每次看到她翘起来的屁股我都想摸一把，好像我是一个不可救药的LESBIAN。

她也喜欢搂着我睡觉，紧紧贴着我的身体。我们心照不宣。不但是很多男人爱我，很多女人也爱着我，我感到如果不是后天教化的话，很多人会成为双性恋者，我也会是其中之一，只不过不像美心那么明显罢了。有一段时间，我觉得她爱上了我。我们走在街上，她拉着我的手，依恋着我，好像我是她的情人。

但是，在后来，我们不牵手了，因为我们都长大了。

除了安可和美心，宿舍里还有一个异类人物，那就是秦操。她和周星驰的一部电影里的人物是一个名字，足见她的父母对她的前途充满前瞻性。

即使对我们这个年龄来说，秦操也长得过于成熟，身体肥白，腰肢粗壮，疑似巨乳症。秦操从来是裸睡，一丝不挂，当被子滑落到地上的时候，你会看见一头白色的大象和她肥厚的屁股。因为裸睡，她有时候会着凉，用王小波的话来说——她放出肥人的屁，惊天动地。我几乎从来没见她洗过内裤。她把所有穿脏了的内裤直接往褥子底下一塞完事儿，等到攒够了，统统扔掉，再买新的。

胖人不怕冷，女胖子也一样。秦操特别喜欢洗冷水澡，在女生宿舍楼进入就寝时间被封闭之后，她经常在水房冲淋浴，边洗边唱。洗完之后，她会裸着身体从水房走回宿舍。

她站在屋子的中央，又开始表演自己的拿手好戏。她把一块干燥的大毛巾紧紧地夹在自己的下部，然后像拉动引擎一样飞快地抽出。她这一招常使人目瞪口呆。

　　我们总担心她的某个部位会磨损过度，她却从来没有这个担心。她看着我们这些女生说：你们这些傻逼，一点儿都不知道讲卫生。

　　秦操住在我的下铺，有时我会听见她在搞小动作，虽然她盖着被子，把自己捂得很严实，但她还是会发出暧昧的声音。

　　我开始以为只有我才知道这回事，后来才知道，其实整个宿舍的女生都知道她在干什么。她给我们带来了躁动和春梦，也让安可这样心理不坚强的女生落下了黑眼圈。

　　她很幸运，如果生在十九世纪，像她这样通过某种方式来获得高潮的女孩，都被认为是有病，需要治疗。通常，治疗或纠正她们的方法是切除或烧灼阴蒂，或者戴上贞操带。美国最后一次为治疗这种习惯而进行的手术发生在一九四八年，被施行手术的，是一个五岁的小女孩。这可不是我编的，书上有。

　　秦操有一个按摩棒，没事的时候，她就躺在床上，自己给自己按摩。

　　她对我说，你真的不试一下？挺舒服的。

　　我说算了。

　　她把按摩器放在自己肚皮上，嗡嗡地响了很长时间。

　　她说没劲透了，没劲透了，你们这些人真是没劲透了。

　　这种雕虫小技总是不能使她满足。秦操后来成为一个"拉拉"，因为既过瘾又不会怀孕。她的朋友我也见过，是一个干干瘦瘦看起来没有胸也没有屁股的女生，戴着一顶棒球帽，从来不摘下。

　　所以，直到今天，我还不知道那个女孩长得究竟是什么模样。在我的印象里，她是一个黑色的剪影。

　　她和那个女生经常在学校附近的茶馆幽会，被我们撞见过几次。她变得很羞涩，简直和在宿舍的表现判若两人，像一个恋爱中的女人。爱情的力量真伟大。

和原来的学校不一样，这个学校管理颇为松散，以放养为主，圈养为辅，所以我们的空闲时间很多。我背着爹，和美心在外面租了一间房，这样我们就可以为所欲为。

我们当然也没干出什么惊天动地的坏事。我们只是可以在这房间里干自己爱干的事，想怎么画就怎么画，想怎么穿就怎么穿。

美心有了男朋友，而我还没有从那种状态里摆脱出来，所以心如止水，对班里的男生看都不看一眼。每次美心出去约会，必定要我跟着，这是她的习惯。

我不理会她的苦苦哀求，从不让她把男生带回租住的小屋，那是我们的私人领地，不想被别的同学知道。

她和那个男生约会的地点是学校的礼堂。我们经常从礼堂破损的窗户爬进去，在里面待上很长时间，不用担心被老师发现。

他们两个人去二楼的放映间干他们的好事。上去之前，美心对我说，小玉你不要走，你走了我会死的，我很快就下来。我只好在礼堂的椅子上坐着等她。

礼堂里很昏暗，透过一些灯光。气流吹过排风扇，它半死不活地转着，使得扇叶里透过的灯光忽明忽暗，懒洋洋的。铁脚椅子纹丝不动。我的脚踢着前面的椅子，发出啪嗒啪嗒的响声。过了一会儿，我觉得很无聊，就不再踢椅子。我掏出烟抽起来。一种莫名的感伤在酝酿，我哭了。泪水不是很多，但足以淹没忧伤。

不知道过了多长时间，美心从上面走下来。借着昏黄的灯光，我发现她的嘴角满是被吻出来的鲜血，她冲我幸福地笑着，像天使。

她没有发现我哭过。

我递过去面巾纸，让她把自己的嘴角擦干净。

我说怎么样，舒服不舒服？

她的脸居然红了，说真舒服，舒服死了。

我们从礼堂出来，去超市买了一些零食，当然是男生付账。

美心和男生嘀咕了几句，把他打发走了。

美心恋恋不舍地看着男生的背影，好像有些意犹未尽。

——我已经决定当他的婆子了。她宣称。

美心自顾自地说着，也不管路上的人看她。她把爆米花一个个扔进嘴里，又仰着头一个个吐出来，跟个孩子似的。

我摇摇头，说美心你真是天生的浪货。

——那我今天晚上还能跟你一块睡吗？她问我。

我说可以，不过得把你洗巴干净了，我可不想传染上性病！

——你才有性病呢！我扯拦你的嘴！美心把一大袋爆米花向我砸过来。

第二年暑假，我开始沉下心来，准备高考的事。我的美术根基很浅，要这样参加专业课考试的话，基本没戏。

爹给我找了一位贾老师，是他的一个朋友。

他曾经走进过我的生活，不过只是在我还是个小姑娘的时候见过我，拍着我的头或是捏着我的小屁股没有任何猥亵意味地让我喊他叔叔。在很长的时间里，他只是爸爸的一个好朋友，他很少来我们家，因为忙着画画。再见到我已经是若干年以后的事情了，他没想到几年过去，我长成了这么个模样，成了一个挺体面的女人。他曾经拍打过的几乎没有性别概念的屁股现在已经学会了扭来扭去，身体还释放出会让每一个男人迷幻的气息。他愣了大概几秒钟的时间，才想起来保持应有的矜持。

我喊了一声"叔叔"。这个称呼使他义无反顾地答应了爹的请求——辅导我的专业课。一看小玉就是一个聪明的孩子，专业课肯定能过。他对老霍保证说。

贾叔叔后来向我坦白，即使老霍没有让他辅导的想法，他也会自告奋勇承担这个责任。他说，他一见到我就产生了某种冲动。

我对他的这种说法没有丝毫的怀疑：我是一个小美人，这点儿自信我还是有的。我和他注定会发生一些故事。

我咎由自取，因为是我勾引了他。因为我总是喜欢那些比自己大的男人。他们能给我安全感，他们的谈吐远比小孩子深刻，他们做起爱来也更顽强，不管不顾。

那是一个灿烂的日子，阳光很奢侈，照得到处都很明亮。我去师院找他，给他打了电话，等他来接我。

我坐在图书馆的台阶上，像一只阳光下的猫对着太阳眯着眼睛。我感觉到，贾叔叔正慢悠悠地向我骑过来，像一枚鱼雷正在逼近目标。这个过程我觉得很长，我们好像都在互相欣赏着对方，不过一个是顺光，一个是逆光。这种感觉很美妙，我把眼睛闭上了。我睁开眼睛的时候，发现他骑在车上，一条腿点地，正对着我微笑。那时我们看起来都很灿烂。

——你坐在前边吧，我后边夹着书。他说。

我就坐在了单车的横梁上。

我用自己饱满的乳房装作不在意地蹭了蹭他的手，他抬了一下手。我回头看他一眼，他面无表情，像个正人君子。

我在他的宿舍里画画。他站在我旁边，不时地过来指点一下。更多的时间，他就在一把藤椅上坐着，一边抽烟，一边看艺术杂志。但我知道他一定心不在焉。

中午的时候，他的妻子回来吃饭。他已经结了婚，妻子看起来比他大好几岁，看起来像是他的姐姐。很多男人都和这样的女人结了婚，他们总是很快地衰老，结婚没多久，就像和男人过了一辈子，不是尖酸刻薄冷若冰霜活像复仇女神，就是絮絮叨叨满腹怨气总是一副苦大仇深的面孔。

他后来告诉我，说她是自己恩师的女儿，是恩师临死之前在病床上把她托付给他的。我听起来觉得很不可信，这似乎是电影里的情节，我想他是记混了。

他是用这种办法来提醒自己那点可怜的夫妻情分。据我观察，他们不是一路人，离婚恐怕是迟早的事。

不管你是老女人还是小女人，女人和女人是天生的敌人。对方想要干什么，总是心知肚明。所以，这就构成一个很荒谬的现象，你走在街上，不管看到什么样的男人，只要他结了婚，你就知道必定有一个女人死死地盯着他，唯恐他和别的女人上床。不管什么样的女人，只要她结了婚，你就知道必定有一个男人死死地盯着他，唯恐她和别的男人一起费尽心机给自己戴上绿帽子。在他们眼中，对方都是自己的私有财产，别人染指想都别想，这就叫"敝帚自珍"。

他的妻子也是一样，对我在她的生活里突然出现，显得有些手足无措。她不咸不淡地和我说了几句话，吃完饭，就去上班了。临走之前，她把老贾叫到门外说了几句，像是对他不太放心。

就这样过了大概十几天，我老老实实画画，他老老实实为人师表，我们都克制着自己的情欲，暂时心无旁骛。

我的技艺进展得很快。爹觉得很高兴，于是让我给他带过去一瓶红酒。他的妻子提前打来了电话，说是中午不回来吃饭。我想今天一定会发生什么事了，我有感觉。我和他坐在桌子前面，我喝的是掺了红酒的饮料，他喝的是红酒。喝了酒之后，我觉得有些困倦。

——你到里间去躺一会儿。他说。

里间是他和那个女人的卧房，我从来没有进去过。我有些扭扭捏捏。他把我抱到床上，像哄一个婴儿一样想让我睡觉。他在我身边躺下来，手搭在我的身上，克制着自己的情欲。我用手去挠他的头发，他的头发有点卷曲，属于性格比较柔弱的那一种。他抓住我的手，放在嘴边轻轻地哈着热气。我觉得手心痒痒的，我想我动情了。我爬起来，吻了他的嘴唇一下。他并没有动，像是惊呆了。

一块温润的玉从我的胸前掉出来，垂在他的嘴边，像一只小手在挑逗着两个人的欲望。他像一只凶猛的野兽把我压在了下面，开始吻我。他的吻让我想起了马路。也许是酒精的作用，我哭了。他刚想进行下一步动作，他的妻子回来了。

　　她在门外敲着门，好像有些不耐烦。她本来说好是不回家的。凭着女人的直觉，我想她是有意这么做的，为了看我和他在一起干什么勾当。我早已经从床上跳起来，跑到外间，坐在椅子上。我紧紧地夹住双腿，用画架挡住身体，装出正在画画的样子。

　　我的内裤已经脱下来，在他手里握着，我看得清清楚楚。他居然脸不变色心不跳，看起来很正常地跟他妻子应对着。他随手把我的内裤塞进他牛仔裤兜。还好，她拿了点儿东西就迟疑地走了。

　　我没有站起来送她，一直那么坐着，在画板上装模作样涂涂抹抹。等她下楼之后，我上了厕所，因为我几乎失禁。回来的时候，我看见椅套上有个很明显的痕迹，恰好是臀部的形状，全被汗水浸湿了。

　　他后来暗示我，我们可以接着进行既定操作。但我已经没有了胆量和热情。偷情不是件容易的事，它让人格外紧张。

　　我和他真正上床是在两年之后。那时候，他已经离婚，而我已经成了一个大学生。

　　我和他上床，纯粹是为了满足他的欲望慰藉他的心灵。我只和他上了一次床，后来，他给我打电话，还想和我鸳梦重温，我告诉他，你太贪心了。

　　我断断续续跟他上了一年左右的课程。在贾叔叔的帮助下，我的专业课已经没有任何问题。

　　在贾叔叔的引见下，我们还特地跑了一次北京，见了我即将投考学校的专业老师。那个老师后来和父亲混得很熟，互相之间成为兄弟。即使出现问题，我相信以爹的能量，绝对可以摆平。

　　剩下的就是文化课。离高考只剩下几个月的时间，我必须在最短的时间把文化成绩补上来。艺术类虽然对文化课要求的分数不是很高，但如果文化课过不去，其他全是白忙一场。

爹有一个老战友，在一个县的教育局当局长。爹请他帮忙，把我弄到了县城的重点中学借读。那个学校虽然在山沟里面，升学率却一直在省里名列前茅。

——该干的我都干了，剩下的，就看你自己的本事。临走的时候，爹对我说。

因为是浪荡惯了的人，我对这种环境非常陌生。那个学校的学生都是学习机器，根本没人理我。老师也对我另眼相看——我是个借读生，不记入他们的考核，所以我的生死存亡和他们无关。再者说，我的成绩很差，也不能获得他们的尊敬。他们只是看在校长的面子上，象征性地对我进行一些关照。虽然他们对我还算客气，但那种客气更像是一种疏离，为的是将我拒之千里。

我和同宿舍的女生关系也很紧张，连点头之交都算不上。一开始，她们对我很看不惯，不允许我在宿舍里抽烟，不允许我把洗过的内裤拿到外面晒。只要我这么干，她们就去向班主任告状。到后来，她们发现我依然我行我素，就再也不说话了。对她们来说，我是个异类，是个过路的女妖精，和她们不是一样的人。

对我来说，这个学校是另一种形式上的监狱。我在那个学校处于完全的自闭状态，和任何人都没有联系。爹和妈也很少来看我，他们以为用这样的方法，可以让我减少外界影响。我几乎被憋疯了。

我们每个星期只能出学校一次，到街上采购必要的生活用品。每次出去，我都穿得尽可能朴素，但还是没有女生胆敢和我做伴。每次看到我，那些站在马路边上打台球的流氓就会对我吹口哨。虽然他们不敢真的做什么，但这让那些女生心惊肉跳。

那天又是采购时间。我低着头出了校门。我原来从来没有低着头走路的习惯，总是趾高气扬，像一头神气的骆驼。刚来这个学校没几天，我的颈椎就陷入了松松垮垮的状态，像一只瘟鸡。刚出校门，我就听到有人喊我的名字，是一个男人的声音。

我看到一个人向我走过来。他长得很像我的一个同学马童，只不过比他高很多。我细细一看，竟然真是马童。我们已经两年多没见，他个头长高了，所以一下没认出来。

不管我和他在一个学校还是离开学校之后，每年我过生日的时候，都会收到他的礼物。有的时候是一盒巧克力，有的时候是芭比娃娃，但似乎都没有什么深意。和别的同学不同，他从来没给我打过电话，可能是过于羞涩。

马童穿着深蓝色西装，打着领带，看起来煞有介事。

我很高兴，跳着向他跑过去。

——你怎么来了？我问道。

——我是来办事，听说你在这里，所以过来看看你。他一本正经地说。

我根本没想他会在这个偏僻的小县城办什么事，我只是特别高兴，感动得真想痛哭一场。

马童请我吃了一顿饭，然后又陪我在县城商场里逛了一圈，买了一些东西。

那是我第一次发现县城中心居然还有偌大的一个广场。我和马童在广场上走了几圈，不停打听着那些同学的状况。那些卖汽水的人看着我们，看着我们绕着那个残破的雕塑来回瞎逛，像看着两只褪了毛的鸡。还没等我回学校，我的绯闻就传遍了整个班：霍小玉的男朋友来看她了，两个人在广场压马路，还喝了两瓶汽水。

我懒得理它。

那是我进入这个学校之后说话最多的一天。以后的几个月，我经常能够见到马童，他经常来看我。

他那时候也即将高中毕业，他准备考不上公立大学就去上民办大学，所以压力要小得多。在他的鼓励下，我的心态比原来健康多了。

我那时候已经明确感觉到：这个男孩儿喜欢我，虽然他从来没说过那样的话，但他的心思，连傻瓜都看得出来。但是说实话，我那时候对他没有任何感觉，只是把他当成一个很好玩的小男生。

　　我后来从马嫣然那里才知道，马童一直打听着关于我的一切消息，对我颇为关心。每次在我最需要人安慰的时候马童就会出现，这几乎成了一个定律。我从来没有把他当成我的男朋友，而是我的亲人。我不知道这种感情对他到底是不是公平，但对我来说，这种感觉非常重要。

第六章

————————————————————————

女孩要学会自重，不管什么人，想要往你的身体里面塞东西，不管是硅胶、药丸还是生理盐水，统统不行。

一个女人，即使是清汤挂面，也比人造肉或者素鸡素鸭清爽很多。

过了几个月暗无天日的生活之后，我参加了高考。虽然成绩不太理想，但在爹的努力下，我还是接到了那个艺术院校的录取通知书。我终于成为大学生了。

进学校没几天，女生中间就开始流传一种说法，说是要重新进行体检。一开始，谁都没把体检当回事，但慢慢的，我听见女孩子们开始神秘兮兮地说着关于处女膜的问题。

新结交的同学高英告诉我：如果体检结果不合格，被证明已经不是原装正品，就会被发回原籍。

我从来没听说过居然会有这样的事情。和高英一样，我也变得很紧张，心里暗地叫苦，连做了几天的噩梦。

结果，这场体检始终没有进行。这一切都是捏造出来的，根本是无中生有，学校对处女膜的问题并不像我们认为的那样保守。我一直不知道这种说法是从哪里传出来的，但我知道这一定是一个像女巫一样邪恶的女孩编出来的，如果我知道她是谁，我想我准会拧断她的脖子。

现在想想，这个谣言很可笑。这个学校和普通学校不同，有很多人是带职进修，年龄参差不齐。有的人是刚毕业的应届生，有的人则比我们大很多，某些男生已经胡子拉碴，还有几个进修生已经二婚，当上了后妈。和她们站在一起，我们这些考进来的小女生就像孩子。让她们去做检查，几乎没有任何可操作性。但在当时，我似乎被这个谣言魔住了，根本没有心思去分辨它的真假。

刚进学校，我们被实行了军事化管理，早上要跑操，下午要军训，晚上要政治学习，学习完了，还要写学习心得。我本来是一个生锈的螺丝钉，现在却被打磨得金光闪闪，全身的懒骨头也被重新组装擦拭了一遍，像是一个机械战警。

高英偷着告诉我，她听到某种传闻，说那些男生睡觉的时候，都戴着安全套。

我问她为什么。

高英说，他们是怕晚上跑马，第二天早上来不及洗裤头。如果他们没有任何准备，那就意味着只能用体温将内裤烘干。

的确是这样，我们早上很紧张，换内裤的时间都没有，因为得跑操。

我一开始信以为真，后来才知道，这是一个广为流传的笑话。

这个学校里的学生都是装在套子里的人，每个女生的挎包里或多或少总要留几个看家，每个男生晚上都会戴着安全套入睡，因为不知何时春梦就会作弄人一番，你得学会未雨绸缪。

军训完了之后，正式学习开始。

因为我们是大专班，只有两年的学习时间，所以课程排得很紧凑，密不透风。几个画种同时开课，每个画种都有作业，忙得让人透不过气。

一开始，我们每天都骂娘，恨自己少生了几只眼几双手，但到后来，我们慢慢习惯了这种高强度的生活。

没过多久，又开始上人体课。

第一次上人体课，感觉很刺激。老师事先告诉我们，人体模特是个男模，身体条件非常好。所有的女生都很期待。

上课铃已经响过了，模特还没来，我们都以为他临时有事，来不了了。戴着黑框眼镜的女老师拿出通讯簿来，准备给模特打电话。正在拨电话的时候，门打开了，模特走了进来。

模特身上穿着皮衣，带着墨镜，脸上线条僵硬，看起来很酷。

他一边走一边说着对不起。他走到模特台前，把包放下，直接就开始脱衣服。我们眼睁睁地看着他从衣冠楚楚到一丝不挂，没有任何缓冲。许多女生是第一次画人体，禁不住小声赞叹起来。他的确长了个好宝贝，既没有大到让人惊呼，也没有小到拿不出手，难怪好几个女生一下子意乱情迷。

老师清了清嗓子，好像是在引起那些女生的注意，不要乱了方寸。

她说抓紧时间画吧就走了出去，从我身边经过的时候，我清晰地听见她咽了一大口口水。

很多女生拿着铅笔，装作是在量他身体的比例，但其实是为了多盯一会儿他的身体。我看见高英都有点痴呆了。我拿起面包搓成一个球向她扔过去，她才恢复了常态。

高英崇拜所谓的艺术和艺术家，简直就不能见这些有着所谓艺术家气质的人，一见就想和他们上床，为艺术献身。

我们画画的时候，模特纹丝不动，像是一尊雕塑。他的眼睛看着窗外，仿佛若有所思。

我往窗外看了看，运动场上，有一些工人正在除草。割草机轰鸣着，一股股青草的味道传过来，沁人心脾。

我画得心不在焉。看到这个男模就这么赤身裸体地坐着，我有一种很荒谬的感觉，感觉一点都不真实。

时间到了之后，男模穿上衣服，离开了画室。已经是午饭时间，我想和高英去打饭，却怎么也找不到她。

我把颜料收拾完，才看见高英。她的手里握着一张纸片，看起来很兴奋。

我抢过来一看，上面是一个写得很潦草的手机号码。

——谁的？我问她。

高英一开始不想告诉我，后来才扭扭捏捏地说，是那个男模的。

我对高英颇为敬佩。她是个很奔放的女人，敢爱敢恨敢上床，比我优秀得多。她经常和男同志出去厮混，有时候是她所称的表兄，有时候是和学校已经中年发福的老帅哥，她总是可以在最短的时间把男人擒获在她的胯下，像驯服一匹马。

两个月之后，高英怀孕了，据她说，男模是孩子的爸爸。她怀了孕，好像一点都不悲伤。

我说你应该提心吊胆坐立不安什么的，而不是这样死猪不怕开水烫。

她说讲实话一开始我是有点害怕的，但我现在好多了。我总是以为自己不是一个真正的女人，和男人睡觉肯定不会怀孕，可我终于怀孕了，这个事实让我高兴。

我说你这个傻丫，如果你现在不抓紧时间把这个东西拿掉的话，时间一长，你后悔都来不及，我可不是吓唬你。

我们去了一个成人用品商店。

我曾经和高英一起进去过，在那里买过杜蕾斯。有时候她也买那种有水果味的套子，它们光洁细致没有圆点和凸起，看起来没有什么杀伤力，每盒十二个，颜色各个不同。

我们问那个女店主有没有打胎药。

她说有。

我说多少钱，你给我们拿一包。

她说贵倒是不贵，一百多，但我们必须得说出来怀孕多长时间了。

这个问题难倒了我们。这个问题还有另一种形式的问法：小姑娘，你告诉我，鲸鱼的生殖器是什么颜色的？我她妈的怎么知道怀孕多长时间了？我们又不是妇科医生。

她说你们还能记住上一次来月经是什么时间吗？

我看看高英，她摇了摇头，如果要是问她上次跟爸爸要钱没给是什么时间她也许会记得更清楚。

那个女人摇了摇头，她说这种打胎药只对四十九天之内的怀孕有效果，超过去就不行了。

七七四十九，够吉利的，这种药听着像是老道炼的某种仙丹，而不是打胎药。

——超几天也不行吗？高英撇着嘴说。

——不行，只是白受罪，疼了半天打不下来，弄不好会流血不止，搞出人命——你们能确定是在四十九天之内吗？

——你别管那么多，给我们拿一包，我们回去自己吃。

——不行，你们不能确定时间，我不会卖药给你，这不是钱的问题，你就是给我两百元我都不会卖药给你，这是为了你们好。女店主说。

这个女人是我见过的最有职业道德的成人用品店老板，看来我们只好去医院了。

我向那个店主人道了谢，拉着高英出了门。高英现在才意识到事情的严重性，有点笑不出来了。

回到学校，我向老师请了病假，说高英犯了急性肠胃炎，要送她去医院。辅导员很热情，说你们可以去校医院，我可以给他们打个电话。我急中生智，连忙说高英的姑妈是人民医院的护士长，拒绝了他。为了稳妥起见，我们还真去人民医院挂了号，让医生给开了假条。这样，老师一旦认真查起来，保证滴水不漏。

从人民医院出来，我们直奔妇产医院。公渡先生曾经说，妇产医院其实就是打胎办，这话是不错的。病房外面坐着好几个女生，个顶个垂头丧气。一个小女孩儿不停地用皮靴踹身边男生的腿骨，充满愤恨。男生低眉顺眼地赔着笑，露出一副淫贱之相。高英好像也被她们传染了，老老实实坐下。她把钱包递给我，让我去忙活。

好不容易我才排到号，把票据递到一个被人们称作王主任的女大夫手里。王大夫看了我一眼，从眼睛里流露出一丝惋惜。

我由此断定：这是一个好大夫，我找对人了。

——大学生，是不是？她说。

我嗯了一声。

——跟我来吧。她说。

她没有为难我。

她把布帘撩开，让我进去。

——不是我，是我同学。我说。

——那你让她进来。王大夫说。

我喊高英进来。

高英进去的时候，正好一个护士托着一个托盘走进去，险些被她撞翻。

女护士白了高英一眼。

——急什么，早干吗去了？女护士说。

高英脸色通红，把大衣和围巾脱下来，递到我手上。我瞪了那个女护士一眼，准备和她吵一架。

——没事，你去一边等着吧！王大夫说。

我这才稍微平静下来。

过了大概几十分钟或者更长时间，王大夫出来了。

——你们同学没事，够壮的。她说。

我的心一下放了下来。

高英在里面喝了一杯热牛奶，又躺了一会儿，才慢慢走出来，腿有点儿打晃。高英身体真的不错，没有让我把她背下楼。

我不知道是谁设计的楼房，一点儿都不讲人性，连电梯都没有。我诅咒他。我扶着高英走下四楼。高英坐进出租车的时候，我明显感觉到她在发抖。

高英唯恐回家休息被家人看出端倪，只能回宿舍住着。她有时候还会轻微流血，但好在过了一两天就彻底止住。

她老老实实在宿舍住了一个星期。期间，辅导员探望病号一次。看到高英的症状，他虽然多少有些疑心，但他还是给了高英一条生路，没有深入追究。

别的女生虽然知道这件事，但对她都带搭不理——这些人一个比一个正经，连听到荤笑话都会堵上耳朵！没人同情她，活该！还好没人去给打小报告，否则的话，高英不是背个处分，就是得乖乖走人。只有我每天都服侍她，给她买饭买菜，帮着她打开水，陪着她说话聊天，好像是我把她给睡了似的。

高英告诉我，她是在学校后面的小树林里和那个男人做爱的，在几张报纸上。在她还没有准备好的时候，那个男人就进入了她的身体。

高英说，我再也不会和男人在几张报纸上做爱。和那些硌在你屁股、膝盖、手心下的小石子比起来，刺激和快感简直微不足道。

我说你是不是疯了，这个时候还说这些话？他在哪儿呢，你告诉我？

高英低下头，沉默不语。

那个男模只当了一次人体模特，后来再也没出现，听说是和一个模特经纪公司正式签约了。

高英说她再也没见过那个模特，自从高英怀孕之后，那个哥们儿就人间蒸发了。系里又重新请了一位老先生当人体模特。他有点像伊斯特伍德，又高又瘦又硬，脸上的皱纹很密，一看就知道饱经沧桑。他的胸肌已经开始萎缩，性器官灰头土脸，只能依稀看出，当年也是一把好枪。

我说，高英，给你出个谜语，你如果猜出来，晚饭我请。如果你说不上来，今晚就别支使我，好不好？

高英想了想，同意了。

——听好了：萝卜烂在地里，白菜遭了霜冻，女人生孩子，牙疼。这四种现象是同一种原因导致的四种结果，你说，同一种原因是什么？我说。

高英有点儿纳闷。——你再说一遍。

我就又重复了一遍。

高英摇了摇头。

——我猜不出来。

——你一定能猜出来！

——我怎么猜得出来？烦都烦死了！说谜底吧！

我无可奈何地摇了摇头，胸大无脑，这是对的。告诉你谜底，记住了。要是有人再问你，你就回答说：拔晚了。这就是谜底。

——霍小玉，没这么干的，我这正烦着呢，你还气我！看我不撕你的嘴！高英气得跳起来喊道。

我笑着跑开了。

那段时间，高英变成一个很麻烦的人。她总说她能感觉到自己的乳房好像比以前大了，甚至有时还会分泌出白色的液体。她说天哪这不是奶水吧。

我说你尝尝滋味就知道了。

高英最珍视的部位就是她的乳房。她的乳房和大画家波提切利的名画《维纳斯的诞生》的乳房属同一类型，几乎是一个模子里翻出来的，属于蓬勃的文艺复兴时代，是"一对波提切利式的优质乳房"。不过，维纳斯要是变成一个奶妈，那可就有些暴殄天物。

高英的屁股也比以前大了。高英的屁股很大，是传说中的"海臀"。这个名字是我起的，有专利。我还按照型号和生产日期不同，把女人的屁股分为"大海豚"和"小海豚"。"大海豚"大如磨盘，杀伤力过大，单薄点儿的小男生根本无法消受。"小海豚"浑圆天真，就要可爱得多。

我是一只翘着鼻子微笑的"小海豚"。高英很不幸，她是一个"大海豚"，至今还在茁壮成长之中。

高英每天的任务就是睡觉。

——睡觉受的伤，得靠睡觉才能康复。我总是这样对她说。

我那时候没有感同身受，觉得很无所谓。

高英总说腰上长了很多的肉，自我感觉吃得太多。

我对高英说你可以看看你最近是不是吃多了，评价的标准有以下几个：每天早上起床的时候，握握手攥攥拳，如果握手觉得吃力，攥拳觉得发胀，那就表明你昨晚上吃得过多了。这是因为体内的细胞吸收了过剩的营养后，没有完全消耗而被涨得满满的，所以才会有上述的感觉。

睡觉时流口水也表明你吃得太多。如果任此发展下去，你的舌头在夜间会肿胀，甚至会有血痕出现，如果此时照镜子，你会发现舌头呈浅紫色，有时还会伴有口臭。如果你的饭量超过需要的程度，你还会口舌发干甚至会裂开，舌头运动不灵。当然，因为胃部消化需要的血液供应量大增，你还会出现昏昏欲睡的症状。除此之外，如果食物中缺少粗纤维和维生素，你还会排便困难。

我说你把这些点对照一下，你就会做出自己的判断。

高英攥攥拳咬咬牙努努力进行了艰苦的对照，好像还很艰难地排出了一些体内多余的气体。

她说我想我是有点儿吃多了。我得起来开始上课了。她说。

高英开始到教室上课，一副大病初愈的模样。

面对女同学讥讽和男同学置疑的眼神，高英还是挺过来了。

高英身体彻底恢复之后，觉得面部皮肤有些松弛，就突发奇想，做了一次美容。

她本来已经够好看了，但是单眼皮她总觉得还不够好，想加工一下，捎带着把别的地方也整整形。

我和高英的母亲一起陪着她去了医院。可怜天下父母心，她的母亲是来为她的美容手术买单的。

高英甩给整容师一张明星照片，说你就给我照这个整，整好了算。那是个韩国影星，最近正大行其道，火得厉害。

交完押金，她妈在门外拉着我的手哭了。她说她实在搞不明白高英为什么要整容，这是她无法理解的。我说没什么，现在年轻人都这样。

整完之后，她彻底变成了大美女。和她一起上街，我开始觉得自卑。我花了好长时间才逐步适应过来，我终于恢复自信是通过这么一件事。

我们到茶馆喝茶，喝了一会儿，都有点儿走肾，就去上厕所。她先进去，我在外面候着，我总是得让着她，也不知道为什么。完事之后，她出来洗手。我进去之后，发现她和以前一样，撒完尿没冲马桶。并且，马桶的帮上有两个鞋印儿，一看就是蹲在上面尿的。这些东西都是我教她的，看到她这样坚持我很高兴。我一下意识到，虽然她整容了，但她内核的有些东西无法改变。后来我就有勇气面对她那张完美无缺的脸。

我向来对人造美女颇为不屑。我知道，为了让小蛮腰看起来更加可人，玛丽莲·梦露从自己腰上取下了两根肋骨。可是，玛丽莲·梦露的下场也很悲惨，据说是在和她的高级情人共浴爱河沉沉睡去之后，被两颗塞进肛门的毒丸夺去了性命。由此我断定：女孩要学会自重，不管什么人，想要往你的身体里面塞东西，不管是硅胶、药丸还是生理盐水，统统不行。

一个女人，即使是清汤挂面，也比人造肉或者素鸡素鸭清爽很多。

需要说明的是人造肉这个概念，可能很多人没有听说过。这是我在那个县城中学苦读时经常会吃到的一种菜，据说是用豆腐做的，是肉类的代用品。人造肉有时候味道不错，有时候会有一些牙碜，离开那个学校之后，我就再也没吃过。

我慢慢发现，虽然高英的脸比以前好看了，但总觉得好像少了点什么东西。尽管她原来的脸上有某种缺憾，但它是生动的，有灵气的。

她的整容手术好像把这个全整没了。整完容后，她的脸显得很呆滞，有些僵硬。她的脸上没有了原来的神采，变成了一个和大多数漂亮女孩都差不多的漂亮女人。于是，我知道，美不是模子里刻出来的。

在我们都适应了高英的这张脸之后，这个明星开始过气，这种脸型也受了连累，开始显得陈旧。这让高英无所适从欲哭无泪，她说早知道这样不整就好了。

我说你应该感到庆幸，如果整成M ichael那样，打个喷嚏鼻子都会塌了，那才是彻底完蛋了呢！

第七章

> 每一个人是一个器官，是神为了感觉世界而设计的。倘若这样，我是什么器官呢？我想我可能只会是神的皮肤上一根纤细的毛，温暖会让我舒展，静电会让我震颤，寒冷会让我发抖。

那年元旦放假，我没回家，准备好好地画一幅作品。那时候，我对表现主义入了迷，总是幻想成为一个前卫女画家。在我看来，她们的私人生活安逸闲适摇曳多姿，是我梦寐以求的那种。我让一个男同学大雷帮我钉了几个画框，厉兵秣马准备大干一场。

我忙活了一天，整的身上全是颜料。我正要去洗澡，却接到了马路的电话。他好像是从地球的另一端冒出来的，让我格外兴奋。我问他是从哪里得到我的电话的，他说是从马童那里。

马路和马童关系一直不错，在学校的时候，他们就在一起踢球。马童那时候并不知道我和马路的事，所以才给了他我的电话。后来，马童知道我和马路关系非比寻常的时候，他的肠子都悔青了。

马路告诉我，离开学校之后，他一直在广东的一家广告公司上班，虽然他在那家公司学了很多东西，但活得很不理想。他说他要来北京发展。

我以为他是随便说说，并没有当真。要放弃几年的努力，来到一个陌生的城市重新开始打拼，我觉得这种想法有些天真。马路却真的这么干了。几天之后，马路打来电话，告知我车次和抵达时间，让我去车站接他。我终于又能见到马路了。我从来没有奢望还能和他再次见面，对我来说，那是生活是过去时态，或者是完成时态，从来不会是将来时态或现在进行时。接到他的电话，我高兴了很长时间。

我没有进站接过人，这是第一次。

我提前去了车站，买好了站台票。我在显示屏证实了他乘坐的那趟列车抵达的时间。我不能提前进站，只好站在外面的广场上。广场上的人很多，有一些是提前返家的民工。除了行李之外，他们几乎无一例外都带着一个涂料桶，让我觉得很奇怪。我不知道他们大老远拿这个涂料桶回去做什么用，但他们必定有自己的道理。我点了一支烟。一个老妇女始终在我的左右转悠，看样子是想等我把烟头甩在地上的一瞬间冲过来罚我的款。我识破了她的诡计，我把烟头在已经空了的烟盒里拧灭，扔进垃圾箱。老妇女不甘心地走了。天气很冷，广场上的人都穿得严严实实，几乎让人看不出他们的眉眼。

我不停地看时间，还差十分钟火车进站。我站起身向出站口走去。我站在站台上，张大嘴，呼出嘴里残余的烟草气息。他不喜欢我抽烟。

广播里说，列车可能要晚点半个小时。我恍恍惚惚，以为是马路所乘坐的那个车次。我在站台上又点着了一支烟，压抑着自己的兴奋。

我的周围突然热闹起来。我以为那是别的车次，和我无关。人们在车门挤成一团，行李箱撞击着地面。许多人走过我的面前涌过。我从人群的旋涡之中挤出来，到了一个稍远的地方。我偶然看了一下列车上的牌子，天哪，这居然就是我要接的那列火车。

我慌忙向八号车厢跑去，有点儿跌跌撞撞。我一面跑，一面向车厢里面看着，生怕把马路错过去。我特别使劲地往前跑。我跑到半路，一下撞到一个人，我连对不起都没顾上说，正想往前跑，却被一把拉了回来。一双手抱住了我。马路向我微笑着，吻了一下我冰冷的脸。

——跑什么？他说。

那天，我觉得他特别好看，似乎带有几分老男孩儿才有的沧桑。我们跟在其他旅客后面，肩并肩地向车站出口处走去。马路拖着他的手提箱，我们不停地看看对方。

我们走到出租车站，出租车还没有来。马路停下来，解开他的大衣，把我裹在里面，像一只老母鸡一样准备将我孵化。接他之前，我特地剪了头。整齐的头发帘挂在前额，后面的头发顺滑地披在肩上。这个发型显得我的头很小，惹人心疼。我觉得自己既纯洁又淫荡。

马路把我的头抱在他的怀里，他说你现在的发型整个就是一帘幽梦。

我们直接去了一个小旅馆。我们一进房间，服务员还没有把门碰上，他就把我拥在怀里。我最见不得男人这种把人搂在怀里，拥而狂探、狂蜂浪蝶的劲头，透着急不可耐时不我待的俗不可耐。

——八戒，斯文。我掐着他的手说。

我把衣服整理一下，像个高贵的婊子。

——我饿了，我们先去吃饭。我说。

我们找了一个小饭店，安静地吃了一顿饭。那家饭店的椅子很特别，椅面被雕成了屁股的形状，中间有一条棱，你坐上去，严丝合缝。当然，如果你的屁股过于肥壮，你的肉会从这个模子里溢出来一些。这是一个烂俗的创意，让我非常痛恨。它时刻提醒着你，你的屁股真实存在，不管你是青年才俊还是窈窕淑女。

吃完饭，我和马路又回到了旅馆。那家旅馆离我的学校很近，虽然挂着宾馆的牌子，其实就是一个小旅馆。除了有个带淋浴的卫生间，房租比较便宜，其他都没什么特点。我先洗完澡，然后马路去洗澡。我穿着有些发湿的衣服躺在床上，趁着马路不在，点了一支烟。我喜欢在这样的房间待着，那让我有一种从生活中逃逸出去的感觉。

房间很安静，虽然还在这个城市，但你的心已经去了别的地方。马路的旅行箱里居然还带了一个床单，是当年我最喜欢的那个。马路细心地把它铺在床上，我们做爱。我们都很卖力，除了松节油的气味之外，我的身体还散发出其他味道，这些味道包括：泥土、雪水、甜姜、麝香、菠萝、阳光、迷迭香、茉莉、糖果、天堂、海绵、玫瑰、海草、南太平洋的海水、树林、田野，像一部前卫话剧里描述的那样。这种味道让我痴迷。

我的肉身微微发酸，有些像熟透的热带水果，这多少让我有些难堪。房间里的暖气很足，我出了很多汗，像是一匹卖力的母马。

他抚摸着我的乳房，舔了舔上面的汗珠，说你现在真的是水乳交融。我像一个果子，一夜之间熟透，掉在地上，烂软如泥。

我在床上颠来倒去，从来不知道自己的身体还有这么大的能量。我从来不知道自己的身体会散发这么多的味道，让人意乱情迷。我没了时间的概念，在床上贪得无厌，赤裸裸地尖叫和撕咬着自己的青春，像是一只母兽。

第二天早上醒来，床单已经皱成一团，再没有任何美感可言。

马路问我，感觉怎么样？

我说，你太粗暴了。现在的男孩哪有你们那么粗鲁，你看他们个顶个都那么纯情，好像没有精液的。你们这些六七十年代生人，上不了床就嚷得撕心裂肺，上了床就恨不得把人弄死，就跟几辈子没见过女人似的。

马路笑了。

我后来问他，在离开学校之后，他和韩静有没有联络过。他说已经没有任何联系。他曾经按照韩静留给他的地址，到她家去找过她。但她的家人说，韩静已经去了南方，在一家贵族学校当老师。马路给她写过信，但从来没收到过回信。马路说这些话的时候，有一些落寞，想必不是谎话。

马路决定在北京发展。他租了一间半地下室，把生活安顿下来之后，开始往人才市场跑。凭着自己的能力，他很快就在一家广告公司找到了一个设计师的工作。他在那家公司干得很卖力，老板对他也很器重，没多久，他就混成了设计总监。当然，现在说起来很简单，几十个字就可以概括，但在当时，他的确干得很辛苦，晚上熬通宵搞竞标方案是经常事。

马路经常出去和老板一起谈客户，经常和客户一起喝酒。他原来是个滴酒不沾的人，对自己很刻薄。他刚来北京没几个月，就把自己变成了一个酒场上的老手。我对他这种转变很吃惊。

——人在江湖身不由己，这也是没有办法的事情。马路对我说。

我的课程很紧，和他见面的机会并不多，只有在周末，我才有时间去找他。马路直到当上设计总监，才有了一点自己的时间。马路的公司靠近理工大学，我经常和马路一起到理工大学去游泳，那个游泳馆靠近舞蹈学院，经常可以看到很多美女，我想这也是马路带我来的原因之一。

　　马路非常喜欢游泳，每次来这里，不把自己累得像个海豹，只能用双手撑着从游泳池爬出来，他就不罢手。

　　我在游泳池边上坐着，看一个女孩儿穿着游泳衣昂首挺胸走过去。女孩儿一看就知道是学芭蕾的，有些八字步，像一只羽翼未丰的小鸭子。看得出来，她的年龄并不大。她的身边是一个殷勤的男人，正在为她鞍前马后地忙活。我有些刻毒地想：只要上了床，用不了几分钟，小姑娘的一世贞操就奉献了。

　　我记得，我也是这样，满怀着骄傲一天一天长大，充满了无限的期待，不过，这种期待正在一天一天褪色，露出了锈迹斑斑的冷漠。

　　马路还在游泳池里劈波斩浪，好像把我给忘了。我拿出浴巾裹上，觉得有些冷。游完泳，我在马路宿舍里睡觉。我正在看一本书，里面的一句话让我印象深刻：每一个人是一个器官，是神为了感觉世界而设计的。倘若这样，我是什么器官呢？我想我可能只会是神的皮肤上一根纤细的毛，温暖会让我舒展，静电会让我震颤，寒冷会让我发抖。

　　马路出去上班，在他出去之前，我们在床上做了早操。早操使我疲惫而慵懒，我半躺在被子上，抽着烟看着外面。

　　马路的宿舍很暗，经常不见阳光，我昨天洗了澡，所以屋里变得很潮，让人很不舒服。我打开电热取暖器，过了好大一会儿才稍微缓过来一些。想看看外面，窗户上已经满是水汽。

　　我有点想家，有点想爹。爹一直对我有很高的期望，经常对人说我不会是一个普通女孩，好就会非常好好出一个样子，坏就会非常坏坏出一个样子。总之，在他心目中，我不会是一个平凡的人。但是，亲爱的爹，我让你失望了。我把一切都搞糟了。

　　我现在变成了一根无足轻重的毛，我所有的梦想变成了水蒸气，湿乎乎的，形状模糊，凝结在玻璃窗上。

因为工作忙的缘故，马路再也没有拿起画笔，他迷上了摄影。和画画比起来，摄影要简单直接得多。马路对器材很迷恋。他原来有一架尼康相机，后来，他又买了一部瑞典哈苏相机，光机身就两万多块钱。

马路把他的宿舍变成了摄影间。他买来了黑红两色的窗帘，还买了两个大大的闪光灯。他经常给我拍照片，总是喜欢拍赤身裸体的那种。不过，说实话，好作品不多，大部分是滥作品。虽然他有很好的器材，但是效果并不理想。我很同情他，他永远不能成为摄影家，就像他永远不能成为画家一样。艺术这碗饭，不是谁想吃就可以吃的。没有灵气的话，这碗饭实在难以下咽。创作需要技巧，但更需要灵气，和技巧比起来，灵气更重要。同样，和努力比起来，灵气更重要。一个努力工作但没有灵气的人不过是一个匠人，这方面，我相信某种天赐或是天启的东西。

一个人若没有艺术天分还要孜孜以求是一件既可悲又可怜的事。有的时候，我真想对马路说：算了，你还是该干什么干什么吧！那虽然可能会伤害他，但对他也许是件好事情。但我从来没忍心对他说出这句话。

他买了一台幻灯机用来打光。幻灯机咔咔响着，不断闪回着一幅又一幅画面，投射在白墙上面。有的时候是黄土地，有的时候是残破的佛像，有的时候是茂盛的植物，颜色绚烂得一塌糊涂。我站在这片光影的笼罩中，摆着各种姿势。马路一边低头看着取景器，一边指点着我。他拉着快门线，像拉着炸药包的导火索。

——八分之一秒，起爆。他说。

两个闪光灯同时射出白光，我的眼睛像是被照明弹灼伤，出现了暂时的失明。他把那些已经永远定格的照片制成幻灯片，和我一起欣赏。我看着被放大的自己的裸像或是巨大的面孔，有点目眩神迷。

又是一个周末，我正在画室画画，忽然接到了马路的传呼，让我马上打车过去，说是要给我一个惊喜。我本来不想去，想接着画画。呼机又响了一遍。我只好扔下画笔，匆匆洗了洗手，打了一辆出租车赶过去。在马路的宿舍，我见到了公渡先生。我惊喜地叫了一声，和他热情拥抱。

他刚来北京没几天，是和马路在人才市场偶然碰到的。这种概率，和在遛狗的时候碰到一个外星人差不多。如果不是缘分二字，简直无法解释这件事。除了穆江，我们又重新聚在一起。再到后来，安可和美心也先后来了北京，我的朋友队伍越来越壮大。

马尔克斯说过，作家最好的写作地点应该是在妓院。在我看来，公渡先生住的地方比妓院也好不到哪儿去。他那时住在一个廉价的集体宿舍，和很多人混在一起，有诗人，有画家，个个看起来都牛气冲天。那些所谓的诗人我当时见到他们的时候，个顶个都像流氓。孰料几年过去，他们都修成了正果，居然成了网络诗人的中坚力量，变得大名鼎鼎，我感到很可笑。

当然，除了这些艺术家，公渡的周围还住着许多漂亮的女人。她们活得很好，经常开着煤气炉煲汤喝，比这些艺术家活得滋润。那些艺术家把这些昼伏夜出的女人称作流莺，确实很形象。

公渡先生先是在一家咨询公司工作，做职业骗子，等挣够了一年的房租和生活费，我就没见他再上过班。他每天待在家里，不是和那些艺术家聊天，就是一个人闷在屋里看书写东西。有时候他也从二渠道书商那里接一些枪手干的活儿，帮人攒些稿子。有些书商很不是东西，经常克扣他的钱，弄得他很生气。

为了写作方便，公渡还买了一台二手电脑，那是他屋里最值钱的东西。电脑的键盘口有问题，开机的时候得在机箱后面的插槽里别上一根牙签才能正常启动，只有公渡先生明白其中的奥妙。

公渡先生经常一边对着电脑写东西，一边喝着啤酒。我猜，他写的东西一定会带着一股啤酒味儿。

他说，喝啤酒时，打个肥嗝，口水喷在显示屏上，像是一粒一粒璀璨的钻石。

我经常过去找他聊天。马路不喜欢我老是去找公渡，唯恐我和他干出偷鸡摸狗的事。要知道，作家通常不是道德标兵。

有一次，我和公渡在茶舍喝茶，马路突然气势汹汹地闯了进来。结果，那天闹得很不愉快，公渡很生气，很长时间都没有理马路。

马路总是对我不太放心，就像我始终对他不太放心一样。我根本不管马路的告诫，想去的时候，我还是去找公渡。和他当老师的时候一样，公渡先生总是一支接一支地抽烟，抽得很凶。

——你抽这么多烟不是好事，你的肺会被熏黑的。我对公渡先生说。

——不为无聊之事，何以遣有涯之生？他说。

说这话的时候，他正端详着一支冒出青烟的烟，就像一个狙击枪手端详一颗子弹。

偶尔他也抽一个新疆女诗人送给他的莫合烟。我记得那时候他是用一个椰子壳来装烟草的。莫合烟烟草都是一粒一粒的，像是植物的种子，很香，但是不能多抽。烟纸也很特别，一打一打的，用的时候从上面撕下来一张，撒上烟草，卷成小炮筒，用口水粘住，就可以美美来一口。像一切敬惜烟草的人一样，公渡先生抽烟抽得很彻底，基本上寸草不生。

他总是把烟头随处乱丢。他从来不把烟头放进烟灰缸——他根本没有烟灰缸。那些烟头大多扔在屋门口，猛一看，像是从门缝爬进来的某种黄色的小生物。没烟抽的时候，他就变得很焦虑。他会像一个觅食的野兽，在地上拾起烟屁，弹两下烟蒂，点上，狠狠地嘬两口，和乞丐做得一样标准。

公渡先生以为自己是这个城市最伟大的懒汉。但据我看，在无所事事这一点上，他和别的懒汉并无任何不同。他的呼吸与排泄并不因为写作而变得更加高尚。相反，他比别的懒汉生活得还要卑微。作为一个作家，他的生活连一个普通人都比不上，这说明，他是失败的，即使作为一个普通人也不成功。虽然一些人客气地和他打着招呼，骨子里却是客观的冷静的瞧他不起。和他周围的那些人比较起来，和带职进修的诗人、访问学者、画家、退休干部、房东、菜贩子等人比较起来，他不是一个成功者，从来就不是。

他们已经安身立命，可以无所事事，但他不行，他房无一间地无一陇。

他要独自负担生活的成本，没有一种体制可以保障他衣食无忧。

我知道，虽然公渡先生表面看起来像是卧龙岗上散淡的人，内心却很焦虑。我判断，他迟早会得上抑郁症。有时候，公渡先生也会对自己产生怀疑，会抱怨自己的写作全无价值。在这个"一双靴子比莎士比亚更有价值"的极端唯物主义的时代，即使是莎士比亚再世，他也会绝望，也会对写作丧失兴致，更何况一个一文不名一事无成的边缘作家，但公渡先生还是在坚持。虽然他不知道为什么坚持，这样的生活会得到什么样的惩罚，但他执迷不悟。实在写不出东西来的时候，他仍然要在电脑面前枯坐着，保持一种写作者的姿态。

我感觉，他这样硬撑着与其说是一种习惯，不如说是一种祈祷的仪式，也许是在期待灵感降临。

我曾问起他为什么起了"公渡河"这么一个奇怪的笔名，他笑了笑，说道：这可是有来由的。这个笔名来自《箜篌引》，《箜篌引》者，朝鲜津卒霍里子高妻丽玉所作也。子高晨起刺船，有一白首狂夫，披发提壶，乱流而渡，其妻随而止之，不及，遂堕河而死。于是援箜篌而歌曰：公无渡河，公竟渡河，堕河而死，将奈公何！声甚凄怆，曲终亦投河而死。子高还，以语丽玉。丽玉伤之，乃引箜篌而写其声，闻者莫不垂泪饮泣。丽玉以其曲传邻女丽容，名曰《箜篌引》。

我听了之后，有些不明所以。我说，既然这个白首狂夫不能乱流而渡，何苦还要固执己见？

公渡先生笑了笑，说道：这不过是表现了一种理想，每个人都想从此岸到达彼岸，殒身不恤。

我说，我始终觉得这个人白首狂夫不过是个酗酒者，你看他大早上起来，刚刚爬出被窝就披发提壶乱流而渡，连老婆的话都不听，最后白白搭上二人的性命，这不是发酒疯是什么？

公渡先生说非也非也，公无渡河，公竟渡河，堕河而死，将奈公何！你看，多感人！这个白首狂夫其实是一枚被理想主义浸透的坚硬的核，疙疙瘩瘩的在中国文人喉咙里鲠了不知道多少辈儿了！知其不可为而为之，虽千军吾往矣，透着那么一种悲壮和苍凉。说实话，这个场景如果加以适当的表现，就是一幕很好的悲剧，绝对有很强的冲击力。

我说，那这个人究竟为什么非要过河呢？从你的话里，我没听出来一点儿他为什么非得过这条河！

公渡先生说：我也不知道。

——不知道你还说这么热闹！我说。

——知道了就没劲了！你要是给他一个答案，你就俗了。这个悲剧悲就悲在没有人知道这个人为什么非要乱流而渡堕河而死，这才是最刺激的！我就喜欢老头这个牛叉的劲头！公渡先生说。

公渡先生出去送稿子，把我一个人留在家里。他说桌上有书，你自己翻着看吧。我看了一会儿亨利·米勒的《南回归线》，觉得没什么意思，就在他的书架上瞎翻起来。我看到一本相册。打开一看，里面的女人我认识，是公渡先生原来的女朋友。她曾经到学校来过，所以我认识。后来，不知道什么原因，她和公渡分手了。那些照片后面都写着字，像是一张张明信片，不过我没有看是什么内容。

我听见外面有动静，以为是公渡回来了，就探出头看了看。原来是隔壁一个男人正在泼水。他看了我一眼，我认出他来了：是那个年轻的人体模特，也就是把高英给折磨得很惨的那个人。我把相册放好，敲门进了他的屋。

男模正在穿上皮装，墙上是一张巨大的演出海报，是他的形象。

——你好，有事吗？他说。

——我见过你，你到我们学校当过模特。我开门见山地说。

——哦，那可真够巧的！他笑了。他可能听公渡说起过我，知道我的来历。我却没笑，对他很生硬，对这种始乱终弃的人，我一直都很痛恨。

——你应该去看看高英，她为你怀了孕，后来把孩子拿掉了。我说。

模特没说话，只是有些诧异地看着我。

——高英是谁？他说。

——你别装傻，你在我们学校做模特的时候，和一个女孩睡过觉，你难道忘了？好好想想，她的屁股很大，上面有一块三角形的胎记。我说。

他盯着我看了一会儿。

——我的确在你们学校做过人体模特，但我从来没有和那样的女孩儿睡过觉。他说。

——你是在报纸上和她干那事的，你想起来了吗？我说。

模特不急不慌地系好皮装上的最后一个扣子，又把鞋擦干净。

——我从来不和女孩在报纸上做爱。没有床的时候，我会选择沙发和桌子。我不喜欢和那样的女孩做爱，因为她们太贱了。男模说道。

我把手指并拢，准备甩起来，狠狠地给他一个耳光。他抓住了我的手，把它轻轻地放下来。

——如果你不是公渡的朋友，我会揍你一顿，比你狠。去问清楚你的朋友，她既然能说出我，她也会说出别的人。他说。模特离开之前，把锁放在我的手里。

——我还有演出，我得走了，你要是觉得这个屋好玩，你就待着，别忘了锁门。他说。

我坐在那个屋里待了一会儿。

我被弄懵了，很难再分辨高英说的是真是假。她总是生活在梦里，神志不清。有时候，她明明说让我递给她杯子，但她其实是要奶粉，你和她争论，她总是不认账。关于这件事，有三种可能：一种可能是她对模特一见倾心，真的和他上了床；另一种可能是，她和别人做爱，然后骗我说是和模特干的；第三种可能是，她把灵魂和身体同时给了不同的人，怀着和模特做爱的想法去和另一个人苟合。直觉告诉我，我可能是错怪了这个模特。但我不能原谅他对我的态度。在锁上门之前，我用他的水果刀，一点一点剜掉了海报上他的眼睛。

高英毕业之后，随随便便嫁给了一个男生。那个男生是搞计算机的，和她认识不到一个月。我们都没有和自己最爱的人结婚，她又提供了一个例证。

她一直没有告诉我那个让她怀孕的男人究竟是谁，似乎有什么难言之隐。

第八章

　　生活会按照它自己的既定步伐在前进，像一个意志坚强的中年男人，目不斜视。它外施仁义心中却暗藏心机，既不会为你网开一面，也不会对你法外施恩。

马路不是一个负责的人。在这方面，他不像企鹅，有点像海豹。

企鹅是一种很有责任感的动物。企鹅相亲的数量庞大，每次可高达一万多只，当它们找到自己中意的呆鹅时，便会不停地交谈着，当对方同意后，才结为夫妇，行周公之礼。一旦结了婚，即使夫妻分散，它们也可在成千上万的呆鹅中找回自己的爱侣。母企鹅生蛋之后，由公企鹅负责孵化。公企鹅会把蛋放在自己的脚面上，用自己腹部肥厚的毛皮盖住它。这个孵化的过程很长。公企鹅就在冰天雪地里这么站着，等把蛋孵出来，它会累掉一圈脂肪。在女权主义者看来，公企鹅这么干有点缺德，有偷懒的嫌疑，因为母企鹅生完蛋，得拖着瘦弱的身躯，自己走很远的路，潜下刺骨的海水，抓来小鱼小虾，喂给自己吃。她们会认为这是另一种形式上的压榨。但在我看来，公企鹅能够这么干，已经很伟大了。

海豹就不是这样。海豹是世界上最博爱的动物，每次四个月的交配期间，都会和数百只豪放的海豹女做爱，每次可以有两至三次高潮。公海豹整天在海滩上寻花问柳，不停地和母海豹调情，见一个操一个。发情期过去，公海豹因为不能认出谁是自己的妻子，最终也会各走各路。

马路就是一个海豹男，不肯背负过多的责任。做爱的时候，他总是不肯采取什么防护措施。这样做的结果就是，他舒服了，对我却贻害无穷。

我觉得身体开始有异样反应。我去问高英。她看起来很兴奋，说和她那一次的症状完全一样。我想我中标了。

我对自己说了很多话，下了很多的决心。我决定以后不再跟他上床。我决定以后不再跟不戴套子的他上床。我决定以后不再跟不喜欢戴套子的他上床。我决定以后和他做爱的时候一定要有套子，否则我会拒绝。我决定以后跟他上床可以，做爱免谈。最后，我对自己说：说了也白说。每次都是这样。男人总是有他们自己的主意，为了跟你上床，他们什么都会说，也是什么都不会做的。

在马路的陪同下，我戴着口罩进了妇产医院。这是高英告诉我的，她说这可以有效地减少害臊。

大夫很亲热很大声地跟我打着招呼，她说嗨小姑娘你怎么又来了这可是第二次了你还想活不想活，你以为堕胎是玩碰碰车动一动不要紧是吗，我说你大错而特错了。她说这话的时候一点都不避讳，好像我和她很熟的样子。

马路被弄懵了，他看着我，好像我是这里的常客。

我这才想起来上一次我和高英来的时候就是这个大夫。即使我戴着口罩，她还是把我给认出来了。看来，她对我印象颇为深刻。我有些尴尬，我把口罩解下来说，王大夫您好，那次我是陪别人一起来的。

王大夫好像想起来了，连忙向我道歉。

——实在对不起，我还以为上次是你呢！没事没事，下一次来我就不会认错你了。她说。

她可真懂黑色幽默。

马路知道高英的事，这才放下心来。

马路去办手续，我在椅子上坐下来。有一个小姑娘正在哭，已经哭红了眼睛。看到我，她也不哭了，像没事人似的，坐在椅子上，傻乎乎地看着我，好像我是他们中间最无耻的一个，这尤其让我来气。我瞪了她一眼，心里骂了一句傻逼。

我跟在王大夫身后，向手术室走去。

——你别生气啊，我一看到你们这些女孩儿，就想说你们几句，也是为你们好，医者父母心嘛！做完手术，我给你开点好药。我这儿又来了几种新药，据说效果不错，你试试吧。王大夫絮絮叨叨地说。

我含混地答应着，脱下自己的衣服。

另一个大夫拿着一块什么东西，擦拭我的身体。

——我说什么来着？你们的年轻人，简直就是——她抖落着纱布说。瞧瞧，黄的，黄的——我说姑娘，明知道这两天就要做手术，就不能忍忍，啊？非得干出点儿什么事来？你不知道手术前几天禁止过性生活？

我无言以对，都怪他。他是一个小头指挥大头的人，只图自己舒服，从来不管不顾。这要是手术之后感染可就完了，我会变成公渡先生笔下的又一个可悲的女主人公的，这可不是一件让人感觉愉快的事，我想。

我自己嘀咕了一句爱怎么着怎么着吧！反正该干的不该干的我都干了，我她妈的又不是圣女贞德。

手术还是做了。老天保佑，那一个多星期，系里正好采取自愿报名的形式，组织同学到山区写生。我编了一个理由，让高英帮我请了假，在马路的宿舍住了下来。

在马路的精心服侍下，我过得像是一个产妇。马路用电饭锅炖了鸡，还熬了小米粥。我说你不用这么忙活，欧美国家的女人生完孩子就可以游泳。他说那样肯定不行，中国女人比不得外国女人，身体基础不一样，会落下后遗症的。他甚至都不让我洗头，说是怕着凉。我看着他忙来忙去，心里一点儿都不领情。

马路去上班的时候，我看顾城的诗歌。虽然马路告诉我这时候不能看东西，但我根本没理会。

钓鱼要注意河水上涨

水没人了

你的包放在船上

钓鱼要注意河水上涨

到处都是水了

你的包漂在船上

钓鱼要注意河水上涨

水没了

你的包漂在船上

你还小，没想到晚景凄凉

看到这句，我的心很难受。我不知道自己晚景如何，会不会像沏了一夜的茶水那么凉，那么难以下咽。我从来没有让马路对我做出过什么承诺，也从来没有逼着他离婚，让他妻离子散。我压根就没指望着和他结婚。

关于未来我没有更多的设想，生活会按照它自己的既定步伐在前进，像一个意志坚强的中年男人，目不斜视。它外施仁义心中却暗藏心机，既不会为你网开一面，也不会对你法外施恩。从属性来说，生活是中性的，既不好也不坏。对一部分人来说生活是一出喜剧，对另一部分人来说，生活可能是一个灾难，无任何规律可言。所以说，我从来不去想今后会过上什么生活，那不是我所能决定的，我只想活在现在。

我的身体里有一条八脚章鱼，它身体沾满黏稠的液体，向四面八方伸出触须，摸索着卑微的欢乐。也许这种欢乐会使我受到伤害，但生活总有一天会让我变得聪明。

等我的身体好得差不多的时候，马路陪我出去玩。我们去逛商场。他给我买了一件羽绒服，还买了一些小零碎。我正在学会糟蹋他的钱，买一些乱七八糟却实在没有什么用的东西。花钱的时候，我对自己说：我的青春买不回来了。

我们去后海转了一圈，那时候，后海还很清静，没有这么多的酒吧，也没有这么多的噪音。我们还在后海里划了一会儿船。临近黄昏，后海开始热闹起来。一群大妈开始扭秧歌，录音机里传出强烈的锣鼓声。我从她们身边经过的时候，一个突如其来的高音把我吓了一跳。看来，我这个耳朵听这种喧闹的调门的确有些水土不服。

据说，朝鲜战争中，志愿军进攻时除了吹冲锋号，还敲锣。美军士兵最怕听见那刺耳的锣声，只要追命锣一响，他们大多会腿脚发软，乖乖束手就擒。

从后海溜达出来，穿过烟袋斜街，我们去了钟鼓楼。在黄昏的笼罩下，钟楼和鼓楼像两位穿着青布长衫的老头子，孤独地站在那里，四目相向，茕茕孑立。他们看起来高高瘦瘦，又倔又硬，我觉得这才是历史的表情。可惜的是，暮鼓晨钟都已经不再鸣响，钟鼓楼只是徒有虚名。

马路告诉我，钟鼓楼的钟，来自一个铸钟家族。这个家族有个很残酷的传统，为了让铸出的钟发出最好的声色，他们总是把自己的女儿扔进熔化的铜汁。事实证明，这种做法卓有成效，铸成的钟总是声音洪亮响彻四方，深得皇帝器重。但是，这个家族的母亲从来不敢听钟声，而是用融化的蜡汁把自己弄聋。即使这样，她们全身的纤毛仍能够感觉到钟声的震荡。在她们心里，那些钟声就是一双双小手，徒然拍打着门环和故园倾颓的土墙。因为没有家将她们的灵魂收容，钟声越飘越远，直到庾毙在伤心欲绝的路上。

听完这个故事，我的心情变得很忧郁。那天晚上，邪恶的意象让我做起了噩梦。我梦见自己被扔进了灼热的铜汁。我睁开眼睛，发现自己的手指和下肢都已经粘连在一起。我徒然挣扎，像一条濒临死亡的美人鱼。我知道：我也是铸钟家族的一员，是牺牲品中的一个。这个梦让我第二天早上醒来的时候几乎虚脱。我的身体很潮湿，都是一晚上噩梦连连的遗迹。

我把这个故事讲给马路听。我说，这个故事也许是某种预兆。

——那是你的身体过于虚弱。马路不在意地说。

没过多久，我的噩梦就应验了。爹给我打了一个电话，让我火速回家，没有说明原因。我不知道家里发生了什么事，只能让高英帮我告假，用最快的速度往回赶。一到家，我就感觉气氛不太对。爹和妈坐在沙发上看着我，摆出了三堂会审的架势。

——说吧，你和马路都干了什么？爹先开口，一副公事公办的口气，听起来让人后背发冷。

我一下就蒙了。我不知道哪里出了问题，我和马路的事情一直处于地下状态，除了高英，学校里几乎没人知道，更不要说他们。

——我和马路早就断了！我决心顽抗一下。

——你和马路早断了？那我问你，这半个学期，一到星期天就找不到你的人，连同宿舍的人都不知道你去哪了，你干什么去了？爹又说。

——你就那么喜欢跟人睡觉？妈咆哮了一声。她连拖鞋都没穿，跑过来抽了我一个耳光。我没有动，眼睛盯着她，躲都不躲。

啪！反手又抽一个——你这个小婊子！她咬牙切齿地说。她把自己扔进沙发里，哭了。

我把嘴角擦了擦——都抽出血来了，够狠！

爹递给妈一块毛巾，又回沙发坐下，点了一支烟。他们又结成了统一战线，共同对付我，看来我凶多吉少。

——我可以告诉你，马路的爱人打来电话了，说你是第三者，搅得他们夫妻俩整天闹离婚。爹说。也许是他看到妈打了我，怕把我逼疯了，所以口气有些缓和。

我紧闭嘴唇，一句话都不讲。

——你给我滚回房间去，好好想想你办的那些不要脸的事，我不想看你！妈声嘶力竭地喊道。

我躺在床上，爹走进来。

——你妈打得重不重？他迟疑着说，好像有些羞愧，没有管教好自己的老婆。没事，她是更年期，有病。他说。

——她不该打你。爹又说。

他似乎忘了是他打电话把我叫回来的。一种敌意从我心里渐渐冒上来。在教育我的问题上，我认为他们都是一丘之貉，并没有本质上的不同。

——小玉，你跟爸说实话，马路是不是给你拍照片了，我说的是那种照片！爹看到怀柔政策不能奏效，祭出了杀手锏。

我的心打了一个冷战。

直到今天，我都不知道马路的妻子是从什么地方得到了我们家的电话号码。也许是她早在我和马路学画的时候就记下了我家的电话也未可知。如果是这样，这个处心积虑的女人就很可怕。我也不知道她具体和爹说了什么，但肯定说了我和马路谈恋爱和马路给我拍裸照这两件事。她还声称要把马路给我拍的裸照寄给爹。

显然，爹被气坏了。他几乎崩溃，如果说我和马路搅在一起他还可以容忍的话，这件事他绝对不会容忍。他不会允许任何一个人侵犯我，他会捍卫我像捍卫他的生命。

听爹说起照片的事，我的防线彻底崩溃。我毕竟还是一个孩子。我现在已经忘了那天晚上我是如何和爹推心置腹声泪俱下甜言蜜语巧言令色地竭力澄清这件事。我向他保证，我不会再和马路有任何接触。我向他发誓，马路从来没有拍过我的裸照。爹最终还是相信了我，至少假装相信了我。他说，你告诉我马路的电话和地址，我去把你的照片取回来，不管是不是那照片。

我本来想编一个假的，但我看着爹的目光心里就发颤。我一边写，一边心里祈祷着：马路，但愿上帝能保佑你！

第二天一早，爹开着车走了，去找马路算账。我后来才知道，他的风衣里其实还揣着一把刀子。爹恨马路，在他看来，我是无辜的，是被引诱被侮辱被伤害被玩弄的傻孩子，而马路是罪魁祸首。如果马路真的对我做出了什么，他准备惩罚他，哪怕付出同归于尽的代价。

我觉得事态很严重。我偷偷溜出去，避开妈的耳目，给马路打了电话。

我说我爸知道了咱俩的事，要过去找你算账，你最好小心点儿。马路好像是被吓坏了，半天没有出声。我说你也不用害怕，对我爹客气点就行了，他不会对你做什么的。

现在想想，我低估了爹的愤怒。挂上电话之前，我说请你的妻子不要再给我们家打电话了，一切事情都是因她而起。挂上电话，我有一种恶毒的快意：马路会收拾那个女人的，我想。

马路后来告诉我，放下我的电话，他立刻给妻子——现在已经是前妻——打了一个电话，问清了整个事件的来龙去脉。当然，这种询问不会是和风细雨似的，必定会撕破脸皮，充斥着恶毒的攻击、威胁、诅咒和谩骂。总之，马路弄明白了：我和马路的秘密之所以曝光，是因为她在马路回家的时候，在他的摄影包里翻出了我的裸照。出离愤怒之下，她给我家打了电话，掀起了一阵巨浪。

马路对那个女人说：打电话给霍小玉的家长，收回她所有的话，否则，他们就离婚，没有任何商量的余地。

爹直接去了马路的公司。马路一见他来，脸都吓绿了。他强作镇定，说有什么话我们出去谈。他们来到了离公司很近的一个小餐馆。马路要了一壶茶，还要了一大瓶可乐。马路喊了他一声叔叔，说请喝茶。

爹几乎气疯了，他说你这个贱种，谁是你的叔叔？他说原来我一直是喊你马老师的，怎么现在我倒成了你叔叔了？是因为你和我女儿在一起吗？马路被弄得哑口无言。

说实话，马路和我爹的关系原本不错，当年我受教于马路的时候，两个人几乎可以说是朋友。如果不是马路对我做出了这种事，他们还会惺惺相惜。

——你跟我说实话，你为什么拍她的裸照？你还有没有底片？以后再也不许和我的女儿联系，如果让我知道，我会杀了你！爹气急败坏地说。

小饭店的老板和马路很熟，他看着气氛不对，上来劝架说你们都消消气，有话好好说。

爹说你是这个流氓的朋友吗如果是的话就赶快滚蛋。小老板识趣地滚到

275

一边儿去了。

事情陷入僵局，马路几乎无法收场。正在这时，爹的电话响了。为了挽救她的家庭，那个女人慑于马路的淫威，最后忍辱负重，违心地打了那个电话。她在电话里告诉爹，所有的事情都是她编造的，她手里并没有照片，她也从来没见过那种照片。她只是认为马路很少回家，是因为在外面有了别的女人。她理所当然地认为那个女人就是我。她还向父亲道歉，说是给他的家庭带来了麻烦。她恳求他放过马路，因为她还想和马路过日子。说完之后，那个女人在电话里哭起来。

爹接了那个电话之后，用很大的气力，才遏制住了自己的愤怒。他对马路说，你记住，你的命是你老婆救的。你要再和我女儿联系，咱们用刀说话。说完之后，他把刀拍在桌上，起身离开了饭店。

马路后来说起这事，显得颇为不屑。我想，马路是用虚张声势来掩盖他的虚弱。我知道爹不是耸人听闻。爹不是一个俗人，参过军打过仗，如果生逢乱世，他会是个杀人放火的主儿，一点儿都不会含糊。

这场风波总算平息下来，我又回了学校。送我上火车的时候爹对我说，如果我再和马路有任何联系，被他知道，他不会再认我。我知道他确实是为我好。我到学校之后，没有给马路打电话，也没有去找过他。虽然马路曾经来学校找过我，但我避而不见。我想把我和马路的关系仔细想清楚。

我的男朋友是一个有妇之夫，我直到这场闹剧发生之后才明确认识到这个现实。有生以来，我第一次咀嚼到了真切的耻辱感。我想离开马路。我不是一个性情刚烈的女子，不喜欢和人拧着来，但这也并不意味着我会任人摆布。这个决定不是在父母的压力之下做出的，完全是我自己的选择。这是我的真实想法，因为我正一天比一天变得成熟。

来这个学校之前，我对社会一无所知，像个傻乎乎的婴儿。我没见过真正的高人，没见过大世面，没见过大手笔。我被所谓的爱情蒙住了眼睛，变得狭隘浅薄、孤陋寡闻。那时，在我的眼里，马路就是这个世界上最优秀的人。等我真正和社会发生关系我才发现：原来马路和我什么都不是。我们是一对可怜的小丑，在这个世界苟活。他的形象并不像他想象的那样伟大，而我也没有自封的那么优秀，这种感觉是我一进这个学院就可以感受到的，因为这里群贤毕至牛人众多。

这里是学院派的天堂，大部分学员都是科班出身的人，有不少人还拿过国内大奖。没有几个是像我这样走野路子趟出来的。他们的基本功比我扎实得多，思想也远比我深刻成熟，表现主义解构主义后现代主义这些术语他们说得比我要熟练得多。我在这个学院只能待两年的时间，两年的进修期之后，我将重返江湖，做什么工作还很难说。而他们会返回自己原来的单位，还可以继续画画，想画多久都可以。我和他们不是一样的人，不会和他们走一样的路，不会和他们做同样的事，我想他们会比我走得更远。

我是偶然跌进这个圈子里的人，好像失重了。我觉得自己像一块抹布，浸透污秽一无所成，一种莫名的自卑感开始在我的心里滋生。这个世界就是这样，在你见识好东西之前，你总以为自己的才是最好的；但你一见到真正的好东西，你立刻就会否定自己，如果你没有这种基本的鉴赏力和自我批评的勇气的话，你就彻底完了。

马路虽然也是个画画的，但和这些人比起来，他简直不值一提。并且，他画的是国画，和西画比起来，表现力更是差了一大截，他的画放到这些人面前简直就是一个乡下丫头，实在拿不出手。并且，我也没办法把马路领到同学面前，我怎么介绍他——同学们，你们好，这是我的启蒙老师，还是我的男朋友，我和他睡觉——这简直无法想象。坦白地说，我已经开始嫌弃他了。他的形象开始缩水，像一件被水洗过的羊毛衫，很难再弄平整。但我不知道怎么去向马路摊开我的想法，各走各的路。我觉得很烦躁，就去找公渡，想向他讨个主意。

公渡先生还是蜗居在他的那间小屋里。我斜靠着床头，幽幽地抽着烟。公渡先生坐在书桌前面，也抽着烟。屋子里光线很弱，我看不清公渡先生的面部表情，淡淡的烟雾中，只有烟头时明时暗，划出优雅的弧线。我把最近发生的事情都告诉了他。公渡先生只是静静地听着。

——你说，我该怎么办？我问他。

——你们的事儿不应该问我，我能给你们出什么主意？我就是一个生活的窥视者，没有任何发言权。他说。

我忽然想起了我们家那条名叫宝儿的京巴狗。

宝儿是一条很笨的狗，不懂得自我保护，充满了对男性的好奇心。只要公狗围着它的屁股转上几圈，就同意和它们钻到一个不为人知的阴暗角落，进行一次快活的交配。它总是跃跃欲试，但很少有机会能够如愿以偿。我的母亲是它的守护天使，护佑着它的贞操，让那些公狗鞭长莫及。

它是我的好朋友，只要我在家，总是跟着我，寸步不离，从来不管我在做什么。我就是出去和人幽会，也得带上它。我去卫生间把它关在门外，它就在外面大声地抓门并且充满报怨。当我躺在床上与人做爱，扭过一张被汗水和头发纠缠在一起的兴奋到极致的脸想看一下我在镜子中的样子的时候，我发现宝儿趴在床边正吃惊地望着我。我想轰走它，但高潮开始脉冲过来，我不禁呻吟起来。从我迷离的眼看过去，宝儿没心没肺甚至有些幸灾乐祸地瞅着，好像知道我在干什么。

我对公渡说，你就是偷窥者，躲在暗处窥探别人的喜怒哀乐，却从不会站出来给人以帮助。你是个没有责任感的动物。

——不要抱怨，你们都是我的人物。公渡先生喷着烟说。

——你总这么躲在暗处写那些破事有劲吗？我问他。那时候，我还没有看到过公渡先生的任何一部已经成型的作品。虽然他声称正在写东西，但我不知道他到底在写什么。

——等我的东西写完，你再发表意见。公渡说。

——你的小说是什么样，是像普鲁斯特，还是像杜拉斯？

——和谁的都不一样。神本来想创造出一头黄牛，结果却创造出一头水牛。我不想受到作品的嘲弄，所以我保持我的风格。公渡先生装模作样地说。

——亲爱的，我可爱死你了！你可真牛叉！我说着，伸了伸懒腰，带着一种母兽的气息向公渡先生逼过去。我的脸从烟雾里凸现，放肆地盯着他。

我把他的大脑袋拎过来，重重地在他脸上亲了一口。

——你想不想和我睡觉？我说。这是实话，有时候我是想和他发生亲密的接触，就像我和别的男人，就像别的男人和我。

——这样不好。公渡先生有点紧张地坐直身体。不要勾引我，我不想搅进你们的故事里边去。他说。

公渡先生就像惠特曼，粗壮、肥胖、多欲，像一只毛茸茸的野蜂，总是蠢蠢欲动，我相信他对我也有肉体之欲。他站起身来，去了厕所。回来之后，他没有说话，打开灯，拿起一本书看起来。

——灭火去了？我说。

他笑了笑，还是没说话。我百无聊赖地站在他身边，用我的身体顶着他的胳膊肘，一下又一下。我的身体如此柔软，我想他已经感觉到了。

他把书放下，重重地叹了一口气。

——小玉，我是不会和你干什么的，这是一个写作者的立场。我必须得和你们保持距离保持必要的冷静，我也得讲职业道德。他说道。

——谁想和你干什么了？我嬉皮笑脸地说。公渡先生总是这样绷着自己，一本正经却欲盖弥彰。

没过几天，我发现这个世界上居然还有作家比公渡先生更加疯狂。那天中午，我一个人去吃饭，心里有点不痛快，一是因为我和马路的事耿耿于怀，二是因为我被辅导员训了一顿，当然是因为我屡屡请假的事。

高英怕招惹我，早早就去食堂替我排队。走到食堂，我发现门口聚了一大堆人。干吗呢？我问旁边的人。

——一个发疯的作家，这个人写出了一本书，以为自己写出了一部名著，把自己自封为大作家，整天骑着车子在各高校之间转来转去，推销自己的书，还给签名，想不签都不行。那个同学说。

我看了一眼那个大作家，只见他打扮得活像格瓦拉，蓄着茂盛的胡子，长了一头好毛皮，穿了一身脏乎乎的绿军装，背后用红漆写着"著名作家"四个大字，看样子得五十多岁了。边上支着一辆破自行车，车把上挂着一个收垃圾的人最爱用的手持话筒，后架上放着一大包书，看来卖了没几本。黑色的书封上写着一行大白字：最有希望的诺贝尔奖作家！

我连书名都没看，就断定这是在扯淡。但诺贝尔奖作家并不像表现的那么倨傲，看到我在看他，就说美丽的小姐你不买一本吗？我给您签个名！

他的语气很不尊重，听起来像个嫖客，最差也是个太监。边上的人听到他滑稽的腔调都笑起来。我最恨别人喊我小姐了，我又不是干三陪的。我说您的书我才懒得看呢！你还是卖给别人吧！这句话估计是说重了，大作家的脸一下就沉了下来。他说你这个小同学，还没看我的书呢怎么就这么说？

我说著名作家哪儿有自个封的？

他说我不但是著名作家，还是大作家，不信，你买本书看看！

我才不上他的当呢！我说等您得了诺贝尔我再看吧！

他说小同学话可不是这样说的，诺贝尔奖并不是评价作品的最高标准！

我说诺贝尔奖作家不是你的口号吗？可真正诺贝尔奖作家没一个像您这样，推着自行车，自己炒自己的！

大作家看来有点儿敏于事而讷于言，一下子说不出话来。

我才懒得和他理论呢！我拿着饭盆进了食堂，周围的人一下也全散了。

我到小灶点了两个小炒，没和高英一起吃。等我吃饱饭出来的时候，大作家居然没有走，还在那儿站着，手里端着两个快餐盒，好像是跟谁在掷气。一见我又在看他，他把手里的盒饭重重地摔在地上，酸菜和粉丝溅了自己一身。我以为他疯了，赶快撒丫子跑路。跑回宿舍，我看见高英她们都挤在窗户前，对着楼下指指点点，又笑又叫。

我说你们看什么呐？

她们说看大作家呢！

我说你们怎么这么叫唤，发情了？

高英扭过头说，我看那个作家挺可怜的，也没人买他书，就给他打了份儿饭送过去，可他差点儿气哭了。他说我是在施舍他！天地良心，那个菜花了我五块钱呢！我才吃了一个五毛钱的发糕。你看，刚才他把饭菜都甩到地上，恨死我了！

我说你活该，你犯贱，像这种人，你可怜他干吗？你是不是见不得这样的，又想和他上床了？

高英张牙舞爪地向我冲过来。我听说那个作家刚才给人羞辱了一番，是你干的吗？高英把我压在床上问。

我说我哪有那工夫！我把她推开，坐起来，喝了一口水。我庆幸她们没看见我和大作家的交锋，也没看见他的窘相，如果看见，她们一定会责怪我没有爱心。

我只尊重好作家，比如王小波那样的！比如说这句话，"我的逼，有的人配操，有的人就不配操！"说实话，当时我就被这句话震蒙了，真是酣畅淋漓，说到我心坎儿里去了！和他比起来，很多中国文坛里的作家都想写出一部名著然后不朽，但很多时候，他们活着更像是一条狗！再说，到底是谁在拿诺贝尔文学奖说事儿呢？还不是你们！自己写不出好东西，偏偏还要打肿脸充胖子，拉不出屎怨茅坑！你们认真看看诺贝尔文学奖获奖作家的书，哪一个是浪得虚名？你们这些烂人，怎么没替王小波死了去？你们是饿死一个少一个，一点儿都不冤！

后来，我听说这个大作家终于出事了，激情犯罪，杀了自己的女朋友。我认为不少写作的人其实都有病，应该注意自己的心理卫生。

第九章

　　两个人都不用再付出感情，消费起对方来心安理得。虽然我觉得这样不好，但是聊胜于无。

　　公渡先生帮不了我，我只能靠自己。要想从一场无望的爱情中全身而退毫发无损，最好的方法就是移情别恋。这种方式是所有分手方式中伤心指数最低的，不必伤筋动骨痛彻肝肠，值得大力推行。

　　我和大雷好上了。

　　在大雷之前，有一个男人对我表示过好感，他是我的专业课老师，一个声名显赫的油画家。他总是戴着金丝眼镜，是那种看起来衣冠楚楚的人。第一次看到这位大师站在我面前的时候，我还弄不清他的底细，感到很兴奋，曾经说了句神交已久的混账话，让他对我印象深刻，也让我吃尽了苦头。以后，每次在系里组织的舞会上，只要他看见我，必定要我陪着他跳舞。

　　他跳舞的目的很明确，就是为了狠狠地骚扰对方。他的手扶着我的腰，但位置很靠下，准确地说，那个地方应该叫做臀部。他的薄嘴唇不住地说着话，身体有意识地摩擦着我的身体，下面像指挥棒一样坚硬。成都人很形象地把这种舞叫"砂轮舞"，因为两个人下身蹭来蹭去，看起来就像在临阵磨枪。

　　灯光变暗的时候，大师又换了花样，干脆和我跳起了贴面舞。他贴着我的耳朵告诉我，在八十年代，这种跳舞方式很流行。他嘴里的热气不停地喷在我的耳朵上，我像是搂着一头骡子在跳舞。

我是很聪明的，知道得罪他没有任何好处，只好说你们那代人可真敢干，都是精英。他忽然像个孩子似的笑了，他说已经很久没人这么夸过我了。跳累了，坐在椅子上，他厚颜无耻地告诉我，如果他再年轻一些，他会在我一入校的时候就追求我。他说和你们年轻人待在一起就是好，觉得自己又活过来了。

听别的同学说，他和很多女生都说过这样的话，做过同样的事，竭力想把她们拉上床，并且很多时候都会如愿以偿。这一点我也知道，权力比伟哥还有效，会给他和那些女人足够的理由。我还听说，几年之前，老婆和他离婚。因为他的老婆搞传销，挣到了足够的钱，可以离开他彻底独立。这使他在很长的时间都郁郁寡欢，后来他饥不择食，和他母亲的保姆搞在了一起。母亲去世之后，大师把小保姆迎进了家门，去过他家的人都见过那个小保姆对他颐指气使的样子。在我毕业的时候，那个小保姆已经被他扶正，成了他的家眷。他后来收敛了许多，虽然不免有时候还是喜欢对女生动动咸猪手。

大雷是我的同学，比我大几岁，是进修学员。他的专业水平在班里绝对算得上种子选手，经常参加画展，也获过几个奖。

大雷是一个可爱而又粗暴的男人。他最可爱的时候是在画室。他总是安静地画画，或者轻声细语，耐心地辅导我的构图，周围好像什么人都没有，只有我们两个人。只要一从画室出来，他就像变了一个人，无比生猛，我们不停地争吵，为所有的琐事争吵。和他一起出去，我从来没有安全感，不知道什么时候就会冒犯他。

我们的性生活也没有什么诱惑力。过多的烟酒和多年苦行僧似的生活害了他，他的身体在碰到我的身体几分钟之内就会一泻千里。他干这件事就像把衣服送进干洗店，进去得快，出来得也快。从他身上我才知道，并不是所有看起来很生猛的男人都是好的驭手。每次做完，他翻过身就睡，从来没问我有什么感受。我也从没有对他抱怨过什么，就像是一个不解风情的傻女人。

有时候，大雷也会用别的方式抚慰我。他的手纤细而洁白，在它的抚摸下，我像一个初中女生那样容易满足。

我经常做梦，和性有关的梦，期望在梦里获得某种补偿。我会梦到很深的水。我站在水里动不了，水面上漂浮着一些花瓣。水面之下，是一些鱼钻来钻去。水慢慢热起来，我看见那些鱼都浮出水面，睁大眼睛，冷冷地看着我。我的身体忽然涌出了一股热流。我觉得快感一下子喷涌而出，溢满了我的身体。

我在清晨醒来，带着一种高潮之后的愉悦。这种愉悦与欢欣感是上天的礼物和补偿，可遇不可求。

我和大雷的事情是背着马路进行的。我很少去马路的宿舍，也没有给他打过电话。马路曾经到学校找过我，但我都避开了。我想让我们之间的关系彻底冷下来。分手的事情会在我想告诉他的时候告诉他，然后一切结束。这对马路并不残酷。

我知道马路背着我也还有别的女人，就像他在学校时，和韩静暗度陈仓一样。他是一个喜欢交际的人，他现在的路子，比陈仓那条小路要宽得多。在这一点上，我对他的判断从来没有失误。我曾经在马路的底片夹里发现过一些其他女人的照片。我把底片举在阳光下投射，有很多女人在阳光下显影。我认出其中至少有一个是马路现在的同事。

那个女人是设计师，非常白，肌肤细腻，长了细长的腰身。那张照片也是裸照，拍得很美。女人坐在椅子上，双手托着自己的乳房，面带忧郁，像捧着两只濒死的鸽子。

马路一直对我说，我是世界上最美的女人，也是他最想表现的女人。但这是一个谎言，他也为别的女人拍照，寄托的感情表达的理念，一点也不比对我表达的少。我不知道他和那个女人究竟上没上过床，我压根不费那个心。

——谁也别扮纯情了。我对自己说。

马路是一个很敏感的人。我的事情他好像隐隐约约有所感觉，但他就是不说。有一次，他居然混进了学校，还想混进宿舍来找我。他对宿舍的大妈说是我舅舅，大妈居然相信了。只是因为宿舍里没人，才没让他上去。

我那天晚上很晚才回来，满身酒气。他在宿舍门口把我截住，吓了我一跳，酒全都变成了冷汗。他几乎是把我架出了学校。他拉着我出了校门，然后打车回了他的宿舍。他带着满腔的愤怒和我做爱。他后来哭着请我不要抛弃他。我醉得很厉害，什么都说不出来。后半夜的时候，房门被很粗暴地拧开了。我被吓坏了，以为是查暂住证的进来查夜，后来才知道是他的同屋回来睡觉。

我很晚才睡着。我想这一切该结束了。等天一亮，我就偷偷穿上衣服离开了他。走在半路上，我觉得头重脚轻，胃里很难受。我坐在路边，吃了一碗馄饨。正喝汤的时候，他给我打传呼，我看了看，没有回。

我不能回宿舍，那样不但会吵醒别人，还会暴露我的行踪。我摸摸兜里，幸好装着画室的钥匙。我拧开画室的门，却看见了大雷。画室满地的烟头和啤酒罐，看来他又画了一个通宵。

大雷问我去哪儿了，在哪儿过的夜？我说你以为你是谁，你管得着我吗？

大雷听了这句话，哑口无言。昨天我之所以喝醉酒，就是因为他。大雷在酒吧告诉我，他在原来的单位有女朋友，已经到了非君不嫁的地步，准备大雷毕业就和他结婚。

我在窗户前面站着，从大雷的烟盒里取出一支烟点上。我的眼泪流出来，从嘴里到心里都很苦。大雷把我揽在怀里，开始吻我，再也没有问我昨天晚上的事。

大雷去食堂打了早点，端来了我最爱喝的小米粥。他一边剥鸡蛋一边告诉我，他这幅作品要参加美术双年展，他已经报了名。

我却有自己的心事。爹要来北京看病。他这次来还有一个目的，就是看看我究竟还和马路有没有联系。我这人嘴比较快，为了堵上他的嘴，我已经告诉他我有了一个男朋友，就是大雷，但现在已经骑虎难下。

我陪着爹去了医院一趟，去看一个特需门诊。虽然他并没有说是看什么病，但我估计是和性有关。爹对他的身体似乎还抱有幻想。

那个医院在北四环，位置很偏僻。医生一边打着哈欠弹着眼屎，一边给爹开了药方。药方恍如天书，我一个字都看不懂。据说，他们用的药品包括：屎、尿、唾液、残留在女人牙齿间的食物、呕吐物、洗过屁眼的水、经血、臭鱼、狗屎、死尸体内的油、死尸体内的屎、月经布烧成的灰、男子的精液、女性的阴精。将以上原料用神圣的粪便腌渍，然后用蜂蜜搅拌在一起，搓成黑亮的药丸服下，然后就可起到华佗再造的神奇之功。那些药丸价格奇贵。爹在药房的小窗口前犹豫了一下还是买了，还好是公费医疗。

中午吃饭，我请了高英和大雷作陪。虽然大雷有些不乐意来，但还是给了我这个面子。

大雷看到爹很拘束。爹和大雷喝了几杯啤酒之后，气氛才稍微好起来。我有些得意忘形，居然也给自己倒了一杯啤酒。

——霍小玉也喝起酒来了！老霍说道。

我赶快把啤酒杯子推给大雷。

——叔叔，小玉又不是小孩儿，喝点儿啤酒怕什么？高英嬉皮笑脸地说。

——不要艺术家还没当成，先学了一身的臭毛病！老霍说道。

高英冲我吐了吐舌头，再也不敢乱说话。好不容易营造起来的良好气氛像个肥皂泡，一下碎了。虽然饭菜很丰盛，但那顿饭吃得不太愉快。爹没有再说什么，但看起来也不是很开心，他对我自己挑选的男朋友总是有很深的戒备心。送他走的时候，爹对我说：大雷人倒是挺实在，就是面相太凶狠，不像个好好过日子的人。

——搞艺术的人都这样，狠巴巴的。我说。

爹拍了我的脸一下——小玉你还很小，我不希望你这么早就陷入这些俗事中把自己给废了。你想谈朋友的时候，那就看看我。我想当一个作家，但是没有成功，就因为结婚太早。再等等吧，好不好？老霍恳切地说。

我点了点头。

爹开车回去了，带着他的药，回去滋阴壮阳重装上阵。我在心里对他说：晚了，一切都太晚了！一切都已经改变了，我只会成为这种人，成为让你最唾弃的那种人，甚至会成为一个为所谓的艺术卖淫的婊子，谁知道呢？

马路每天都会给我打几个传呼，我都没回。闹到最后我烦了，给他留言说：我们分手吧！

马路没有再给我打过传呼。我以为他已经默认了这个现实，彻底死心。但我随后就发现，他没有。我发现他在跟踪我。几乎在所有的地方我都会见到他，在酒吧里，他在幽暗的角落里对着我不怀好意地笑；在宿舍门口，他会突然跳起来抓住我的胳膊；在睡梦中，他会让我全身冷汗神经错乱。他成为我的噩梦。他的做法让我恶心。

我从画室回来，马路站在梧桐树的阴影里，纹丝不动。我早已习惯了他这种把戏，没有被吓一跳。

——小玉，你跟我回去一趟，跟我说清楚！他说。

——没什么好说的，你不要老缠着我！他伸手过来拉我，我一挣扎，下巴好像被什么东西划了一下，疼得厉害。

高英正好提着两壶水走过来。

——小玉，是你吗？高英颤颤巍巍地喊了一声。

——是我，你快过来！我叫了一声。

高英把暖水瓶放在地上，向我跑过来。马路停止了动作，在一边站着，有些不知如何是好。

——你还不赶快走，还嫌不够丢人？我对他说。

马路还是顾及面子·，转身走了。高英看了一眼他的背影，好像很害怕。

——他打你了？高英问我。

我说没有。

——你的下巴怎么划破了？高英忽然说道。我掏出镜子，才发现下巴果然被划了一道血痕。

——那是谁呀？我总见他在宿舍门口溜达，没想到是找你的。高英说。

我本来只想简单地对高英说几句，糊弄过去完事。可是高英是个很好奇的人，不把整件事情弄个底儿掉，她就不放过我。我实在耐不住她的软磨硬泡，再加上情绪又很差，就把我和马路的事全都告诉了她。听完之后，她说了一句话：我以为我已经够傻了，没想到你比我还傻。没想到，第二天一早碰见大雷，他就对我说，你的事儿高英都对我说了，这个婊子养的，他要是再找你的事，我来收拾他。我心里叫苦不迭，直怪高英多嘴。

说这些话的时候，大雷没有显出一点儿吃醋的样子。他已经不再像我的男朋友，而是彻底变成了我的哥儿们。想必在大雷的心里，我已经不再是那个冰清玉洁的小女生。他不再对我满怀歉意，觉得欺骗了我的纯真感情。他背着我金屋藏娇，我背着他暗度陈仓，他是声色犬马，我是水性杨花，他给我来了个嘣噔呛，我给他玩了个哩格楞，男盗女娼，我们旗鼓相当，打了一个平手。

从此之后，我和大雷的关系进入了一个新层次——不谈爱，只谈性。我们在一起过夜，但只是为了保持心理与生理上的健康。两个人都不用再付出感情，消费起对方来心安理得。虽然我觉得这样不好，但是聊胜于无。

大雷的画作通过了初选，我们去酒吧庆祝。我的目光下意识地在酒吧里逡巡，像一只偷油的老鼠。不出所料，我又看见了马路，他还在跟踪我。他坐在角落里，端着一杯扎啤，显得很阴鸷。我故意气他，啤酒灌了一杯又一杯，还笑得很大声，有点放浪。直到一点多，我们才从酒吧出来，都有点喝高了。我故意落在后面，想告诉马路趁早回家，别老这么盯着我。

马路可好，一看我落了单，过来就拉我，想把我拉上出租车，跟他回去。大雷扭头看见，冲了过来。

——她是我女朋友，跟你们没关系。马路说道。

——去你妈的，让你走你就走，别他妈废话！大雷说这句话的时候，看起来很凶恶，像个流氓。

马路还想扯我。大雷一把给我薅过来再甩过去，让另一个朋友接住我。他转过脸，劈头就给了马路一拳。这一拳正好打在马路脸上，我听见了他的眼镜掉在地下的声音。边上是大雷的几个朋友，他们很有经验，既不出手，也不说话，只是看着马路，防止他冲过来施以报复。马路没有冲过来，他捂着脸蹲在地上，好像被打得不轻。

我想过去劝阻，但我喝了太多的酒，走起来摇摇晃晃。大雷把我搂过来，向学校走去。我回头看了看，马路蹲在地上捂着脸，好像是哭了。

——没想到，你个傻逼还挺会演戏的！大雷大声对他说。

我冲大雷莫名其妙地笑了笑，我想我那时看起来肯定像一个白痴。我虽然喝了很多酒，但我心里是清醒的。莫名的，看到马路挨揍，我有一种快意。我想马路这是咎由自取：我已经告诉让他不要来烦我，可他还是不听，挨打不是活该吗？我的脑袋里乱七八糟，既有对强者大雷的某种崇拜，也有对马路的某种说不清的东西。快走到学校门口，大雷又改变了主意，也许是怕我喝成这个样子被学校保安看见，他冲那几个朋友挥了挥手，拖着我向另一条街走去。走过红绿灯的时候，我回头看马路，我看见他还蹲在地上。

我们走上林荫路，透过斑驳的树影，我看见马路还在地上蹲着。我哭了，好像不是为他。

我们去了那家旅馆。这家旅馆我曾经和马路来过，在这里做爱。

大雷似乎也曾经来这个地方住过，对这个地方也很熟悉。他们这些进修生，都是欢场老手，比我们放肆得多。他没有让服务员引路，自己拿着号牌，直接把我扶到了房间。他把号牌扔在桌子上，踢上了门。我们都没有洗澡，大雷开始抚摸我。我浑身酸软，任凭他解开我的衣服。我漂在水面上，像一片叶子。他温柔地插入，像是在玩电脑游戏。他控制着自己的身体，像一个孩子控制游戏手柄。那次，他发挥的时间比较长，也许是得益于酒精和肾上腺素的双重作用。他左支右绌，花样百出。但是，没有强度，没有深度，我也感受不到力度。

我忽然想笑，因为我想起一个笑话：蚂蚁操大象。我现在全身白光光地躺在这里，就像一头巨大的母象。而他瘦弱的身子趴在我的身上，就像一只蚂蚁。他还问我：我弄疼你了吗？这太可笑了。

我开始肆无忌惮地笑起来。因为酒精的作用，我笑得眼泪都出来了。

他从我的身上翻下来，开始有点不明所以，但很快，他愤怒了。他认为我是在嘲笑他。他狠狠地扇了我一个耳光，又一个耳光。

我说你有种就打死我吧。

他更愤怒了。他把我翻过来，把我的双手拧在背后，用一只手紧紧抓住，用另一只手摁住我的头，开始很粗野地做起来，狠狠从后面撞击我的身体。我的头陷进床垫里，几乎不能呼吸。

——够不够，你这个婊子！你这个婊子！他绝望地叫着。

我把头歪在一边，好不容易才喘出一口气。我现在有一种正在被强奸的感觉，再也笑不出来。我哭了。我虽然喝醉了，但我还是能记起一些事情，那就是他在打了马路之后，又打了我。他喷射了，像山石滑坡一样倾颓，倒在床上。之后一段时间，我和大雷之间的关系降到了冰点。我们像两个陌生人，谁都不理谁。

我去找马路，想和他彻底了断。马路没去上班，正在宿舍睡觉。他根本不肯正面看我，他的眼角还有一条血痕，也许是被眼镜框刮的。我怕他难堪，没有提起那晚的事。

我说你把原先给我拍的那些照片都还给我。

他说是哪些照片？

我说是那些裸照，你给我拍的裸照。

他说我不会给你的，那些都是我的作品。

我说你拍的是我，我应该拥有那些照片。

他说我不会给你的，一张都不会，你休想。

他说这些照片都是属于我的，永远属于我。你可以离开我，但照片你一张都拿不走。

我说这是不是可以理解为要挟？

他说随你怎么想，我可以随意处置这些照片。

我说你真无耻。

他说我是一个很容易就会绝情绝义的人。

我说你像一个戏子，好起来花言巧语，坏起来像一个魔鬼。

他说我们不要互相攻击。你要这么说，你比一个婊子也好不到哪里去。

我们两个像是一对敌人那样彼此仇视，不欢而散。

几天之后，我又去找马路。我还想要回我的照片，想趁他不注意的时候找到那些照片，然后把它们付之一炬，一了百了。这次，马路没有刁难我，只是让我陪他最后睡一觉。和他做爱，我觉得很耻辱，活像一个婊子，为得到某种东西而忙碌。

他颓然倒下的时候，我很清醒。他好像是睡熟了。我披上衬衣，光着大腿和屁股，在他的书架上翻起来。黑暗中，我听到他的声音，他说你不要白费心机。我的心一阵狂跳，尿几乎都要吓出来了。

——我不会让你得到那些照片的，你休想。他冷冷地说。

我有一种可怕的感觉：他像一个魔鬼，即使在睡梦中也睁大眼睛。我全身冰冷地回到床上躺下，那个晚上，做了无数的噩梦。醒来的时候，出了很多冷汗，衬衣紧紧贴在我的身上。天一亮，我就离开了他。他还在睡着，脸上没有戴眼镜，眼眶看起来是青白色，像是两个肿胀的蛋。

他睡起来不像个婴儿，像是魔鬼的儿子。我知道，他是醒着的，只是拒绝睁开眼睛。静谧中，我感到好像有某种罪恶正在孵化，让人恐怖。我恨他，我诅咒他，我想毁灭他。在那个早晨，我不再爱他，因为我已经被伤害得千疮百孔。

我为自己的鲁莽行为付出了代价——我又怀孕了。在高英的陪同下，我又去了医院。我连口罩都没戴——太憋气了。那是午休时间，王大夫正在听京剧《沙家浜》，正听到智斗一场。这段我很熟：垒起七星灶，铜壶煮三江。摆开八张床，招待十六方。相逢开口笑，过后不思量。来的都是客，全凭腿一张。

看到我和高英，王大夫一点儿都不意外，她颇有些黑色幽默地问道：是你还是她？

我指了指自己。

——你们可真把这当娘家了，没事就回来看看。王大夫说。

我自己走进里间，脱下衣服。我一点儿都不害怕。新四军就在沙家浜，我已经百炼成钢。

直到今天，我还是没能要回自己的照片，我不知道那些照片最终的归宿。那些照片就像是定时炸弹，我能够听到计时器的鸣响。我不知道那些照片什么时候会横空出世，从斜刺里杀出来，把我弄个人仰马翻。

第十章

悍妇是这个世界最为稀缺的资源，如果你偶然碰到一个，一定要珍惜，千万不要被人抢了去，否则，你会失去很多生命的乐趣，当然，同时失去的，还有对无奈与绝望的深刻体验。

两年大限已到，我从学校毕业。

我们毕业的时候，辅导员送给我们两句话：第一句是：搞艺术很好，可是千万别让艺术给搞了。他说他就是一个鲜明的例子，已经被艺术迫害得"上半身癫痫下半身中风遗恨半生"，他希望我们不要走他的老路。第二句是：过日子很好，可是千万别让生活给日了。他说，生活就是一个七日接着又一个七日，日了再日，总是周而复始。但你们不要被生活的表象所麻痹，丧失了对美的感觉能力。你们都是未来的艺术家，要做生活的主人翁。

他的话当时听着很感动，可现在想起来，我觉得很可笑。向左走是艺术，向右走是生活，既不能离艺术太远，又不能离生活太远；既不能离艺术太近，又不能离生活太近，这种分寸实在难以把握。按照他的表述，我们都成了钻进风箱的老鼠，除了两头受气之外，没有别的出路。我不想当老鼠，我也不想当艺术家，我只想像人一样活着。

我的电脑旁边搁着一个多用插座，那就是我的图腾。它质量可靠价钱公道，不管经过多少的冷插热拔，不会漏电，不会连线。如果生活非要让我变成什么，我想变成一个插座。与其被动地接受生活，还不如和生活媾和，那样，还有几分快感。对于艺术家这个光荣称号，我敬而远之。

照完毕业照的那个晚上，全班同学凑份子包了酒吧的场子。在酒吧，我和大雷彻底和解。我抱着大雷，高英抱着大雷的兄弟，一些女生抱着另一些男生，哭了个一塌糊涂。

两年之后，视若坚不可摧的友情和爱情分崩离析，每个人的心里都很难受。大雷告诉我，他不会在这个城市当流浪艺术家，他要回到他的城市。在那里，有他稳定的工作职称和亲人，还有一直等着他结婚的爱人，要全部放弃实在可惜。大雷说他会多陪我几天，等我难受劲儿过去，彻底安顿下来，他再离开我，我很感动。

第二天，大雷获银奖的消息传到了学校。他得去上海出席颁奖仪式，我让他走了。后来，他给我打电话，说他很忙。再到后来，他连电话都没有打过。我想他已经结婚，被另一个女人接管了。他再也没有回到这个城市。即使回来，他也没有和我见面。

我曾经在网络上看到过他后来的作品，画得的确是越来越好。网页上还有他的照片。他比原来胖了不少，显得很谦和，他不再穿迷彩服，而是穿着中式对襟藏青色绸缎，越来越像大师。看着他的照片，我有些惝恍迷离的感觉，不相信这个人就是他。

——他向前面走去，他的背影清扫着他的痕迹。我想，也许今生今世我们都不会再有春风一度的可能，只能相见不如怀念了。

爹打电话说要开车来，帮我把东西拉回家，我说算了。爹以前跟我说过，等我毕业之后，他会帮我安排一份好工作。但据我观察，这件事并不好办。即使对他来说，安排自己女儿的后半生也不是一件轻而易举的事，比他有头有脸的人多多了。

爹似乎觉得有些对不住我。我对他说，不用担心，我会在北京找一份工作。爹这才稍稍宽心。

安可和美心也在那年毕业。她们来到北京，也想和我一起奋斗或者一起堕落。在靠近地铁终点站的地方，我和安可、美心一起，租了一套两居室。房租不算很贵，但也绝对不便宜，我开始找工作，尝试自己养活自己。

我到国展去参加招聘会，只要看着和我的专业有点贴边儿的，我都凑上去递简历。只要有人给我打电话，我就屁颠屁颠地跑去面试。面试的结果是：没有一家公司喜欢一个被表现主义弄得满嘴胡话的刚毕业的大学生，他们请的是设计师，是正规的美术院校毕业来之能战战之能胜的那种。

我看到前途黯淡，只好给家里打电话，汇了些钱来，上了一个设计师培训班。培训班上完，拿到了证书，我的胆气壮了很多。

我去一个号称业界第一的公司应聘设计师，自我感觉还可以。面试完成，出来的时候，我看见公司墙上有一行镀金的铜字：发展是硬道理。这句话没有人称指代，没有起承转合，没有前后铺垫，突兀地写在墙上，显得怒气冲冲。这个世界上，发展是硬道理，其他的，没有什么道理可讲。道理一旦变成硬的，就再也没有任何通融。我最后没能去那公司上班，因为他们觉得我和那家公司的企业文化不和谐。

我其实很想去那家公司上班。那的人每人都有一把牛皮的黑色座椅，就冲这个，我也想混进去，可他们把我识破了，就像孙悟空总是能认出白骨精。我只好又去找别的公司。

我来到一家动画公司，做程序操作工。这是一个没有什么技术含量的工作，最适合我这样刚出校门的人。

我刚开始干活时艰难万分，其辛苦程度，和一头猪学着去种地差不多。在我的记忆中，用猪拱地播种是古埃及人干过的事，这是可以上溯数千年的尼罗河的传统。如今在我的身上发扬光大借尸还魂，实在是很荣幸。不过，我的嘴本来是啃烂苹果用的，但你现在让我捏着鼻子去拱大地，我感到痛苦万分。

老板是个很奇怪的人，以可乐维持生命。这句话说得一点都不夸张。老板只喝可口可乐——这句话的意思是，他从来不吃任何食物，也从来不喝水。任何时候看见他，他的手里都会端着一纸杯可乐。

我非常爱喝这东西，他总是这样表白。

老板长得很卡通，身材瘦小，头颅巨大，有点儿像外星人。他平常说话没问题，偶尔紧张就会略显结巴，尤其不能动怒，一旦动怒，就会憋红了脸说道：我——我——不——跟——你说，你——你——给我——滚出去！很多员工就是这么被赶出公司。

他从来没有加班费这个概念，他对员工最好的奖励就是一杯可乐，是他亲自从可乐瓶里倒的。他会把可乐亲自递到你手中，保证一滴都不会洒出来。你要怀着感恩之情把这杯可乐一饮而尽。他对我们说，他的公司实行的是人性化管理。

我一直认为：人性化管理这个词是有语病的，就像一个奴隶贩子对奴隶表明他是人权卫士一样可笑。只要是人待的公司，肯定应该是人性化管理，这没有什么可标榜的。

我在那个公司干了两个多礼拜，在这个外星人鼓足勇气对我表示爱慕之前，离开了他的公司，没有拿到一分钱的工资。我觉得恐惧，在这样的怪物手下混饭或是和他谈情说爱，我担心有一天连我的肠子也会变成褐色。

在那个公司上班的时候，我经常会碰到一个怪人。那是一个老头，总是穿着全套的明黄色的绸缎，戴着瓜皮小帽。那套衣服做工粗糙，针脚很大，我疑心那是套寿衣。我总是在同一条公交线上碰到他，每次看到他我都会浑身发冷。

老头特别喜欢咀嚼，不停地从塑料袋里掏出干硬的麻花放进嘴里，嚼起来咯嘣咯嘣的，看得出来牙口还很不错。他从来不左顾右盼，表情茫然。我从来没见过他中途下车。我不知道他为什么总是不停地穿着这一身衣服坐在汽车上。奇怪的是，别人似乎并不在意他。

有一次，我有了一个荒唐的念头，并且把自己吓了一跳：整个车上，也许只有我一个人可以看到他！这太像一个鬼故事了！

失业状况时断时续，一开始，我有些焦虑，后来，我就慢慢习惯。没有工作的时候，我就在家待着。父母经常会给我汇点儿钱，所以并无饥饿之虞。烦闷的时候，我就去找公渡先生聊天。他已经知道了我和马路分手的消息，但他从来没问过我原因，因为他和马路联系也很少。

公渡先生曾经郑重地建议我把自己的故事写下来，也当一个中国制造的美女作家。我说，她们不是 MADE IN CHINA，而是 MATING IN CHINA，不是中国制造，而是名副其实的中国之操。对这些女人，我并没有什么亲近感。我看过她们的一些作品，对她们的个人喜好了然于胸。她们对各种操练方法业务熟练，喜欢穿中式丝绸睡衣或是肚兜，床头摆着一本《素女经》，对里面的各种姿势无师自通。她们的抽屉里有激情颗粒、超凡持久、动感三维、螺纹浮点的安全套，还有亡羊补牢的毓婷。

——和她们比起来，我的起点太低。我说。

除此之外，还有一点我引以为豪：虽然我不再相信爱情，但我绝不滥情。

我和美心住在一个房间，安可和她的男朋友住在另一个房间。安可虽然年龄比我们小，却比我们都大胆，直接和男朋友住在一起。

——苔花如米小，也学牡丹开。她总是喜欢说这句话。

我不知道苔花什么样，据我推测，应该和米兰差不多，虽然没有丰硕的花朵却气味馥郁迷人。这有点儿像安可，虽然她的脸看起来像一个中学生，但她的身体已经发育成熟凹凸有致，散发出一种小妇人的味道。她不想让自己蕊寒香冷蝶难来，而是想有人牡丹花下死露滴牡丹开，有些迫不及待。只要是女人，就会和男人狭路相逢，终不能幸免。

安可的男朋友曾经是一个流浪歌手，是她上大学的时候，在火车上认识的。那个流浪歌手告诉她，有一列火车的炉膛是用金子做的。他走了很多地方，为的是寻找这样一列金碧辉煌的列车。他喜欢那种感觉，一想到自己可能是乘坐在一列由黄金炉膛燃烧出的热量推动的蒸汽机车上飞奔，他就觉得晕头转向。在火车上卖唱的时候，他觉得自己正行走在光荣的荆棘路上，是一个伟大的理想主义者。和安可一起来到北京之后，流浪歌手把吉他靠在了一边，捧起了求职简历，按照安可为他设定的方式向着发财致富的路一路狂奔。

他也是大学毕业，所以很快就找到了工作，在一家生产卫浴产品的公司做推销员，主要是卖马桶。只要见到工地，他就会想方设法蹭进去，向人推销他的马桶。虽然挣不到多少钱，流浪歌手还是干了很长时间。安可却开始慢慢失望。她觉得自己爱的是那个不羁的流浪歌手，而不是眼前这个衬衣雪白到处推销马桶的小男生。

安可始终觉得爱情和生活是两码事，爱情在风尘之上，生活则等而下之。但现在，她的爱情被凡俗的生活泡糟了炖垮了，既变了颜色也变了味道，就像一条白水煮过的鱼，只留下白森森的骨架，不再鲜活。

她对我说，早知道这样，找个流浪歌手还不如找一个平常人。她对我说，早知道会受这份罪，还不如不跟家里闹翻呢！

安可对生活充满抱怨，开始寻衅滋事，开始和男生吵架，变得像一个悍妇。我很庆幸自己不是一个悍妇。

悍妇是这个世界最为稀缺的资源，如果你偶然碰到一个，一定要珍惜，千万不要被人抢了去，否则，你会失去很多生命的乐趣，当然，同时失去的，还有对无奈与绝望的深刻体验。和一个悍妇生活在一起，你的生命观是全新的。你会发现生活中无处不充满智力测验和挑战，生活中充满鸡零狗碎和无事生非，如果你想进行某种反击，那是你噩梦的开始，悍妇早已经求之不得辗转反侧摩拳擦掌。你注定会一败涂地一蹶不振，除了唯唯诺诺虚与委蛇割地赔款丧权辱国，你没有别的手段。只有这样，你才能获得短暂的宁静。你的生命被肢解，你的热情一滴滴融化，你一天天变得冷漠，三十岁之后，再也没有对所谓爱情的任何幻想与留恋。不是苟延残喘就是毁灭，这就是爱情的最后归宿。

由此可以证明，孔夫子把老婆休了，孟夫子把老婆休了，庄子死了老婆鼓盆而歌，这些事情都绝非偶然。一个女人一旦成为悍妇，那她一定离倒霉很近了。像苏东坡那样，河东狮死去之后，还对着她的坟头哭泣的，只能作为虐恋文化的一个个案。

男生很大度，总是不和安可一般见识，有些委曲求全，弄得我和美心对他充满同情。

安可还是保持小时候的习惯，不做任何家务，连自己的衣服都不洗，让那个男生代劳。我和美心曾经对她提出过警告，但她根本没放在心上。她把爱情变成了奴役，心安理得。

那时候我才知道，每个悍妇都是他们的丈夫惯出来的，我明白这一点，就像我坚信每个陈世美身后都站着秦香莲每个潘金莲身后都站着西门庆一样，这是一种宿命，让他们成为一对儿，密不可分。

我一直以为他们这辈子就这样了，直到有一天，这个屋子彻底安静下来。流浪歌手最后还是走了。

他是一头野兽，虽然强迫自己改变习性，但还是不能适应圈养的生活。并且，他对安可和这种生活早就已经厌恶透顶。他接着去流浪，寻找那个金碧辉煌的火车头，抛下安可一个人。说实话，对安可，我没有丝毫的同情。她像渔夫的故事里的那个老太婆，太贪得无厌。压榨爱情的人，最终会受到惩罚，我确信这是一个真理。

安可觉得很受伤。她变得沉默寡言，轻易不再和我们讨论爱情。她成了生活在沙漠里的植物，被蜡质覆盖，细胞壁肥厚。她开始谨小慎微，从来不越雷池一步。在每一个男人身边，她都变得很矜持，面对欲望，始终保持无法穿透的沉默。虽然她处于饥渴状态，但从来不会饥不择食。

安可的欲望是体内循环，总是从动脉喷薄着泵发，中途耗尽氧气，迅速冷却，不甘心地汇入静脉，回到心中。而美心的欲望总是在体外循环，或是借助于外力加快它的循环。

她的欲望可以很快变成热量排出体外，没有什么东西能够完整无缺地回到心中。即使回来，她的血液也是像跑完了一场马拉松，颜色暗红，满是肾上腺素的碎片。

美心从来都没有过固定的男朋友。除了上班之外，美心的任务就是睡觉。她总是喜欢通过特殊的途径，认识一些稀奇古怪的人，然后和他们上床。在她男朋友的序列里，有网友、有别人的丈夫、有已经秃顶的大学教师、也有不谙风月的刚毕业的大学生。她和所有她能找到和能找得到她的人做爱。她说不管是什么人，不管他是教授还是个不懂事的孩子，在她的调教之下都变成了真正的男人。她说她还是最爱处男。每次和男人上床之前，她都会对他们进行清洗。在她看来，这种清洗是极为必要的，就和用铁刷经常刷洗火炮炮筒差不多。

她通常是手里有什么药就用什么药，有的时候是土霉素眼药水、有时候是全新配方的聚六亚甲基双胍盐酸盐、有时候是稀薄的硫磺软膏，只要能消炎就行。事发仓促不能发乎情止乎礼又没有消炎药的时候，她干脆就是一把盐面外加舒肤佳香皂。她热情地揉搓着，好像在洗黄瓜。她认为这些手段都能杀灭产生各种异味的细菌和真菌，去除霉味汗臭，保持身体清洁气味清新。只有彻底完成清洁过程，她才会和他们颠鸾倒凤。

美心告诉我，她的那些男朋友经常被她这么整得龟头血肿苦不堪言，有一个年纪轻轻就犯了前列腺炎。我很同情他，他还有很长的人生道路要走，如今得了这种病，后果很严重，就怕最后落得和骆驼祥子一样，就是用脑袋顶着墙都撒不出尿来。

有时候，我会和美心一起，拉着公渡先生，到 PP DISCO 去跳舞。

公渡先生不会跳舞，他就是在暗处坐着，一边喝啤酒，一边看美女热舞。美心来到舞场，就像一块奶糖掉进热水，不把自己弄得浑身湿滑从不罢休。领舞的女孩一边跳，一边尖叫起来。

——喊什么呢，她们？公渡先生侧过脸来问我。

——没有性生活，我可怎么活！我像个没事儿人似的说。

——真喊的是这句？这地方俺不常来，你可别蒙我！公渡先生有些怀疑。

——蒙你干什么！你都这么傻了，再蒙你，我可怎么忍心！我说着话，在他脸上摸了一把。

——你看你这同志，说着说着，手就不老实了！公渡先生一本正经地说。

——你别装了！你看你刚才看那个姑娘的小蛮腰，口水都流出来了！挺白的，是不是？

——是挺白的！我看看又不犯罪！

——你这个人吧，就是闷骚型的，心里比谁都流氓，还得端着，是不是？

——我不是装，就是得不着机会，得了机会，我也想再当回流氓！你看，这么多女孩，因为没性生活憋成这样，我都有点儿怜悯她们了！

美心扭着大秧歌回来了。她一屁股坐在吧椅上，把头探出栏杆，好像累得不轻。我把美心往公渡先生的怀里推。我说，算了，今晚上你把美心带回去，怎么样？她都崇拜你很长时间了！美心打了我一拳。她早就想把公渡先生拉下水，可又怕我说她吃窝边草，不讲江湖道义，所以至今没有下手。

——别捣乱，好不容易逮这么一机会，我可得看够了！公渡先生连头都没回。

这时候，那些女孩又开始打榧子，嘴里面喊着：日元！日元！日元！美金！美金！美金！整个舞场开始热起来，真正的高潮开始来临。人肉的味道开始浓郁起来，变得热气腾腾。

公渡先生好像一头林间野兽，看着那些丰软的肉体，看着那些不停在人群里游走的身影，显得很狰狞。

一个丰乳肥臀的酒水小姐端着一杯啤酒走过，公渡先生的眼睛闪过一道寒光，要我看，那几乎就可以称作兽性大发了！这可真是一个肿胀的时代，让每个人都欲火焚身！

临到春节，我又失业了。我觉得很失败，备受挫折。我越来越发现，除了当画家，我在学校学的那些油画技法在现实生活中一无所用。我和公渡先生打了招呼，提前回家过春节去了。

安可和美心都不想回家。安可因为那个流浪歌手早已经和家里闹翻，已经无家可归。美心不回家的原因是刚认识了一个男朋友打得火热，已经乐不思蜀。

那个春节过得很没有意思。妈妈好不容易逮着了我，和我说了个天昏地暗。她像审贼似的问我和马路还有没有联系，要我交代和大雷的关系，她就差直接问我和他们上没上床了。她要是问我这个问题，我肯定会说实话的。

妈妈有句口头禅：看着我的眼睛说！这招最毒辣。

妈妈是个明眼人，能够分辨我说的每一句话的真假和水分含量，一眼就能够洞穿我在鼓鼓囊囊的胸部下面埋藏的一颗丑陋的心。她可以识破我的谎话而不费吹灰之力，因为是她把我养活大的。对她来说，我始终是一个孩子。我的身体虽然已经发育成熟，但大脑还是很愚笨，不谙世事。

我心里暗暗叫苦，早知道这样，不回家就好了。

春节晚会还没有看完，妈就靠在沙发上睡着了。妈又开始打呼噜，这在原来是不可想象的。你不知道妈穿上军装是个多体面的娘们儿！可她现在开始打呼噜了，这让我觉得有点悲伤。

她把手放在自己军绿色的绒衣上，睡得很安详，像一具正在打呼噜的尸体。爹拿起遥控器，想把声音关小些，免得吵到她。他刚把声音关小，妈就醒过来了。

——你把声儿关那么小干什么，我还听着呢！她理直气壮地说。

大年初二，马童来找我玩。

他也已经毕业，找了一个网络工程师的工作。他爸爸在那家公司有股份，所以他可以说成了少东家，青年才俊年少有成。他还是穿得很正式，像是刚参加完教皇的葬礼。虽然他是第一次来我家，父母却一下就喜欢上了这个斯斯文文的男孩子。

我的父母都喜欢男孩儿，尤其喜欢马童这样的。我曾经听见他们偷偷议论说，当年应该把我做掉，生个男孩就好了。当然，这是他们私下说的，应该不算数。

爹和妈都坐下来，假模假式地问着马童的家庭情况，就像相亲一样。我一边嗑着瓜子，一边发出哂笑。经过交谈才知道，马童的父母居然和我的父母都认识，只是后来失去了联系。

爹拿起电话，约马童的父母到我们家吃了一顿饭。饭后，他们还在一起打了麻将。

我和马童哪都不能去，只能在一边坐着看电视。马童正襟危坐，像一个傻姑爷一样。那天晚上，爹就对我说，你和马童的事儿就这么定了。

——你们先在一起接触接触，如果觉得合适，你们就结婚。他说。

说这些话的时候，父亲显得很决绝，他似乎已经忘了曾经对我说过的话，而是做好了把我像一盆脏水似的泼出去的心理准备。

在父母的撺掇下，我和马童去了动物园交流感情。总的感觉是：一切都很无聊。

熊猫躺在太阳地里，把手臂挡在眼前遮住光线睡觉，对人们的叫喊和口哨不理不睬。熊猫的毛皮被尿渍浸得发黄，看起来很脏。到了吃饭的时间，它爬起来，像个学前班的儿童，坐在栏杆前，让管理员喂饭。管理员把竹子递给它，熊猫细嚼慢咽。他们两个像一对难兄难弟，同病相怜，场面很感人。

我还看到了孤独的孔雀。所谓的孔雀开屏一点都不光鲜，就像随随便便打开一个破旧的伞面，据我推测：孔雀开屏是为了锻炼肛门括约肌，为的是防止痔疮。

我还发现，孔雀吃的食物很粗劣，和母鸡吃得差不多。居然还有肥硕的老鼠跑来跑去，和它们争食。

玻璃房里，体形庞大的大猩猩阴郁地坐着，不停地呕吐，用手掌接着，然后把吐出来的东西再吃下去。我从来没听说过黑猩猩也会反刍。

红毛狒狒像法老一样坐着，它的臣民在下面跳来跳去，带着长满红色肉瘤的屁股。解说词说，红屁股不是病，而是因为发情。公狒狒面对女士会大大咧咧坐下来，露出它粉红色的生殖器，活像一个暴露狂。

长颈鹿在眺望。

一个人骑在鸵鸟身上进行奔跑表演。在我看来，好像他是把那个鸵鸟给操了。那个鸵鸟跑得很快很亢奋，像是达到了性高潮。

大袋鼠生了小袋鼠，那些小袋鼠在铺了很多金黄的稻草的宿舍和我们隔窗对视，目光很纯洁。

狼舍里，一群狼在谛听。

一群喜鹊掠着草皮飞过。

狼猛地启动，徒劳地追逐，像刮起了一阵狂风。

黑熊在睡觉。

猴山的猴子好像都有皮肤病，也许是因为彼此感染。虽然同为灵长目，但我们应该庆幸：它们脏得一塌糊涂，而我们高高在上。它们迫不及待地看着你，看你是撒下一把咸水花生，还是撒下什么牌子的奶糖。矿泉水瓶子也要拧开来喝两口，它们无师自通。

我没有看到像诗人一样肥壮的河马，只看到衰老的骆驼。

我看到的动物似乎都有些心理障碍。动物园不是动物乐园，却像个动物疗养院，到处都是被孤独症和抑郁症折磨的病患。它们也许并不喜欢过这样病态的生活，但是别无选择。

我想，如果这些动物有幸能够进化为人，也许会成为像公渡先生一样的作家——沉默到几乎漠然，看上去无所事事，睁着摄像机一样的眼睛四处悠悠晃晃，满腹心事假装坚强，满怀欲望欲盖弥彰，实在是作家的典型形象。

动物园里，我唯一喜欢的动物是企鹅。除了偶尔交头接耳说几句悄悄话，大多数时间，它们都很绅士地站着，像是在接受检阅。

我在海洋世界待了两个多小时，直到身体冷得实在受不了，才从那里出来。

暑假的时候，收音机报道说，海洋世界里的一只企鹅走失了。一想到企鹅像一个长着痔疮的绅士扭着屁股走在大街上，一边擦着油汗一面诅咒炎热的世界我就想笑。后来，那只走失的企鹅是在海鲜市场找到的。据说，它没有站在臭鱼烂虾的柜台前嘎嘎大叫，却是站在养有鲜活鲍鱼的水箱前止步不前。那些鲍鱼看到有一只企鹅正在盯着它们看，吓得纷纷从水箱壁上跌了下去。动物园的人闻讯赶过去的时候，那只企鹅还站在水箱前，看着那些圆滑的珍珠鲍，像一个馋嘴的孩子盯着糖果。

我看到了箭猪。箭猪长得粗鲁豪放，江湖气十足，很像一个被万箭穿心的武士。

我恍惚记得解说词上是这样写的：一些公箭猪从小就志向远大，会在岩石或树皮上磨掉睾丸，这样，它们就可以永远地解除性欲之苦，从而心无旁骛直到成功。我对箭猪的远大志向深表感动。

——你要是也有这样的决心就好了。我对马童说道。

马童无辜地看了看我，没有说话。

从动物园出来，我和马童在一间匹萨店吃东西。

——你不要和我在一起，我很脏，你会受不了的。我一边啜着饮料一边对他说。

——我就知道我喜欢你，别的我不在乎。他说。

他的话让我感动。我知道，岁月正在改变我的模样和生活。我已经开始害怕一个人在北京单打独斗，需要一个人来扶住我。

我和马童一起来了北京。按照马童父母的意思，他们可以给我在马童的公司安排一份工作，省得出来找罪受。我拒绝了，我和他还没有正式谈恋爱正式进行磨合，万一我们俩说不到一块去分了手，你说我还怎么在公司混？

马童放弃了优厚的工作，甘愿来北京照顾我。我们都对自己的父母说我们自己有自己的住处，实际上，我和马童已经住在了一起。我们的最高理想是开一间夫妻店，不管是做什么，只要能赚钱就行。截止到目前为止，这个方案还处在论证阶段，距离实现还有很长的路要走，并且不是特别确定有没有实现的可能。

我们没有和安可和美心住在一起，而是重新租了房。安可和美心也搬了家，租了一套一居室。美心对我的安排颇为不满，说我是重色轻友。

和安可住了没多长时间，美心找了一个男朋友，就搬过去和他过起了二人世界。这可苦了安可，她从小到大从来没有人一个人过过日子。她的生活过得一塌糊涂。她在那里住得很窝心，男房东时不时会过来检查房屋的状况，据她猜测，其实是想占她的便宜。

安可连自己都养不好，居然养了一只猫。那只猫很聪明，没过多久，居然学会了开水龙头。安可不只一次地惩罚它，但效果不太明显。有一天，安可去上班的时候，那只猫又拧开了水龙头，还顺手往水槽里扔进了一块抹布。安可的房间被淹了。

安可下班的时候，房东站在门口，怒气冲冲地看着她，目光里完全没有了平日的淫贱之相。房东的老婆更是挥舞着水淋淋的笤帚，让她滚蛋。那只猫趴在已经湿透的布拖鞋上，正在瑟瑟发抖。

安可把这只猫装在一个纸箱子里，来到她在电视上看到的一个"民间爱猫人士"的门外，把纸箱子放下，按了门铃之后，没有等人出来就落荒而逃。她总是喜欢逃避，能逃避的就逃避，实在逃避不了的，她选择遗弃。

安可去了网吧，在半小时之内，她又找到了一个家，把家搬了过去。她没有告诉那对公母俩。她还有半个多月的房租，已经足够弥补他们的损失。

安可总是这样神神道道，连和她待在一起的动物都通灵，具有了某种神奇的属性。她养的猫会开水龙头，她养的金鱼会翻着肚皮晒太阳，她养的小乌龟会爬上阳台，然后从十二楼不翼而飞。如果不是看到乌龟爬过的绿色印迹，她一辈子都会认为她的乌龟已经得道升仙。

把那只猫送走，安可觉得寂寞，又养了一条狗。

——交男朋友还不如养条狗。安可这样说。

狗很多方面和男人差不多——比较好养活，多数的时候忠诚，表情生动，善于摇尾乞怜。但是狗也有痼疾，就是喜欢对异性嗅来嗅去，喜欢滥交乱性。尤其是公狗，一看到异性，它们就喜欢跟在别人屁股后面，屁颠屁颠，老想趁着主人不注意，把小母狗引到草窠里，来上一回白昼宣淫的把戏。为了避免这些情况的发生，安可养了一条小母狗。

她的狗很狡猾，会在她回来的时候假寐，在她开门进屋之后，才从自己的小窝爬出来，装出刚睡醒的样子，好像对整个屋子的混乱一无所知。

她的狗对性也是无师自通，她每天带狗出去蹓弯，但也许就是在她和别的人聊天的时候，她的狗和别的狗进行了伟大的敦伦，这样，没过多长时间，她的狗就怀上了野种。

那条狗居然也有妊娠反应，居然也会呕吐，实在让人吃惊。

她只好把这条狗送人。

她把这条狗送出去没几天，美心却回来了。她又一次失恋。没过多久，美心又开始恋爱，爱上了一个有妇之夫。她去和那个男人约会，总会带上自己的全部家当，从内衣到柔软的拖鞋，一件都不落。她不想在占有别人丈夫的同时再享受其他的东西。并且，她从心底憎恶那个和她分享同一个男人的女人。

女人出差一个星期，她和那个男人在一起待了一个星期，这一个星期，他们过得无忧无虑，好像创世记时不知羞耻的亚当和夏娃。

她开始留恋这种生活。她带着自己的全部家当离开的时候，她觉得很不甘心。于是，她给那个女人留下了一双她最珍爱的软缎面的拖鞋。

她似乎能够像想象得出那个女人在面对这双拖鞋时，歇斯底里的表情。

——一切都应该是大白于天下的时候了。她对自己说。

——如果我不能够彻底占有这个男人，我就和他一刀两断。她对自己说。

以后的一段时间，她没有收到这个男人的任何消息。她给那个男人打电话，男人总是关机。她给单位打电话，却被告知男人已经辞职。到了月末，她发现自己怀孕了。她壮着胆子去男人的住处，却发现门缝里夹着几份缴费通知单，似乎已经很长时间没有人出入。美心在对面的咖啡店蹲守了两天，也没有见到那个人。

美心自己去了医院，没有告诉任何人，连安可也是后来才知道。历经这次磨难，美心从此收敛了许多。

我一开始觉得，我并不爱马童，只是需要他。后来我发现我爱上了他。爱成为一种习惯，就像手里的烟，没有烟，我会无所适从。

我和马童住在一起之后，开始谈婚论嫁。和马路在一起，我觉得自己是一个忤逆不孝的逆种。和大雷在一起，我总想着自己是一个在边缘游荡的前卫画家。和马童在一起，我自甘平庸。

我变成了另一个女人，一个小女人，似乎没有了通过征服男人进而征服世界的念头。我变得很现实。只要能喝到小米粥，只要能抽到香烟，只要能戴上钻戒，那一切都好商量。

马童是个电玩儿童，不像马路和我认识的其他男朋友那么深刻。但是，和他生活在一起，我很快乐。这种快乐是单纯的，没有任何心理负担。

在马童的影响下，我也喜欢上了电脑游戏。我本来对这种东西深恶痛绝，我认识的人里面，没有几个人喜欢玩游戏，连公渡先生都不玩。他说：那是一种无知的堕落。但我却上了瘾，一天不看书可以，一天不玩游戏，那简直要了我的命。并且，我的工作也和网络游戏有关。我对自己说，全当是在培养工作热情。越是简单的生活越快乐，这是一个真理。

马童不喜欢看书，也不喜欢绘画。他最喜欢干的事就是在电脑前面坐着，好好地 PK 一把。

每天下班之后，我们在一起打游戏，看影碟，毫不考虑今后会怎样。在上床之后，我们做爱。我已经远离那些复杂的人。我想嫁给马童，一个简简单单清清白白家境良好家教严谨的男孩儿。他的生命写不满一部小说，但对于我来说，已经足够。只有在做爱的时候，我还会想起马路和大雷。想起他们的触摸和像铁一样坚硬的身体，我会偷偷地哭。

星期天的时候，我们会大吃一顿。以前，我只会做两个菜：西红柿炒鸡蛋和鸡蛋炒西红柿。那段时间，我居然跟着电视学会了做正宗的水煮鱼和清蒸鲈鱼。虽然有时候会放多了盐，但马童还是吃得很开心。我听说，男人经历的女人越多，菜就做得越好。我疑心这一点在我身上同样适用。

马童还在睡觉。我正在厨房，有些魂不守舍。我收到了马路的信，是通过公渡先生转交的。他在信里向我道歉，并且希望与我重修旧好。看完之后，我把它放进水里。

我看着水如何一点一点浸湿它。我把信和水一起捞起来，放进食物料理机。刀片飞旋着，把信搅成了纸浆。我很想把纸浆喝下去，就像喝下孟婆汤。

孟婆汤是阎王爷的忘情水，只要喝下去，今生所有的记忆都会被删除，不管你曾经如何刻骨铭心念念不忘，但我不敢，我怕自己彻底发疯。我把杯子从机子上取下来，把纸浆倒了。

我开始做饭，做马童最喜欢吃的清蒸鲈鱼。我觉得自己很贤惠，像一个小媳妇。我觉得自己的心情很平静。马路也很喜欢做鱼吃。我曾经问过马路，你在刮去鱼的鳞片的时候，能不能感觉到它的痛？他没有回答。我知道，你不会的。在你眼里，鱼就是鱼，不过是红烧、糖醋、清蒸、香辣的一种原料，和痛觉没有任何联系。你总是这样。你就是水，沉默的水。我就是鱼，不是鱼水之欢的鱼，不是鱼米之乡的鱼，而是人为刀俎我为鱼肉的鱼。我是沉默的水里一条不沉默的鱼，是你让我成为一个有记忆的女人。虽然我的唇齿之间过滤着你的氧气，但我不会对你心怀感激。

马童还在睡觉。我轻轻拍打着他，让他起床。我比他大一岁，这能够很好地激发我的母性。马童还没有睡够，翻了个身，又睡了。我没有再叫他，回到客厅坐着。

我打开电视机，关掉声音，看着里面的画面，点上一支烟抽着。金鱼在鱼缸里游动。我看着金鱼，觉得生命很无聊，好像就为一张嘴活着。

我很想拿起一把锋利的刀，将这条鱼沿着中线剖开，直到尾巴。那么，当它的脊背还在水面游弋的时候，下半身已经沉入水中，带着破碎的口腹之欲。

吃饭的时候，马童告诉我，一家知名网站要举办一个很有意思的网络生存游戏。他觉着活动很好玩，已经在网上报名，发送了我们的个人资料和照片。过了两个多星期，我们居然雀屏中选，成了其中的一对选手。到了比赛的现场我才知道，这个活动居然被搞得很隆重。俊男美女成双成对，我们手挽着手，发表了自己的爱情宣言。这虽然是噱头，但我觉得很好玩。马童却很紧张，手心冒出汗来，似乎认为这是一次集体婚礼。发表完爱情宣言，各组选手进入自己的工作间。

我们要在那个玻璃盒子里待够二十四小时，其间，我们要完成一系列任务，只能用网络和外部联系，连手机都不许用。虚拟的生活反而无比的具体。你要给自己订饭，要给自己订水。除了不能洗澡，不能和马童在一起做爱，你几乎可以在那个玻璃屋子里做一切事情，包括上厕所。其实我是很想在直播视频里来上一段少儿不宜的内容，可惜网站的策划总监坚决不同意。

我给她写了一句话发过去：我的真实生活是没有一天不做爱的。她回复说：我做爱的时候，没有一天是真实的。

我笑了——这也是个厉害的角色。

我们的虚拟生活过得有模有样。我们给自己买来了匹萨、中式快餐和饮料，大吃一顿。我又订购了一支口红，马童给自己买了一个电动剃须刀。完成了采购任务之后，我们又打了一会儿联机游戏，把最后的几个小时也谋杀掉了。从玻璃盒子里出来的时候，我拿口红在有机玻璃板上写了一句话：I LOVE THIS GAME。

摄像机把我写那句话的过程拍了进去。写完我就开始后悔。说实话，我一点都不喜欢这种生活。我觉得我挺喜欢装的。我想让摄像把最后的这个镜头掐掉，可是他没有同意。在他看来，那是我真实意思的表述，如果掐掉，实在可惜。不过，当我手里拿到奖金和纪念品的时候，就把这点儿小小的不快忘了。

第十一章

他的心里总是充满了太多的想法，每一次，当他还没来得及给前一个挫折击垮，新的希望和万丈雄心就奔涌而至。他总是被新鲜的念头不停地推着，在通往弹尽粮绝的道路上越走越远。

公渡给我打电话，说是想和我聊聊。他告诉了那个酒吧的名字，我说我记不住。他说那个酒吧你去了就会看到，在三里屯。

哦，三里屯酒吧街！一条街纸醉金迷，美女林立，牛叉者如过江之鲫，不牛叉者张大鼻孔充满惊奇，艺术家的排练厅，有产者的大本营，野心家的俱乐部，机灵者的口头禅，傻叉的墓志铭，各色人等批零兼营。我早已经久仰大名。

我总是把三里屯和三元里联系起来，不知道为什么。那段时间，公渡先生发了疯似的往那跑，去玩颓废，如今害得我也受了连累。

我按着地址打车过去，到了那个酒吧。酒吧门口挂着很多招贴画，有啤酒的，有死亡乐队新出专辑的，有预防艾滋病的，有信用卡的。还有一张黑卡纸，上面用白粉笔写着：不设最低消费，不穿皮具不得入内。

我想他们对皮具的概念一定是皮衣皮裤皮条皮裙皮靴皮裤头什么的。

门口站了一个少爷，是把门的，留着印第安式的朋客头，眼睛涂着眼影，鼻孔里夹着出一个亮闪闪的小白金耳环，好像是牛魔王的儿子。我说，我这鞋不是皮靴，也是真皮的，这算皮具吧？少爷连看都没看我，绝望地挥了挥手，让我进去了。

这个酒吧很像是表演虐恋的场所，顶棚上挂着很多皮鞭铁链和寒光闪闪的铁壳盔甲，吧台角落里，居然还挂了一个纳粹样式的铁十字勋章。我忽然觉得这个地方挺危险的。

我在酒吧里搜了一圈，才看见公渡先生。一看就喝了不少，脸都红了。公渡把烟推过来，我点上，我们都没有说话。

过了一会儿，他说，我要结婚了。

——虐恋演出开始了。我说。

在我看来，结婚其实就是一个漫长的虐恋的开始，双方都以爱为借口，伤害起对方来理直气壮，浪费对方的生命时不管不顾，直到双方都被伤害得支离破碎心灰意冷，没有新节目，没有新演出，两个人才结束这场冗长乏味旷日持久的冷战或是热战，各走各的路。我也见过所谓举案齐眉琴瑟和谐的夫妻，不过寥若晨星，并且我不能判断那是不是另一种形式的演出。

我对结婚这件事不太了解，因为我不够聪明。我不能给他什么指点，让他抬头就能够看到闪闪的红星。公渡先生也成了小小猪排江中游，没有方向的漂流感，让他整个晚上都很郁闷。我们都没说多少话。

那天晚上，是一个叫"二手玫瑰"的乐队演出。主唱是一个男人，留着长头发，化着很浓的妆，穿着红色旗袍，蹬着黑色高跟鞋。

我们的生活就要开。要往哪儿开？往红楼梦里开！

我们的生活就要开。要往哪儿开？往长生殿里开！

我们的生活就要开。要往哪儿开？往牡丹亭里开！

我们的生活就要开。要往哪儿开？往西游记里开！

我们的生活就要开。要往哪儿开？往三国志里开！

我们的生活就要开。要往哪儿开？往水浒传里开！

那个晚上，我满耳朵灌的都是这个腔调。我们的生活就要开。要往哪儿开？小兔乖乖，把门开开，我是外婆，就要进来。回到家，我才想起来，其实我还有一首填上了歌词的《婚礼进行曲》可以送给公渡先生：——结婚了吧，傻逼了吧，以后挣钱就要两个人花；离婚了吧，傻逼了吧，以后再打炮要付钱了吧……唱的时候，要浅吟低回数遍，方能解其中悲凉。

公渡先生郁闷还有另一个原因。他写出了一部书稿，投了数家出版社，却没有一家肯出。不是说他写得后现代太灰色，就是说他写得太先锋太出格。

——你的小说写得太锋利，会使读者受伤。有人对他这么说。

公渡先生的书稿像孤儿一样在江湖流浪，等着别人收养。

我问他那本书叫什么名字。

他说那本书写得七荤八素七零八落七拼八凑七拉八扯七扭八拐七高八低七宗八代七挪八借七老八十七嘴八舌七长八短颠七倒八断七续八横七竖八，上部是七零年代男人的生活，下部是八零年代女人的爱情，写的是七零年代和八零年代男男女女上上下下的真情互动，所以那本书的名字叫《七上八下》。

听着挺有意思，就是感觉有点儿颓。我对他说。

不，大宋《大慧普觉禅师语录》第二十一卷里说："方寸里七上八下，如咬生铁橛，没滋味时，切莫退志。"你看，这就是"七上八下"的出处，其实还是挺励志的。他说。

那是那是。好事多磨，这部书一横空出世，你好歹也能成个大师。我安慰他说。

公渡先生觉得这句话很受用，他虽然没说什么，但心里肯定已经乐得杠上开花。

我对公渡先生看得很清楚，和写出了《尤利西斯》的乔伊斯一样，他是一个臆想狂。他老是觉得自己离成功只有一步之遥，只是运气姗姗来迟。他的心里总是充满了太多的想法，每一次，当他还没来得及给前一个挫折击垮，新的希望和万丈雄心就奔涌而至。他总是被新鲜的念头不停地推着，在通往弹尽粮绝的道路上越走越远。依我看，他要不把自己写得七窍生烟妻离子散妻梅子鹤凄风苦雨，他就不算完。

我就这么眼睁睁看着公渡先生一天一天变得不靠谱，整天徜徉在自己的鸿篇巨制所建构的空中楼阁里，活得像个半仙儿。

你干的怎么尽是不来钱的勾当？我问他，你能不能像个正常人一样找个工作，你总得活下去呀！

他说，我正在找，不过总也没合适的，他们都嫌我太牛叉！

从我的眼睛来看，这个社会痛恨公渡先生这样的人，总是见一个毁一个，毫不留情。如果他能成事，那不是因为老天开眼，而是因为他实在是个老蛋又臭又硬，不但没有被坚硬的生活挤碎，反而被生活孵化，变成了真的生命。

他的作品我只看过很少一部分。他不是无病呻吟，他是真的有病，是带着一种病在生活。他像一支纸烟燃烧生命。他既不丰衣也不足食，既不安居也不乐业。他总是说，吃光用光身体健康。一想到这样的人会有老婆孩子，我就想为他们大哭一场。

他从没想过明天会唱着小曲儿来叫醒他，像是来找老朋友。对他来说，活下去并且活到底，这将是一个伟大的工程，和孟姜女哭倒长城差不多。

毛主席在延安整风运动时期说过，有的人像《西游记》里的鲤鱼精，吃了唐三藏的经，打一下，吐一字。在我看来，公渡先生也是这样的鲤鱼精。他的小说虽然已经成竹在胸，但必须在生活不断地敲打过程中才能写成。虽然他写的不是西天的经文可以让人吟诵，不是字字珠玑，但好歹也是个东西。

我唯一希望的是，不要让公渡先生的小说在墓中发表。他有理由挣上一笔钱，买上一个宅子，过上正常人的生活，从此一蓑烟雨任平生哪管他江湖夜雨十年灯。对这样的同志，也要给他出路。这也是毛主席说的。

过了几天，公渡先生给我打电话，说是马路想和我见上一面。

我说，哥哥，你知道我现在的情况，我和他已经没有关系了。你现在干这种拉皮条的勾当，你觉得有劲么？

公渡沉默了一会儿说，小玉，我也是受人之托，你知道，我现在和马路很少联系，他给我打来电话，我只是负责转达，别的事，我就管不了了。

我和马路分手之后，除了偶尔会接到他的信之外，没有他的任何消息。那些信，除了第一封我看了，其他都没看，不是撕碎，就是一把火烧了，根本没有任何耐心。我迟疑了很长时间，疑心他是想把那些裸照还给我，还是给马路打了电话。我们约在一家酒店的大堂见面。

再一次见到他的时候，我几乎没有认出他。他已经没有人的样子了，看起来很虚弱，和以前几乎判若两人。我以为他是没钱或是生活不好，没想到他会得病。他告诉我，接到我电话的时候，他正在家里的医院治病。他是为了见到我，才跑了几百公里的路。

他告诉我，他得了肝炎，已经很严重。

聊了没几句，他就要吃药。他带我回了开好的房间。他开了很贵的一个房间。以前我们特别没钱特别穷，都是在小旅馆或是地下室凑合，这次住酒店，是第一次，也是唯一的一次。

我不知道他怎么就变成这样了。记得分手的时候，我还觉得他挺健康的，从来不像有病的样子。

马路过来拉我，想抚摸我。我躲开了。我把脸趴在床上，死活也不起来，然后我就哭了。我特别想离他远一点儿，我已经有点嫌弃他了。

他说，你陪我一个晚上，我以后再也不会见你，一生一世。

他既然这么说，我还有什么选择呢？我给马童打了电话，说我今天不回去，去高英家玩。我又给高英打了电话，让她帮我圆谎。

高英听见我的声音比较阴郁，就问我是怎么回事，我都对她说了。

高英说，你千万不要和他有任何亲密行为，更不要说亲嘴。

我说我知道，就把电话挂了。

我把手机关掉。我和他一起出去吃了饭。他还喝了酒。

我当时并不知道，他的病是绝对不能喝酒的。

回来之后，他吃了药。但他似乎还是很难受。他去卫生间待了很长时间。我推开卫生间的门，看到他在地上趴着，吓了一大跳。

他没有说话，只是向我摇了摇手，意思是他没有事。

那个地很凉，是马赛克地面，我说你这样趴着会趴出毛病来的。

他并没有听我的话，还是那样趴着。他说这样才舒服一点。

我想他是彻底病了。

过了差不多半个小时，他才从卫生间出来。他斜靠在床上，让我去洗澡。

我正在洗澡，看着镜子中自己模糊不清的身体，我觉得悲哀。我拿出一板避孕药，抠出两粒，就着莲蓬头里喷出来的水服下。我总是随身携带着这种白色的小药片。我已经学会保护自己，让自己尽可能少的受到伤害。

我洗完出去之后，马路也洗了一个澡。他没有洗淋浴，而是躺在浴缸里面洗的，洗了很长时间。他换了一套新内衣，白色的。他的脸似乎好看了一些。

我们躺在一张床上。他没有对我提出性要求，这在以前是不可想象的。他抚摸着我，我抚摸着他。我们没有做爱，只是用抚摸平息着欲望。我们像是两列火车从容错过，没有轰鸣着抵达高潮。

从当天下午到次日下午，他和我在一起整整待了二十四个小时。我好像又过了一次虚拟生活。

他把自己的东西简单收拾一下，就和我一起下楼退房。

我说你今天晚上住哪儿。

他说我回家住。

他说我忘了告诉你了，我已经离婚了。我现在是借住在前妻家里，她没有赶我走。

他给我写了一个地址，说你今后可以往这个地址给我寄信，当然，你也可以过去看我，如果你能舍得下你那个小男朋友的话，他笑着说。

我没想到他真的会离婚，而且混成了这般模样，真的有些可怜他了。

门童帮他叫了一辆出租车。他坐进出租车的时候，拎的包被绊住了。他从车上下来，走了几步路，把包扔在垃圾桶上。

我说，你怎么连包都不要了？

他说，都是些旧衣服，穿不上了，还是这样干净利落。

他冲我挥了挥手，出租车就开走了。

出租车越开越远。他靠在座椅上，一直没有回头。我想，这也许是我最后一次见他。

我向台阶下面走去，心情沉闷，想大哭一场。我坐在人行道的石凳上，点着了一支烟。

一双鞋出现在我的视线里，然后是裤子，裤线笔直。我抬头一看，是马童。

我肯定他看到了马路。因为，他看着我，眼睛里有一种绝望。我没有对他解释什么，而是低下头，一个人哭起来。我很想让他坐在我身边，然后我会靠在他的肩膀上，把一切都告诉他。当我抽完剩下的半支烟抬起头想向对马童说点什么的时候，马童却不见了。

我一路走回家。到家的时候，天已经黑了。我掏出钥匙开了门。不出所料，马童已经搬走了。他把他自己的东西从我们的东西里拿出来，就像从水里撇出油一样干净彻底，连剃须刀和挂在阳台的袜子都没有落下。他的东西本来就整理得井井有条，屋里并没有因为他的搬走而显得杂乱，只是比原来显得冷清。

他把电脑留给了我。除此之外，他连一句留言都没有。

马童曾经说：爱是持久忍耐的功夫。

我也很明白这一点。我一直在想，假使有一天他落荒而逃，也不会是因为不能忍受，而是因为没有了爱情。

第十二章

在这个透明的盒子里，在离上帝最近的地方，他无法欺骗自己。他知道，一个欺骗世界的人，将无法获得拯救。

马童搬走之后，我一个人住。安可和美心想重新搬回来和我一起住，但我拒绝了她们。

高英听说了我和马童的事，专程跑过来向我道歉，说不是想出卖我，而是担心我的安全，才把我的行踪告诉了马童。我说没事，他早该知道了，该怎样就怎样，这怪不得你。接下来就是长时间的冷场。

高英开始吃零食。她偏爱一切有壳的食物，瓜子、松子、榛子、开心果、纸皮核桃、扇贝，蛏子。她说，那些有壳的食物就像贪财的人一样，总是把最好的东西留给自己，这就是它们为什么如此美味的原因。

她把那些开心果排成整齐的队列，摆完一排，然后再摆一排。茶几上被这样摆了好几排，好像从容赴死的士兵。

我看着电视，一直没有说话。高英站起来，拍了拍手，什么话都没说，拿起衣服走了。

我的朋友都被我得罪光了。没有人来烦我，我觉得这样很好。

我在家看电视。他们又发射了一颗卫星。但这不是一颗普通的卫星，里面有一个宇航员。他和火箭在众人的关注和掌声中喷薄而出，像一支箭射向苍穹。人们开始彼此拥抱，彼此表示祝贺。然后，他们就把跟踪器和雷达全部关掉，收拾好东西回家，去开香槟酒，去约会情人。等他进入外太空的时候，他发现自己已经彻底被人们遗忘。他像卡夫卡笔下那个骑着空木桶的人，一个愁容骑士，蜷缩在狭窄的救生舱，在漆黑的空间里漂泊。

我还看到了一个挑战极限的魔术师，三十九天，只靠喝水活着。

他被关进一个透明盒子，吊在半空中，他的一举一动都被摄像机忠实记录，还要通过公证。他的做法本意是想向人类生命的极限挑战，获得世人的惊奇与关注。当然，他可以通过某种不为人知的手段获得补给。他做得很隐蔽，即使在摄像机下面，他也可以做得天衣无缝。但在这个过程中，在这个透明的盒子里，在离上帝最近的地方，他无法欺骗自己。他知道，一个欺骗世界的人，将无法获得拯救。他觉得孤独。他决定给自己一个惩戒。他在透明盒子里真的呆了三十九天，只喝水。第三十九天，他从那个吊在半空中的透明盒子里出来，几乎已经成了一个死人。醒过来之后，他热泪盈眶痛哭失声。他说我将放弃我的魔术师生涯，我会重操旧业，做汽车修理工。

人们为他的话保持了三秒钟的沉默，然后大声喝彩。人们都以为他还在表演，说自己准备好的台词。有人看着电视，愤愤地说，这个婊子养的，他还真高明！

电视报道，某小区发生了奇怪的事件，大概有十几辆汽车在同一天夜里被烧毁。没有人能解释这是为什么，因为没有人发现作案人，现场也找不到任何痕迹。

这个城市最近已经发生过很多起此类事件。有的汽车被泼了油漆，有的汽车轮胎被扎破，有的汽车风挡玻璃被敲坏。有些人对这些有车的人总是恨之入骨，我不知道这种情绪从何而来。

案件后来告破。当一个遛狗的老头又蓄意纵火时，警察抓住了他。作案的方法很简单，警察坐了现场演示。用一次性打火机，烧汽车的塑胶前保险杠，大概几秒钟的时间，保险杠就会燃起火苗。这个人就用这种简单的方法烧掉了十几辆车。

他是在夜里遛狗的同时进行这件事的，没有人知道用这种方法他会得到多少快感。

过了一段时间，又一个很邪恶的事情被电视曝光，有的人讨厌狗到处拉屎，就在小区的花园和草地扔了很多有毒的饼干，许多狗误食了毒饼干凄惨地死去。

这件事到现在还不断见到后续的报道，还有宠物死去。这就是说，这个人还隐藏在人群中。这种事情总是让人莫名的恐惧，如果这个人对动物这样做的话，我想让他或她去杀人也不会是件很困难的事。

后来，类似的消息不断地传过来。先是一个男子用含有剧毒的饮料毒死了数名乞丐；后来是三个初中生用性变态的方法折磨死了一个女乞丐；再后来，一个二十九岁的男子在自己的家中勒死了十七个个孩子，他是在一张被称作"旋转木马"的桌子上做这件事的，被杀者都是只有十几岁的电玩儿童。这些负面消息笼罩着我。我弄不明白，这个世界上，为什么一些人总是仇视另一些人。

我觉得很恐怖。

那天，我下班回家，在路过一个居民楼的时候，我看到了一具尸体。我是在医院长大的孩子，在很小的时候就见过尸体。尸体静静地躺在尸床上，每个孔道都用棉球堵上，防止体液流出来。尸体会被盖上白色的单子，显得非常平。有时候，这些尸体会被很随意的放在楼道里，等着家属办手续，把他们领走。

那天，我看到死者的身体是直接躺在地上，被毛巾被盖起来，只有脚露在外面。那是一个少女或是少妇，她的皮肤很白，看起来很柔软。她的脚上没有穿鞋，脚下很干净。我不知道她的死因，但她的死亡让我心碎。

直到我还到家，那种死亡的气息还在我的身边弥漫，带着寒冷和潮湿，浸透我的骨髓。

我洗了一个澡，就匆忙跳到床上。我还是做了噩梦。我梦到，在沉寂的海面上，一些人形的东西在飘浮。我突然醒来，电视里还大声地播放着广告，都和我没什么关系。我哭了，哭得很伤心。死亡好像无处不在，总是让人寒意顿生。

冬天正在慢慢来临。我要一个人度过这个寒冷的冬天。

爹和妈似乎都不知道我和马童已经分手的消息，从他们的电话里，我没有感觉到丝毫异样。有马童照顾我，他们很放心。

我一直都没有和马童联系过。女孩一定要骄傲，这是我的信条。再说，我并没有干什么对不起他的事，他的做法让我愤怒。

每到年底我就会失业，这几乎成了一个传统。我又失业了。我每天都待在家里，睡醒之后，吃上一杯泡面，不是玩游戏，就是睡觉，不是睡觉，就是发呆。

我觉得很无聊。我心血来潮，绷了几个画框，想重新开始画画。我调和着颜料，整个屋都是松节油的味道，闻起来很舒服。但我拿起画笔还没几分钟，就丧失了创作的兴趣。那些颜料尴尬地粘在调色板上，看起来有些欲罢不能。

过了几天，我说服了自己，要继续画画。

公渡先生说，世界上，能写小说和能写好小说的人很多。但所谓小说家，就是能把小说写完的那些人。我想，一个画家也差不多。

我开始画画，同时画几幅作品。我给家里打了电话，让他们汇些钱过来。颜料很贵，我有些撑不住了。

一天，我正在画画，接到一个电话，是马童打来的。自从那天以后，他没给我打过电话，从来没有。

马童说，干什么呢，你？

我说我在画画。

我竭力让自己说得很平淡。和他在一起的时候，我每天都玩游戏，从来不想画画的事。他不反对我画画，但也从不鼓励。

马童沉默了一会儿。他说，有一件事我想我应该告诉你，马路死了。

我整个人呆住了。我曾经想到过马路会死去，但没想到这么突然。我什么都没说，挂上了电话。我的眼泪流下来。我知道，我和马路的一切，彻底结束了。我哭得像一个寡妇，充满哀伤。我不知道是谁料理他的后事，他们有没有哭。哭到最后，我的眼泪没有了，一个念头却变得越来越强烈。我想到马路的家，去看他最后一眼。

我到楼下取了钱，来到车站，乘上午夜的火车。车上人很多，我只好站在过道里。过道接口有很大的缝隙，不停地有冷风灌进来。我不停地抽着烟，裹紧衣服。我拨了公渡的电话，想告诉他马路的事。他始终是关机。四五点钟的时候，到了一个车站，下去了很多人。我找了一个座位坐下来。我裹着衣服靠在车厢壁上，双腿蜷在座位上，连鞋都没有脱。

我到达那个城市的时候已经是黎明。天色很阴晦，像是要下雪的样子。出了火车站，我按照马路留给我的地址去找他的家。

这个城市很小，城市的中心，是一座很破旧的钟鼓楼。路上人很少，显得很萧瑟。我拦住一个老大爷问路。那个大爷比划了半天，但他说的方言我很难听得懂。一个中年妇女正好路过，她操着半生不熟的普通话给我指了路。

我一直走着，穿过一个菜市场，路过一座钢铁厂的大门，绕过一座毛纺厂，路过一个车站，最终来到了那个楼群。

我穿得很单薄，一边走，一边觉得身上发冷。

这是他的城市，路上曾经印着他的脚印。我所看到的，都是他的目光曾经扫视过的，想必他已经熟视无睹。他虽然在这个城市生活，城市却将他遗忘，没有留下他的任何痕迹。

我仔细地寻找着十二号楼，没有向别的人打听。找到十二号楼，找到三单元，我抬起头，向着三楼望去。那个房子没有任何动静。我走到离楼门最近的一个三轮车边上，靠在车上，掏出一支烟点上，深深地吸了一口。我不敢闯进去看个究竟。那不是我的性格。并且，我心怀愧疚。我觉得马路的死和我有很深的关系。如果他一直和他的家人生活在一起，也许不会遭遇死亡。

我的脑子开始清醒。我决定，抽完这支烟，我就离开。因为我已经来过了。抽完那支烟，我还是没走。陆陆续续，一些上班的人开始出现。他们不约而同地都会看我一眼，看这个大冷天靠在三轮车上的女人。他们似乎觉得我很奇怪，是揉进他们眼里的一粒砂子。

从三单元出来了一个女人，后面跟着一个孩子。孩子是要去上学，背着一个很大的书包。

那是马路的妻子，我认出了她。我已经四年没有见过她了。她的脸比原来还要白，脸颊比原来还要锋利。她看了我一眼，又扭过头，帮孩子整理书包。我的心一阵慌乱，有些后悔这么冒昧地出现在她的面前。我想，她会认出我。如果她把我的到来视为一场挑战，那就会很麻烦。我觉得自己有一些发抖。我掏出一支烟。点烟的时候，我用双手遮挡住自己的脸。

什么都没有发生。她牵着孩子的手，从我前面走过，面无表情。孩子戴着口罩，只露出一双眼睛。他不停地看着我。这是马路的儿子。孩子穿得很厚，右臂上，戴着一个戴着黑色孝章，上面一个大大的"孝"字，让人触目惊心。我不敢再看那个孩子，低下了头。

等他们消失之后，我又盯着那个窗口看了一眼，就转身走了。

我一边走，一边流着眼泪。我在车站又看到了他们。他们正在等车，和别的人一起在寒风里站着。我这才发现他的妻子很瘦弱，寒风卷着她的裤腿，使她很像一只受伤的仙鹤。

我顺着来的路线走回去。那个已经失去父爱庇护的孩子还是那么看着我，直到我走过去，还是能感觉到他的目光盯在我背上。

我坐车回到北京。因为一直没有吃东西，坐在出租车上，我几乎虚脱。我回到租住的地方。我刚想拿钥匙开门，门被拉开了，马童站在门口。我一下扑在他的怀里，全身瘫软。

我发起了高烧。吃药没有任何效果，马童把我送进了医院。我没让马童给我的父母打电话。我像一个被戕害的野兽，想自己疗伤。

马童已经告诉我，马路是在医院里给他打电话的。马路向他解释了那天晚上发生的事。马路上车的时候，就已经发现马童站在酒店外面。

他对马童说，请他好好对待霍小玉。

接到电话之后，马童的心情还是难以平复。虽然他早就知道我和马路的事，但让他亲眼看见，还是无法接受。过了两天，平静下来之后，马童想给马路打电话，问问他的病情。电话是他的前妻接的。她告诉马童，马路已经死了。

我躺在病床上，床头的小桌上，摆着一束玫瑰花。也许是盛开的时间过长，那些花儿有些发蔫。我觉得自己像是一束二手玫瑰，被马路传递到马童的手中。我用手指拈着黯淡的花瓣，就像抚摸我的憔悴。马童是马路送给我的一个礼物，是让我渡过难关的一种药剂。马童是我的止痛药片，虽然已经全部过期。我从来不指望我们之间能萌发出爱意，我们之间只能萌发出亲情。

我决定和马童生活在一起，不再分离。

马路死去之后，我和所有和他有关系的人切断了一切联系，包括公渡。我不能彻底忘掉马路，每次看到那些人，我就会想起他。我还要活下去。

我想用最短的时间疗伤，趁着自己憔悴之前，把自己嫁出去。和马童在一起做爱的时候，我没有采取任何措施。我想给自己多一些嫁给他的理由，但我的身体始终没有任何变化。

我的眼前出现了一个薄胎瓷器，那就是我脆弱的子宫。我无端的认为它应该是蓝色的。马童始终不知道这一点。但我知道，我没有未来。我所有的基因会在我这个躯体里黯然老去然后灰飞烟灭，没有一个漂亮的传承。

在我的想象中，我和马童会长相厮守，白头到老，像一对模范夫妻那样过完一生。我们的性生活每周一次，像发薪水交房租的日期一样确定。

我会经常看书或是画画，他会去游戏。有时候，我们一起游泳。

我们的性生活虽然缺乏新意却同样大汗淋漓。它乏味冗长，像一部沉闷的无声电影。我不再期望高潮和感动。我们做爱，只是为了睡得更加深沉，将欲望抑制得更加干净。

我们的生命被日出日落的光线一天天覆盖，像婴儿盖上黄金丝绒。我们在温暖中苟延残喘。活着活着就老了，我们衰弱，虽然我们年轻。

我在看书。

未来学家德雷克斯勒假想了一种被称为 GREY GOO 灰色黏质的东西，它是一种能够进行自我复制的纳米尺度机器人，这种机器人可以通过复制单个原子制造出任何人想要的东西——土豆、服装或是计算机芯片，不必采用任何传统的制造方式。这种机器人有可能会失去控制，他们疯狂的复制自身，会把接触到的一切东西都变成自己的同类，在很短的时间就把地球变成一大团完全由纳米机器人组成的灰色黏质，这也意味着世界末日的来临。

和王小波先生表现的不同，世界不是黄金的，不是白银的，也不是黑铁的。世界将会粘在一起，再也不能析解和分离。

未来的世界将会变成一个被黏质填满的世界。这些东西是如此的微小，浸润在空气中，渗透进血液里，你会失去自我，被灰色黏质彻底征服。

先知早已说过：我看世界无比辽阔，可你们人类总是无路可逃。